유쾌한 하녀 마리사

유쾌한 하녀 마리사

천명관 소설

문학동네

차례

프랭크와 나

랍스터를 먹으며 우린 마피아 프랭크에 대한 이야기를 나눴다. 우리는 그가 LA에서 에이프릴과 함께 행복하게 살길 바랐다. 그리고 코리안들을 더이상 미워하지 않기를 바랐다. 또한 스무 살이나 어린 브라질 여자가 사촌형 프랭크의 곁을 떠나지 않기를 바랐다. 얘기를 나누며 우린 조금씩 키득거리고 웃기 시작했다. 프랭크, 그리고 또다른 프랭크, 토론토, 밴쿠버, 콘수엘로, 칠레, 축구코치…… 이야기는 끝도 없이 이어졌고 우리는 점점 더 크게 웃었다. 볼리비아, 콜롬비아, 에이프릴, 마리화나, 캐딜락 자동차……

　결론부터 말하자면, 나는 프랭크를 한 번도 만나본 적이 없다. 그런데도 남편은 마치 내가 그를 잘 알고 있다는 듯 틈만 나면 프랭크에 대한 이야기를 늘어놓는다.

　두 사람은 어릴 때 바로 앞뒷집에서 친형제처럼 자랐고, 함께 공수도 도장엘 다녔으며, 좀더 나이가 들어서는 그들이 살던 동네뿐만 아니라 앞뒷동네까지도 휩쓸고 다녔다. 그러다 이십 년 전, 프랭크는 캐나다로 이민을 가서 작은 카센터를 운영하고 있다. 정확하게 그는 남편의 아버지의 누나의 아들, 즉 고종사촌이다. 그는 캐나다로 가면서 이름을 프랭크라고 바꿨다.

　이것이 내가 알고 있는 남편의 사촌형, 프랭크에 대한 모든 정보이다. 남편이 늘어놓는, 그의 사촌형에 대한 이야기의 패턴은 대개 비슷비슷하다. 대충 정리하자면 다음과 같다.

　두 사람은 기타를 메고 유원지로 놀러 간다. 예쁜 여대생들이 옆에서 놀고 있다. 우연히. 그들은 별로 관심이 없다. 물론. 그러나 여대생들이 먼저 접근해서 함께 어울린다. 할 수 없이. 분위기가 무르익는다. 이쯤에서 그 동네 건달들이 나타난다. 언제나. 물론 '쪽수'는 그쪽이 훨씬 더 많다. 그들은 시비를 걸어온다. 당연히. 프랭크는 참는다. 꾹. 참다가 한마디 타이른다. 점잖게. 하지만 말을 듣지 않는다. 그리고 여자들을 희롱한다. 치사하게. 그래도 참고 타이른다. 따끔하게. 역시 말을 듣지 않는다. 그러다 그들이 먼저 주먹을 날린다. 휙. 한 대 맞는다. 뻑. 참는다. 꾹. 다시 주먹을 날린다. 휙. 한 대 더 맞는다. 뻑. 계속 참는다. 꾸욱. 그리고 마지막으로, 정말 마지막으로 다시 한번 타이른다. 간곡하게. 그들은 코로 웃는다. 픽. 그리고 다시 주먹을 날린다. 휙. 이번에는 맞지 않는다. 엇? 피한다. 샤샥. 피하며 정의의 주먹을 날린다. 가볍게. 그리고 건달들은 바닥에 깔린다. 쫙. 걸음아 날 살려라 도망친다. 여자들이 박수를 친다. 짝짝짝. 프랭크는 쑥스러운 듯 웃는다. 씩. 그의 얼굴에서 미소가 사라지기 전에 다시 건달들이 몰려온다. 우르르. 이번엔 이십 명 이상이다. 최소한. 각목이나 쇠파이프, 오토바이 체인 등을 소지하고 있다. 비겁하게. 건달들 중의 한 명이 프랭크를 손가락으로 가리킨다. 형님이 앞으로 나선다. 형님의 얼굴엔 칼자국이 있다. 무시무시한. 문신도 있다. 징그러운. 그리고 손에는 회칼도 들고 있다. 시퍼런. 형님은 이빨 사이로 침을 뱉는다. 찍. 쪼갠다. 씩. 그리고 휘두른다. 사정없이 휙휙. 피한다. 아슬아슬하게 샥샥. 잠시 후, 형님 역시 바닥에 깔린다. 부하들이 달려든다. 일제히. 허공을 가른다. 쇠파이프가. 날아다닌다. 회칼이. 역시 모두 바닥에 깔린다. 쭈악. 결국 승리한다. 정의가.

언제나 이런 식의 화려한 무용담으로 끝나는 사촌형에 대한 남편의 결론은 매번 한 가지인데 그것은, 프랭크야말로 사나이 중의 사나이요, 의리파 중의 의리파라는 것이다. 사실인지는 알 수 없으나 남편의 주장에 의하면 그는 이민을 가기 전까지 '맞짱'을 떠서 단 한 번도 패배한 적이 없다고 했다. 그는 사촌형을 언제나 프랭크라고 불렀다. 그렇게 하면 자신은 마치 폴이나 리처드라도 되는 양.

남편은 언젠가 프랭크와 함께 찍은 사진을 나에게 보여주었다. 프랭크가 해병대에 입대하기 전 도장에서 찍은 거라고 했다. 두 사람 모두 웃통을 벗은 채, 권투경기의 포스터처럼 서로 주먹을 겨누고 카메라를 향해 웃고 있는 사진이었다. 키는 남편이 조금 더 컸지만 피부가 검고 어딘가 다부져 보이는 인상을 하고 있는 사람은 프랭크 쪽이었다. 두 사람 모두 군살 하나 없이 단단해 보이는 몸 어딘가에 아직 채 성인이 되지 못한 미숙함이 남아 있었다.

내가, 당신도 언제 저렇게 날씬한 적이 있었냐고 묻자 남편은, 보고도 모르겠냐고, 옛날엔 자신도 무술영화에 나오는 것처럼 두 발로 벽을 타고 다녔다고 주장했다. 그러나 사진을 찍은 시점부터 나를 만나기까지 남편은 이십 킬로그램이 늘었고 결혼한 시점부터 지금까지 십오 년 동안 다시 이십 킬로그램이 늘었다. 그렇게 남편은 백 킬로그램을 넘어섰다. 백팔십오 센티미터의 키에 백 킬로그램이 넘는다고 생각하면 좀

무시무시하지 않겠나 싶지만 실은 그렇지도 않다.

남편은 덩치답지 않게 애교도 많고 텔레비전 드라마를 보다가 곧잘 울기도 한다. 그는 연예인들을 흉내내서 나를 즐겁게 해주는가 하면 기분이 내킬 때는 '덜렁이춤'을 추어 배꼽을 빼놓기도 한다. 덜렁이춤은 내가 붙인 이름인데 목욕을 마치고 나와 양팔을 어깨 위로 올리고 엉덩이를 상하좌우로 흔들어대는 춤이다. 그러면 두툼한 뱃살 아래 붙어 있는 고추와 구슬 두 개가 마치 살아 있는 것처럼 제멋대로 흔들리며 신나게 춤을 춘다. 귀엽기도 하고 징그럽기도 하고, 하여간 아무리 화가 나 있어도 그 춤을 보면 도저히 웃지 않고는 배길 수가 없다. 상상해보라. 몸무게가 백 킬로그램도 넘는 거구의 사내가 발가벗은 채 엉덩이를 흔들며 고추를 흔들어대는 모습을.

그러던 그가 실직을 했다. 거리엔 이미 실업자들이 넘쳐나고 파산의 위기가 사람들 머리 위에 어두운 그림자를 짙게 드리우고 있을 때였다. 처음에 나는 국가공인 기술자격증을 대여섯 개나 가지고 있던 남편이라 어떻게든 취직이 되겠거니 하고 크게 걱정하지 않았다. 그러나 당시엔 국가공인이 아니라 그보다 더한 것도 아무런 힘을 쓰지 못했다. 몇 군데 이력서도 보내고 여기저기 아는 사람들에게 부탁도 해보았지만 돌아온 대답은 한결같이, '지금은 시기가 좋지 않다'는 것이었다.

공업고등학교를 졸업한 남편은 전문대를 거쳐 헤어드라이어를 생산하는 한 중소기업에 다니고 있었다. 어느 날, 그는 백화점에 체육복을 사러 왔다가 스포츠매장에서 근무하고 있던 나를 만났다. 마침 그에게 맞는 사이즈가 없어 나는 나중에 다시 오면 맞는 사이즈를 갖다놓겠다고 약속했다. 며칠 후 다시 백화점에 들른 그는 나에게 데이트를 신청했다. 매장 직원들 사이에선 그의 사이즈가 화제가 되었지만 오히려 나는 그의 커다란 덩치가 주는 위압적인 매력에 반해버렸다.

결혼한 뒤에 그는 두 번 직장을 옮겼다. 한 번은 전기면도기를 생산하는 회사였고 또 한 번은 전기밥솥을 만드는 회사였다. 전기밥솥을 만드는 회사가 바로 그가 마지막으로 다닌 회사였다. 실직했을 당시, 우리에겐 초등학교에 다니는 아들이 있어 이미 학원비도 만만치 않게 드는데다 다달이 갚아야 하는 주택대출금까지 있었다. 밤에 잠자리에 누우면 괴물이 머리맡에서 성큼성큼 걸어다니는 것 같은 절박한 위기감이 우리를 짓눌렀다.

결국 여기저기 일자리를 알아보던 내가 먼저 쇼핑센터의 계산원으로 취직을 했다. 결혼하기 전에 백화점에서 일한 것이 도움이 된 것이다. 가뜩이나 쥐꼬리만한 월급 때문에 늘 생활비에 시달려오던 나는 차라리 잘된 일이라고, 남편도 곧 취직이 되어 둘이 같이 번다면 형편이 좀 더 나아질 거라고 생각했는데 그게 아니었다. 몇 달이 지나도록 남편은 여전히 집에서 펀들펀들 놀고 있었다. 가만히 보니 별로 취직할 생각도 없는 듯했다. 나는 아연 긴장하지 않을 수 없었다. 그래서 볶아대기 시작했다. 결국 남편은 무거운 엉덩이를 일으켜 다시 일자리를 찾아나섰지만 여전히 취직은 쉽지 않았다. 그 동안 적자는 차곡차곡 빚으로 쌓여갔다. 백만원도 못 되는 나의 월급을 가지고는 한 달 생활비도 안 되는데다 그 동안 노느라고 본 적자폭도 만만치 않아 상황은 점점 더 악화되어갔다. 해결방법이라곤 오로지 하루라도 빨리 남편이 취직을 하는 수밖에 없었다.

그러던 어느 날, 드디어 프랭크가 우리 인생의 전면에 등장했다. 밤 늦게 일이 끝나 완전히 파김치가 된 몸을 이끌고 집으로 돌아왔을 때, 남편은 어찌된 일인지 신이 나서 벙글거리고 있었다. 그리고 내가 돌아오기만을 기다리고 있었다는 듯 자리에 앉자마자 그날 있었던 일을 속사포처럼 쏟아놓았는데, 얘기의 요지는 다음과 같았다.

프랭크에게 전화가 걸려왔다. 두 사람은 안부인사를 주고받았다. 프랭크는 요즘 사업이 잘된다고 했다. 몸무게가 많이 늘어서 걱정이라고 했다. 드디어 백이십 킬로그램이 넘었다고 했다. 그러면서 남편은 어떠냐고 물었다. 남편도 얼마 전 백이십 킬로그램이 넘었다고 했다. 프랭크는 그게 아니라 일이 잘되냐고 물은 거라고 했다. 남편은 잠깐 망설이다 벌써 일 년째 놀고 있다고 했다. 그래서 걱정이라고 했다. 잠도 안 온다고 했다. 밥도 넘어가지 않는다고 했다. 그런데 살은 왜 안 빠지는지 모르겠다고 했다. 그러자 프랭크가 호탕하게 웃었다. 그깟 일로 남자가 기가 죽어서야 쓰겠냐고 했다. 그러면서 차라리 잘된 일이라고 했다. 뭐가 잘된 일이냐고 했다. 누구 약올리냐고 했다. 그게 아니라 마침 좋은 사업거리가 있다고 했다. 그게 뭐냐고 물었다. 캐나다에 있는 랍스터를 수입하는 일이라고 했다. 랍스터가 뭐냐고 물었다. 랍스터는 한국말로 바닷가재라고 했다. 바닷가재라면 남편도 안다고 했다. 그런데 돈이 없다고 했다. 돈이 없어서 못 하겠다고 했다. 그는 걱정하지 말라고 했다. 자신이 캐나다에서 랍스터를 사서 한국으로 보내겠다고 했다. 남편은 한국에서 받아서 팔기만 하면 된다고 했다. 팔고 나서 이익금은 다 갖고 자신에겐 원금만 돌려주면 된다고 했다. 정말 그래도 되느냐고 물었다. 그래도 된다고 했다. 그게 의리라고 했다.

남편이 설명을 마치고 나자 생전 랍스터라고는 한 번도 먹어본 적이 없는 내가 뜨악한 표정으로 물었다.
"한국에서 랍스터가 팔릴까?"
"무슨 소리야? 우리만 이러고 살지, 남들은 적어도 일주일에 한 번씩은 랍스터를 먹고 산다구. 어떤 집은 매일 먹는 집도 있어. 하루도 안 빼놓고." 남편은 주먹을 불끈 쥐고 대답했다.
"그게 그렇게 맛있어?"

다음날, 우리는 아이를 데리고 랍스터를 먹으러 갔다. 남편은 삼인분을 먹고 아이는 이인분을 먹고 나는 일인분을 먹었다. 한 달치 월급의 반이 랍스터 값으로 지불되었다. 랍스터를 한 번 먹어보고 그 맛에 완전히 반한 남편은 바로 다음날부터 시장조사를 하러 다닌다고 밖으로 나다니기 시작했다. 그리고 하루에 한 번씩 프랭크와 길게 통화를 했다. 나머지 월급의 반이 국제통화료로 지불되었다.

한 달 뒤, 드디어 남편은 자신이 직접 캐나다에 갔다 와야겠다고 말했다. 내가 불안한 표정으로 꼭 그럴 필요가 있냐고 묻자, 남편은 반드시 그럴 필요가 있다고 했다. 자신이 직접 가서 랍스터의 가격도 알아보고 프랭크와 만나 구체적인 판매계획도 세워봐야겠다는 것이었다. 그러면서 캐나다에 갔다 올 비용을 마련해달라고 했다. 그는 덧붙여, 프랭크가 비행기표를 끊어서 보내겠다고 했지만 이번 여행은 자신이 필요해서 하는 것인데 아무리 친해도 그럴 수는 없는 노릇이며, 공짜로 랍스터를 대주겠다는 사람에게 비행기표까지 끊어달라고 하는 것은 아무리 생각해도 너무 뻔뻔스러운 짓이라고 했다.

할 수 없이 나는 낚시가게를 하는 오빠에게 돈을 빌리기로 했다. 오빠는 전화에다 대고 요즘 손님이 많이 줄어들어 매달 근근이 생활하고 있다고 죽는소리부터 했다. 오빠의 말에 의하면 요즘 사람들은 낚시를 안 한다는 것이다. 내가 낚시를 안 하면 무얼 하냐고 묻자 오빠는 자기도 그게 궁금하다고 했다. 나는 남편에게 들은 랍스터 수입계획에 대해 장황하게 설명하며 넉넉잡고 석 달만 있으면 돈을 갚을 수 있을 거라고 했다. 결국 오빠는 돈을 빌려주기로 했다. 옆에서 조바심을 내며 통화하는 나를 지켜보던 남편은 오빠가 돈을 빌려주기로 했다고 하자 환호성을 질렀다. 그는 손을 마주 비비며 말했다.

"그래, 그래. 잘됐어. 이제 캐나다에 가서 랍스터만 들여오면 모든 문제는 다 해결되는 거야."

그날 밤, 그는 나에게 덜렁이춤을 보여주었다.

　남편은 수학여행을 앞둔 어린애처럼 잔뜩 들떠서 캐나다에 갈 준비를 시작했다. 그로선 난생처음 하는 외국 나들이였다. 캐나다에 대한 여행 안내책자를 사들이고 갖가지 겨울옷을 장만했다. 캐나다는 한국과 비교가 안 될 만큼 춥기 때문에 지금 상태로 갔다가는 얼어 죽기 딱 알맞다는 프랭크의 조언에 따른 것이었다. 여행에 필요한 물품을 계속 사들이는 한편, 프랭크와의 통화는 점점 더 잦아졌다. 두꺼운 오리털파카도 새로 사고 양털로 된 벙어리장갑과 덧신까지 준비했다. 또한 캐나다에선 담뱃값이 비싸다는 말을 듣고 국산담배를 다섯 보루나 샀으며 지사제와 해열제, 진통제 등 갖가지 응급약도 준비했다. 그가 사들인 물품 중엔 수영할 때 쓰는 코마개까지 들어 있어 내가 그걸 뭐에 쓰려고 샀냐고 묻자 남편은 멀뚱한 표정으로 그게 코마개냐고 되물으면서 자신도 그걸 왜 샀는지 모르겠다고 대답했다.

　결국 캐나다에 갈 비행기표를 끊으려고 보니 통장에 돈이 하나도 남아 있질 않았다. 할 수 없이 나는 오빠에게 다시 전화를 걸었다. 오빠는 여전히 죽는소리부터 했다. 그는 자신이 알아본 결과, 요즘 사람들은 낚시를 안 하는 대신 다들 스쿠버다이빙을 한다고 했다. 그래서 앞으로는 가게에서 낚시도구와 함께 스쿠버다이빙 장비를 취급하기로 했는데 가격이 만만치 않아 자기도 돈에 쪼들려 죽겠다고 했다. 나는 랍스터에 대한 수입계획에 대해 약간의 과장을 섞어가며 좀더 장황하게 설명해야 했다.

"오빠, 걱정하지 마. 캐나다에서 랍스터만 들어오면 문제는 다 해결될 거야."

나는 자신도 모르게 남편이 입버릇처럼 하는 말을 앵무새처럼 되풀이했다. 결국 오빠는 돈을 좀더 빌려주기로 했다. 대신 여름 시즌이 되기 전엔 반드시 가게에 스쿠버 장비를 들여놔야 하니까 석 달 안엔 꼭 갚아야 한다고 몇 번씩 다짐을 받았다.

그럭저럭 비행기표도 끊고 캐나다에 갈 준비를 대강 마쳤다. 그 동안 남편은 포켓북으로 된 영어회화 책을 사서 시간이 날 때마다 영어공부를 했다. 혹시 프랭크와 떨어져서 혼자 돌아다닐 때를 대비한 것이었다. 그는 아이에게 회화책을 건네주었다. 아이가 한국말로 물어보면 자신이 영어로 대답해보겠다는 거였다.

"반갑습니다가 영어로 뭐야?" 아이가 물었다.

"하우…… 하우……"

"그럼, 시청이 어디입니까는 뭐야?"

"시청? 그게 그러니까…… 시청? 힌트 좀 줘봐."

"시청은 시티홀이야. 그게 힌트야."

"아, 시티홀! 그래. 맞아, 시티홀이지. 그럼 이제 알았다. 시청이 시티홀이니까…… 시티홀…… 시티홀……"

대충 이런 식이었다.

남편이 캐나다로 떠나는 날이 다가왔다. 나는 직장에 가느라고 아침에 집에서 나오는 길에 그와 작별인사를 했다. 그는 공항에서 출발하기 전에 전화를 하겠다며 나를 껴안고 키스를 했다. 나는 괜히 콧날이 찡해져서 서둘러 집을 나섰다.

그런데, 직장에 도착하고 얼마 지나지 않아 남편에게서 전화가 걸려오기 시작했다. 선글라스가 없어졌는데 혹시 내가 치우지 않았느냐는 것이었다. 그건 이미 작은 가방에 넣어두었으니까 잘 찾아보라고 하자, 그는 알았다며 전화를 끊었다. 그런 식으로 그는 공항에 도착하기 전까지 모두 일곱 번이나 전화를 걸었다. 그리고 공항에 도착해서도 두 번 더 전화를 했다. 한 번은 비행기표가 없어졌다며 전화를 걸었고 또 한 번은 프랭크의 전화번호를 적어놓은 수첩이 없어졌다고 전화를 걸었다. 밀려드는 손님들 때문에 정신이 없는 가운데, 나는 전화가 걸려올 때마다 가슴이 덜컥덜컥 내려앉았다.

그럴 때마다 나는 남편에게 흥분하지 말고, 처음부터 천천히, 잘 찾아보라고 말하곤 했는데 결국 비행기표는 볼일을 보느라고 잠깐 들렀던 화장실에서 찾았고 프랭크의 전화번호를 적은 수첩은 끝내 찾지 못했다. 남편은 토론토에 도착하면 공항에 프랭크가 나와 있기로 했고, 혹시 나중에라도 전화번호가 필요하면 집에 있는 전화번호 수첩에 따로 적어두었기 때문에 아무 걱정 없다고 말했다. 그러면서 모든 게 잘될 거라고, 걱정하지 말라며 마지막으로 전화를 끊었다. 전화를 끊고 나서 나는 남편이 과연 그 멀고 먼 캐나다에까지 가서 랍스터를 가지고 무사히 돌아올 수 있을지 불안해지기 시작했다.

남편이 다시 전화를 걸어왔을 때 나는 한창 꿈을 꾸고 있었다. 거대한 랍스터들이 집게발을 놀리며 깊은 바다 속을 천천히 헤엄쳐다니고 있었다. 딱딱한 갑각 아래, 한결같이 통통하게 살이 올라 있었다. 전화벨 소리가 울렸다. 꿈속에서 나는 어떻게 이렇게 고요한 바다 속에서 전화벨 소리가 들리는지 의아했다. 그러다 문득 눈을 떴다. 머리맡에서 전화벨이 계속 울리고 있었다. 시계를 보니 새벽 네시를 가리키고 있었다. 남편이 비행기를 타고 토론토로 출발한 지 열일곱 시간 뒤였다.

전화를 받자 남편의 목소리가 들렸다. 내가 잘 도착했느냐고 묻자 그는 이미 세 시간 전에 캐나다에 도착했으며 공항에서 전화를 걸고 있다고 했다. 그런데 아직 프랭크를 만나지 못했다고 했다. 내가 어떻게 된 거냐고 묻자 자신도 어떻게 된 일인지 모르겠다며 전화번호 수첩을 뒤져서 빨리 프랭크의 전화번호를 알려달라고 했다. 나는 잠결에 놀라 일어나 수첩을 뒤졌다. 한참 만에야 겨우 프랭크의 전화번호를 찾아 알려주자 남편은 잠을 깨워서 미안하다고, 걱정하지 말고 빨리 자라고 하며 전화를 끊었다. 나는 마음이 심란해져서 한숨도 못 자고 동이 틀 때까지 이리저리 뒤치었다.

몇 시간 뒤, 피곤한 몸으로 쇼핑센터에 출근해서 막 일을 시작하려고 할 때 다시 전화가 걸려왔다. 남편이었다. 내가 프랭크를 만났냐고 묻자, 아직 만나지 못했다고 했다. 그리고 프랭크에게 전화를 걸어봤지만 아무도 받지 않는다고, 아무래도 무슨 일이 생긴 것 같다고 했다. 그러면서 혹시 프랭크에게 전화가 오면 자신은 13번 출구 앞에서 기다리고 있으니까 그렇게 전해달라고 했다.

전화를 끊고 나서 생각해보니 프랭크가 내 휴대폰 전화번호를 알 리가 없었다. 그날 나는 계산을 하며 여러 번 실수를 했고, 허둥대다가 생선을 싼 포장지가 찢어져 계산대 위에 고등어가 굴러다니기도 했다. 하루 종일 계산대 근처에서 비린내가 진동을 했다.

퇴근을 해서 아이를 막 재우고 났을 때, 한 남자가 집으로 전화를 걸어왔다. 그는 자신이 프랭크라고 했다. 처음에 나는 목소리만 듣고는 그가 남편이 얘기하던 의리의 사나이 프랭크라는 게 도저히 믿어지지 않았다. 왜냐하면 목소리가 마치 모기처럼 앵앵거리는데다 발음조차 부정확했고 성대가 약해 가늘게 떨리기까지 했기 때문이었다. 그는 남편이 도착하는 날짜를 잘못 알아 공항에 늦게 도착해서 남편을 만나지 못했다고 했다. 나는 남편은 이미 오래 전부터 13번 출구에서 기다리고 있다고 했다. 그는 공항에 13번 출구라는 건 없으며 출구는 A, B, C 순으로 되어 있다고 했다.

나는 경악을 했다. 도대체 남편이 기다리고 있다는 13번 출구는 어디란 말인가! 프랭크는 울상이 되어 걱정하는 나를 달래며 아무리 멀리 가봤자 공항 안에 있을 테니까 남편을 찾는 건 시간문제라고 했다. 그러니 아무 걱정 말고 기다리라고, 나중에 혹 기회가 된다면 캐나다에 꼭 한 번 놀러 오라며 전화를 끊었다. 남편이 떠나기 전부터 슬슬 고개를 들기 시작한 불안감이 서서히 나의 목을 졸라오고 있었다.

그날 이후, 일주일이 지나도록 전화가 걸려오지 않았다. 그 동안 나는 남편이 프랭크를 만났는지, 랍스터를 수입하는 일은 잘 진행되고 있는지 궁금했지만 살인적인 전화요금 때문에 전화도 못 걸고 그냥 다 잘 되겠거니, 마음을 편하게 먹으려고 노력했다. 그러나 시간이 지날수록 불안감은 점점 더 커졌다.

주말이 지나고 월요일 아침, 나는 프랭크에게 전화를 걸었다. 그런데, 아무도 전화를 받지 않았다. 나는 캐나다의 현지시간을 따져가며 수시로 전화를 걸었다. 막연하던 불안감이 좀더 구체적인 걱정으로 바뀔 때쯤 뜻밖에 누군가가 전화를 받았다. 수화기에서 잔뜩 겁먹은 목소리가 흘러나왔다.

"헤, 헬로."

목소리만 듣고도 나는 바로 남편임을 알아챘다. 잔뜩 화가 나 어떻게 된 거냐고, 왜 진작 전화를 하지 않았냐고 다그치자 남편은 전화를 건 사람이 외국 사람이 아니라서 매우 다행이라는 듯 밝은 목소리로, 그날 프랭크를 만나 함께 그의 집으로 왔으며 둘은 오랜만에 만나 회포를 푸느라 클럽에 가서 이틀 동안, 그야말로 코가 삐뚤어지게 술을 마셨고, 그 다음날부터 프랭크와 함께 낚시를 갔다 왔다고 했다. 그리고 내일부터 당장 프랭크와 함께 나가서 랍스터를 수입하는 문제를 알아볼 작정이라고 했다.

"그런데 한 가지 문제가 좀 있어." 남편이 목소리를 죽였다.

"뭐가 문젠데?" 퍼뜩 불길한 예감이 들어 나는 바짝 긴장했다.

"콘수엘로가 화가 많이 났거든."

"콘수엘로? 콘수엘로가 뭐야?"

"콘수엘로는 프랭크의 부인이야. 정확하게 말하면 부인은 아니지. 결혼한 건 아니니까. 아무튼, 프랭크하고 같이 살고 있는 여잔데 내가 오고 나서 프랭크가 자기랑 안 놀아주고 술만 먹고 다니니까 잔뜩 화가 났어. 낚시하러 갈 때도 콘수엘로를 떼어놓고 우리끼리만 갔거든."

"그 여자, 캐나다 여자야?"

"아니, 멕시코 여잔데 그 여자도 몸무게가 백 킬로그램이 넘어."

나의 머릿속엔 백 킬로그램이 넘는 두 명의 한국 남자와 한 명의 멕시코 여자가 나란히 소파에 앉아 시리얼을 먹으며 텔레비전을 보는 모습이 떠올랐다.

"그런데 뭐가 문제라는 거야?"

"프랭크가 나한테 말은 안 하지만 눈치를 보니까 내가 여기 얹혀 있는 게 콘수엘로는 아무래도 불만인가봐. 당신도 알다시피 여기 사람들은 프라이버시를 중요하게 생각하잖아. 그래서 내일이라도 시내 호텔에다 방을 얻어서 지내야 될 것 같아." 남편의 목소리가 점점 작아졌다.

"어떻게 해? 돈도 없는데……" 나는 울상이 되었다.

"걱정하지 마. 제일 싼 데를 찾아보지, 뭐. 혹시 나중에 돈이 좀더 필요할지도 모르겠어. 물론, 프랭크에게 얘기하면 자기 돈으로 호텔을 잡아주겠지만 언제까지 신세만 질 수는 없잖아."

돈 얘기가 나오자 나는 머리칼이 쭈뼛 서는 느낌이었다.

"그래서, 얼마나 걸릴 것 같아?" 나는 애써 차분하게 물었다.

“빨리 서둘러야지. 아마 길어도 보름이면 될 거야. 걱정하지 마. 다 잘될 거야.” 남편은 전화를 끊으며 마지막으로 “굿 나이트, 허니”라고 말했다.

도대체 토론토는 몇시이기에 아침부터 굿 나이트란 말인가. 나의 등엔 이미 식은땀이 흐르고 있었다.

때마침 내가 일하는 쇼핑센터에선 개점 5주년을 맞아 대대적인 세일을 시작했다. 사은품을 받기 위해 가정주부들이 아침부터 줄을 섰고 근무시간은 두 시간 연장되었다. 일이 끝나고 나면 나는 그대로 바닥에 주저앉고 싶을 만큼 완전히 지쳐 머릿속엔 아무 생각도 떠오르지 않았다. 집에 돌아오자마자 옷도 갈아입지 못하고 그대로 소파에 쓰러져 잠들 때가 많았다.

그날도 새벽에 남편에게서 전화가 걸려왔다. 나는 잠결에 전화를 받았다. 그는 현재 호텔에 묵고 있으며 랍스터 가격을 알아본 결과 우리가 처음에 계산했던 것보다 훨씬 더 많은 이익을 남길 수 있을 거라고 했다. 대신 호텔비가 생각보다 비싸서 돈이 거의 다 떨어졌으니 돈을 좀 부쳐달라고 했다. 내가 얼마나 필요하냐고 묻자, 그는 우선 급한 대로 칠백 불 정도만 있으면 될 거라고 했다. 나는 잠결에 알았다고 대답하고 그대로 쓰러져 잠이 들었다.

남편이 돈을 부쳐달라고 한 말이 다시 생각난 것은 다음날 점심을 먹으러 가다 쇼핑센터 입구에 있는 현금지급기 앞을 지나칠 때였다. 나는 퍼뜩 정신을 차리고 칠백 불이 우리나라 돈으로 얼마나 되는지 머릿속으로 대충 따져보았다. 그리고 그 액수가 나의 한 달치 월급과 맞먹는다는 사실을 알고 경악을 했다. 오빠에겐 도저히 돈을 빌려달라고 부탁할 수가 없었다. 염치도 없었지만 이젠 더이상 빌려줄 것 같지도 않았기 때문이었다.

그날 오후, 나는 신용카드 두 개로 현금서비스를 받아 캐나다에 있는 남편에게 송금했다. 엄청난 수수료와 이자를 생각하면 피를 뽑아내는 심정이었지만 어쩔 수가 없었다. 나로선 제발 일이 잘되기를 기도하는 수밖에 없었다.

다시 일주일 동안 남편에게선 아무런 연락이 없었다. 나는 남편이 돈을 제대로 받았는지, 언제쯤 랍스터가 도착하는지 궁금했지만 캐나다로 전화를 걸기가 두려웠다. 내가 먼저 전화를 걸면 뭔가 나쁜 소식이 기다리고 있을 것 같은 불길한 예감에서였다. 그러다 세일이 끝나기 며칠 전, 남편으로부터 전화가 걸려왔다. 왠지 목소리가 잔뜩 가라앉아 있었다. 그는 생각보다 일이 좀더 늦어질 것 같다고 했다. 나는 애써 마음을 가라앉히며 무슨 일이 있냐고 물었다.

"프랭크에게 안 좋은 일이 생겼어." 남편이 한참 망설이다 대답했다.

"무슨 일?"

"콘수엘로가 그저께 집을 나가버렸어."

"왜 집을 나가?"

"알고 보니까 콘수엘로한테 다른 남자가 있었어. 칠레에서 이민 온

남잔데 여기 초등학교 축구코치야."

"칠레? 그 길쭉한 나라 말이야?"

"그래, 둘이 사귄 지 일 년도 넘은 것 같아. 그 동안 콘수엘로가 그 남자한테 완전히 빠져 있었는데도 프랭크는 까맣게 모르고 있었어."

"그래서?" 내가 떨리는 가슴을 손바닥으로 누르며 물었다.

"그래서 어젯밤에 둘이 밴쿠버로 도망을 갔어. 프랭크가 랍스터를 사려고 가지고 있던 돈하고 차도 다 가지고."

"그럼, 어떻게 해?" 나는 곧 울음이 쏟아질 것 같았다.

"오늘 아침에 프랭크가 차를 빌려가지고 콘수엘로를 잡으러 갔거든."

"밴쿠버?"

"그래, 그래서 프랭크가 돌아올 때까지 내가 대신 가게를 맡아봐야 돼. 프랭크는 두 사람이 어디로 갔는지 알 것 같다고 했어. 곧 잡아올 테니까 걱정하지 말고 기다리래."

걱정하지 말고 기다리라고? 맙소사! 나는 다리에 힘이 풀려 그대로 바닥에 주저앉았다. 남편의 말에 의하면 토론토에서 밴쿠버까지는 차를 타고 열흘쯤 걸린다고 했다. 콘수엘로, 프랭크, 칠레, 밴쿠버, 축구 코치, 랍스터, 랍스터⋯⋯

그날 밤 꿈에 다시 랍스터가 나타났다. 여전히 깊은 바다 속이었고 랍스터들은 거대한 집게발을 천천히 흐느적거렸다. 그런데 내가 다가가 몸을 건드리자 갑각이 힘없이 떨어져나갔다. 갑각 안의 살은 시커멓

게 썩어 있었다. 이상한 냄새도 풍겼다. 썩은 살들은 몸체에서 떨어져 나와 곧 바닷물 속에 흩어졌다. 나는 흩어지는 살들을 손으로 움켜쥐려고 애썼지만 그 살들은 미끄덩거리며 손가락 사이로 빠져나가 물 속에서 흐늘거리다 흔적도 없이 사라졌다. 잠에서 깨어났을 때, 나는 막막한 허탈감에 사로잡혀 한동안 멍하게 앉아 있었다.

이야기를 좀더 빨리 진행하자. 어차피 그 얘기가 그 얘기니까. 며칠 뒤, 남편이 다시 전화를 걸어왔고 나는 쇼핑센터에서 일하는 동료들이나 친구들에게 몇 푼씩 돈을 꾸어 간신히 천 불을 만들어 캐나다로 송금을 했다. 남편은 매번 원화 대신 달러화로 계산을 해서 나도 곧 그 단위에 익숙해졌지만 돈을 빌릴 때마다 피가 마르는 기분이었다.

그 동안 프랭크는 밴쿠버에서 돌아와 있었다. 콘수엘로와 축구코치는 못 잡았다고 했다. 그러나 프랭크는 걱정하지 말라고, 자기가 곧 돈을 마련해서 랍스터를 사줄 거라고 했다. 환율도 떨어지고 랍스터의 현지가격도 점점 더 떨어지고 있어 될 수 있으면 늦게 사는 게 이익이라는 말도 했다.

한 가지 다행스러운 것은 콘수엘로가 집을 나가버렸기 때문에 남편이 더이상 호텔생활을 안 해도 된다는 점이었다. 그는 이제 프랭크의 집에서 생활하고 있으며 그 점이 실의에 빠져 있는 프랭크에게 도움이 된다고 했다. 어려울 때 자신이 옆에 있어줄 수 있어서 다행이라고도 했다. 대신, 프랭크는 실연의 상처를 잊지 못하고 남편과 함께 매일 밤, 클럽으로 술을 마시러 다닌다고 했다. 나는 제발 딴생각 하지 말고 하루빨리 일을 진행할 생각이나 하라고 몇 번이고 다그쳤다.

이쯤에서 일이 끝났으면 좋으련만, 상황은 더욱 복잡해졌다. 프랭크가 클럽에 가서 술을 마시다 한 흑인과 시비가 붙었다. 가뜩이나 화풀이할 데가 없어서 몸이 근질거리던 프랭크였으니 그야말로 울고 싶은 아이를 때려준 셈이었다. 맞짱을 떠서 한 번도 져본 적이 없는 해병대의 사나이답게 프랭크는 흑인을 작신나게 패주었다. 그 일로 프랭크는 경찰서로, 흑인은 병원으로 각각 실려갔다.

며칠 뒤, 프랭크는 보석금을 내고 풀려났지만 문제는 거기서 끝나지 않았다. 프랭크가 때려준 흑인은 토론토에 마약을 판매하러 LA에서 온, 유명한 갱단의 일원이었다. 그는 권총을 지니고 프랭크를 죽이겠다며 동료들과 함께 온 시내를 뒤지고 다녔다. 프랭크는 겁에 질려 집에 숨어 있느라고 랍스터고 뭐고 신경쓸 경황이 없었다. 하나님, 맙소사!

"미안해, 여보. 나도 상황이 이렇게 될 줄은 몰랐어. 만약에 내가 프랭크 옆에 있었다면 말렸을 텐데 하필이면 내가 화장실 간 사이에 시비가 붙어서⋯⋯" 얘기를 듣다 급기야 울음을 터뜨리고 만 나를 위로하기 위해 남편은 온갖 변명을 늘어놓았다.

"너무 걱정하지는 마. 걔네들은 곧 돌아갈 거야. 찾다가 못 찾으면 지들도 지쳐서 돌아가겠지, 어쩌겠어. 여긴 LA보다 훨씬 춥거든. 흑인들이 추위에 약하다는 거 알지? 내가 여기서 봐서 아는데 걔네들은 조금만 추워도 손난로를 가지고 다녀. 그리고 아까 일기예보를 들었는데 이번 주말부터 날씨가 더 추워질 거라고 했어."

나는 흑인들이 추위에 약한지 어떤지는 잘 모르겠다. 하지만 그들이 빨리 천사의 도시로 돌아가길 기다리는 한편, 프랭크와 남편이 한국에 있을 때 둘이 얼마나 많은 사고를 치고 돌아다녔을까 상상해보았다. 그리고 그런 남편과 함께 헤쳐가야 할 미래가 갑자기 너무나 막막하게 느껴졌다.

이때쯤 나는 카드빚에 쫓기고 빚쟁이들의 전화를 받느라 완전히 탈진한 상태였다. 늘 신경이 곤두서서 아이에게 소리를 지르기 일쑤였고 고객들을 친절한 얼굴로 대할 수가 없었다. 한번은 손님과 상소리를 해가며 대판 싸우다 점장에게 불려가 호된 질책을 받기도 했다. 나는 화장실에 들어가 문을 걸어잠근 채 혼자 큰 소리로 엉엉 울었다. 랍스터가 커다란 집게발로 우리의 행복을 잘근잘근 씹어대고 있었다.

다시 각설하자. 혹독한 시간은 아직 끝나지 않았다. 그 동안 나는 캐나다로 천 불씩 두 번을 더 송금해줬고, 흑인 갱들은 그때까지도 LA로 돌아가지 않고 있었다. 돌아가기는커녕 아예 한 명이 더 왔다.

"여보, 큰일났어." 남편이 전화를 걸어왔다. 나는 별로 놀라지도 않았다.

"뭐가 큰일났는데?" 나는 덤덤하게 물었다.

"LA에서 프랭크가 왔어." 남편은 대뜸 프랭크 얘기부터 꺼냈다.

"프랭크가 오다니? 토론토에 있는 프랭크가 왜 LA에서 와?"

"아, 사촌형 프랭크 말고 마피아 프랭크 말이야."

"마피아 프랭크?"

"그래, 전에 프랭크한테 두들겨맞은 그 흑인 갱들 있잖아. 걔네들 두목이 바로 프랭크야. 사촌형하고 이름이 똑같아. 근데, 그 프랭크가 바로 프랭크한테 맞은 흑인 놈의 사촌형이래."

프랭크? 사촌형? 나는 도무지 뭐가 뭔지 헷갈렸다.

"근데, 그 프랭크가 왜 왔대?"

"왜 오긴, 복수하러 왔지. 그 프랭크는 LA에서 다들 알아주는 무서운 갱인데, FBI에서도 요주의 인물로 꼽히는 놈이래. 걔네들은 배신자는 반드시 처단하고, 절대로 당하고는 못 사는 애들이라 얼마 전엔 마약을 빼돌린 콜롬비아 애들 두 명을 볼리비아까지 쫓아가서 잔인하게 죽였다는 거야. 물론 증거가 없어서 프랭크는 그냥 풀려났지."

맙소사! 이번엔 LA의 갱 두목인 프랭크까지 등장을 했다. 한국의 평범한 가정주부가 어떻게 지구 반대편에서 일어나는 일을 짐작이나 하겠는가. 나는 오히려 마음이 차분하게 가라앉는 기분이 들었다.

"그래서?"

"그래서는 뭐가 그래서야. 우린 지금 밖에도 못 나가고 음식도 배달해서 먹고 있어. 어제 프랭크는 출입문에 자물쇠를 일곱 개나 더 달았어."

세상에! 백이십 킬로그램도 더 나가는, 세상에 무서울 것 없는, 맞짱을 떠서 한 번도 져본 적이 없다는, 전설의 사나이 두 명이 자물쇠를 일곱 개나 달 정도로 무서워하는 그 프랭크는 도대체 누구란 말인가.

"그리고 마피아 프랭크는 코리안이라면 아주 이를 간대. LA에 있을 때, 코리아타운에서 코리안 갱들한테 호되게 당한 적이 있었나봐. 코리안 갱들은 권총으로 프랭크의 머리를 겨누고 무릎 사이로 기어가라고 시켰대. 그리고 강제로 김치도 먹였다나봐. 아무래도 프랭크는 다른 도시로 잠깐 피신해 있어야 될 것 같아."

나는 남편에게 랍스터고 뭐고 당장 보따리를 싸가지고 한국으로 돌아오라고 말했다. 하지만 남편은 지금이라도 당장 비행기표를 끊어서 한국으로 돌아갈 수는 있지만 프랭크가 너무 위험한 상황에 처해 있기 때문에 자신이 곁에서 그를 보호해줘야 한다고 했다. 그게 의리라고 했다. 나는 의리고 나발이고 더이상 송금해줄 돈도 없고 완전히 파산한 상태니까 당장 한국으로 돌아오든, 흑인 갱들의 총에 맞아 죽든 마음대로 하라고 소리지른 뒤 전화를 끊었다.

다시 랍스터 꿈을 꾸었다. 여전히 깊은 바다 속이었고, 랍스터들은 먼저 꿈에서 본 것보다 훨씬 더 커져 있었다. 집게발 하나의 크기가 거의 사람 크기만했다. 어찌된 일인지 랍스터들은 흑인처럼 검은색을 띠고 있었고 나를 향해 맹수처럼 으르렁대는 소리를 냈다. 물 속이라 그런지 그 소리가 더욱 음침하게 들렸다. 그들은 나를 쫓아왔다. 나는 알몸인 채로 공포에 질려 바다 속을 허우적대며 도망다녔다. 물 속에서 계속 헛걸음을 내디뎠다. 랍스터들은 너무나 빨랐다. 그들은 거대한 집게발을 가지고 나를 희롱하다 팔다리를 사정없이 잘라냈다. 숨이 막혀왔다. 나는 비명을 질렀지만 입 밖으론 아무 소리도 나오지 않았다.

이야기는 계속된다. 마피아 프랭크는 사촌형 프랭크를 찾기 위해 부하들과 함께 토론토 시내를 구석구석 뒤지고 다녔다. 남편은 프랭크가 묵고 있는 호텔의 한국교포 직원을 통해 그들의 움직임을 속속들이 전해듣고 있었다. 사촌형 프랭크는 어느 날 새벽, 토론토를 몰래 빠져나가 오타와에 있는 친구 집으로 피신했다. 결국 토론토에는 마피아 프랭크와 남편만 남게 되었는데 둘이 사촌인데다 뚱뚱한 것까지 비슷해서 남편 또한 마음대로 나다닐 수가 없었다.

내가 한국에서 엄청난 경제적 압박에 시달리는 동안 남편은 토론토의 프랭크 집에 혼자 남아 하릴없이 시간만 죽이고 있었다. 우리는 제발 프랭크가 모든 걸 용서하고 따뜻한 LA로 돌아가길 간절히 기도했다. 그가 LA로 돌아가기만 한다면 친구 집으로 피신해 있는 사촌형 프랭크도 다시 돌아올 것이고 그러면 곧 돈을 구해 랍스터를 사서 한국으로 보낼 것이다. 그러면 어쨌든 모든 건 해결될 것이다.

누군가 저 높은 곳에서 우리의 기도에 응답을 주었는지 드디어 희소식이 들렸다. 프랭크가 마침내 복수를 포기하고 LA로 돌아가기 위해 짐을 싸고 있다는, 믿을 만한 호텔 웨이터의 전언이 있었던 것이다. 그 소식을 마지막으로 남편에게서 한동안 전화가 걸려오지 않았다. 나는 속으로 남편이 랍스터를 사서 모으는 한편, 수입절차를 알아보러 다니느라 바쁜가보다 하고 좋은 쪽으로 해석했다. 아니, 제발, 그렇게 믿고 싶었다.

그런데 며칠 뒤, 남편의 전화를 받고 나서 나의 기대는 여지없이 무너졌다. 프랭크는 아직 토론토에 남아 있다고 했다. 그 이유가 또 걸작이었으며 거기엔 로맨스까지 곁들여져 있었다. 그가 LA로 돌아가기 위해 짐을 싸서 막 호텔을 빠져나오는 순간, 호텔 프런트에서 일하는 스위스계 백인 여자와 그만 사랑에 빠지고 말았다는 거였다. 점입가경이었다.

그 여자의 이름은 에이프릴이었다. 그는 부하들만 먼저 돌려보내고 체류기간을 연장했다. 그리고 매일 밤, 에이프릴과 데이트를 했다. 두 사람은 함께 저녁을 먹고 극장에도 갔다. LA에도 여자라면 차고도 넘쳤지만, 그리고 대개 그들이 훨씬 더 섹시했지만, 그는 좀더 지적이고 아직도 어딘가에 유러피언 분위기가 남아 있는 캐나다의 여자가 더 마음에 들었다. 그는 점점 더 토론토가 좋아지기 시작했다. LA에 있는 부하들이 수시로 전화를 걸어 처리할 일과 처리할 애들이 많이 밀려 있다고 했지만 사랑에 빠진 그의 귀에 들어올 리 없었다. 그에게는 마피아 생활을 정리하고 우아한 스위스계 백인 여자와 함께 토론토에서 새로운 인생을 시작하고 싶은 희망이 생겼다. 우리에겐 절망적인 희망이었다.

그래도 한 가지 희망이 남아 있다면, 그것은 에이프릴이 LA에 가서 살고 싶어한다는 것이었다. 그녀는 프랭크의 생각과 달리 LA 같은 화려한 도시에서 좀더 극적인 인생을 살고 싶어하는 허영심이 있었다. 그 허영심이 바로 우리의 희망이었다.

남편이 캐나다로 간 지 두 달이 넘어서고 있었다. 친구 집으로 도망간 프랭크에 대한 이야기가 뚝 끊어진 대신 마피아 프랭크의 이름이 그 자리를 대신했다.

프랭크, 프랭크, 프랭크…… 제기랄! 나는 남편에게서 프랭크라는 이름을 지겨울 정도로 많이 들어 그의 이름이 친절하고 인사성 밝은 이웃처럼 느껴졌다. 그러나 사촌형 프랭크가 됐든, 마피아 프랭크가 됐든 그들의 이름은 한결같이 우리의 희망과 절망을 한손에 움켜쥐고 있는 절대자의 이름이었다.

다행히, 프랭크는 에이프릴의 희망을 들어주기로 했다. 늘 총소리가 난무하고 피가 튀는 도시에서 살아온 그 자신도 토론토의 조용한 생활에 조금씩 진력이 나기 시작하고 있었다. 갑자기 LA의 부하들도 걱정이 됐고 처리해야 할 애들의 얼굴도 떠올랐다.

그런데, 마지막으로 문제가 하나 남아 있었다. 에이프릴은 가족과 함께 살고 있었는데, 그들의 가족은 매우 보수적이었다. 그의 아버지는 열렬한 히틀러의 추종자였으며 인종차별주의자였다. 그래서 자신의 딸이 흑인과 사귀는 것에 대해 못마땅하게 여기고 있었다. 프랭크는 면전에서 노골적으로 자신을 경멸하는 그녀의 부모가 마음에 들지 않았지만 에이프릴은 반드시 부모의 허락을 받아야 한다고 고집했다. 그래서 프랭크는 그녀의 부모에게 환심을 사기 위해 선물공세를 펼쳤다. 그녀의 어머니에겐 스위스에서 만든 값비싼 시계를 선물했으며, 그녀의 아버지에겐 미국에서 만든 골프채를, 그리고 그녀의 남동생에겐 일본에서 만든 게임기를 선물했다.

아무리 강고한 인종차별주의자라고 해도 물질 앞에선 약한 법, 에이프릴의 부모들도 차츰 마음을 돌리기 시작했다. 하지만 평생 지켜온 그들의 신념을 단숨에 무너뜨릴 수는 없었다. 그들은 저녁식사 때마다 프랭크에 대한 의견을 교환했다. 그러는 동안 프랭크의 선물공세는 계속되었다. 에이프릴의 아버지에게 육만 불짜리 컨버터블 캐딜락을 선물하던 날, 드디어 그녀의 아버지는 프랭크에 대한 결론을 내렸다. 다소 애매하긴 하지만 가족들 앞에서 공개적으로 선언한 그 결론은 다음과 같았다.

'흑인은 사람이 아니다. 흑인은 짐승과 같다. 고로 나는 흑인을 미워한다. 프랭크는 까맣다. 하지만 프랭크는 흑인이 아니다. 흑인은 흑인이되 진짜 흑인은 아니다. 그는 겉만 흑인이지 속까지 흑인은 아니다. 그의 속은 백인이다. 그의 영혼은 백인의 그것처럼 순결하다. 그러므로 그는 백인이다. 그러므로 나의 딸과 결혼하는 것에 아무 문제가 없다. 이상이다.'

우리의 희망이 조금씩 살아나기 시작했다. 남편은 오타와에 있는 사촌형 프랭크와 수시로 통화를 하며 곧 돌아올 준비를 하라고 일러두었다. 그런데 다시 사고가 터졌다. 누군가 에이프릴의 부모에게 프랭크와 에이프릴이 나체해수욕장에 놀러 가서 마리화나를 피웠다고 일러바친 것이다. 에이프릴의 부모는 프랭크의 영혼이 진짜 하얀지 다시 의심하기 시작했다.

이즈음 그녀의 아버지가 선물로 받은 캐딜락이 훔친 차로 밝혀졌다.

에이프릴의 아버지는 경찰서에 불려가 조사를 받았다. 다시 피어나기 시작하던 희망의 불꽃이 바람 앞에서 가물거리고 있었다.

남편이 캐나다로 떠난 지 석 달이 가까워오던 어느 날, 오빠에게서 전화가 걸려왔다. 오빠는 대뜸 본론부터 꺼냈다. 스쿠버 장비를 빨리 준비해놔야 되는데 돈이 모자라 죽겠다며 빌려간 돈을 언제쯤 갚을 수 있냐고 물었다.

"미안해, 오빠. 지금은 당장 언제라고 약속할 수가 없어." 나는 온몸이 쪼그라드는 기분이었다.

"왜 약속을 못 해? 전에 석 달이면 된다고 그랬잖아." 오빠가 짜증을 냈다.

"그래, 전엔 그랬지. 그런데 일이 좀 복잡하게 됐어."

"뭐가 복잡해. 랍스터 수입한다더니 아직 물건이 안 왔어?"

"그래, 안 왔어. 아직 프랭크가 토론토에 있어서 그래. 프랭크만 LA로 돌아가면 되는데……"

"프랭크? 프랭크가 누군데?"

프랭크가 누구냐고? 오, 맙소사! 이 모든 상황을 처음부터 다시 설명해야 한다니.

그로부터 두 달 뒤, 남편이 돌아왔다. 아침부터 발바닥이 달아오르고 갈아입은 지 삼십 분도 지나기 전에 속옷이 땀으로 축축하게 젖어들던 한여름이었다. 때마침 비번이어서 나는 차를 가지고 공항으로 마중을 나갔다. 캐나다에 가 있는 몇 달 동안 남편은 몸무게가 삼십 킬로그램이나 빠져 있어서 처음엔 그를 잘 알아보지 못했다. 남편의 모습을 보고 나는 왈칵 눈물을 쏟을 뻔했지만, 그는 나를 보고도 반가운 건지 어떤 건지 종잡을 수 없는 표정을 지어 보였다. 그리고 마치 심한 고문을 당하고 나온 사람처럼 멀뚱한 표정으로 커다란 눈동자를 이리저리 빠르게 굴려댔다. 그는 피곤하다며, 빨리 집으로 가자고만 했다. 차를 타고 집으로 오는 동안, 자동차 경적소리가 들릴 때마다 그는 화들짝 놀라 주위를 두리번거렸다.

집으로 돌아와 남편은 씻지도 않고 곧바로 침대에 쓰러져 잠이 들었다. 하지만 두 시간도 채 안 돼 잠에서 깨어나 거실로 나왔다. 너무 더워서 못 자겠다는 거였다. 그리고 그제야 생각이 난 듯 거실을 두리번거리며 아이가 어디 갔냐고 물었다. 학원에 갔다고 하자 그는 멍한 표정으로 고개를 끄덕였다.

목욕을 하고 난 뒤, 그가 살이 찌기 전에 입었던 옷을 꺼내 입히자 다행히 딱 들어맞았다. 오래된 옷에선 좀약 냄새가 났으며 색깔이 바래 옛날 사진을 보는 것처럼 우스꽝스럽기도 했다. 남편은 옛날 옷이 낯설고 어색한 듯 거울 앞에 서서 자신의 모습을 이리저리 꼼꼼히 비춰보았다. 그러다 문득 고개를 숙인 채 훌쩍거리기 시작했다. 마음이 아파진 나는 남편에게 다가가 그의 머리를 가만히 끌어안았다. 그는 무너지듯 나의 가슴에 얼굴을 묻고 어린애처럼 큰 소리를 내며 울었다. 나는 주먹만한 눈물을 흘리며 엉엉 우는 그의 등을 토닥여주었다. 그는 우느라고 잘 알아듣기 힘든 말로 나에게 계속 미안하다고 말했다. 어느새 나의 눈에서도 눈물이 흘러내리고 있었다. 나의 입에선 그가 캐나다로 떠나기 전에 나에게 들려줬던 말이 나도 모르게 계속 되풀이되어 흘러나왔다.

"걱정하지 마, 다 잘될 거야."

남편은 한국으로 돌아온 지 두 달 만에 취직이 되었다. 이번엔 전기 난로를 만드는 회사였다. 보수가 형편없었지만 찬밥 더운밥 가릴 처지가 아니었기 때문에 남편은 군소리 한마디 하지 않았다. 오히려 요즘 같은 때에 취직이 된 것만 해도 다행이라는 눈치였다.

그해 겨울, 사촌형 프랭크에게서 전화가 걸려왔다. 그는 오타와에 가게를 새로 내고 아예 그쪽에 자리를 잡았다고 했다. 그는 도망간 콘수엘로에 대해 완전히 잊었으며 새로운 여자도 생겼다고 했다. 브라질 출신의 여자인데 그녀 역시 콘수엘로처럼 백 킬로그램이 넘는 거구지만 훨씬 어리고 예쁘다고 자랑을 했다. 두 사람은 나이 차이가 스무 살도 넘는다고 했다.

그리고 덧붙여, 드디어 마피아 프랭크가 LA로 돌아갔다고 했다. 남편이 어떻게 된 거냐고 묻자 그는, 에이프릴의 부모가 어느 날 밤 강도들의 총에 맞아 모두 살해당했으며 홀로 남은 에이프릴은 며칠 동안 울다가 결국 프랭크를 따라 LA로 갔다고 했다. 그가 떠난 뒤, 사람들은 여자의 부모가 살해된 것은 틀림없이 프랭크가 한 짓이라며, 과연 무서운 놈이라고 고개를 절레절레 흔들었다고 했다. 그러면서 이제 아무 문제가 없으니 다시 랍스터를 수입하는 문제에 대해 얘기해보자고 했다. 남편은 뜻은 고맙지만 자신은 지금 직장일이 너무 바빠서 그런 일에 신경쓸 처지가 못 된다고 했다. 프랭크는 무슨 말인지 알았다며 다음에 기회가 되면 나와 함께 꼭 캐나다에 놀러 오라고 했다.

캐나다에 다녀온 뒤, 남편은 사람이 많이 달라졌다. 장난기 가득하던 얼굴엔 인생의 고달픈 그늘이 짙게 드리워져 싱거운 웃음도 사라지고 말수도 줄어들었다. 프랭크에 대한 무용담도 사라졌고 이따금씩 나를 즐겁게 해줬던 덜렁이춤도 더이상 볼 수가 없었다. 사람들은 모두 힘든 시기를 보내고 있었다.

시간이 흘러갔다. 그 동안 우리는 조금씩 빚을 갚아나갔고, 마침내 오빠의 빚을 마지막으로 모든 빚을 다 갚게 되었다. 오빠는 가게에 스쿠버 장비를 들여놨지만 생각만큼 잘 팔리지 않는다고 했다. 그는 사람들이 벌써 스쿠버다이빙에 싫증이 난 모양이라고 한숨을 내쉬었다. 나는 쇼핑센터에서 계속 일을 했다. 전후반에 연장전까지 다 뛰고 난 축구선수처럼 늘 지쳐 있었고 얼굴엔 주름과 기미가 늘어갔다. 아이를 돌볼 시간이 거의 없어 항상 불안하고 미안한 심정이었다. 뭔가 엉터리로 사는 기분이었다. 그래도 아이는 쑥쑥 커주었다.

얼마 전 남편은 좀더 보수가 나은 곳으로 직장을 옮겼다. 그 기념으로 우린 랍스터 집에 가서 외식을 했다. 어찌된 일인지 몇 년 새에 동네마다 랍스터 집이 한두 개씩 생겨나 있었다. 우리는 이인분을 시켜 셋이 나눠먹었다. 랍스터를 먹으며 우린 마피아 프랭크에 대한 이야기를 나눴다. 우리는 그가 LA에서 에이프릴과 함께 행복하게 살길 바랐다. 그리고 코리안들을 더이상 미워하지 않기를 바랐다. 또한 스무 살이나 어린 브라질 여자가 사촌형 프랭크의 곁을 떠나지 않기를 바랐다. 얘기를 나누며 우린 조금씩 키득거리고 웃기 시작했다.

프랭크, 그리고 또다른 프랭크, 토론토, 밴쿠버, 콘수엘로, 칠레, 축구코치…… 이야기는 끝도 없이 이어졌고 우리는 점점 더 크게 웃었다. 볼리비아, 콜롬비아, 에이프릴, 마리화나, 캐딜락 자동차……

한때 우리의 희망이기도 했고 절망이기도 했던 그 이름들을 하나하나 들춰내며 우리는 끝내 배꼽을 잡고 의자에서 뒹굴었다. 랍스터를 먹던 사람들이 우리를 쳐다보았지만 우리는 도저히 웃음을 멈출 수가 없었다.

토마스, 얼마 안 있으면 집에 도착하겠군요. 이제 내 계획을 들려줄까요? 당신이 공항에서 택시를 타고 집으로 오는 동안 나는 따뜻한 물이 담긴 욕조 안에 몸을 담그고 천천히 샴페인을 마실 거예요. 그리고 그 샴페인 안에는 나를 죽음으로 인도할 아코니틴이란 독약이 들어 있어요. 바로 투구꽃의 뿌리에서 얻은 독이죠. 화원을 하는 내 친구 카타리나에게 몇 달 전에 얻어놓은 거예요. 시안화칼륨이나 비소에 비할 바는 아니지만 그래도 죄 많은 여인을 저 세상으로 인도하기에 충분할 만큼 독성이 강하답니다. 놀라지 말아요, 토마스. 그리고 지금 당장 욕실 문을 열어서 나의 죽음을 확인해볼 필요는 없어요. 응급구조대나 경찰을 부를 필요도 없어요. 당신이 집에 도착해 편지를 발견했을 때는 이미 모든 저주와 고통이 끝난 뒤일 테니까요.

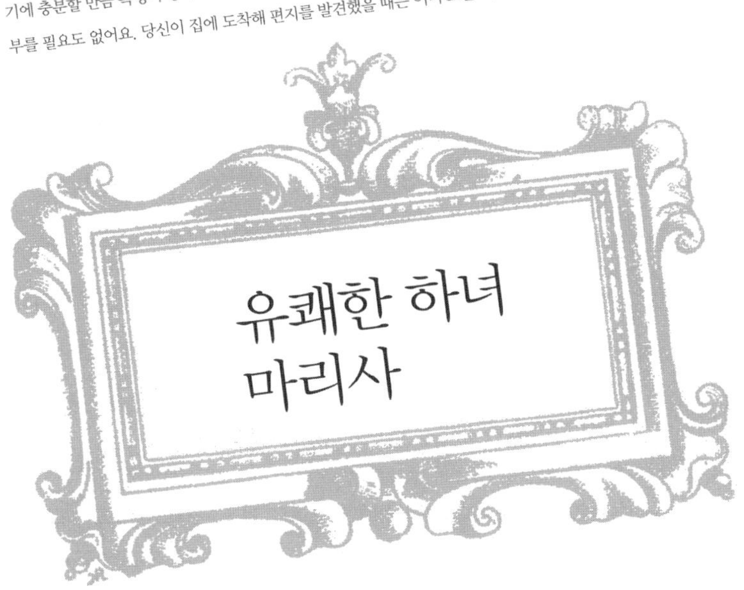

보세요, 토마스.

당신에게 편지를 써보는 게 얼마 만인지 모르겠군요. 당신은 지금 막 여행에서 돌아와 식탁에 앉아 이 편지를 읽고 있을 거예요. 틀림없이 그렇겠죠? 당신은 내가 집에 없는 것에 대해 약간 의아하기도 하고 어쩌면 짜증이 날지도 모르겠어요. 당신이 집에 돌아올 때면 언제나 따뜻한 음식과 함께 내가 당신을 맞아주었으니까요.

지금 당신이 무척 피곤할 거라는 것도 알아요. 삼만육천 피트 상공의 비행! 정말 끔찍하죠. 어쩌다 비행기를 한번 탈 때면 나는 수명이 단축되는 것 같은 기분이 들어요. 당신은 내가 너무 예민해서 그렇다지만 통계를 내보면 틀림없이 조종사의 수명이 보통 사람들보다 더 짧을 거예요. 하루 종일 그렇게 높이 떠 있으면서 사람이 어떻게 온전할 수 있겠어요. 하나님은 원래 우리를 땅 위에서 살도록 만드셨잖아요. 멀리 구름 사이로 날아가는 비행기를 볼 때마다 나는 사람들이 어떻게 아무 두려움 없이 저렇게 높이 떠 있을 수 있을까, 라는 생각을 하곤 해요. 그것도 한꺼번에 수백 명씩 무리를 지어서 말예요.

오, 토마스, 미안해요. 제가 처음부터 또 쓸데없는 소리를 했군요. 그래서 당신은 언제나 나에게 논리적인 사고가 필요하다고 말하곤 했죠. 하지만 그게 제 본성인 걸 어쩌겠어요. 풀숲에 숨어 있는 천산갑을 쫓아 아무 데고 겁 없이 뛰어다니다 결국 길을 잃고 마는 철부지 어린 양처럼 말이에요. 그래요. 내 머릿속에선 언제나 그런 일들이 일어나죠. 당신도 알다시피 그 때문에 나는 자주 엉뚱한 생각에 빠지곤 해요. 그렇지만 어떻게 천산갑을 발견하고 그냥 지나칠 수 있겠어요? 그 재밌는 동물을 말예요.

토마스, 당신은 무엇보다도 먼저 따뜻한 물에 샤워를 하고 깨끗한 옷으로 갈아입고 싶을 거예요. 하지만 오늘은 조금 특별한 날이에요. 그러니 화내지 말고 우선 이 편지부터 읽어보길 바라요. 샤워는 편지를 다 읽은 후에 해도 늦지 않잖아요. 참, 냉장고에 당신이 좋아하는 와인을 준비해두었어요. 동 페리뇽 말예요. 어제 외출하는 길에 주류점에 들러 두 병을 샀거든요. 가격이 좀 비싸긴 하지만 오늘은 아끼지 말고 마음껏 마시길 바라요. 순전히 당신을 위해서 내가 준비한 거니까요.

내 사랑 토마스, 사실 이 편지를 쓰는 데 나는 아주 많은 시간을 들였답니다. 말이야 귓가에서 사라지면 그만이지만 편지는 벽난로 속에 넣어 태워버리기 전에는 어느 책상 서랍 속에 숨어 있을지 알 수 없잖아요. 혹시 나중에라도 누군가 우연히 편지를 발견한다면…… 그건 정말이지 생각만 해도 끔찍해요. 당신은 작가니까 내가 얼마나 형편없는 문장을 구사하는지 누구보다도 잘 알잖아요. 우리가 대화를 하는 도중에도 당신은 내가 문법적으로 얼마나 많은 오류를 범하고 있는지 꼼꼼하게 지적하곤 했죠. 그럴 때마다 나는 당신에 비해 내가 너무 보잘것없는 인간이라는 기분이 들었어요. 그러니 당신이 읽을 편지를 쓰는 내 기분이 어떻겠어요?

토마스, 지금 새삼스럽게 옛날 일을 들추어서 당신을 비난하려는 건 아니에요. 다만 그럴 때마다 당신이 나에게 조금 더 너그러웠으면 하는 바람이 있었던 건 사실이에요. 당신 소설에 등장하는 인물들처럼 우리는 언제나 부족한 존재잖아요.

토마스, 어디서부터 시작할까요? 난 항상 안으로 들어가지 못하고 밖에서 서성거리는 기분이에요. 보세요, 지금도 본론을 못 꺼내고 이렇게 주변만 빙빙 돌고 있잖아요. 마치 현관문 앞에 서 있는 소심한 외판원처럼 말예요. 나는 이 편지가 당신을 지루하게 만들까봐 두려워요. 하지만 그렇더라도 제발 뒤에서부터 읽지는 말아줘요. 왜냐하면 모든 일은 순서가 중요하니까요.

어머! 제가 지금 순서라고 했나요? 그건 원래 당신이 나한테 한 말인데……

당신은 우리에게 일어나는 사건들이 비록 아무런 연관도 없고 또 우연인 것처럼 보이지만 실은 그 안에 보이지 않는 질서가 숨어 있다고 했지요. 그래서 작가가 하는 일이란 특별한 게 아니고 그저 어떤 사물이나 사건 안에 내재해 있는 순서를 찾아내고 그 과정을 진술하는 일이라고요.

토마스, 제가 당신의 생각을 제대로 이해한 건가요? 당신 앞에서는 이런 말을 한 적이 한 번도 없는데 지금은 겁도 없이 잘도 떠들어대는군요. 마치 아침에 깨어난 동고비 새끼처럼 말예요.

어제 아침에 나는 혼자 극장엘 갔어요. 영화를 보러 갔냐고요? 아니요. 내가 극장엘 간 건 마음껏 울고 싶은데 마땅히 울 장소를 찾지 못했기 때문이에요. 마침 마리사가 집 안 청소를 하러 올 시간이었거든요. 당신도 그 포르투갈 여자가 얼마나 시끄러운지 잘 알 거예요. 그녀가 청소를 한번 시작하면 어찌나 부산스러운지 어떤 땐 집 안에 마리사가 서너 명씩 돌아다니는 것 같은 기분이 든다니까요. 게다가 덜렁대기는 또 얼마나 덜렁대는지, 한 번 왔다 갈 때마다 접시를 몇개나 깨뜨렸는지 확인하는 것도 내 일이죠.

하지만 토마스, 마리사가 없었더라면 우리 집은 벌써 돼지우리가 되고 말았을 거예요. 당신도 알다시피 나는 몸이 너무 약해서 마루만 한 번 닦고 나도 온몸이 꺼지는 것처럼 피곤해지잖아요. 그래서 난 그 덜렁이 마리사에게 늘 고마운 마음을 가지고 있어요. 그리고 비록 가난하지만 그녀의 입가엔 언제나 즐거운 멜로디가 흘러다니죠. 송로버섯처럼 까맣고 뭉툭한 코에서 어떻게 그런 아름다운 음악이 흘러나오는지, 참 신기해요. 참치잡이를 나갔던 큰아들이 배에서 떨어져 죽었다는 소식을 들었을 때조차도 그녀의 콧노래는 단 하루 멈췄을 뿐예요. 사람들은 그런 그녀를 아무 생각 없고 덜떨어진 여자라고 생각하지만 그녀의 뚱뚱한 몸에서 샘물처럼 솟아나는 그 유쾌한 에너지가 실은 얼마나 귀한 하나님의 선물인지!

이런! 순서가 또 어긋났군요. 원래 마리사 이야기를 하려던 게 아니었는데…… 미안해요, 토마스. 다시 시작할게요. 어제 내가 들어간 극장엔 사람이 아무도 없었어요. 하긴 아침 열시에 지루하기 짝이 없는 프랑스 영화를 보러 올 사람이 얼마나 있겠어요. 덕분에 나는 맨 앞자리에 앉아 영화가 끝날 때까지 다른 사람 눈치 볼 필요 없이 마음껏 울 수 있었죠. 그래서 영화가 끝났을 때는 눈이 퉁퉁 붓고 온몸이 녹초가 되었어요. 그런데도 여전히 가슴은 답답하고 머리는 혼란스러웠답니다.

토마스, 헤어날 수 없는 이 슬픔과 분노가 어디서부터 시작됐는지 당신은 짐작할 수 있나요? 그것은 지난주에 받은 한 통의 전화 때문이었어요. 당신 친구, 브루노 말예요.

휴, 이제야 겨우 제대로 길을 들어선 것 같군요. 그래요, 모든 게 거기서부터 시작된 거예요. 그가 당신을 찾기에 나는 당신이 취재를 하러 생트로페에 갔다고 했어요. 그러면서 한편으론 당신이 가장 가까운 친구인 브루노에게조차 얘기를 안 하고 갔다는 사실에 약간 놀랐고요. 브루노와 당신은 나와의 잠자리 얘기까지 나누는 사이잖아요. 그런데 어찌된 일인지 내 대답을 들은 브루노가 혼자 한참을 웃었어요. 수화기 저편에서 들려오는 웃음소리가 왠지 나를 비웃는 듯해서 기분이 좀 불쾌했어요. 그래서 왜 웃느냐고 물었더니 브루노는 비꼬는 투로 당신이 소설을 쓰기 위해서 취재를 갔다면 그건 문학잡지에 실릴 만큼 놀라운 일이라고 했어요. 그러면서 그가 말했죠.

요한나, 당신은 그런 말 못 들었나요? 그 친구가 늘 입버릇처럼 하는 말 말예요. '취재를 통해서 얻을 수 있는 건 그리 귀한 게 아니다.'

물론, 나도 당신한테서 그런 말을 들은 적이 있어요. 작가란 족속들은 대개 자신이 경험한 것을 과장하는 경향이 있기 때문에 현상 속에 숨겨진 실체를 보지 못한다고요.

브루노와 통화를 끝냈을 때 나는 뭔가 후추씨처럼 작지만 독성이 강한 어떤 물질이 나의 마음속에 던져진 것을 깨달았어요. 그리고 그 작은 물질은 하루 종일 나의 생각을 움켜쥐고 놓아주질 않았죠. 나는 그게 대체 무엇 때문인지 알아내기 위해서 애를 썼어요. 당신이 말한 그 순서를 말예요.

토마스, 당신은 나를 만난 이후로, 아니, 당신이 글을 쓰기 시작한 이후로 한 번도 취재를 위해서 여행을 간 적이 없어요. 해마다 스위스로 스키를 타러 가는 것도 어디까지나 작품을 다 끝낸 후의 휴식을 위해서였죠. 그런데 무엇이 당신을 그 멋진 휴양도시로 데려간 걸까요?

그날 저녁 나는 생트로페와 관련해 한 가지 기억이 떠올랐어요. 거의 잊을 뻔한 일이었지만 그 작은 후추씨 덕분에 용케도 생각이 났죠. 그것은 얼마 전 서재에 들어갔다가 우연히 한 장의 팸플릿을 발견한 일이었어요. 당신도 생각날 거예요. 시청 문화국에서 주최한 미술전시회 팸플릿 말예요. 거기엔 어느 화가가 그린 생트로페 항구의 그림이 실려 있었어요. 하늘엔 곧 폭풍우라도 칠 것처럼 구름이 잔뜩 끼어 있었고 고깃배들은 나뭇잎처럼 위태롭게 바다 위에 떠 있었죠. 나는 항구가 그렇게 우울한 장소라는 것을 그때 처음 알았어요. 그리고 그 팸플릿을 발견하고 나서야 나는 당신이 나도 모르게 혼자 전시회에 다녀왔다는 걸 깨달았어요. 평소에 그런 전시회에 초대를 받았다면 나에게 같이 가자고 제안을 했을 텐데 말예요. 물론 그 이유가 짐작이 안 되는 바는 아니에요. 그건 보나마나 얼마 전에 있었던 파티 때문이었겠죠.

미안해요, 토마스. 순서가 또 바뀌었군요. 귄터의 출판기념회 말예요. 그 얘기부터 했어야 했는데……

어쨌든 계속할게요. 평소의 나라면 파티에서 조용히 입을 다물고 있었을 거예요. 당신도 알다시피 내가 사람들 앞에선 낯을 가리는 편이잖아요. 그런데 그날은 좀 달랐어요. 나는 파티의 주인공이라도 되는 양 신이 나서 떠들어댔고 사람들은 내가 하는 이야기에 귀를 기울였죠. 나 자신도 놀랄 만큼 기분이 유쾌했어요. 그날 나는 전생에 대해서…… 토마스, 화내지 말아요. 당신은 내가 전생에 대한 이야기만 꺼내면 화부터 내곤 하는데, 그건 작가로서 너그럽지 못한 태도예요. 언제나 나서기 좋아하고 잘난 체하는 미하엘조차도 그날은 내 얘기에 진지하게 귀를 기울였잖아요.

토마스, 사람들은 다들 죽음을 두려워해요. 당신도 그렇고 나도 그렇고, 그날 모인 사람들도 마찬가지예요. 그들이 내 말에 흥미를 느낀 건 자신들이 어디에서 와서 어디로 가는지 궁금해서였어요. 그런데도 당신만은 그러지 않았어요. 사람들이 내 얘기를 경청하는 동안 당신의 얼굴은 점점 더 굳어졌어요. 나는 옆에서 분명히 그걸 느낄 수 있었죠. 그러다 애써 웃으면서 짐짓 지어낸 듯한 목소리로 말했어요.

여보, 그쯤 해두지 그래.

그날 내가 평소보다 술을 좀 과하게 마신 건 사실이에요. 하지만 그렇게 사람들 앞에서 거침없이 떠들어댄 게 반드시 알코올 때문만은 아니었어요. 나를 쳐다보는 사람들의 눈빛은 나에게 용기를 주었고, 그건 정말이지 유쾌한 경험이었어요. 그런데도 당신은 그저 내가 실수를 할까봐 걱정만 했어요. 솔직히 나는 당신의 그런 위선적인 모습에 구역질이 났어요. 그래서 일부러 못 들은 척 계속 떠들어댔죠. 당신은 똥 마려운 강아지처럼 계속 안절부절못하다 급기야 집에 급한 일이 있다면서 나를 납치하다시피 차에 태우고 집으로 돌아왔고요. 그날 당신이 내 팔을 어찌나 우악스럽게 잡아당겼는지 나중에 보니 드레스의 소맷부리가 찢어져 있더군요. 우린 밤새도록 서로 고함을 지르며 싸웠어요. 그날 우리 사이에 전쟁터의 화살처럼 날아다니던 말들이 생각나는군요.

당신은 내가 사람들에게 주목받는 게 기분나빠요?

자신의 아내가 무식하다는 걸로 주목을 받는다면 기분좋아할 사람이 누가 있겠어?

토마스, 지금 내가 무식하다고 얘기한 거예요?

정확히 말하자면 그래. 제발 사람들 앞에서 그 점성술이니 전생이니 하는 멍청한 소리 좀 그만두란 말이야.

그럼 내 얘기를 재밌게 들은 당신 친구들도 다 멍청한 사람들이겠군요.

착각하지 마. 당신이 싸구려 잡지에서 읽은 그런 한심한 얘기를 사람들이 믿을 것 같아? 그 재수없는 미하엘 놈이 비웃는 소리를 당신도 들었어야 했다고.

천만에요. 비웃기는커녕 미하엘은 나에게 자신의 전생이 뭔지 가르쳐달라고까지 했는걸요.

그래서? 그놈 전생이 박쥐였나? 어두운 동굴 속에서 하루 종일 숨어 있다 밤에만 나타나는?

그건 본인 이외의 다른 사람에겐 말할 수 없어요.

맙소사! 그게 바로 그 자식의 수법이야. 그놈은 언제나 그런 식으로 나의 약점을 붙들고 늘어진다니까.

그러니까 잘난 작가 나리의 약점은 바로 나라는 존재였던 거군요.

그래요. 그건 전시회가 열리기 얼마 전의 일이었고 나는 다시는 파티 따위엔 가지 않겠다고 선언했어요. 당신은 아마 차라리 잘됐다고 생각했을 거예요. 부끄러운 아내가 잘못 입을 열어 점잖은 손님들 앞에서 창피를 당할까봐 두려웠을 테니까요. 그래서 전시회에 초청받은 사실조차 나한테 알리지 않았을 테죠. 나는 당신이 나도 모르게 혼자 전시회에 다녀온 것에 대해 솔직히 아무 유감이 없었어요. 당신은 능히 그럴 수 있는 남자니까요. 이제 와서 새삼스럽게 당신을 비난하려는 건 아니에요, 토마스. 난 당신이 생트로페로 취재를 간 게 그날 전시회에서 본 어떤 그림 때문에 갑작스런 영감을 받아 떠난 거라고 생각했을 뿐예요. 그런데 내 마음속에 던져진 그 치명적인 물질은 대체 뭐였을까요? 그 후추씨 말예요.

권터의 출판기념회, 전생, 미하엘, 미술전시회, 생트로페, 브루노의 웃음소리…… 브루노와 전화를 끊고 난 이후 하루 종일 나의 머릿속에선 수많은 생각들이 떠다녔어요. 그런데 아무리 궁리를 해도 중요한 뭔가가 하나 빠져 있어서 도저히 그 퍼즐을 끼워맞출 수가 없었어요. 그러다 저녁을 먹고 잠자리에 들기 직전에야 비로소 그게 뭔지를 깨달았죠.

여자!

맞아요. 그게 바로 그 복잡한 퍼즐의 해답이었어요. 당신에겐 여자가 있었던 거예요. 그리고 취재를 간다는 핑계로 정부와 함께 생트로페로 여행을 떠난 거고요.

토마스, 이제 와서 부정할 생각은 하지 마세요. 그날 시청 문화국에서 주최한 전시회에 당신은 혼자 가지 않았어요. 나에겐 전시회에 초청을 받았다는 사실조차 말하지 않고 평소에 마음에 담아두었던 어떤 여자에게 전화를 걸었겠죠. 매사에 소심하기만 한 당신에겐 분명 큰 용기가 필요했을 테지만 야수파의 미술전시회는 꽤나 그럴듯한 핑곗거리가 됐을 거예요. 그리고 둘이 전시회에 가서 그림을 봤겠죠. 난 그날 두 사람 사이에 어떤 대화가 오갔을지도 상상할 수 있어요. 고매하신 작가 옆에서 산 게 벌써 몇년이에요?

왜 야수파들은 생트로페 항구를 그렇게 많이 그렸을까요?

그건 아마도 모델비를 지급하지 않아도 됐기 때문이 아니었을까요?

그리고 서로 마주 보며 웃었겠죠. 두 사람 사이에선 눈에 보이지 않는 위험한 호르몬이 아우성을 쳤을 테고요.

토마스, 당신은 사랑에 배신당한 여자를 당신의 소설 속에 등장시킨 적이 있나요? 그날 나는 수면제를 다섯 알이나 먹고도 밤새도록 한숨도 못 잤어요. 처음엔 나의 직감이 어긋났다고 믿고 싶었어요. 시간이 너무 많은 주부가 흔히 상상해볼 만한 일이라고 말예요. 그래서 시트콤에 나오는 대로 엉뚱한 오해가 불러일으킨 해프닝으로 끝나길 바랐어요. 하지만 불행하게도 그 작은 후추씨는 하룻밤 새에 거대한 숲으로 자라나 나를 꼼짝 못하게 가두고 말았어요.

길거리에서 지갑을 주웠다면 얼마가 들어 있는지 궁금하듯이 남편에게 정부가 생겼다는 사실을 알게 된다면 누구라도 먼저 상대가 누군지 궁금할 거예요. 한심해 보일진 모르지만 나도 그랬어요. 미칠 듯한 배신감과 슬픔 속에서도 나는 당신과 눈이 맞은 여자가 누구일지 궁금했어요. 당신의 작품을 보고 반한 말라깽이 문학소녀? 아니면, 출판기념회에서 만난 줄담배를 피우는 저널리스트? 아니에요. 그런 건 소설에나 등장하는 일이지 현실에선 거의 일어나지 않는 일이죠. 누군가 당신과 눈이 맞았다면 그것은 분명 당신 주변에서 맴돌던 여자일 거예요. 마치 대부분의 살인자가 이미 희생자와 알고 지내던 사이인 것처럼 말예요. 그게 바로 현실이죠.

다음날 아침, 나는 전화번호부를 펴놓고 당신이 알고 있는 여자들의 명단을 작성했어요. 우리가 알고 있는 친구들과 이웃들, 파티에서 만난 그저 그런 여자들, 심지어는 당신 어머니의 이름까지 한 명도 빠짐없이

모두 적어넣었죠. 그리고 가능성이 낮은 순서대로 이름을 하나씩 지워
나가기 시작했어요.

　안젤라, 카타리나, 수잔느…… 그러니까 그것은 일종의 소거법이었
어요. 물론 당신과 그들 사이에서 무슨 일이 일어났는지 모두 다 알 수
없었기 때문에 판단의 근거는 대부분 나의 직관에 의존해야 했죠. 대신
난 그만큼 더 신중했어요. 비비안나, 에바, 모니카…… 모니카를 지울
까 어쩔까 잠시 망설이긴 했어요. 나는 당신이 모니카와 통화를 할 때
마다 왠지 모르게 조금 흥분해 있다는 느낌을 받았거든요. 다른 작가
들도 자신의 출판대리인과 통화를 할 때 그러는지 어쩐지는 모르지만
나는 곧 그녀의 이름을 명단에서 지워버리고 말았어요. 적당한 핑곗거
리를 찾아서 사무실로 전화를 해보니 그녀는 불쌍하게도 편도선이 잔
뜩 부어 목소리가 안 나오는데도 출근을 해서 원고와 씨름을 하고 있
더군요.

　나는 모든 가능성을 염두에 두고 그들과 당신 사이에 있었던 일들과
서로 주고받은 말들, 그리고 당신을 바라볼 때의 눈빛과 작은 몸짓 하
나까지도 놓치지 않고 머릿속에 떠올리며 마치 웨딩드레스를 고를 때
처럼 신중하게 이름을 지워나갔어요. 그런 식으로 하루를 보내고 나니
모두 열 명의 후보가 남더군요. 그 열 명의 후보를 고르는 것만으로도
나는 완전히 탈진해버렸어요. 하지만 포기할 수는 없었어요. 다른 사람
이 보면 틀림없이 미친 짓이라고 했겠지만 그것은 나의 인생이 송두리
째 걸린 중대한 일이었으니까요. 그날 밤엔 온몸에 열이 나고 머리가
쪼개지는 것처럼 아파서 집에 있는 알약들을 어디에 먹는 약인지 제대

로 살피지도 않고 마구 집어삼켰죠. 그리고 새벽녘에야 겨우 잠이 들었는데, 꿈속에서 당신은 명단에 남은 열 명의 여자들과 한 침대에서 뒤엉켜 섹스를 하고 있었어요. 정말 끔찍한 악몽이었답니다.

다음날은 마리사가 올 때까지 침대에 누워 있다가 그녀가 만들어준 포르투갈식 양고기수프를 먹고 겨우 정신을 차릴 수 있었어요. 당신 혹시 포르투갈식 양고기수프를 먹어본 적이 있나요? 사실 나는 그게 포르투갈식인지 어떤지 잘 몰라요. 다만 마리사가 만들었기 때문에 그렇게 생각한 것 뿐예요. 그런데 솔직히, 마리사에겐 미안한 얘기지만, 맛은 형편없었어요. 다만 정신을 차리는 데는 그만이더군요. 어쨌든 수프를 먹고 난 후에 나는 침대에 누워 남은 열 명의 명단을 들고 다시 선별 작업을 시작했어요.

생각해보면 그 소거법은 참으로 잔인한 방법이었어요. 이름을 남겨두어야 할지 아니면 지워야 할지를 놓고 모든 가능성의 극단까지 가서 불길처럼 활활 타올라 마침내 재가 되어 스러질 때까지, 그래서 백지처럼 모든 게 명백해질 때까지 끝없이 의심을 계속해야 했으니까요. 그렇게 나는 열 명을 다섯 명으로, 다섯 명을 다시 세 명으로 줄이는 일을 계속했어요.

아마 내 생전에 그때처럼 집중력이 발휘된 때는 없었을 거예요. 그 일을 하는 동안 나는 마치 눈에 보이지 않는 작은 오류를 수정하기 위해 실험을 거듭하는 화학자처럼 조심스럽고 신중했으니까요. 도중에 몇 번이고 너무 지쳐서 다 때려치우고 명단을 찢어버릴까 하는 생각도 했지만, 나는 타오르는 불길 너머에 숨어 있는 진실을 향해 조금씩 다가갈수록 자신도 모르게 흥분하고 있다는 걸 발견했어요. 남편의 정부를 골라내는 일에 희열을 느꼈다면 틀림없이 정신나간 여편네라고 생각하겠죠. 하지만 그건 어느 정도 사실이었어요. 태양계 뒤편에서 새로운 별을 발견한 천문학자의 기분이 그랬을까요?

하지만, 토마스. 나는 곧 그 별이 끔찍한 지옥으로 변하는 걸 목격해야 했답니다. 얼마 지나지 않아 마침내 단 한 명의 이름만 남겨놓고 모든 여자들의 이름을 지웠거든요. 그리고 명단에 마지막으로 남은 이름을 들여다보며 나는 심장이 멎을 것 같은 충격을 받았어요. 그게 누군지 아세요, 토마스? 오! 그건 바로 나디아 울이었어요.

놀랐나요, 토마스? 그건 진작 명단에서 지워졌어야 될 이름이었어요. 아니, 처음부터 명단에 올라서는 안 되는 이름이었죠. 그런데 어떻게 그 금지된 이름이 맨 마지막까지 남게 된 걸까요? 나는 내 눈을 의심하고 어디서부터 잘못됐는지 몇 번이고 다시 명단을 확인했지만 그것은 부정할 수 없는 명백한 결과였어요. 나는 단 한 명의 이름만 남은 명단을 든 채 몇 시간 동안 꼼짝 않고 멍하게 앉아 있었어요. 머릿속에선 아무런 생각도 떠오르지 않았고 그저 활활 타오르는 불길만이 눈앞에 가득했죠.

토마스, 두 사람 사이에 무슨 일이 벌어진 건가요? 도대체 뭐가 잘못됐기에 나디아와 눈이 맞은 거죠? 단지 등잔 밑이 어두웠던 건가요? 그애에게 무슨 짓을 한 건가요, 토마스? 내가 가장 사랑하는 여동생 나디아에게 말예요. 오! 하나님…… 이 편지를 쓰고 있는 지금도 나는 울음을 멈출 수가 없답니다.

토마스, 잠깐만요. 물이라도 마시고 마음을 좀 진정시켜야겠어요. 원래 이렇게 감정적으로 편지를 쓸 생각은 아니었는데……

당신은 어떻게 나디아의 이름이 맨 마지막까지 남았는지 궁금하겠죠? 그리고 이번에도 내가 엉뚱한 감정에 빠져 잘못된 결론을 얻은 거라고 생각하겠죠?

하지만 토마스, 들어보세요. 당신은 우리에게 일어나는 일들 사이에 보이지 않는 질서가 숨어 있다고 했지만 난 그렇게 생각하지 않아요. 새삼 당신의 주장을 반박하려는 건 아니지만 세상에서 벌어지는 일들을 우리는 다 이해할 수 없어요. 다만 그러려고 노력하는 것뿐이죠. 우리는 아직도 코끼리가 어디에 가서 죽는지, 그리고 철새들이 어떻게 길을 잃지 않고 그 광대한 바다를 건너가는지 모르잖아요. 세상엔 그렇게 설명할 수 없는 일들이 가득해요. 늘 언니를 걱정하고 아껴주던 그 착한 나디아가 자신의 형부랑 눈이 맞을 줄 누가 상상이나 할 수 있었겠어요.

당신도 알다시피 부모님이 돌아가신 후부터 줄곧 그애는 나에게 가장 소중한 존재였답니다. 비록 나보다 나이는 어리지만 어릴 때부터 그애는 늘 나보다 더 똑똑했죠. 도저히 답을 구할 수 없는 인생의 혼란스러운 문제로 괴로워할 때도 그애는 언제나 나에게 올바른 조언을 해주었어요. 당신에게 전화를 걸어보라고 한 것도 바로 나디아였어요.

기억나나요, 토마스? 당신이 나에게 구애를 하다 지쳐 브레멘에 있는 부모님 집으로 돌아가 있을 때 내가 당신에게 전화를 걸었잖아요. 그때는 우리 둘 다 매우 힘든 시절이었죠. 나는 당신을 사랑했지만 우리의 미래에 대해서는 막연한 두려움밖에 없었고요. 브레멘으로 돌아가던 날, 당신은 마지막으로 나의 사랑을 확인하고 싶어했지만 어리석게도 나는 거기에 대해 아무런 대답을 하지 못했어요. 왜냐하면 그 순간은 나 자신도 당신을 사랑하는지 어떤지 혼란스러웠거든요.

토마스, 당신을 떠나보내고 내가 얼마나 깊은 실의에 빠져 있었는지 아세요? 밥도 안 먹고 며칠 동안 침대에 파묻혀 울기만 했답니다. 그리고 그때 비로소 당신이 나에게 얼마나 소중한 존재인지를 깨달았어요. 하지만 차마 당신에게 전화를 걸 용기가 없었죠. 그때 나디아가 없었더라면!

그애는 우리의 작별을 자신의 일처럼 안타까워하면서 온갖 말로 나를 설득했어요. 당신이 나의 전화를 기다리고 있으며 만일 전화를 받는다면 틀림없이 기뻐할 거라고, 그리고 자신을 진심으로 사랑해주는 사람 앞에서조차 마음을 열지 못한다면 평생 누구의 사랑도 얻지 못한 채 후회만 하면서 늙어갈 거라고 말예요. 그애의 충고 덕분에 나는 겨우 용기를 내어 당신에게 전화를 걸었고 당신은 내 전화를 받자마자 밤새도록 차를 몰고 달려와 새벽이슬에 젖어 있는 내 침대로 뛰어들었죠.

토마스, 그때 나를 바라보던 당신의 눈빛이 생각나요. 그건 진심으로 사랑에 빠진 남자의 눈빛이었어요. 그런데 그 빛은 언제부턴가 슬그머니 자취를 감추고 매사에 이기적이고 점잔만 빼려는 차가운 눈으로 변해버렸죠. 그래서 실망을 감추고 까다롭게 심판하려는 당신의 눈과 마주칠 때마다 나는 심장이 오그라드는 기분이었어요. 내가 아까 길 잃은 어린 양 얘기를 했던가요? 그래요. 당신은 한 번도 들은 적이 없겠지만 나는 언제나 마음속으로 메에헤, 메에헤, 울고 있답니다.

오! 나디아. 지금 이 순간에도 그애에 대한 생각이 멈추질 않는군요. 내가 그 동안 당신에게 나디아에 대해 지나치게 많은 이야기를 들려준 게 실수였나요? 우리가 나디아에 대해 이야기를 나누는 동안 당신은 그애에 대한 금지된 열망을 조금씩 키워갔겠죠? 우리 사이에 이런 비극이 일어날 줄 미리 알았더라면 당신에게 나디아에 대해 단 한마디도 하지 않았을 텐데! 아니, 나에게 동생이 있다는 사실조차 영원히 숨겼을 텐데! 지금은 당신과 나눴던 그 모든 얘기들이 저주스럽군요.

나는 다음날까지도 명단을 손에 쥔 채 그 자리에 꼼짝 않고 앉아 있었어요. 퍼즐을 풀었으니 이제 진실을 확인하는 절차만 남은 셈이잖아요. 그런데 그것은 죽음보다도 더 두려운 일이었어요. 차라리 그 옛날 폼페이에서 일어났던 비극처럼 어디선가 거대한 화산이 폭발해 모든 걸 화석처럼 굳혀버리길 바랐어요. 그러면 우리 사이에서 벌어진 일들도 영원히 답을 알지 못한 채 잿더미 속에 묻혀버렸을 테니까요. 하지만 아무리 그렇더라도 머릿속의 생각은 멈추질 못하겠더군요. 당신과 나디아가 수영복을 입고 생트로페의 모래사장에서 즐겁게 놀고 있는 광경과 침대에서 뒹구는 장면이 끊임없이 눈앞에 떠올라 나를 괴롭혔으니까요. 그래서 나는 차라리 진실을 확인함으로써 고통스런 상상이 멈추길 바라는 수밖에 없었어요.

　그날 아침, 나는 전화번호부를 뒤져가며 생트로페의 모든 호텔로 전화를 걸었어요. 당신이 나에게 묵고 있는 호텔을 가르쳐주지 않았기 때문이었죠. 토마스, 그것조차 당신의 잘못이라고 말하지는 않겠어요. 당신이 안부전화를 걸어왔을 때도 나는 당신이 어디에 묵고 있는지 물어보지 않았잖아요. 그때 나는 새삼 우리가 서로 얼마나 멀리 떨어져 있는지를 깨닫고 더욱 마음이 아팠어요.

　어쨌든 몇 시간 동안 전화기를 붙들고 있었던 덕에 나는 결국 당신이 묵고 있는 호텔을 알아냈어요. 당신이 뻔뻔스런 사람이란 건 이미 알고 있었지만 바람을 피우러 간 주제에도 당신은 호텔 숙박부에 떳떳하게 본명으로 이름을 올렸더군요. 그 자랑스러운 작가의 이름으로 말예요. 그래서? 호텔측에서 당신이 유명한 작가라는 걸 알아보고 샴페인이라도 한 병 서비스를 하던가요? 그래서 정부와 함께 침대에서 나눠마신 샴페인 맛이 달콤하던가요?

　교환원이 전화를 연결하는 동안 나는 곧 밝혀질 무서운 진실 앞에서 숨이 멎을 것 같아 전화를 끊어버리고 싶었어요. 그런데 미처 전화를 끊을 새도 없이 수화기에선 곧 독일 억양이 강한 어느 여자의 목소리가 흘러나왔어요. 그래요. 작은 망설임조차 없이 진실은 그렇게 거침없이 들이닥치더군요. 나는 그녀의 목소리를 들을 때까지도 제발이지 내가 생각한 게 사실이 아니기를 빌었어요. 차라리 언제나 호시탐탐 당신을 노리는 색광녀 수잔느의 목소리가 흘러나오길 바랐어요. 그런데……
오! 그것은 분명 나디아의 목소리였어요. 토마스, 아무리 멀리 떨어져 있어도 내가 어떻게 그애의 목소리를 잊을 수 있겠어요? 나디아의 목소리를 듣는 순간, 나는 그만 수화기를 손에서 떨어뜨리고 말았어요. 그리고 울면서 혼자 극장으로 달려갔던 거예요.

극장에 앉아서 우는 동안 스크린에선 프랑스 영화가 상영되고 있었어요. 눈에선 끊임없이 눈물이 흘러내려 화면을 제대로 볼 수 없었지만 그래도 대강의 이야기는 짐작할 수 있었어요. 여느 영화에서처럼 서로 사랑하는 남녀가 있어요. 제목은 기억나지 않지만 여자의 직업이 이발사였던 것 같아요. 두 사람은 서로 진심으로 사랑하죠. 우리처럼 서로를 속이지도 않아요. 그런데 여자는 남자에게 편지를 남겨두고 물 속으로 뛰어들어 자살을 해요. 두 사람 사이에 아무런 문제도 없었는데 말예요. 그 이유는 사랑이 식기 전에, 불행이 찾아오기 전에, 그래서 영원히 자신을 잊지 못하도록 하기 위해서라는 거였어요.

토마스, 당신은 그 여자 이발사를 이해할 수 있나요? 나는 어제 영화를 보면서 미리 죽음을 택한 그녀가 한없이 부러웠답니다. 우리에게도 그런 날들이 있었죠. 시간이 영원히 멈추었으면 하는 그런 순간 말예요. 결혼식이 열리던 날, 나는 하얀 드레스를 입고 당신의 품에 안겨 춤을 추었어요. 파란 잔디밭, 조금은 더운 듯한 공기와 그 속에 실려 흘러다니던 행복의 기운, 부드러운 샴페인 향기, 하객들의 웃음소리, 그리고 나를 영원히 사랑할 것 같은 당신의 눈빛…… 오! 토마스. 그 순간 시간이 멈춰버렸더라면! 내가 당신의 손을 잡고 드레스를 휘날리며 멋지게 턴을 하던 바로 그 동작에서 세상이 화석처럼 굳어버렸더라면!

토마스, 나는 이 세상에서 내가 가장 사랑하는 사람들을 한꺼번에 모두 잃었어요. 당신과 나디아…… 우리 사이에 아이가 있었더라면 조금 위안이 되었을까요? 하지만 당신은 나에게 그럴 기회조차 주지 않았죠. 몇 년 전, 실수로 임신을 했을 때 당신은 나에게 낙태를 하도록 종용했어요. 그리고 우는 나를 달래며 말했어요.

나는 당신만으로도 충분해. 아니 그것조차 나에겐 과분해.

당신은 나를 위로하려고 애를 썼지만 그 때문에 나는 심한 마음의 상처를 입었어요. 내가 지금도 일주일에 한 번씩 정신과 치료를 받는 게 다 무엇 때문이겠어요? 아이 문제로 당신을 탓해본 적은 없지만 지금은 당신이 원망스럽군요. 왜냐하면 지금 이 순간 나에게 남겨진 건 아무것도 없으니까요.

토마스, 당신은 우리가 함께한 지난 십 년간의 세월을 송두리째 물거품으로 만들어버렸어요. 그리고 나뿐만이 아니라 당신의 부모와 당신 친구들, 그리고 결혼식에 참석한 모든 하객들을 속였어요. 그들 앞에서 당신은 우리가 영원히 함께할 거라고 맹세했잖아요. 삼 년 전에 돌아가신 당신 아버지의 얼굴이 떠오르는군요. 그분은 언제나 나를 친딸처럼 대해주셨죠. 결혼식 피로연에서 그분이 나에게 춤을 청했는데 어찌나 멋지게 춤을 추시던지!

보세요. 지금 나는 여호와의 말씀을 생각하고 있어요.

오라. 우리가 서로 변론하자. 너희 죄가 주홍 같을지라도 눈과 같이 희어질 것이요. 진홍같이 붉을지라도 양털같이 되리라.

토마스, 우리는 지금 벗어날 수 없는 죄악의 동굴에 갇혀 있어요. 이 끔찍한 저주가 너무 두려워요. 하지만 이제 더이상 당신을 원망하진 않아요. 한때는 당신도 나를 열렬히 사랑해주었고 나에게 커다란 기쁨을 주었잖아요. 나디아는 너무나도 사랑스런 아이죠. 정신이 멀쩡한 남자라면 누구라도 그애와 사랑에 빠지고 싶을 거예요. 당신도 예외는 아닐 테고요.

토마스, 이사야서의 말씀대로 이제 우리는 서로 변론하고 주홍 같은 죄를 씻어야만 해요. 하지만 그러기 위해선 먼저 누군가 반드시 죗값을 치러야 돼요. 그렇지 않다면 우리의 죄는 화석처럼 영원히 남을 테니까요. 그리고 나는 그 죗값을 치러야 하는 사람이 누군지 이제야 비로소 깨달았어요.

토마스, 우리에게 내린 이 끔찍한 저주가 무엇 때문인지 당신은 모를 거예요. 당신은 내가 또 멍청한 소리를 한다고 하겠지만 고백하자면 그것은 바로 내 전생 때문이에요. 나는 당신에게 전생에 대해 많은 얘기를 했지만 정작 나 자신의 전생에 대해서는 한마디도 한 적이 없어요. 왜냐하면 그것은 부끄러움과 죄악으로 가득 찬 인생이기 때문이죠.

네로의 어머니, 아들과 상피 붙고 남편을 독살한 요부! 그래요. 나 자신도 믿고 싶진 않지만 불행하게도 그 로마의 악녀, 아그리피나가 바로 나의 전생이랍니다. 그녀는 살인을 일삼았고 수많은 부정을 저질렀어요. 그러므로 죗값을 치러야 하는 사람은 당신과 나디아가 아니라 바로 나 자신이에요. 지금도 나의 귓가엔 그녀가, 아니 내가 저지른 악행에 대한 사람들의 원성이 들려온답니다.

토마스, 이제 작별할 시간이 가까워오는군요. 어제 나는 극장에서 나와 주류점에 들러 동 페리뇽을 두 병 샀어요. 한 병은 나를 위해, 나머지 한 병은 당신을 위해. 기억나나요? 그것은 우리가 결혼식 날 마셨던 샴페인 이에요. 어쩌면 지금쯤 당신은 이미 한 병을 다 마셨을지도 모르겠군요.

이 편지를 쓰는 데 꼬박 하루가 걸렸어요. 그 동안 마리사가 다녀갔고 요. 내가 서재에서 편지를 쓰는 동안에도 그녀는 여전히 정신없이 집 안 을 헤집고 돌아다니는군요. 이제 그녀의 콧노래를 들을 수 없다는 게 안 타까워요. 아, 참. 그러고 보니 그녀에게 이달치 월급도 아직 못 줬네요. 당신이 주도록 하세요. 보너스도 두둑이 얹어서요. 그녀의 딸, 아말리아 가 얼마 전 아이를 낳았는데, 남편이 아이가 자기를 닮지 않았다는 이유 로 자고 있을 때 몰래 귀에다 커다란 말파리를 집어넣었대요. 글쎄, 말 파리가 귓속에 알을 낳아 구더기가 뇌 속으로 파고들어 아이를 죽게 만 들려고 했다지 뭐예요. 정말 끔찍한 아버지죠! 결국 마리사는 사위를 살인미수죄로 경찰에 넘겼고, 병원에 가서 말파리를 빼내기는 했지만 가엾게도 아이는 입으로 계속 붕붕거리면서 말파리 소리를 낸대요.

토마스, 얼마 안 있으면 집에 도착하겠군요. 이제 내 계획을 들려줄 까요? 당신이 공항에서 택시를 타고 집으로 오는 동안 나는 따뜻한 물 이 담긴 욕조 안에 몸을 담그고 천천히 샴페인을 마실 거예요. 그리고 그 샴페인 안에는 나를 죽음으로 인도할 아코니틴이란 독약이 들어 있어요. 바로 투구꽃의 뿌리에서 얻은 독이죠. 화원을 하는 내 친구 카타리나에게 몇 달 전에 얻어놓은 거예요. 시안화칼륨이나 비소에 비할 바는 아니지만 그래도 죄 많은 여인을 저 세상으로 인도하기에 충분할 만큼 독성이 강하답니다.

놀라지 말아요, 토마스. 그리고 지금 당장 욕실 문을 열어서 나의 죽음을 확인해볼 필요는 없어요. 응급구조대나 경찰을 부를 필요도 없어요. 당신이 집에 도착해 편지를 발견했을 때는 이미 모든 저주와 고통이 끝난 뒤일 테니까요. 나의 죽음은 이천 년 전에 내가 저지른 주홍 같은 죄를 씻는 정화의 의식이며 당신과 나디아가 범한 불륜의 죄를 씻어줄 대속의 의식이에요. 그러니 공연히 마누라라도 죽은 것처럼 호들갑을 떨지는 마세요.

어제 극장에서 본 프랑스 영화의 주인공처럼 일찍 떠났더라면, 그래서 마음속에 행복을 간직하고 떠날 수 있었더라면 좋았을 텐데 모든 게 너무 늦었군요. 하지만 후회하진 않아요. 우리는 죽어도 언젠간 다시 태어나니까요. 내가 다음 생에 무엇으로 환생할지는 모르지만, 설사 박쥐로 태어난다 한들 지금의 생보다 못하진 않을 거예요. 그 미물조차도 자기들끼리 서로 속이는 일은 없을 테니까요. 하고 싶은 말은 많지만 시간이 얼마 남지 않았군요. 방금 당신이 공항에 도착했다는 전화를 걸어왔어요. 토마스, 부디 건강하세요. 술 너무 많이 마시지 말고요. 언제나, 그리고 당신만을 사랑했어요. 나디아에게도 안부 전해주세요. 그리고 제가 그애를 얼마나 사랑했는지도요.

—당신의 요한나

그가 편지를 다 읽었을 때 샴페인 병은 깨끗이 비워져 있었다. 그는 자리에 앉은 채 한동안 멍하게 욕실 쪽을 바라보았다. 그의 머릿속에선 감당할 수 없을 만큼 많은 생각들이 뒤범벅되어 혼란스럽게 떠다니고 있었다.

경찰을 부를까? 아니, 그러기 전에 먼저 요한나가 진짜로 죽었는지 확인해야겠지. 하지만 그녀의 시체를 보는 건 정말 내키지가 않는군. 평생 그 모습이 머릿속에 남아서 나를 괴롭히겠지. 게다가 피라도 토했다면 더욱 끔찍할 거야. 젠장, 그 아코니틴이란 독은 대체 뭐지? 혹시 경찰이 나를 살인범으로 모는 건 아닐까? 멀쩡한 가정주부가 죽었다면 누구라도 먼저 남편을 의심할 거야. 게다가 동기도 충분하잖아. 그런데 요한나는 우리가 바람피운 걸 어떻게 알아냈지? 점성술이라도 쓴 건가? 그놈의 소거법은 뭐고 아그리피나는 뭐람! 게다가 또 그 망할 놈의 프랑스 영화는? 아이고, 골치 아파. 도대체 요한나의 머릿속엔 뭐가 들어 있는 건지. 어쩌면 나를 살인범으로 몰려는 게 그녀의 의도일지도 몰라. 자신의 죽음을 통해 복수를 한다? 요한나처럼 괴상한 생각을 많이 하는 여자라면 능히 그럴 수도 있을 거야. 미치겠군! 이럴 줄 알았으면 공항에서 타고 온 택시의 차 번호라도 적어놓는 건데. 심장이 이렇게 빨리 뛰는 걸 보면 나도 꽤나 당황한 모양이군. 그나저나 나디아가 이 사실을 알면 얼마나 놀랄까? 어쩌면 잘됐다고 생각할지도 몰라. 그녀는 자신의 언니가 너무 멍청하다고, 차라리 죽어버렸으면 좋겠다고 말했잖아. 그래도 생각해보면 멋진 여행이었어. 정말이지, 나디아는 너무 밝힌다니까. 그 얌전한 플레어스커트 속에 그렇게 뜨거운 엉덩이를 숨기고 있을 줄 누가 알았겠어! 그런데 심장이 너무 빨리 뛰는 것 같군. 와인 한 병을 혼자서 다 마신데다 이런 끔찍한 상황이 닥쳤으니 그럴 만도 하지. 이럴 때일수록 정신을 바짝 차려야 돼. 자칫하면 살인범으로 몰릴 수도 있다고. 진정제라도 한 알 먹어두는 게 도움이 되지 않을까? 그나저나 경찰에 연락하면 틀림없이 기자들도 달려올 텐데. 소설가 아내의 자살이라. 하이에나 같은 그 작자들에게 얼마나 향기로운 먹잇감인가! 휴, 생각만 해도 끔찍해. 그런데 심장박동이 점점 더 빨라지는 것 같아. 숨쉬는 것조차 거북스럽군. 그래, 차라리 마리사를 부르는 게 낫겠어. 그녀라면 일을 잘 해결할 수 있을 거야. 머리가 좀 모자라긴 하지만 낙천적인 여자니까. 속은 또 왜 이렇게 메스껍지? 젠장, 이러고 앉아 있느니 누구든지 빨리 부르는 게 낫겠어.

그는 전화를 걸기 위해 자리에서 일어섰다. 아니 일어서려고 했다. 그런데 마치 몸을 의자에 묶어놓은 것처럼 꼼짝할 수가 없었다. 그는 온몸에서 힘이 빠지고 점차 의식이 멀어지는 것을 느꼈다. 그는 손에 든 편지를 바닥에 떨어뜨렸다. 그런데 이때 뜻밖의 일이 벌어졌다. 욕실의 문이 열리며 그의 아내가 목욕 가운을 입은 채 밖으로 나온 것이다. 손에는 자신이 마신 것과 똑같은 샴페인 병을 들고 있었고 가운을 제대로 여미지 못해 한쪽 젖가슴이 비어져나와 있었다. 술을 잔뜩 마신 듯 얼굴이 발그레했지만 다른 징조는, 예컨대 죽음의 징조 같은 것은 없어 보였다. 그의 아내는 술병을 손에 든 채 뭔가 이해할 수 없다는 표정으로 그를 바라보았다.

여보, 어떻게 된 거죠? 내가 아직 살아 있는 건가요? 머리가 이렇게 아픈 걸 보면 살아 있긴 한 것 같은데…… 그런데 당신은 왜 그러고 있어요? 안색이 안 좋아 보이네요.

순간, 그의 머리가 꽝 소리를 내며 테이블 위로 떨어졌다. 그는 가물거리는 의식 속에서 자신에게 일어난 일을 순서대로 떠올리려고 노력했지만, 그래서 자신이 왜 의자에서 몸을 떼어낼 수 없는지 이해하려고 했지만, 머릿속에선 나디아의 커다란 엉덩이만 둥실둥실 떠다닐 뿐 아무런 생각도 떠오르지 않았다.

이때, 현관문이 열리는 부산스런 소리와 함께 마리사의 콧노래가 들려왔다. 그리고 곧이어 희미해지는 그의 의식 속으로 마리사의 호들갑스런 목소리가 들려왔다.

마님! 드디어 마노엘의 입에서 말파리 소리가 멈췄대요. 점성술사가 그러는데 그애는 전생이 동고비였다지 뭐예요, 글쎄. 그러니 말파리 따위가 무슨 재주로 그애를 해치겠어요. 동고비한테 잡아먹히지나 않으면 다행이죠. 그런데, 맙소사! 손에 들고 있는 건 술병 아녜요? 대체 무슨 일이 있기에 아침부터 그렇게 술을 많이 마셨어요? 그렇게 속살을 드러내놓고 술병을 들고 있으니 영락없이 그 로마의 악녀…… 이름이 뭐라고 그랬죠? 마님의 전생 말예요, 남편을 독살했다는. 어쨌든 지금 마님이 바로 그 꼴이라고요. 그리고 코르크 마개를 딴 채 와인을 밖에 그냥 놔두는 법이 어디 있어요? 내가 마개를 다시 잘 막아서 냉장고에 있던 것과 바꿔놓긴 했지만 말예요. 아무리 돈이 많아도 그렇게 귀한 와인을 함부로 다루다가는 하나님한테 천벌을 받는다고요. 어머! 그러고 보니 주인님이 돌아와 계신지도 모르고 떠들고 있었네. 여행은 즐거우셨…… 에구머니나! 주인님 코에서 피가 흘러요. 주인님! 정신 차리세요. 빨리 의사를 불러야겠어요. 아무래도 비행기를 너무 오래 탄 모양이에요. 사람이 그렇게 오랫동안 하늘에 떠 있으면 온전할 리가 없죠. 전에도 제가 얘기했지만 하나님은 원래 우리를 땅 위에서 살도록 만드신 거라고요. 그런데 전화기가 어디 있죠? 휴, 도대체 요즘 이 집에서 무슨 일이 벌어지고 있는 건지! 나중에라도 누군가는 반드시 나에게 설명해야 할 거예요. 여보세요. 병원이죠? 네? 오토 씨네 생선가게라고요? 어이쿠, 하나님. 전화가 또 잘못 간 모양이네. 도대체 이게 무슨 난리람!

"유형구가 누구야?"

"유형구?" 숙영이 반문을 하더니 곧 코웃음을 친다. "홍, 대단한 걸 알아내셨네."

"유형구가 누구야?" 대서가 노련한 형사처럼 차분하게 다시 반복한다.

"우리 가게 손님." 숙영도 닳고 닳은 범죄자처럼 곧바로 응수한다.

"손님하고 전화통화를 그렇게 매일 하나?" 대서는 비꼬는 듯한 자신의 말투가 싫어진다. 이런 식으로는 아무 문제도 해결할 수가 없다.

숙영은 다시 '허, 참!'을 몇 번 반복한다. "당신, 심부름센터 직원이라도 고용했어? 남의 통화내역은 어떻게 알았어?"

1

추석이 다가오기 일주일 전, 대서는 경기도 광주 근처의 어느 삼거리
에서 좌회전을 하기 위해 서 있었다. 그가 운전을 하고 있는 기아 카렌
스 승용차에는 아내인 숙영과 딸 경아가 함께 타고 있었다. 그들은 성
묘를 하러 가는 길이었다.

광주에서 용인을 잇는 그 길은 차량의 통행량이 만만치 않은데다 신
호등조차 없어 대서는 신경을 곤두세우고 반대차로에서 차가 끊어지길
기다리고 있었다. 하지만 그곳을 지나는 차들은 한결같이 시속 팔십 킬
로미터가 넘는 속도로 질주를 하고 있고, 좌측으로 굽어진 길은 시야가
확보되지 않아 언제 갑자기 차들이 튀어나올지 몰라 타이밍을 잡기가
쉽지 않았다. 대서는 눈을 부릅뜬 채, 의자에서 등을 떼어 몸을 곧추세
우고 있었다. 세상은 여름내 머금고 있던 물기를 조금씩 잃어가는 대신

대지에서 부지런히 빨아올린 자양분을 단단한 열매로 바꾸어내기 위해 마지막 안간힘을 쓰고 있던, 가을 한낮이었다.

2

"지금 빨리 가, 차 없잖아." 황금색 밴이 옆으로 지나가자 뒷자리에 앉아 있던 숙영이 말한다. 그녀는 지난 여름 홈쇼핑에서 구입한 선글라스를 쓰고 있다.

"알았어, 가만히 있어." 대서는 여전히 고개를 앞으로 뺀 채 반대차선에서 눈을 떼지 않고 대답한다.

갈색 뿔테안경을 쓰고 있는 그의 얼굴엔 거창한 야심이 사라진 대신, 회사원다운 조심성과 규칙성이 엿보인다. 그는 말하자면, 행복해지길 원하기보다는 단지 불행해지는 게 두려운 나이가 되어버린 것이다.

잠시 후, 카렌스가 좌회전을 하기 위해 움찔하자 갑자기 맞은편 모퉁이에서 트럭이 나타나 성난 투우처럼 달려든다. 트럭은 좌회전 같은 건 꿈도 꾸지 말라는 듯 멀리서부터 클랙슨을 울려대며 헤드라이트를 번쩍거린다. 트럭이 대서의 차를 받아버리기라도 할 것처럼 바로 옆으로 요란한 소리를 내며 지나가자 카렌스 승용차는 가냘픈 나뭇잎처럼 부르르 떨며 진저리를 친다.

"개새끼!" 자신도 모르게 대서의 입에서 욕이 튀어나온다.

"아빠, 욕하면 나쁜 사람이야. 욕하지 마!" 뒷좌석에 앉아 있는 경아가 소리를 지른다.

"알았어, 그런데 너 안전벨트 언제 풀었어? 빨리 매!" 대서가 경아를 돌아보며 말한다.

"그러게 그냥 빨리 가지 그랬어." 숙영이 옆에서 한마디 보탠다.

"어떻게 그냥 가? 차가 오는데." 대서가 애써 짜증을 억누르며 말한다.

"차 안 왔었잖아."

"당신은 그쪽에 앉아 있으니까 안 보이지. 내가 알아서 할 테니까 빨리 경아 안전벨트나 매줘." 대서는 점점 더 신경이 날카로워진다.

이때, 뒤에 서 있던 승용차가 빵빵거리며 왜 빨리 안 가냐고, 신경질적으로 클랙슨을 울려댄다. 순간, 대서는 다시 입에서 욕이 튀어나올 뻔하지만 경아를 의식하고 말없이 백미러를 통해 뒤에 서 있는 흰색 승용차를 노려본다. 그는 조금 전부터 울렁대기 시작한 가슴에 습관처럼 손을 갖다댄다. 맞은편에선 여전히 쉴새없이 차들이 달려온다.

"지금 안 오는데……"

숙영도 몸을 앞으로 내밀고 맞은편 차선을 살펴본다. 하지만, 채 말이 끝나기도 전에 다시 택시 한 대가 모퉁이를 돌아 달려온다. 대서는 택시가 지나가면 바로 좌회전을 해야겠다고 마음먹고 운전대를 쥐고 있는 손에 잔뜩 힘을 주는데, 뒤에 서 있던 흰색 승용차가 그새를 참지 못하고 중앙선을 넘어 대서의 차를 앞질러 좌회전을 한다. 마주 오던 택시가 바로 코앞에서 자지러지듯 클랙슨을 울려댄다. 대서는 목덜미와 등이 축축해지는 기분이 든다.

"저거 봐, 당신도 그냥 갔으면 됐잖아." 숙영이 못마땅한 표정으로 말한다. 대서는 차라리 차를 길 한복판에 버려둔 채 차에서 내려 도망가고 싶은 심정이 된다.

공동묘지 진입로에 들어서자, 이미 성묘를 마치고 내려오는 차들의 행렬이 맞은편에 길게 늘어서 있다. 올봄에 시멘트로 새로 포장을 한 진입로는 여름장마에 벌써 군데군데 패어 있다. 진입로 옆으론 작은 하천이 흐르고 그 건너편엔 마을이 자리잡고 있다. 진입로가 생기기 전, 성묘객들은 좁은 마을길을 통해 성묘를 다녔다. 그러다 마을 사람들이 성묘 차량을 막고 몇 차례 시위를 한 끝에 결국 관리소측에서 따로 진입로를 만든 것이다.

물이 바짝 말라붙은 개울에는 검은 이끼로 뒤덮인 돌들이 흉하게 널려 있고 아직도 슬레이트 지붕이 남아 있는 마을 풍경은 여느 시골마을들처럼 황량하기 그지없다. 건너편 구멍가게 앞엔 한 노인이 지팡이를 짚고 서서 건너편의 성묘행렬을 바라보고 있는데, 그의 얼굴에 깊게 팬 고랑이 멀리서도 선명하게 드러나 보인다. 오랜 노동과 강한 자외선이 만들어낸 주름살에는 지혜 대신 가난과 외로움이 잔뜩 묻어 있다.

"어머, 길 막히는 거 좀 봐." 숙영이 인상을 찌푸린다.

"아빠, 나 앞에 탈래." 뒷좌석에 앉아 있던 경아가 앞좌석 사이로 몸을 내민다.

"경아야, 뒤로 가 앉아!" 대서는 뒤를 돌아보며 날카롭게 소리를 지른다.

"치, 아빠는 나빴어." 경아가 입을 삐죽 내밀고 다시 뒷좌석에 털썩
주저앉는다.

경아야, 아빠는 나쁜 사람이 아니라 그냥 두려운 게 많은 사람이
란다.

길가에는 꽃을 파는 행상들이 십여 미터마다 늘어서서 지나가는 차
들을 향해 꽃을 흔들어 보인다. 다들 길가에 너무 가까이 붙어 있어 차
에 치일 것처럼 위태로워 보인다.

"그만 올라가고 대충 아무 데서나 사." 숙영이 말한다.

대서는 아내의 '대충 아무 데서나' 란 말이 귀에 거슬린다. 순간, 부
아가 치밀며 뭔가 한마디 쏘아붙이고 싶은데 마땅한 말이 떠오르지 않
자, 자신도 모르게 액셀러레이터 위에 있는 발에 힘이 들어간다. 바닥
이 팬 곳을 지날 때마다 돌조각이 튀고 차 밑바닥에 뭔가 부딪치는 소
리가 들린다.

"천천히 좀 가. 나보고는 맨날 운전 험하게 한다고 뭐라고 그러면
서……" 숙영이 다시 면박을 준다.

"아빠, 안전운전! 안전운전! 안전운전!" 경아가 손짓을 하며 귀 뒤에
대고 계속 소리를 지른다.

"알았어, 넌 좀 가만히 앉아 있어!" 대서도 짜증스러운 듯 마주 소리
를 지른다.

대서는 조금 더 올라가다 차를 세우기 좋을 만큼 갓길이 여유가 있는
곳에 자리잡은 한 행상 앞에 차를 세운다.

"이거 얼마예요?"

여러 종류로 묶어놓은 꽃다발 중에서 중간쯤 되는 크기의 꽃다발을 가리키며 묻는다. 중간쯤이라고 해봐야 국화 서너 송이에 안개꽃이 한 줌 섞인 정도이다.

"이만원요." 청바지를 입은, 고등학생 정도로 보이는 여자아이가 무표정하게 대답한다. 그녀는 챙이 넓은 모자를 쓰고 있지만 얼굴은 이미 갈색으로 그을어 있다.

"비싸네. 이럴 줄 알았으면 서울에서 사오는 건데……"

대서는 떨떠름한 표정으로 입맛을 다시며 여자아이의 얼굴을 쳐다보지만 그녀의 얼굴은 다른 곳을 향하고 있다. 아무리 불평을 늘어놓아봐야 깎아줄 리도 없고 다른 데도 가격은 마찬가지일 것이다. 이때, 경아가 문을 열고 차 밖으로 나오려고 한다.

"경아야, 들어가 있어!" 대서는 경아에게 소리를 지른다. 하지만, 경아는 어느새 밖으로 뛰어나와 커다란 꽃바구니를 만지고 있다.

"애, 그거 만지면 안 돼." 여자아이가 경아를 제지한다.

"아빠, 나 이거 사줘." 경아가 커다란 꽃바구니를 가리키며 말한다.

"알았어, 아빠가 사가지고 갈 테니까 넌 빨리 차에 가 있어."

"뭐 해, 빨리 아무거나 사지." 숙영이 창문을 내리고 말한다.

"그럼, 이건?" 대서는 조금 작아 보이는 꽃다발을 가리키며 여자애에게 묻는다.

"만오천원요." 역시 여자아이가 무표정하게 대답한다.

"그럼, 이건?" 대서는 꽃다발이라고 해도 되는지 모를 만큼 작은 꽃 묶음을 가리키며 묻는다.

"만원요."

대서는 아버지 무덤 앞에 이만원을 바쳐야 할지 만원을 바쳐야 할지 잠시 망설이다 곧 만오천원으로 결정한다.

거대한 축구경기장을 연상케 하는 공동묘지는 산꼭대기부터 아래로 계곡을 따라 둥글게 펼쳐져 있고 성묘객들이 타고 온 차들이 길가에 아무렇게나 세워져 있다. 입구에 서 있는 커다란 밤나무 가지에는 밤송이들이 다닥다닥 붙어 있지만 워낙 송이가 작아 그 안에 밤이 들어 있을 것 같아 보이지는 않는다.

대서는 한 손에 북어포와 소주가 담긴 비닐봉지를 들고, 다른 한 손에는 꽃다발을 든 경아의 손을 잡고 그의 아버지가 누워 있는 맨 꼭대기 삼등석을 향해 올라간다. 경아는 소풍이라도 나온 것처럼 신이 나 분홍색 배낭을 메고 깡충거리며 잘도 따라온다. 경아가 메고 있는 앙증맞은 배낭 안에는 차 안에서 먹을 과자와 음료수, 그리고 심심할 때 읽을 동화책까지 들어 있다.

팔 년 전, 대서의 아버지가 머릿속에 번진 종양을 수술한 지 이틀 만에 죽었을 때 그의 가족은 평생 가난한 농부로 살아온 가장의 죽음에 대해 아무런 준비도 하지 못했었다. 그날은 공교롭게도 새로운 해가 시작되는 첫날, 일월 일일이었다. 그때 대서는 크리스마스 날 저녁이든,

자신의 생일 날 아침이든, 사람은 아무 때나 죽을 수 있다는 것을 깨달
았다. 장례식 날, 처음 이곳을 찾은 대서의 가족은 계곡을 향해 몰아치
는 매서운 바람과 공사가 채 끝나지 않아 여기저기 파헤쳐져 황토가 붉
게 드러난 황량한 풍경 때문에 모두들 마음속에 깊은 상처를 입었다.
수원에서 지업사를 크게 하는 고모는 오빠를 어떻게 이런 데다 모실
수 있냐고, 사정이 어려우면 진작 자기한테 얘기를 하지 그랬냐고 울
면서 대서를 원망했다. 생전에 오빠에게 양복 한 벌 해준 적 없는 그녀
였지만 입관을 할 때 갑자기 관 위에 엎어져, "오빠, 미안해요. 내가 죽
일 년이야. 내가 죽일 년이라고" 하며 자신의 가슴을 두드리며 울부짖
는 통에 상주와 문상객들을 모두 민망하게 만들기도 했다. 푸른 잔디
도, 풍성한 슬픔도 없는 가난한 장례식이었다. 몇 년 사이에 공동묘지
는 곧 빈자리를 채우고 푸른색으로 덮여갔지만 성묘를 올 때마다 대서
는 그해 겨울, 혹독했던 장례식 풍경이 떠올라 자신도 모르게 몸이 움
츠러든다.

"천천히 좀 가. 힘들어 죽겠어." 뒤에서 따라오던 숙영이 멈춰 서서
숨을 헐떡거린다.
"자기 아버지는 왜 그렇게 높은 데 있어? 이런 데 모셨으면 좋잖아.
아직 빈자리도 많은데……"
대서가 돌아보자 숙영은 아래쪽에 있는 넓은 묘지들을 내려다보고
있다. 그곳은 그의 아버지가 있는 자리보다 세 배가 넓고 꼭 세 배가 비
싼 일등석 자리이다.

저 여자는 여기 온 게 몇번짼데 올 때마다 똑같은 소리를 하지?

대서는 뒤를 돌아보고 있는 숙영을 산 아래로 왈칵 밀어버리고 싶은 욕망을 억누르며 경아의 손을 잡고 가파른 길을 꾸역꾸역 올라간다.

무덤 앞에 도착하자 작은 묘비명 앞에 놓여 있는 이만원짜리 꽃다발이 눈에 들어온다. 동생이 다녀간 것이다. 대서는 성민이 다녀간 흔적을 보는 순간, 덜컥 가슴이 내려앉는 듯한 기분이 든다.

"삼촌, 벌써 왔다 갔나보네." 뒤따라온 숙영이 말한다.

대서는 자신의 아내가 언제나 필요 없는 말을 하는 데 특별한 재주가 있다고 생각하며 말없이 비닐봉지에서 북어포와 소주병을 꺼낸다.

"잔받침은 안 갖고 왔어?"

"그 안에 없어?" 숙영이 바닥에 털썩 주저앉는다.

대서는 뭔가 한마디 더 하려다가 입을 다물고 옹색한 무덤 앞에 앉아 잔을 따른다.

"경아야, 할아버지한테 절해야지."

경아도 옆에서 대서를 따라 제법 얌전하게 절을 한다. 모든 게 엉터리 같지만 어쨌거나 그걸로 행사는 끝이 난다.

기껏 일 분도 안 돼 끝나는 행사를 치르느라 세 시간씩이나 걸려서 오다니.

그대로 무릎을 꿇고 앉아 있는 대서는 잔받침도 없이 잔디 위에 아슬아슬하게 놓여 있는 술잔을 바라보다 문득 가슴이 먹먹해지며 울고 싶은 기분이 든다. 하지만, 오늘은 울 만한 날이 아니다. 대서는 재빨리 잔을 거두고 자리에서 일어선다.

"그만 가자." 대서가 경아를 돌아보며 말한다.

"벌써 가? 잠깐만 앉았다 가. 힘들어 죽겠어." 절도 안 한 숙영은 옆의 무덤에 기대앉아 있다.

"아빠, 나도 다리 아파." 경아가 대서의 다리를 붙잡는다.

"알았어. 조금 앉아 있다 가자." 대서도 그 자리에 털썩 주저앉아 담배를 꺼내 문다.

대서가 앉아 있는 무덤 근처에는 몇 그루의 노간주나무들이 서 있고 그 사이를 빠르게 오가는 참새들이 갑작스런 사람들의 행렬에 놀란 듯 시끄럽게 지저귄다. 진입로부터 울렁대기 시작한 가슴은 아직도 가라앉지 않고 있다. 대서는 밑에 내려가면 무엇보다 먼저 차 안에 놓아둔 목캔디를 먹어야겠다고 생각한다. 인사부에 있는 최차장은, 그가 자주 가슴이 울렁대는 것은 심장에 화(火)를 입었기 때문이라고 했다. 뭔가 심한 스트레스를 받거나 충격적인 일을 겪었을 때 심장에 무리가 오게 되는데, 그럴 때는 단것을 먹으면 좋다는 얘기도 했다. 대서는 한 손으로 두근거리는 가슴을 누르며 자신이 갖다놓은 꽃다발 옆에 나란히 놓여 있는 동생의 꽃다발을 다시 한번 쳐다본다.

3

대서는 동생의 얼굴을 본 지 사 년이 넘었다. 아이들을 상대로 합기도 도장을 운영하던 성민은 당시 무리하게 큰 도장을 얻는 바람에 경제적으로 매우 쪼들렸다. 그는 대서에게 엄마가 살고 있는 집을 담보로 은행에서 돈을 얻어달라고 했다. 하지만 대서는 동생의 부탁을 들어줄 수가 없었다. 무슨 일이든 저질러놓고 늘 뒷감당에는 대책이 없는 성민이 미덥지가 않았던 것이다. 동생의 마음을 상하지 않게 하려고 완곡하게 거절을 했지만 결국 말다툼이 오갔고, 목소리가 커지자 상황은 걷잡을 수 없게 되어갔다. 대서가 목에 핏대를 세우며 바락바락 대드는 성민의 따귀를 올려붙였고, 성민은 대서를 노려보다 자리에서 벌떡 일어나 나가버렸다. 아무 때나 울뚝불뚝하는 대신 뒤끝이 없는 동생이라 시간이 지나면 곧 풀어질 거라고 생각했지만 그걸로 끝이었다. 성민은 두 번 다시 대서에게 연락도 하지 않았고 집에 찾아오지도 않았다.

시간이 조금 흐른 뒤에 대서가 먼저 화해를 시도했지만 성민은 아예 전화를 받지 않거나 받더라도 말투가 냉랭하기 그지없었다. 알고 보니 그가 대서에게 서운해하는 점은 한두 가지가 아니었다. 성민이 결혼하기 전 대서의 집에 얹혀살 때 대서와 숙영이 보여준 태도나 성민이 결혼했을 때 보태준 돈의 액수, 심지어는 아버지의 장례식 때 들어온 부조금의 처리 문제 등, 여러 가지로 대서에 대해 감정이 뒤틀려 있었다. 그는 대서가 걸핏하면 자신을 무시하고 매사에 이기적으로 행동해왔다고 생각하고 있었다. 대서는 그가 오래 전부터 차곡차곡 쌓아온 앙금의 두께가 만만치 않다는 걸 깨달았다. 그는 자신의 마음을 몰라주는 동생이 서운하기도 했지만 무엇보다 먼저 오해를 풀고 자신을 해명하고 싶었다. 하지만 이미 성민은 마음의 문을 굳게 걸어잠근 뒤였다. 가족의 유대라는 게 이렇게 허약했나 싶어 참담하기도 했지만 더이상 어쩔 수가 없었다.

이후, 숙영은 성민의 아내와 가끔 전화도 하고 대서의 엄마는 두 달에 한 번꼴로 성민네 집에 가서 며칠씩 지내다 돌아오곤 했지만 성민은 절대로 대서와 직접 대면하지 않았다. 당연히 명절이나 제사 같은 행사도 대서가 혼자 치러야 했고 그럴 때마다 길게 내쉬는 엄마의 한숨소리가 대서의 귀에 가시처럼 날아와 박혔다.

차들이 조금씩 밀리고 있다. 아직 밀릴 때가 아닌데, 라고 생각하며 대서는 통에서 목캔디를 꺼낸다. 그는 벌써 목캔디를 세 개째 빨아먹고 있다. 가슴은 좀처럼 진정될 기미가 안 보인다. 아무래도 조만간 병원에 한번 가봐야 될 것 같다. 부정맥이란 단어가 불쾌하게 머릿속을 스치지만 애써 생각을 지워낸다. 심장이 약한 것은 단지 집안 내력일 것이다. 엄마도 툭하면 심장이 두근거린다고 '구심'인지 뭔지 하는 약을 늘 챙겨두었다.

이때, 갓길로 사이렌을 울리며 견인차가 쏜살같이 달려간다.

"어머, 사고 난 거 아냐?" 등을 의자에 기대고 있던 숙영이 견인차를 쳐다보며 말한다.

그녀의 말이 끝나기 무섭게 견인차 뒤로 순찰차 한 대가 역시 사이렌을 시끄럽게 울리며 옆으로 지나간다. 대서는 저도 모르게 긴장이 되어 백미러를 통해 숙영과 경아를 힐끗 쳐다본다. 차 안에만 있는 게 갑갑한지 연신 몸을 뒤치던 경아도 차창에 얼굴을 갖다대고 순찰차가 사라지는 것을 지켜본다. 경아는 백미러를 통해 대서와 눈이 마주치자 눈을 동그랗게 뜨고 물어본다.

"아빠, 사고 난 거야?"

"그런가봐. 그러니까 너도 차에 타면 항상 안전벨트 매고 찻길 건널 때 잘 보고 건너야 돼, 좌우로 두 번씩. 알았어?"

대서는 이 기회에 경아에게 경각심을 일깨워주고 싶어하지만 경아는 별 관심이 없는 듯 하품을 하며 기지개를 켠다. 그녀는 또래 여자애들답지 않게 거칠고 그악스러운 데가 있다. 그래서 늘 시끄럽고 사고를 자주 치는 편이다. 그런 점에서는 숙영을 많이 닮았다. 지난달에는 앞에 앉은 여자아이의 초록색 원피스를 뒤에서 잡아당겨 허리까지 북 찢어놓았다. 문제는 그 옷이 사십만원짜리였다는 것이다.

세상에, 그렇게 촌스러운 원피스가 사십만원이라니!

옷값으로 삼십만원을 물어준 숙영은 일주일 내내 그 얘기를 하며 억울해했다.

과연 얼마 지나지 않아 곧 사고현장이 나타난다. 멀리 순찰차가 보이고 어느새 달려왔는지 갓길엔 견인차가 세 대나 늘어서 있다. 도로를 통제하는 교통경찰은, 구경을 하느라 지체를 하는 차들을 향해 빨리 지나가라고 연신 경광봉을 흔들며 호루라기를 불어댄다. 사고현장에 더 가까이 다가가자 검은색 승용차 한 대가 옆구리가 완전히 찌그러든 채 길가에 처박혀 있고 십여 미터 떨어진 곳에 화물트럭 한 대가 옆으로 뒤집혀 있다. 안에서 사람을 꺼내는지 경찰들이 입구에 몰려 있다. 누군가는 무전기에 대고 다급하게 뭔가 지시를 하고 있다.

"경아야, 보지 마." 대서는 백미러로 경아 쪽을 쳐다보며 단호하게 외친다.

"어머, 어머. 저거 어떻게 해? 저, 피 좀 봐."

숙영은 차창에 얼굴을 한껏 붙인 채 밖을 보고 있고, 경아도 그 틈을 비집고 밖을 내다보기 위해 애를 쓴다.

"경아야, 보지 말라니까!" 급기야 대서가 버럭 소리를 지른다.

"당신, 뭐 해? 빨리 애 눈 가려! 그리고 당신도 보지 마."

대서가 뒤를 돌아보며 숙영을 다그친다. 그제야 숙영이 경아의 눈을 가리지만 정작 자신은 밖을 내다보며 계속 중계를 한다.

"쯧쯧쯧, 어떻게 해. 저 여자, 죽은 거 같아. 움직이지도 않아."

대서는 애써 고개를 돌리고 있지만 어느새 그의 머릿속에선 끔찍한 영상이 스쳐 지나간다. 축 처진 몸뚱이와 머리카락을 타고 흘러내리는 붉은 피…… 앞에 있는 차들은 여전히 구경을 하느라 천천히 기어가고 있다. 대서는 신경질적으로 클랙슨을 눌러댄다.

"미친놈들, 구경할 게 뭐 있다고 빨리 안 가고……"

"어머, 안에 애도 있는 것 같아. 아직 앰뷸런스도 안 왔잖아. 빨리 앰뷸런스가 와야 되는데……" 숙영의 중계는 계속된다.

깨진 아이의 머리 사이로 들여다보이는 희끗한 뇌수, 차 밑바닥에 쏟아져내린 장기들…… 클랙슨을 누르고 있는 대서는 자신의 감각기관이 누군가에 의해 강제로 조정되는 있는 듯한 기분이 든다. 앞에 밀려 있던 차들이 겨우 빠져나가자 대서는 사고현장에서 도망치듯 힘껏 액셀러레이터를 밟는다.

4

길게 늘어선 차들의 행렬은 도무지 움직일 기미조차 안 보인다. 이따금씩 맞은편으로 지나가는 차들의 헤드라이트 불빛이 씀벅거리는 대서의 눈을 자극한다. 대서는 백미러를 힐끗 쳐다본다. 숙영은 입을 조금 벌리고 머리를 뒤로 기댄 채 눈을 감고 있고, 경아는 숙영에게 기대 잠들어 있다. 광주를 조금 벗어나 들른 순두부집에서 경아는 음식 투정을 부리다 급기야 숙영에게 혼이 나 울음보를 터뜨렸다. 대서는 식당에서 얼마 먹지도 않은 순두부가 얹히는 느낌에 손바닥으로 배를 문지른다.

"그래도 정말 다행이야." 순두부집에서 숙영이 김치를 한 쪽 집어 입에 넣고 와삭와삭 씹으며 말했다.

"뭐가?"

대서가 물을 마시며 퉁명스럽게 물었다. 그는 사고현장을 애써 외면했지만 보지도 않은 끔찍한 광경들이 내내 머릿속에서 떠나지 않아 순두부와 밥을 반도 먹지 않고 남겼다.

"만약에 우리가 조금만 일찍 출발했더라면 아까 그 차 대신에 우리가 사고를 당했을 수도 있잖아."

"그런 게 어디 있어?"

대서는 하얀 순두부를 보는 것만으로도 인체의 어느 한 부분이 연상되어 순두부가 담겨 있는 그릇을 옆으로 슬쩍 밀어놓았다.

"그렇잖아. 우리는 진짜 운이 좋은 거야. 어휴, 생각만 해도 끔찍해."

대서는 뻐근해진 뒷목을 어루만진다. 슬금슬금 기다시피 진행하는 앞차의 꽁무니를 따라가는 동안 그의 머릿속에선 길가에 부서진 채 처박혀 있는 자동차의 비극과 갑작스런 죽음, 그리고 그때 그냥 동생에게 돈을 얻어줄 걸 그랬다는 새삼스런 후회와 동생에 대한 서운함 등 여러 생각과 감정들이 구더기처럼 바글거린다. 오, 하나님. 제발 차가 막히지 않게 이 길을 삼십차선쯤으로 뻥 뚫어주세요.

"자?" 대서가 뒤를 힐끗 돌아보며 숙영에게 묻는다.

"아니." 숙영이 가라앉은 목소리로 대답한다.

대서는 무슨 말이든 해야겠다고 생각하지만 선뜻 입을 떼지 못한다.

"아직도 막혀?" 숙영이 여전히 눈을 감은 채 되묻는다.

"응."

"내가 운전할까?"

"아냐, 됐어." 조금씩 움직이던 차들이 다시 멈춰 서자 대서는 기어를 풀고 운전대에서 손을 뗀다.

잠시 후, 대서가 묻는다.

"당신, 남자 있어?"

"응? 뭐라고?" 숙영이 기지개를 켜다 멈칫하며 묻는다.

"남자 있냐고?"

"남자?"

"그래, 만나는 남자 있냐고."

대서는 '막상 입을 떼니까 별거 아니군' 하는 생각을 하며 자신이 비로소 바람피우는 아내를 둔 남편의 역할을 맡았다는 사실을 깨닫는다.

"흥, 흥……" 숙영은 몇 번 어이없다는 듯 콧소리를 낸다.

대서는 백미러를 통해 숙영의 눈치를 살핀다.

잠시 침묵.

숙영이 먼저 입을 연다.

"무슨 소리야, 그게?"

"없으면 말구." 대서가 시큰둥하게 받는다.

다시 침묵.

이번에도 숙영이 먼저 입을 뗀다. 뭔가 마음의 준비를 한 듯 차분하다.

"왜 그래? 어디서 무슨 얘기 들었어?"

"아니."

"근데, 왜 물어봤어?"

"그냥 물어봤다니까."

"그래도 뭔가 이유가 있으니까 물어봤을 거 아냐. 괜히 왜 물어봐." 숙영이 점점 날카로워진다.

대서가 내뱉듯 한마디 던진다.

"유형구가 누구야?"

"유형구?" 숙영이 반문을 하더니 곧 코웃음을 친다. "흥, 대단한 걸 알아내셨네."

"유형구가 누구야?" 대서가 노련한 형사처럼 차분하게 다시 반복한다.

"우리 가게 손님." 숙영도 닳고 닳은 범죄자처럼 곧바로 응수한다.

"손님하고 전화통화를 그렇게 매일 하나?" 대서는 비꼬는 듯한 자신의 말투가 싫어진다. 이런 식으로는 아무 문제도 해결할 수가 없다.

숙영은 다시 '허, 참!'을 몇 번 반복한다. "당신, 심부름센터 직원이라도 고용했어? 남의 통화내역은 어떻게 알았어?"

"솔직히 말해봐. 유형구하고 무슨 사이야?"

대서는 백미러를 통해 숙영을 힐끗 쳐다본다. 하지만 숙영은 고개를 숙인 채 말없이 잠들어 있는 경아의 머리카락을 쓸어넘긴다. 대서가 목캔디를 하나 더 입에 넣은 후 애써 마음을 가라앉힌다. 두 사람은 잠시 말이 없다. 그리고 얼마 뒤, 대서가 먼저 입을 연다.

"그냥, 우연히 알게 된 거야. 당신을 의심했던 것도 아니고 뒤를 캐보려고 그런 것도 아냐."

그제야 숙영이 백미러를 통해 대서를 쳐다본다. 대서는 자신이 왜 먼저 변명을 해야 하는지 억울한 생각이 들어 저도 모르게 말투가 어색해진다.

"어떻게 된 거냐 하면, 전에 회사 다닐 때 알던 선배가 있는데 술자리에서 그러더라고. 자기 친구가 있는데, 그 선배의 고등학교 동창이래. 그런데……" 젠장, 뭐가 이렇게 복잡하지. "아무튼, 그 친구가 통신회사에 다닌다는 거야. 그래서 그 친구한테 부탁하면 통화내역을 뽑아줄 수 있다는 거야. 그러면서 나한테 혹시 알아보고 싶은 사람이 있으면 언제든지 자기한테 부탁을 하래. 처음엔 그냥 웃으면서 농담처럼 생각했는데 갑자기 당신이 누구랑 통화하는지 궁금하더라고."

"흥, 언제부터 나한테 그렇게 관심이 많았어?" 숙영은 여전히 독기를 품은 말투다.

"내 말 끝까지 들어봐!"

대서가 버럭 소리를 지르자 경아가 잠결에 몸을 뒤척인다. 대서는 찔끔해져서 입을 다물고 숙영은 경아의 어깨를 토닥여준다.

"아무튼, 그랬어. 그래서 알게 된 거야." 대서가 힘겹게 설명을 마친다.

"그러니까 애초에 나를 왜 의심했는지 난 그게 알고 싶어."

"의심한 게 아니라 그냥 궁금해서 그랬다니까."

"그냥 궁금한 게 어디 있어? 궁금하면 나한테 물어보면 되잖아."

"그래서 지금 물어보고 있잖아."

"내가 언제 당신 속인 적 있어?"

"그거야……" 대서가 시니컬하게 대답한다. "나도 모르지."

"흥, 좋아. 당신 마음대로 생각해. 나를 의심하든 말든 난 더이상 할 얘기 없으니까." 숙영이 입을 다물었다 잠시 후 울화통이 터진다는 듯 다시 입을 연다. "아니, 그 선밴가 뭔가 하는 사람은 왜 자기가 나서서 남의 사생활을 캐고 다니는 거야? 그렇게 할 일이 없대?"

"선배가 아니라 선배 친구라니까."

"누가 됐든, 그렇잖아. 회사 직원이라고 그렇게 마음대로 남의 통화내역을 유출해도 돼? 그거 불법 아냐?" 숙영이 점점 열을 올린다. "남자들이 모여서 쩨쩨하게 남의 마누라 통화내역이나 캐보고. 유치해, 진짜."

"내가 미쳤어? 선배한테 내 마누라 통화내역 알아봐달라고 그러게?

그냥 아는 사람 부탁이라고 그랬지."

"왜 마누라라고 못 그랬어? 그건 창피한 줄 아나보지?"

"사람이 그럴 수도 있잖아. 누구나 그런 생각 안 해? 기회가 없어서 못 하는 거지, 궁금한 건 다 마찬가지야. 당신은 내가 밖에서 뭐 하고 다니는지 안 궁금해?" 대서가 애써 반격을 시도한다.

"궁금해도 난 안 물어보잖아. 상갓집이라고 그러면 상갓집인가보다 하고 야근이라고 그러면 야근인가보다 하지, 내가 언제 당신한테 꼬치꼬치 캐물은 적 있어?"

"그거야…… 나를 사랑하지 않으니까 그렇겠지."

대서는 갑자기 자신의 입에서 튀어나온 사랑이란 단어가 너무나 생경해 스스로 놀란다. 숙영도 잠시 할 말을 잃은 듯 고개를 돌려 창밖을 내다본다. 대서는 담배를 한 대 피우고 싶은 생각에 옆에 놓아둔 담뱃갑을 만지작거린다. 힐끗 백미러를 쳐다보면 숙영은 다시 눈을 감은 채 의자에 머리를 기대고 있다. 앞차가 조금씩 움직이기 시작하자 핸드브레이크를 풀고 다시 기어를 넣는다.

5

분당으로 넘어가는 길가의 작은 간이휴게소 앞에 대서는 차를 세운다. 그는 화장실을 향해 걸어가며 담배를 피워문다. 화장실 안은 깨끗하며 차가운 기운이 감돈다. 잠시 후, 그는 볼일을 마치고 밖으로 나와

매점 밖에 설치된 자판기에서 커피를 한 잔 빼든다. 도로에는 여전히 차들의 행렬이 끝이 보이지 않게 늘어서 있다. 커피를 마시며 대서는 저만치 주차해놓은 자신의 차를 바라본다. 어둠에 가려 숙영의 모습은 보이지 않는다. 그는 숙영과 자신 사이에 갑자기 낯선 공간이 생겨난 기분이 든다. 두 사람은 이제 그 공간을 사이에 두고 멀찌감치 떨어져 서로를 바라보고 있다. 대서는 문득 동생의 얼굴이 떠오른다.

어릴 때 아버지는 그들 형제를 합기도 도장에 보냈다. 하고많은 태권도 도장을 마다하고 굳이 집에서 멀리 떨어진 합기도 도장을 보낸 이유는 순전히 경제적인 이유였다. 아비지 생각에 합기도는 수강료를 한 번만 내고도 유도와 태권도, 가라테, 쿵푸 등 온갖 무술을 한꺼번에 배울 수 있는 매우 경제적인 무술이었다. 대서는 서너 달 다니다 제풀에 지쳐 그만뒀지만 성민은 합기도에 재미를 붙였는지 고등학교를 졸업할 때까지 거의 하루도 안 빼먹고 도장을 다녔다. 성민은 해병대를 제대한 뒤 선배가 운영하는 도장에서 사범 노릇을 하다 결국 자신의 도장을 열었다. 얼마 전 숙영이 전해준 소식에 의하면 최근엔 수강생이 제법 늘어 어려운 고비를 넘었을 뿐 아니라 아이들을 태우고 다닐 승합차도 새로 구입했다고 한다.

대서는 갑자기 성민의 얼굴이 못 견디게 그리워진다. 그는 주머니 속에서 핸드폰을 만지작거리며 불현듯 성민이 자신의 전화를 기다리고 있을지도 모른다는 생각이 든다. 아버지 무덤 앞에 꽃다발을 놓고 간 것을 보면 알 수 있다. 그것은 일종의 사인이다. 성민은 그런 식으로 자신의 마음을 전달하고 싶었을 것이다. 그는 핸드폰을 꺼내 플립을 열고 동생에게 전화를 해야 할지 말아야 할지 잠시 망설인다. 그리고 오래 전부터 하고 싶은 말들이 입가를 맴돈다.

너를 무시한 것은 형의 입장에서 늘 어쩔 수 없이 동생에 대한 걱정이 지나치게 많아서였으며, 너를 도와주지 못한 것은 세상의 여느 형들처럼 나 또한 그들의 동생들이 기대하는 바에 비해 턱없이 부족하고 무능한 때문이고, 네가 대학을 나오지 못한 것에 대해서는 지금도 마음 아파하고 있다고. 또한 내가 원하는 것은 단 한 가지, 네가 잘 살아주는 것뿐이며 언제나 그렇듯이 지금도 여전히 너를 걱정하고 있다고.

핸드폰의 플립을 열고 화면을 들여다보던 대서는 금방이라도 눈물이 왈칵 쏟아질 것처럼 가슴이 뻐근해진다. 하지만 곧 그의 귓가에는 오래 전 마지막으로 통화했을 때 들었던 성민의 차가운 목소리가 다시 들리는 듯하다. 대서는 자신의 사과에도 불구하고 성민이 여전히 자신을 거절할까봐, 그래서 다시는 돌이킬 수 없는 상황으로 이어질까봐 두려워진다. 잠시 망설이며 머릿속에서 동생의 전화번호를 떠올리는데 문득 밝게 빛나던 핸드폰의 화면이 어두워진다. 대서는 자신이 불빛도 없는 허허벌판에 홀로 서 있다는 느낌이 든다. 그는 핸드폰의 플립을 닫고 차를 향해 천천히 걸어간다.

6

"우리 이혼해." 대서가 서울에 들어선지 얼마 지나지 않아 숙영이 말한다. 눈앞에는 차츰 안개가 끼고 있다.

"왜 이혼해?" 대서가 백미러로 숙영을 쳐다보며 말한다.

숙영은 대답이 없다. 결혼 초창기에 이혼이라는 말이 나왔을 때 대서는 가슴이 덜컥 내려앉았지만 이젠 별로 놀랄 일도 아니다.

"뭔가 이유가 있어야 이혼을 할 거 아냐."

대서가 차분해지려고 노력하며 차분하게 말을 한다.

숙영이 크게 한숨을 내쉬더니 고개를 돌린다. 대서는 지금이 그들에게 중요한 순간이라는 것을 알지만 사 년 전 동생이 돈을 얻어달라고 했을 때처럼 이 상황을 자신이 원하는 대로 통제할 자신이 없어진다.

"그 남자는 누군데? 당신이랑 사귀는 사이야?" 대서가 좀더 부드럽게 묻는다.

"그냥, 가게 손님이라고 했잖아." 숙영은 절대로 변명 따위는 하지 않겠다는 투로 뻣뻣하게 대답한다.

"당신이랑 하루도 안 빼놓고 매일 통화하는 남자가 누구냐고 물어본 게 잘못된 거야?"

대서는 다시 조바심이 난다.

"아니."

"그럼, 당신은 남편인 나한테 그 남자가 누구인지, 둘이 어떤 관계인지 해명해야 될 의무가 있는 거 아냐?" 대서는 더 단호해져야 할지 아니면 좀더 차분해져야 할지 판단을 할 수가 없다.

"당신한테 변명해봐야 소용없잖아. 당신은 이미 내가 그 사람이랑 바람을 피우고 있다고 생각하는데."

숙영이 항의하듯 대답을 한다. 대서는 그 순간 자신이 잘해낼 수도 있다는 기분이 든다.

"왜 그렇게 생각해? 난 그냥 물어본 거야. 당신은 솔직하게 대답만 하면 돼. 당신이 내 생각을 어떻게 안다고 그래?"

숙영이 잠시 침묵을 지키다 대답한다.

"우리 가게 손님이라고 그랬잖아."

"그래? 그런데 왜 매일 통화를 하냐고!"

다시 가슴이 뛰기 시작한다. 그는 두 사람이 하루 종일 돌아다녀도 언제나 제자리로 돌아오는 미로에 갇혀 있는 기분이 든다.

"그 사람이 전화하는 거야."

"왜?"

"그냥, 나랑 통화하고 싶대."

"당신하고 만나자고?"

"아니, 그냥 통화만 하고 싶대."

"그래서?"

"뭐가 그래서야?" 숙영이 짜증을 낸다. "자꾸 전화하는 걸 그럼 나보고 어쩌라고?"

"당신이 받아주니까 그놈이 자꾸 전화하는 거 아냐." 대서도 목소리가 높아진다.

숙영, 다시 침묵.

"당신은 어때? 그 사람하고 통화하는 게 좋아?" 잠시 후, 대서가 다시 묻는다.

"그냥, 편해." 숙영이 잠깐 머뭇대다 대답한다.

"뭐가?"

"그 사람이랑 얘기하는 거."

"그래서……?"

"당신이 믿거나 말거나 그 사람이랑 그런 관계 아냐."

눈앞의 안개가 짙어질수록 대서는 점점 더 가슴이 답답해진다. 그는 사탕을 하나 까서 입에 넣는다.

7

성산대교를 지나 자유로에 접어들자 안개는 더욱 짙어져 있다. 대서는 안개등과 비상등을 켜고 시속 사십 킬로미터로 천천히 차를 몰고 있다. 이따금씩 비상등을 켠 차들이 옆으로 휙휙 지나간다. 다들 너무 빨리 달리고 있다. 대서의 앞에 가고 있는 자동차 뒤 유리창 스티커에선 '아이가 타고 있어요'란 글자가 노랗게 반짝인다. 대서는 그 말이, '우리는 지금 행복해요. 그러니 제발 우리의 행복을 해치는 위험한 짓일랑은 하지 말아주세요'라는 의미라고 생각한다.

경아가 태어났을 때 대서도 카센터에 가서 노란 바탕에 크고 귀여운

글씨로 쓰여 있는 '아이가 타고 있어요'를 사다 붙였다. 그때 그는 처음으로 세상이 완전하다는 느낌을 가졌다. 그리고 어떤 절대자에 의해 그의 가족이 보호받고 있다는 기분도 들었다. 하지만, 몇 년 사이에 많은 게 변했다. 이젠 작은 충격만 와도 곧 부서질 것처럼 그들을 감싸고 있는 막이 너무 얇아져 있다. 그리고 원래 그들이 있어야 할 자리에서 점점 멀어지는 기분이 든다. 교회에 다니는 이모가 입버릇처럼 말하는 '시험에 든다'라는 말이 바로 이런 의미일까?

승합차 한 대가 차선을 바꿔 대서의 차 바로 앞으로 끼어들었다가 쏜살같이 안개 속으로 사라진다. 대서는 입에서 욕이 튀어나올 뻔한다. 그는 세상이 부드러운 스펀지와 발포수지, 우레탄 같은 것들로 이루어졌으면 하고 바라지만 세상은 점점 더 빨라지고 딱딱하고 날카로워지고 있다.

대서는 안개 속에서 이혼에 대해 생각한다. 그리고 경아의 양육문제와 주변 사람들에게 뭐라고 얘기해야 할지에 대해서도 생각해본다. 어느 것 하나 쉬운 게 없다. 만약에 이혼을 한다면 위자료 문제는 어떻게 할까? 무엇보다도 그 유형구라는 놈을 어떻게 할지도 생각해본다. 만약에 그놈이 우리 가족의 행복을 해친 놈이라면 그놈은 죽어 마땅하다고, 울컥하며 난데없는 살의가 치밀기도 한다.

대서는 백미러를 통해 숙영을 힐끗 돌아본다. 어둠 속에서 숙영은 눈을 감고 있다. 그사이 잠이 들었는지 기척이 없다. 대서는 숙영의 입 주위에 생기기 시작한 희미한 주름을 발견한다. 그는 뭔가 말을 걸려다

그만둔다. 어차피 지금은 그 무엇도 정리할 수 있는 상황이 아니다. 대서는 자신의 인생이 안개 속에서 어디론가 제멋대로 흘러가고 있다는 생각이 든다.

8

갑자기 코앞에서 희끗한 물체가 나타난다. 대서는 급히 브레이크를 밟는다. 덜컥하고 심장이 잠깐 동안 멎는 기분이다. 거대한 물체는 마치 안개 속에서 불쑥 솟아나기라도 한 것처럼 대서의 시야를 가로막고 있다. 그는 길 한복판에 차를 멈춘 채, 방금 눈앞에서 홀연히 솟아난 물체의 정체를 알기 위해 고개를 앞으로 내민다. 시내에는 차들이 한 대도 보이질 않는다. 힐끗 시계를 보니 새벽 두시가 가까워져 있다. 안개에 가려진 상가와 아파트들은 희미한 형체만 드러나 무너진 폐허처럼 보인다. 대서가 가만히 앞을 바라보니 앞의 물체는 그 자리에 멈춰 있는 것이 아니라 매우 천천히 움직이고 있다. 물체가 조금씩 앞으로 나아가면서 전체의 윤곽이 드러나자, 대서는 그것이 거대한 배라는 것을 깨닫는다. 그 배는 하얀 돛을 달고 안개 속을 향해 미끄러지듯 천천히 앞으로 나아가고 있다.

도대체 도시 한복판에 웬 배가 있는 걸까, 대서는 고개를 갸우뚱한다. 대서는 현실에서 한 번도 그런 모양의 범선을 본 적이 없다는 사실을 떠올린다. 아마도 잡지나 텔레비전에서 보았을지도 모르지. 콜럼버스가 인도를 찾아 대서양을 건넜다는 범선이 이런 배였을까. 그런데 이 배는 어디로 가고 있는 거지?

대서는 다시 기어를 넣고 천천히 배의 뒤를 따라간다. 안개에 가려져 전체의 윤곽이 선명하게 드러나지는 않지만 유선형의 배는 신비로운 느낌이 들만큼 아름답다. 선미 부분은 용골이 있는 곳에서 한껏 하늘을 향해 치솟았다 곡선으로 날렵하게 휘어져내려오고 세 개의 마스트에 걸려 있는 하얀 돛은 아래로 넓게 퍼져 안개 속에서 우아하게 일렁이고 있다. 대서는 홀린 듯 천천히 운전을 하며 배의 뒤를 따라간다. 안개 속을 천천히 운전해가는 동안 대서는 세상에 오로지 그들의 가족만 존재하는 것 같은 느낌이 든다. 그리고 자신에게 닥친 모든 상황이 안개 속에서 운전을 하는 것처럼 천천히 지나가길 바란다.

대서는 뒤를 돌아본다. 숙영은 차창에 머리를 기댄 채 잠들어 있고 경아가 언제 깨었는지 눈을 반짝이며 배를 바라보고 있다.

"너, 언제 일어났어?"

"아까."

경아는 눈을 앞에 고정한 채 차분한 목소리로 대답한다. 대서는 어린애답지 않은 경아의 눈빛이 낯설게 느껴진다. 경아가 갑자기 훌쩍 커서 어른으로 성장해버린 것 같다.

"아빠, 근데 왜 배가 있어? 배는 바다에 있는 거잖아."

"그렇지. 배는 바다에 있는 거지. 아니면, 강에 있거나." 대서는 뒤를 힐끗거리며 경아와 이야기를 나눈다. "근데, 지금 저 배는 어딘가로 가

100

고 있는 거야."

"어디로?" 경아가 묻는다.

"몰라, 나도. 어디로 가는지 한번 물어볼까?"

"사람도 타고 있어?"

"아마 그렇겠지?"

대서가 애매하게 대답하지만 경아는 고개를 끄덕인다. 대서는 일정한 속도를 유지한 채, 뒤에서 천천히 배를 따라간다. 도심 한복판에 홀연히 나타난 배의 존재가 더이상 이상하다는 생각도 들지 않는다. 경아는 입을 다물고 더이상 말이 없다. 한동안 배의 뒤를 따라가던 대서는 우회전을 해야 할 사거리에서 차를 멈춘다. 배를 바라보던 그는 알 수 없는 숭고한 감동에 길게 한숨을 내쉰다. 잠시 멈춰 있던 배는 파란 신호등이 켜지자 다시 앞으로, 천천히 나아가기 시작한다. 대서는 신호등 아래 차를 세워놓은 채 움직이지 않는다. 멀리 안개 속으로 배의 뒷모습이 서서히 사라지고 있다.

"아빠, 파란 불인데 왜 안 가?" 뒷자리에서 경아가 묻는다.

"응? 그래, 가야지."

대서는 고개를 끄덕이지만 기어를 넣는 것도 잊은 채 그 자리에 멈춰 서서 움직이지 않는다.

자동차 없는 인생

동전이 좌르르 소리를 내며 순식간에 보도블록 위에 흩어졌다. 일부는 차도로 굴러가기도 했다. 버스를 타기 위해 모여 있던 사람들이 모두 쳐다보았다. 남자는 황급히 바닥에 엎드려 동전을 줍기 시작했다. 구경을 하던 사람들 중 몇몇이 같이 동전을 주워주었다. 옆에 엎드려 동전을 줍던 한 여학생이 그에게 주운 동전을 내밀었다. 그녀는 여느 여학생들처럼 거칠고 지저분해 보였지만 동전을 내민 손은 하얗고 통통했으며 턱을 가리고 있는 베이지색 목도리에선 좋은 냄새가 났다. 때마침 버스가 도착해 모두들 몰려가자 남자는 동전을 주워 도망치듯 버스정류장을 떠났다.

그에게 처음부터 자동차가 없었던 것은 아니었다. 젊었을 때 그는 다른 친구들보다 빨리 자동차를 샀고, 따라서 만나는 여자들도 많았다. 그 여자들 가운데 종합병원 수술실에서 근무하는 간호사가 있었는데, 그는 언제나 그녀가 무슨 생각을 하는지 알 수 없었다. 이에 대해 그의 친구가 한마디 했다.

"이봐, 상대가 무슨 생각을 하는지 알 수 없다면 그건 틀림없이 너를 사랑하지 않기 때문이야. 만약에 서로 사랑한다면 언제나 상대가 무슨 생각을 하는지 알고 있어야 한다고."

그는 친구의 충고에도 불구하고 만난 지 육 개월 만에 간호사에게 프러포즈를 했다. 그녀는 오랜 계산 끝에 결혼을 승낙했다. 두 사람은 남태평양에 있는 어느 섬으로 신혼여행을 다녀왔다. 그는 잠시 행복했지만 눈 깜짝할 사이에 젊음은 지나가고 인생은 곧 시들해져버렸다. 몇 년 뒤 그가 직장을 잃자 아슬아슬하게 이어가던 결혼생활에 엔딩 타이틀이 떠올랐다. 결혼한 이후 줄곧 싸우기만 해온 간호사와 그는 사 년 만에 이혼을 했다. 이혼을 하던 날, 그녀는 법원에 선글라스를 쓰고 나타나 그에게 말했다.

"앞으로 혼자서 잘해봐. 하지만 모든 게 쉽지 않을 거야. 왜냐하면 당신은 수술이 필요한 인생이거든. 그것도 아주 대대적인."

뭐가 잘못된 건진 알 수 없었지만 이혼 절차가 모두 끝나고 나서 보니 집을 포함한 전 재산은 간호사에게 위자료로 지불되었고 집을 살 때 진 빚만 고스란히 그의 몫으로 남아 있었다. 두 사람 사이에 아이는 없었다. 그는 그나마 그것이 다행이라고 생각했다.

이혼한 뒤 그는 여덟 군데나 직장을 옮겨다녔다. 그러다보니 직장에 다니는 시간보다 직장을 구하러 다니는 시간이 더 많았다. 간호사의 말대로 모든 게 쉽지 않았다. 그는 돈을 모을 수가 없었을 뿐만 아니라 곧 얼마 남지 않은 돈마저 다 써버리고 말았다. 그 돈 가운데 대부분은 직장을 구하러 다니느라 타고 다닌 자동차 기름 값에 들어갔다. 더이상 기름 값을 댈 수 없게 되었을 때 그는 자동차를 팔았다. 그래서 그는 자동차 없는 인생이 되어버렸다.

"이쪽으로 앉으세요."

미용사는 미용실의 맨 안쪽 자리를 가리킨다. 그가 자리에 앉자 그의 목에 흰색 가운이 둘러진다. 가운은 군데군데 얼룩이 묻어 있어 지저분해 보인다. 남자는 거울을 통해 하얀 가운 위에 생뚱맞게 얹혀 있는 자신의 덥수룩한 머리를 쳐다본다. 좁고 지저분한 미용실엔 그와 여자,

두 사람 말고는 아무도 없다. 이런 곳을 소위 동네 미장원이라고 하는 모양이군, 하고 그는 생각한다.

"살다보니까 세상엔 참 별일이 다 있더라고요."

미용사가 그의 머리에 분무기로 물을 뿌리며 이야기를 시작한다. 자, 그럼 시작해보시지. 남자는 의자에 등을 기댄다.

"어제 어떤 여자가 와서 파마를 하고 갔거든요. 자리에 앉혀놓고 보니까 어찌나 미용실을 안 다녔는지 머리가 아주 엉망이더라고요. 그런데 가만히 보니까 어디서 많이 보던 얼굴인 거예요. 그래서 어디서 봤을까 하고 암만 생각을 해봐도 도무지 생각이 나질 않더라고요. 그렇다고 물어볼 수도 없고…… 물어봤다가 아니면 괜히 손님한테 실례잖아요."

"그거야 그렇죠."

남자가 장단을 맞추며 거울을 통해 여자를 쳐다본다. 삼십대 후반쯤 되어 보이는 여자는 각이 진 얼굴에 광대뼈가 튀어나와 남자 같은 인상을 준다. 하지만 검은 바지 위로 드러난 팽팽한 엉덩이는 그녀가 아직 생식능력이 충분한 젊은 암컷이라는 사실을 말해주고 있다. 그가 미용실에 들어온 것은 바로 그 엉덩이 때문이었다.

"그러다 파마를 다 하고 머리를 풀어주는데 갑자기 딱 생각이 난 거예요." 여자는 머리를 깎던 손을 멈추고 말을 잇는다. "그게 누구였는지 알아요? 알고 보니까 바로 학교 다닐 때 내 친구였지 뭐예요, 글쎄!"

흥분을 했는지 여자의 목소리가 커진다.

"그런데 어떻게 그렇게 몰라봤어요?"

"별로 친한 사이가 아녔거든요. 그리고 애가 많이 변했더라고요. 옛 날엔 참 예뻤는데……" 여자는 입을 삐죽하며 말을 잇는다. "살도 찌고 얼굴이 많이 상해서 몰라봤나봐요. 행색도 추레한 게 보니까 어디 식당 같은 데서 일하는 것 같던데, 그렇게 예뻤던 애가 어떻게 그렇게 변할 수 있는지……"

"그래서 아는 척을 했어요?"

"아뇨, 처음엔 아는 척을 할까 했지만 별로 친하지도 않았는데 괜히 어색하기만 할 것 같아서……"

남자는 차츰 미용실 분위기에 익숙해진다. 그는 원래 이발소에 갈 작 정이었다. 그런데 마침 그가 평소에 다니던 단골 이발소가 쉬는 날이어 서 다른 이발소를 찾아다니다 한 낡은 상가건물 앞에서 수건을 널고 있 던 여자를 발견하고 자신도 모르게 그녀의 뒤를 따라 미용실로 들어온 것이다.

"그럼, 그쪽에서도 이쪽을 몰라봤나보죠?" 남자가 묻는다.

"글쎄, 눈치를 보니까 걔도 나를 알아본 것 같기는 한데 끝까지 아는 척을 안 하더라고요. 하긴, 자기도 사는 게 그러니까 별로 아는 척하고 싶진 않았을 거예요." 여자는 잠시 뜸을 들였다 다시 말을 잇는다. "그 런데 사람 마음이 참 이상하더라고요."

"왜요?"

"학교 다닐 때 걔가 엄청 도도했거든요. 예쁜 애들이 원래 다 그러잖 아요. 그래서 나나 친구들이 걔를 되게 싫어했는데 막상 그렇게 사는 걸 보니까 마음이 좋진 않더라고요. 나는 걔가 우리 같은 애들하고는 다른 인생을 살 줄 알았는데……"

"그런데 뭐가 이상하다는 거죠?"

"몰라요. 그냥 뭔가 잘못됐다는 생각이 들었어요."

미용사는 이제 가위를 들고 본격적으로 머리를 깎고 있다.

"새치가 좀 있으시네요." 그녀가 그의 기분이 상하지 않도록 조심스럽게 말한다.

"많은가요?" 그가 뜨끔한 심정으로 묻는다.

"많은 건 아니지만, 보기 싫잖아요. 남자는 머리하고 신발인데……"

"그렇긴 하죠."

"이번 기회에 염색 한번 해보세요. 훨씬 젊어 보이실 거예요."

순간, 그의 눈에 '염색 3만원'이라고 쓰인 글자가 눈에 들어온다.

"젊어 보이면 뭐 합니까? 그냥 나이대로 사는 게 좋죠."

그가 짐짓 담대한 표정으로 웃어 보인다. 그의 추리닝 바지 주머니엔 만원짜리가 여섯 장 들어 있다. 그날 아침 돼지저금통을 뜯어 그 안에 들어 있던 동전을 우체국에 가서 바꾼 것이었다. 직장을 잃은 뒤 그는 자주 저금통을 뜯어 지폐로 바꾸었고 돼지를 잡을 때마다 그 액수는 점점 더 줄어들었다. 얼마 전 고향에서 혼자 살고 있는 그의 아버지가 전화를 걸어 요즘 어떻게 지내느냐고 물었을 때 그는 다음과 같이 대답했다.

그냥, 동전으로 살죠, 뭐.

"어머! 제가 보기엔 젊어 보이시는데…… 나이가 어떻게 되는데요?" 미용사가 머리를 깎던 손을 멈추고 묻는다.

"먹을 만큼 먹었습니다." 남자는 긴장을 풀듯 어깨를 추슬러본다. "그쪽보다는 아마 한참 많을걸요."

"그래요? 저도 보기보다 나이 많아요." 여자가 거울을 통해 쳐다보며 헤픈 여자처럼 웃는다.

"그럼, 그쪽 먼저 말해보세요. 어떻게 되는데요?"

"삼학년 육반요." 여자가 선뜻 웃으며 대답한다.

삼학년 육반? 젠장. 그는 생각한다. 저런 식으로 말하는 여자에게 수작을 걸고 있다니.

"그쪽은 어떻게 되시는데요?" 여자가 다시 가위를 들며 묻는다.

"나는……" 그도 웃으며 여자의 말투를 흉내낸다. "이제 막 사학년 됐어요."

"어머, 그럼 젊어 보이시는 거예요. 저보다 네 반 높으신데……" 여자가 그의 옆머리를 깎기 위해 다가오자 그녀의 가슴이 남자의 어깨에 뭉클, 하고 가볍게 스친다. 미용사에게선 그날 아침 그가 어느 여학생의 목도리에서 맡았던 것과 같은 좋은 냄새가 난다. 순간, 아랫배에서 아득하게 오래된, 우울한 허기가 몰려온다. 남자는 자신도 모르게 눈을 감는다.

그날 아침 저금통을 뜯어 우체국으로 가는 길에 동전을 담은 검은색 비닐봉지가 찢어졌다. 버스정류장 앞이었다. 동전이 좌르르 소리를 내며 순식간에 보도블록 위에 흩어졌다. 일부는 차도로 굴러가기도 했다. 버스를 타기 위해 모여 있던 사람들이 모두 쳐다보았다. 남자는 황급히 바닥에 엎드려 동전을 줍기 시작했다. 구경을 하던 사람들 중 몇몇이 같이 동전을 주워주었다. 옆에 엎드려 동전을 줍던 한 여학생이 그에게 주운 동전을 내밀었다. 그녀는 여느 여학생들처럼 거칠고 지저분해 보였지만 동전을 내민 손은 하얗고 통통했으며 턱을 가리고 있는 베이지색 목도리에선 좋은 냄새가 났다. 때마침 버스가 도착해 모두들 몰려가자 남자는 동전을 주워 도망치듯 버스정류장을 떠났다.

"저는요, 봄을 타나봐요." 머리를 다듬던 여자가 나른해진 목소리로 말한다. "봄만 되면 일도 하기 싫고 그냥 마음이…… 그러네요." 어느새 여자의 태도는 오래 알고 지내던 사이처럼 친근하다.

"마음이 어떤데요?"

"그런 거 있잖아요. 괜히 복잡하고 싱숭생숭하고…… 그런 거 없으세요?"

"글쎄요." 남자가 잘 모르겠다는 듯 애매하게 웃는다.

"이런 날은 가게 문 닫고 어디 가서 바람이나 쐬고 오면 좋은데……" 뭔가 여운을 남기듯 여자는 슬그머니 말꼬리를 감춘다.

"그럼 문 닫고 가지 그러세요." 남자가 떠보는 듯한 말투로 한마디 던진다.

"휴, 어차피 손님도 없으니까 문 닫는 거야 상관없지만 같이 갈 사람이 있어야 가죠."

여자가 새침한 표정으로 한숨을 내쉬자 남자는 그제야 그녀가 자신을 유혹하고 있는 게 아닌가 하는 생각이 든다. 따지고 보면 여자에게 매력이 전혀 없는 것도 아니다. 얇은 입술에 웃는 모습이 제법 육감적이다. 그리고 그를 미용실 안으로 불러들인 비밀스런 엉덩이……

“소래에 가보셨어요?” 미용사가 묻는다.

“어디요?” 잠시 딴생각을 하다 여자의 말을 놓친 남자가 되묻는다.

“소래요. 작년 이맘때쯤에 친구하고 같이 갔었거든요. 가서 회도 먹고 꽃게도 사오고 그랬는데…… 참 싸더라고요.”

“아무래도 여기보단 싸겠죠.”

“그리고 생각했던 것보다 가깝던데요. 친구 차로 가니까 금방이던데.”

남자는 아내와 이혼하기 전 함께 소래에 갔던 기억을 떠올려보지만 단지 갔었다는 사실 말고는 아무런 기억이 나질 않는다. 그나저나 이쯤 되면 이제는 그가 한마디 던질 차례이다. 그런데 그보다 앞서 여자가 먼저 묻는다.

“차, 있으시죠?”

뭔가 한마디 하려던 그는 여자의 질문에 어떻게 대답을 해야 할지 몰라 순간 말문이 막힌다. 이번에도 여자가 먼저 말을 잇는다.

“하긴, 남자니까 있으시겠다. 요즘은 여자들도 다 차를 갖고 다니는 세상이니까.”

“정말 같이 갈 사람이 없어요?”

　"같이 갈 사람이야 많죠. 그런데 그것도 마음이 맞아야지, 안 그러면 재미없잖아요. 안 그래요?" 여자가 거울을 통해 찡긋 웃어 보인다.

　그렇지, 마음이 먼저 맞아야 배도 맞추지. 이제 남자의 눈에 미용사는 꽤나 매력적으로 보인다. 각이 진 얼굴은 오히려 독특한 개성이 있고 살이 좀 쪘을 뿐 몸매는 여전히 탄력이 있어 보인다. 그렇다면 거기에 걸맞은 대우를 해줘야 되겠지. 남자는 갑자기 등이 가려워온다. 나이가 들면서 최근 몇 년 사이에 나타난 현상이다. 그가 겨울을 싫어하는 이유도 그 때문이다. 그는 가려움을 참느라 얼굴이 딱딱하게 굳어진다. 미용사는 거울을 통해 남자의 눈치를 살핀다.

　"어떠세요?" 잠시 후, 미용사는 남자의 머리를 털며 묻는다.

　"네, 괜찮은 것 같은데……" 남자는 거울을 통해 깎은 머리를 바라본다. 약간 생경해진 얼굴이 거울 속에 들어앉아 이쪽을 쳐다보고 있다. 여자는 이발 가운을 벗겨준다. 그렇게 이발이 모두 끝난다. 여자는 가운을 접으며 그가 일어서길 기다리고 있다. 그는 자리에 앉아 자신이 아는 얼굴들을 하나씩 머릿속에 떠올려본다, 더이상 아무도 생각나지 않을 때까지. 그리고 결국 그에게 자동차를 빌려줄 사람이 아무도 없다는 사실을 깨닫는다. 남자는 갑자기 뭔가 생각난 듯 고개를 돌려 세면대에서 손을 씻고 있는 여자에게 묻는다.

　"그런데 아까 얘기한 그 친구 말예요. 그 여자는 어쩌다가 인생이 그렇게 꼬인 거죠?"

　"그거야 나도 모르죠." 여자는 어깨를 으쓱한 후 한마디 덧붙인다.

"틀림없이 남자를 잘못 만난 거겠죠. 아니면 지독히도 운이 없었거나……"

"아마 그런 거겠죠?" 남자는 자리에서 일어설 생각도 않은 채 뭔가 납득할 수 없다는 표정으로 혼자 고개를 끄덕거린다.

입안 가득 고양이풀을 우물거리며 올챙이를 쫓다 문득 돌아보면, 아버지는 여전히 논두렁에 붙어서 콩을 심고 있다. 좀처럼 자리가 바뀌지 않는다. 대서는 큰 소리로 아버지를 부른다. 아부지! 그러면 아버지는 허리도 펴지 않은 채 큰 소리로 대답한다. 왜애! 아버지의 목소리가 대서네 논을 품은 골짜기에서 메아리친다. 왜애! 대서는 메아리가 재밌어 다시 길게 아버지를 부른다. 아부지이이! 왜애애애! 아버지도 길게 대답한다. 메아리도 길게 뒤따라온다. 왜애애애애!

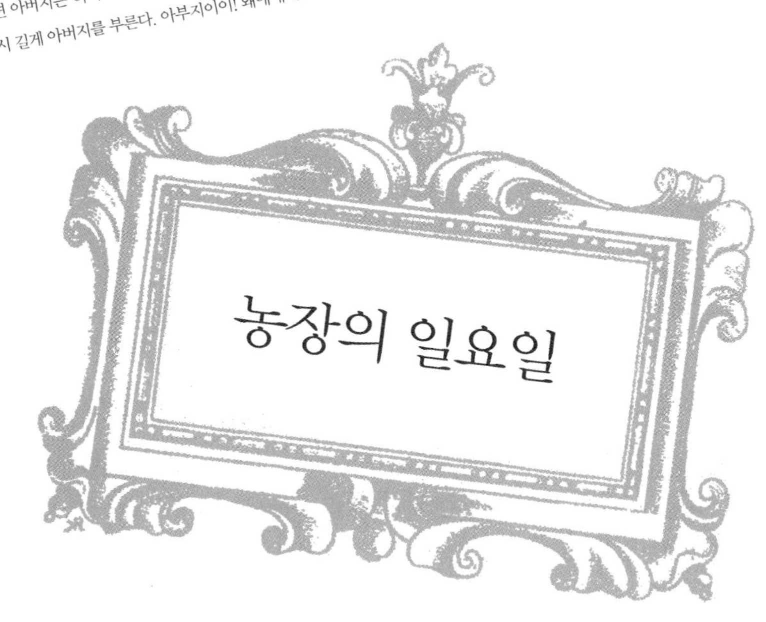

농장의 일요일

1

토요일 저녁, 대서의 아내 숙영은 샤워를 마치고 나와 밤화장을 하는 중이다.

"당신, 그 사람이랑 친했어?"

숙영이 화장대 앞에 앉아 얼굴에 로션을 듬뿍 바르며 묻는다. 로션을 바른 얼굴은 물을 뒤집어쓴 것처럼 반짝거린다. 그녀는 왼쪽 볼에 원을 그리며 마사지를 하느라 윗입술을 오른쪽 아래로 끌어당긴다. 그러다 손끝으로 이마를 문지르며 얼굴을 펴자 도톰한 볼이 다시 살아난다. 서른다섯 나이에 아이도 하나 있지만 아직도 그녀의 얼굴엔 잔주름 하나 없다. 그건 그녀의 볼이 유난히 통통하기 때문인데 이 때문에 다른 데 살은 빠져도 얼굴 살은 안 빠진다며 투덜댔지만, 통통한 볼이 자신을 젊어 보이게 만드는 효과가 있다는 걸 깨달은 뒤로는 오히려 볼 살이 빠질까봐 걱정이다.

"그럼, 친했지." 대서는 침대에 걸터앉아 옐로페이지를 뒤적거리고 있다. "몇 년 전까지만 해도 가끔 만나서 술도 한잔 하고 그랬어."

대서가 보고 있는 페이지에는 그들이 살고 있는 신도시 외곽의 한 두부집 소개가 실렸는데, 두부전골이나 콩비지 같은 메뉴들이 사진과 함께 소개되어 있다. 그는 무심코 셔츠 밑으로 손을 넣어 뱃살을 쓰다듬어본다.

"당신, 여기 가봤어?" 대서가 숙영을 향해 책을 들어 보인다.

숙영이 책을 보기 위해 몸을 돌려 고개를 앞으로 숙이자 다른 부위보다 유난히 하얀 젖무덤이 드러난다. 대서는 숙영의 가슴을 힐끗 쳐다본 후 다시 책으로 눈길을 돌린다.

"아, 거기 알아, 한번 가봤어." 숙영이 다시 거울을 보며 마사지를 계속한다.

"어때? 괜찮았어?"

대서는 책을 손에 든 채, 숙영의 엉덩이를 힐끔 쳐다본다. 숙영이 샤워를 하고 나서 팬티를 입었는지 안 입었는지 궁금하지만 짧은 슬립에 가려 엉덩이는 보이지 않는다.

"깔끔하긴 한데 맛은 별로였던 것 같아."

"두부 맛이라는 게 원래 다 그런 거 아냐?" 대서가 다시 책을 뒤적거리며 묻는다.

"그래도, 뭐랄까…… 손맛이 없다고 할까? 암튼, 난 별로였어. 근데, 친했다면서 어떻게 연락이 끊어졌어?"

숙영은 이제 아보카도 성분이 함유된 오일을 몸에 바르고 있다. 바야
흐로 캘리포니아의 햇볕을 잔뜩 머금은 아보카도 오일이 그녀의 다리
와 허벅지에 남김없이 도포되는 중이다.

"몰라, 살다보면 다 그런 거지, 뭐."

대서는 옐로페이지를 침대 옆에 던져놓고 숙영의 뒤로 다가간다. 기
어코 그녀가 팬티를 입었는지 안 입었는지 확인하고 싶은 것이다. 슬립
밑으로 불쑥 손을 집어넣자 아보카도 오일로 촉촉해진 숙영의 맨엉덩
이가 만져진다. 대서는 만족한 미소를 띠고 거울을 통해 숙영을 쳐다본
다. 그가 괜히 들떠서 왔다갔다하는 것은 그날이 바로 토요일 밤이라는
증거다.

"저리 가."

숙영이 새침하게 눈을 흘기자 대서는 양손으로 그녀의 허벅지를 쓰
다듬는다. 아무래도 조용히 잠들기는 그른 것 같다.

"그래도 신기하다. 어떻게 한 번도 못 만날 수가 있지?" 숙영은 마지
막으로 크림을 손가락에 묻혀 얼굴에 바르고는 가볍게 톡톡 두드린다.

"그러게 말이야. 이 년 넘게 바로 옆에 살았는데……" 대서의 손은
숙영의 허벅지와 아랫배, 엉덩이를 장난스럽게 넘나든다.

그들이 얘기하고 있는 사람은 대서의 대학동창인 경호다. 그들은 나
흘 전 아파트 주차장에서 우연히 마주쳤는데 연락이 끊어진 지 오 년
만에 만난 것이었다. 얘기를 나누다 두 사람은 이미 이 년 전부터 같은
동에 함께 살고 있었다는 사실을 알게 되었다.

"우리도 뭔가 준비해 가야 되는 거 아냐?"

숙영이 마침내 화장을 끝내고 의자에서 일어서자 그녀의 커다란 맨 엉덩이가 대서의 시야에 가득 들어온다.

"뭘 준비해?" 대서는 슬립을 올리고 그녀의 엉덩이에 입을 맞춘다.

"아무리 그냥 오라고 했어도 빈손으로 가긴 좀 그렇잖아." 숙영이 간지럼을 참으며 장난스럽게 엉덩이를 좌우로 흔든다.

"술하고 고기야 당연히 가져올 테고, 주말농장이니까 야채는 있을 테고…… 그냥 과일이나 좀 사갈까?" 대서가 그녀의 허벅지 사이로 손을 집어넣자 곱슬한 음모 사이를 지나 촉촉한 살이 양쪽에서 손가락을 감싼다.

그가 알고 있는 한 이 세상에서 가장 부드러운 곳. 지난 십 년간, 그들이 처음 만난 순간부터 지금까지, 두 사람 사이에서 벌어진 모든 사건의 진원지. 하지만 그 모든 게 결국 아무 일도 아니었다는 듯 언제나 입술을 꾹 다물고 있는 음험한 안식처, 죄악의 동굴……

몸 속에서 빠르게 전류가 통과하자 대서는 숙영의 엉덩이를 끌어안고 이로 살짝 깨문다. 그러자 숙영이 대서의 어깨를 벌컥 떠다민다.

"간지러워. 저리 좀 비켜봐."

방심하고 있던 대서는 뒤로 벌렁 넘어지며 침대 모서리에 '쿵' 하고 머리를 부딪친다.

"아!" 대서가 비명을 지르며 머리를 감싸쥔다.

"어머, 미안해. 괜찮아?" 숙영이 놀라 대서의 머리를 살펴본다.

"그렇게 세게 밀면 어떻게 해?" 대서가 인상을 잔뜩 찡그리고 화를 낸다.

"어디 좀 봐." 숙영이 대서의 머리카락을 헤치고 안을 살펴본다.

"괜찮아, 아무 이상 없어."

"이상이 없기는. 지금 부딪치는 소리 못 들었어? 그렇게 큰 소리가 났는데 이상이 없다는 게 말이 돼?"

"글쎄, 괜찮다니까. 약간 부은 것 같기는 한데……" 숙영이 머리 안을 살펴보다 키득대고 웃는다.

"뭐가 웃겨? 남은 아파 죽겠는데……" 대서가 엄살을 부리며 말한다.

"알았어, 미안해."

"미안하다고 말로만 하지 말고 얼음 좀 갖고 와봐. 찜질이라도 해보게." 대서가 머리를 감싸쥐고 침대 위에 벌렁 드러눕는다.

숙영이 터지는 웃음을 손으로 막으며 얼음을 가지러 나가자 대서는 팬티마저 벗어버리고 이불 속으로 쏙 들어간다. 맨살갗에 와닿는 시트의 시원한 감촉에 저절로 눈이 감기며 뱃속에서 간질대는 행복감에 슬며시 미소가 지어진다. 머리의 통증이 사라져가기 시작하지만 그는 좀 더 엄살을 떨어야겠다고 마음먹는다. 경호는 지금쯤 뭘 하고 있을까? 대서는 한 손으로 음경을 주물럭거리며 생각한다. 경호도 와이프와 함께 알몸으로 침대에서 뒹굴고 있을까? 경호의 와이프는 숙영보다 더 젊어 보이던데. 잠깐 스쳐가며 본 게 전부지만 뭔가 남자의 시선을 의식하는 듯한 태도, 그리고 뭐랄까, 약간 새침해 보이면서…… 그래, 어딘가 퇴폐적인 분위기가 풍긴다. 침대에서도 숙영보다 더 적극적일 것 같아 보이던데, 겉만 봐서는 알 수 없다. 여자는 침대에 함께 들어가봐야 안다.

눈을 감고 있는 동안 대서는 점점 더 매트리스 속으로 가라앉는다. 아침 여섯시에 일어났으니 활동을 시작한 지 열여덟 시간이 다 되어가고 있다. 사십 년 묵은 육체가 이제 지칠 때도 된 것이다. 자동차로 치면, 이미 백만 킬로미터도 넘게 달려와 여기저기 녹이 슬고 덜그럭거리며 곳곳에서 기름이 새고 있다. 게다가 윤이사가 한 라운드 더 돌자고 고집을 피우는 바람에 필드를 두 번이나 돌았으니! 그 양반은 평소에 뭐 좋은 거라도 먹는지 갈수록 힘이 넘치는 것 같다. 그런데, 숙영은 왜 이렇게 안 들어오지? 설마 얼음이 떨어져서 새로 얼리고 있는 건 아니겠지? 그사이에 잠이 들면 그뿐이지만, 빌어먹을, 오늘은 일주일에 단 하루밖에 없는 토요일 아닌가. 어쩌자고 이렇게 잠이 쏟아지는지. 대서의 성기는 이미 폭신한 음모 위에 축 늘어져서 먼저 잠들어 있다. 내일은 어떻게 되는 거지? 가서 삼겹살이나 굽겠지, 주말농장이라는 게 뭐 별거겠어. 손바닥만한 땅뙈기에다 애들 소꿉장난하듯 고추나 상추, 열무 같은 채소나 몇 가지 심어놨겠지. 그런데 경호를 마지막으로 본 게 언제였더라. 누군가의 집들이 때 본 게 마지막인 것 같은데 도무지 기억이 안 난다. 그러고 보면 시간은 참 잘도 간다. 어느새 우리가 사십이라니! 숙영이 아직도 안 들어오는 걸 보면 아무래도 경아가 깼거나 베란다에 나가 혼자 담배라도 한 대 피우는 모양이다. 오늘은 토요일, 뭔가 신나게 즐겨야 하는데, 젠장, 자꾸 잠이 쏟아진다.

"여기서 우회전해야 되는 거 아냐?" 조수석에 앉아 있는 숙영이 말한다.

"아빠, 우회전이야, 우회전!" 뒷좌석에 앉아 있던 경아도 몸을 앞으로 내밀며 큰 소리로 외친다.

경아가 장난감 기관단총을 계속 쏘고 있는 통에 귀가 시끄럽다.

"알았어!" 대서가 뒤를 돌아보며 소리를 지른다. "아빠가 알아서 할 테니까 총 좀 쏘지 말고 가만히 앉아 있어. 당신, 뭐 해, 애 안전벨트 매주라니까."

"흥, 왜 소리를 지르고 그래? 밤새도록 잠은 혼자 다 자놓고……" 숙영이 눈을 흘기며 되받는다.

결국 꼬투리를 잡혔군. 할 말이 없어진 대서가 라디오를 틀자 스피커에서 갑자기 까르르 웃음소리가 쏟아져나온다. 요즘 한창 뜨고 있는 개그맨 겸 가수가 게스트인데 그가 뭔가 재미있는 얘기를 한 끝이었는지, 여자 사회자가 한동안 웃음을 멈추지 못하고 민망할 정도로 크게 웃어댄다.

호호, 그럼 결국 그 여자는 죽은 거네요. 사회자가 웃음을 멈추지 못하고 계속 킬킬댄다. 당연하죠. 그 상황에서 살아났다면 그게 바로 기적 아니겠어요? 개그맨이 특유의 장난스런 어투로 대답을 하자 다시 사회자가 웃음을 터뜨린다. 앞의 얘기를 듣지 못한 대서는, 무슨 사연인지는 모르지만 누군가 죽었다는데 저렇게 즐거워해도 되는 건가, 하는 생각이 든다. 채널을 이리저리 돌리다 귀에 익숙한 옛날 팝송이 나오는 주파수를 하나 찾아낸 후, 느긋하게 등받이에 등을 기댄다. 입으로 멜로디를 따라 흥얼거리며 제목을 생각해내려고 하지만 얼른 떠오르지 않는다.

"이 노래, 제목이 뭐지?" 대서가 힐끗 돌아보며 숙영에게 묻는다.

"몰라." 숙영은 관심 없다는 듯 창밖으로 펼쳐지는 교외 풍경을 시큰둥하게 바라보고 있다.

하긴, 저 여자가 이런 걸 알 리가 없지. 혹시 화장품 이름이라면 모를까.

차가 도시 외곽으로 벗어나자, 벼가 자라고 있는 논이 시원하게 펼쳐진다.

3

"어제 골프 다녀왔다면서?" 경호가 불판 위의 삼겹살을 뒤집으며 묻는다.

"응. 회사 사람들하고." 대서가 고기를 쳐다보며 건성으로 대답한다.

두툼한 육질에서 기름이 배어나와 가장자리의 홈을 타고 흘러내린다. 최근에 다이어트에 신경을 쓰고 있는 대서는 자신도 모르게 얼굴이 찌푸려진다. 그들은 농장 옆에 마련한 넓은 평상에 자리를 잡고 앉아 고기를 굽고 있다.

“얼마나 치는데?”

“아직 비기너야. 머리 얹은 지는 몇 년 됐는데 가물에 콩 나듯 나가니 뭐……”

“나도 골프 좀 쳐야 되는데 통 시간이 안 나네.” 경호가 불의 세기를 조절하며 말한다. “가끔 업체 사람들하고 동남아 나가면 낮에는 다들 골프 치거든. 근데 나만 할 게 없는 거야. 뭐 해, 그냥 뒹굴뒹굴 마사지나 좀 받다 오는데 그것도 한두 번이라야지.”

“동남아 어디?”

“필리핀도 가고 태국도 가고, 다 다니지.”

“어디가 놀기 좋아?”

“놀기는 태국이 좋고, 여자는 베트남이나 캄보디아 쪽 애들이 좋지. 까무잡잡한 게, 안으면 품안에 쏙 들어오는데다, 애들이 피부가 좋아서 만지면 살이 그냥 묻어나거든.” 경호가 수돗가에서 상추를 씻고 있는 여자들 쪽을 힐끗거리며 키득댄다.

주변에선 그들 말고도 다른 가족들이 나와 고기를 구워대느라 여기저기 연기가 피어오른다. 멀리 수돗가에선 숙영이 경호의 아내 은선과 스스럼없이 웃으며 얘기를 나누고 있다.

“재밌게 사는구먼.” 대서가 여자들 쪽을 쳐다보다 농장으로 눈을 돌리며 한참만에 대꾸한다.

오백여 평의 주말농장은 다섯 평 남짓한 작은 구획들로 나뉘어져 있고, 각 구획 앞에는 주인의 이름이 적힌 팻말이 서 있다. 그 너머로 펼쳐진 논에선 한창 벼가 자라고 있어 눈이 시원해지는 느낌이다.

"재밌긴 뭐, 영업 쪽이니까 그나마 그 정도지." 경호가 담배를 피워 물며 말한다. 그는 대기업에 전자부품을 납품하는 한 중소기업의 영업 과장이다.

"솔직히 여기선 재밌을 게 없잖아. 땅덩어리는 좁지, 인간은 많지, 물가는 비싸지, 뭐 하나 만만한 게 없어."

"하긴 그렇지." 대서가 습관처럼 한숨을 내쉬며 고개를 끄덕인다.

"근데, 너 지금도 자금부에 있는 거야?"

"응."

"자금부면 핵심부서 아냐? 끗발 좀 있겠구먼, 뭐." 경호가 묻는다.

"끗발은 무슨. 빚쟁이들한테 돈 꾸러 다니는 게 일인데……"

"원래 궂은일 하는 부서가 끗발은 있잖아."

이때, 숙영과 은선이 야채를 씻은 바구니를 들고 온다. 대서는 엉거주춤 자리에서 일어나 바구니를 놓을 자리를 만든다.

"뭐 하고 있었어요, 여태 자리도 안 만들고. 고기만 구우면 단가? 밖에 나오면 이런 건 다 남자들이 하는 건데……" 숙영이 경호에게 스스럼없이 타박을 준다.

"맞아, 이런 건 원래 우리가 해야 되는데…… 그냥 놔두지 그러셨어요." 경호가 짐짓 너스레를 떨며 담뱃불을 끄고 옆에 놓아둔 박스에서 일회용 은박접시와 나무젓가락을 꺼낸다.

"으이구, 누가 친구 아니랄까봐…… 말로는 벌써 설거지까지 다 했겠네." 숙영이 눈을 흘기며 경호의 어깨를 가볍게 친다.

아무 때고 쉽게 분위기를 띄우는 게 그녀의 장점이기는 하지만, 대서는 그 점이 가끔 거슬릴 때가 있다. 지금이 바로 그렇다. 그는 숙영이 경호 앞에서 좀더 고상하게 굴었으면 싶다. 하지만 그것은 어쩔 수 없다. 숙영의 장기가 아닌 것이다.

"근데 경아는 어디 간 거야?" 대서가 눈으로 경아를 찾으며 숙영에게 묻는다.

"몰라, 아까 보니까 정민이하고 저쪽에서 놀던데……"

정민은 경호의 딸이다.

"애들끼리 놀게 놔두고, 자, 일단 한잔 하자고." 경호가 소주잔을 들고 흔들어 보인다.

4

"여기서 직접 키운 거라 그런지 야채가 더 맛있네." 대서가 고추를 쌈장에 찍어 먹으며 인사치레로 말한다.

"이게 진짜 유기농예요. 농약 하나 안 친 거잖아요." 은선이 대답한다.

힐끗 쳐다보는 대서의 눈에, 청바지 속에 숨겨진 은선의 몸은 아직 날씬하고 탄탄해 보인다.

"그래서 그런가? 상추도 더 고소하네." 숙영도 한마디 보탠다.

"그럼요. 농약이 얼마나 독한지 아세요? 내가 아는 의사가 그러는데, 농약 먹고 자살한 사람을 해부해보면 속이 녹아서 내장이 죄다 들러붙어 있대요." 끔찍한 얘기지만 은선은 아무렇지 않다는 표정으로 얘기한다.

"당신, 먹는데 무슨 그런 얘길 해?"

"뭐, 어때? 사실이 그런데……" 경호의 타박에 은선이 새침하게 눈을 흘긴다.

대서는 어딘가 잘난 척해 보이는 은선의 태도에 배알이 약간 뒤틀린다. 그래서 고추를 한입 더 깨물며 한마디 한다.

"그래도 다 그 덕분에 먹고사는 거예요."

"뭐가요?" 은선이 묻는다.

"그 독하다는 농약 말예요. 다들 농약이 무슨 천하의 몹쓸 것이라도 된다는 듯 얘기하는데, 만약에 제초제가 없었으면 우리는 지금도 우리 할아버지나 아버지들처럼 저 밭에 나가서 풀을 뽑아야 된다고요." 대서는 말을 하며 술기운이 오르는 것을 느낀다.

"그거야 옛날 얘기지, 지금은 안 그렇잖아." 숙영이 난처해하는 은선을 옹호하려는 듯 말을 보탠다.

"몰라, 난 어릴 때부터 농약을 먹고 자라서 그런지 유기농이니 뭐니 하는 게 다 사치부리는 소리처럼 들리더라고."

대서는 부러 더 심술궂게 말하고 있지만, 실은 그것이 은선의 태도가 못마땅해서가 아니라 그녀에게 관심을 끌고 싶어서라는 걸 스스로 깨닫는다. 은선은 할 말이 없다는 듯 아예 입을 다물어버린다.

"으이구, 누가 농사꾼 아들 아니랄까봐. 꼭 티를 내요." 숙영이 대서의 옆구리를 쿡 찌르며 눈을 흘긴다.

"근데 시골 사는 친구 얘기 들어보니까 요즘은 농약도 안 친다더라."

경호가 주말농장 건너 논을 굽어보며 말한다.

"왜?" 대서가 묻는다.

"쌀값은 떨어지고 농약값은 비싸니까 소출이 적더라도 차라리 농약을 안 치는 게 이익이라는 거지."

"어머, 그래요?" 숙영이 맞장구를 쳐준다.

5

네 사람은 이제 아이스박스에 채워온 차가운 맥주를 나눠마시고 있다. 술도 어느 정도 취해 대화가 횡설수설한다.

"고기 좀더 구울까요?" 은선이 사람들을 둘러보며 묻는다. 불판 위에선 몇 점 남지 않은 고기가 까맣게 타들어가며 연기를 내고 있다.

"난 많이 먹었는데……" 대서가 다른 사람들을 둘러본다. 다들 고개를 가로젓는다.

"경호씨는 영업하신다면서요?" 숙영이 묻는다.

"예, 전 처음부터 찍새로 풀려서 그런지 평생 찍새인생이네요."

"당신, 그 얘기 하지 말라니까." 은선이 경호를 흘겨본다.

"찍새가 뭔데요?" 숙영이 의아한 듯 묻는다.

"난 밖에 나가서 열심히 구두를 모아와야 되니까 찍새고 대서처럼 책상 앞에 앉아 있으면 딱새죠."

"어머, 듣고 보니 그렇네." 숙영이 웃는다.

"월급쟁이면 다 똑같은 월급쟁이지, 찍새가 어디 있고 딱새가 어디 있어." 대서가 말한다.

"다 똑같은 것 같아도 그게 아니다, 너. 딱새들은 모르겠지만 찍새한테는 매달 마감이라는 게 있거든. 그게 보통 스트레스를 주는 게 아냐. 더 더러운 건 새달이 되면 지난달에 쌓은 실적은 다 없어지고 다시 제로부터 시작해야 된다는 거야. 아무리 열심히 해도 달력이 넘어가는 순간 처음부터 다시 시작해야 된다면 어떻겠어? 그게 바로 시시포스가 받은 형벌하고 똑같은 거거든. 죽을 때까지 바위를 굴려야 하는 거지."

"이이는 이 세상에서 자기 혼자 영업하는 것처럼 만날 찍새, 찍새 그래요. 난 그 소리 정말 듣기 싫은데." 은선이 인상을 잔뜩 찡그리며 구시렁거리지만 경호는 픽 웃기만 한다.

네 사람은 잠시 침묵을 지킨다. 그러다 뭔가 생각난 듯 다시 경호가 입을 연다.

"얼마 전엔 이런 일이 있었어. 아침에 출근을 하는데 한남대교가 꽉 막힌 거야. 우리 회사가 강남 쪽이라 안쪽 차선으로 들어가서 강남사거리 쪽으로 가야 하거든. 근데 그쪽이 완전히 막혀서 끼어드는 차들이 바깥 차선까지 늘어서 있는 거야. 하필 그날이 마감 날이었는데, 이상하게 일이 꼬여서 그달은 실적이 형편없었어. 밑의 애들은 쥐어짜봐야 똥밖에 나올 게 없고, 회사에 가면 깨질 게 뻔하고, 아무리 짱구를 굴려봐도 답이 안 나오는 거야. 진짜 죽을 맛이더라고." 경호는 맥주를 벌컥벌컥 들이켠다. "그런데 그때 오른쪽 차선을 보니까 뻥 뚫려 있는 거야."

"어디? 경부고속도로 들어가는 길?" 대서가 묻는다.

"맞아, 그래서 나도 모르게 그쪽으로 핸들을 틀었지. 그리고 백오십 킬로로 신나게 밟은 거야."

"회사는 어떻게 하고?"

"몰라. 그때는 아무 생각 없었어. 그냥 아무 데고 시원하게 한번 달려 봤으면 싶더라고. 그래서 무작정 달렸어. 전화가 올까봐 핸드폰도 아예 꺼놓고."

"당신, 그런 일이 있었어? 근데 왜 나한테 얘기 안했어?" 은선이 놀란 표정으로 경호를 쳐다본다.

"그게 무슨 얘깃거리라고…… 아무튼 들어봐. 그렇게 한참 달리다보니까 배가 고픈 거야. 아침도 안 먹고 나왔으니까. 그래서 무작정 처음 나오는 휴게소에 차를 댔지. 우동을 한 그릇 먹으면서 어디로 갈까, 궁리를 하는데, 진짜 오만 가지 생각이 다 들더라고. 이참에 회사를 때려치우고 장사나 해볼까, 하는 생각도 들고. 아니면 어디 외국에 이민이나 가버릴까 싶기도 하고……"

"이민? 당신, 그런 생각도 했어?" 은선이 묻는다.

"생각으로야 뭐는 못 해. 그냥 그렇다는 거지."

"그래서 어딜 갔는데?" 대서가 묻는다.

"어딜 갔냐고? 나 참, 쪽팔려서……" 경호가 맥주를 한 모금 마시고는 픽 웃는다. "아무 데도 못 갔어."

"아무 데도 못 갔다고?"

"그래. 아무리 궁리를 해봐도 갈 데가 없는 거야. 그래서 그냥 차를 돌려서 회사로 돌아왔지."

"그게 다예요?" 숙영이 싱겁다는 듯 묻는다.

"예, 그게 다예요." 경호는 쑥스러운 표정으로 웃는다. "생각해봐. 이 손바닥만한 대한민국에서 갈 데가 아무 데도 없다는 게 얼마나 한심해. 그래서 아무리 발버둥쳐봐야 결국 오십 킬로미터도 못 벗어나는 게 내 인생이구나 하는 걸 깨달았지."

"그 휴게소까지가 오십 킬로미터야?"

"몰라, 대충 그 정도 될 거야."

"그럼, 많이 갔네. 난 샛길로 십 킬로미터도 못 벗어날 것 같은데……" 대서가 웃으며 말한다.

이때, 은선이 자리에서 일어선다.

"애들 데려다 뭐 좀 먹여야겠어요. 정민이 아침도 안 먹었는데……"

은선이 평상에 앉아 신발을 신는데 청바지를 입은 등허리께로 팬티가 살짝 삐져나와 있다. 레이스가 달린 평범한 팬티지만 야외에서 보는 연한 핑크색은 더없이 자극적이다. 은선의 엉덩이를 쳐다보는 대서의 시선은 마땅히 눈길을 돌려야 하는 시점보다 조금 더 머문다. 숙영이 옆구리를 툭 치자 대서는 황급히 눈길을 돌린다.

6

"얼마 전에 텔레비전을 보는데 한 정신과 의사가 나와서 그런 얘길 하더라고. 남자가 서른다섯이 넘으면 여성호르몬이 증가한대. 그리고 여자는 거꾸로 남성호르몬이 증가하고." 대서가 말한다.

"그게 무슨 소리야? 여성호르몬이 증가해?"

"응, 그래서 여자는 더 당당해지고 주도적이 되는 데 반해 남자는 점점 더 감성적으로 변한다는 거야."

"누구, 당신이 예쁘다는 그 의사?" 숙영이 끼어든다.

"예쁘긴 누가 예쁘다고 그랬어? 그냥 참하다고 그랬지." 대서가 눈을 흘기며 말한다.

"당신이 얘기하는 여자가 누군지 나도 알 것 같아. 그 의사 이름이 유 모라고 하지 않았어?" 숙영이 대서를 놀리듯이 말한다.

"허, 참. 사람 자꾸 이상하게 만드네."

"맞잖아. 당신 텔레비전 보다가 그 여자만 나오면 아주 뚫어져라 보던데……" 숙영이 물러설 기미가 없다.

"그 여자가 하는 얘기가 뭔가 일리가 있다는 생각이 드니까 그러는 거지, 누가 관심이 있대?" 대서는 볼멘소리로 변명을 하지만, 사실 숙영의 말이 완전히 틀린 것은 아니다. 그 정신과 의사의 모습이 이지적인 여자에 대한 대서의 오랜 갈망을 자극하는 건 사실이다.

"그런데 한국 남자들은 스스로에게 너무 엄격하다는 거야. 남편으로서, 가장으로서, 그리고 아버지로서……" 대서는 숙영이 끼어들기 전에 재빨리 설명을 한다. "따라서 이제는 자신을 너그럽게 허용할 필요가 있다는 거야."

"일리가 있네." 경호도 고개를 끄덕인다.

“당신은 자신에게 너무 너그러운 게 문제야.” 숙영이 수박씨를 내뱉듯 무심하게 한마디 던진다.

“당신, 오늘 왜 이래?” 급기야 대서가 얼굴이 벌게져 숙영을 노려본다. “만약에 자신에게 너그러웠다면 난 이렇게 안 살았을 거야.”

“이렇게 안 살았으면, 어떻게 살 건데?” 숙영이 묻는다.

어떻게 살 거냐고? 대서는 갑자기 할 말이 없어진다.

“얼마 전에 우리 이사가 그런 말을 하더라. 인생은 두루마리 화장지 같아서, 처음에는 아무리 써도 남을 것 같지만 반이 넘어가면 언제 이렇게 줄었나 싶게 빨리 지나간다고. 그 얘길 들으니까 나도 뭘 위해서 이러고 사나 싶은 생각이 들어.” 경호가 한숨을 내쉬며 말한다.

“아니, 이 아저씨들이 갑자기 웬 나이 타령이야? 남들이 들으면 환갑 진갑 다 지낸 노인넨 줄 알겠네.” 숙영이 두 사람을 흘겨보다 피식 웃는다.

7

숙영과 은선은 남은 고기를 구워 아이들에게 밥을 먹이고 있고 대서와 경호는 평상 한쪽에 걸터앉아 담배를 피우고 있다.

“애가 귀엽네. 딸이 저런 맛이 있어야 하는데 우리 애는 너무 극성맞아서 꼭 사내애 같아.” 대서가 아이들 쪽을 돌아보며 말한다.

손에 인형을 들고 있는 정민은 경아와는 다르게 조신해 보인다.

"귀엽지. 그런데 저게 바로 가장 악랄한 전략이야. 생각해봐. 우린 저것 때문에 밑바닥까지 철저하게 착취를 당하는 거라고." 경호가 웃으며 말한다.

경호의 말에 대서도 따라 웃는다.

"애가 엄마 닮았나 봐. 새침한 게 나중에 크면 보통이 아니겠어."

"정민이…… 친엄마 아냐." 경호가 툭 던지듯 무심하게 내뱉는다.

대서는 흠칫해서 할 말을 잃는다. 그리고 갑자기 치미는 술기운에 목덜미가 뜨끈해진다.

"그랬구나……"

"재작년에 재혼했어. 저 여자도 재혼이고." 경호는 여전히 남 얘기하듯 무심하게 말한다.

그제야 대서는 그 동안 경호와 연락이 끊어진 이유를 알 것 같았다. 그는 뭔가 더 묻고 싶지만 입을 다물고 은선 쪽을 쳐다본다. 경호도 어색한 기분이 드는지 담배를 바닥에 비벼 끄고 자리에서 일어선다.

"어, 덥다. 난 세수나 좀 해야겠다." 경호는 기지개를 켜며 수돗가로 걸어간다.

이때, 밥을 먹던 경아가 발딱 일어서서 대서에게 다가온다.

"아빠, 나, 사진 찍을래."

"그래, 찍어." 대서는 술에 취해 힘없는 눈으로 쳐다보며 대답한다.

"디카 어딨어?"

"차에 있잖아."

"차 키 줘." 경아가 손을 내민다.

평소 같았으면 절대 키를 내주지 않았을 텐데 술에 취해서 그런지 주저없이 주머니에 손이 간다. 경아는 냉큼 키를 받아들고 차를 세워놓은 곳으로 걸어간다. 그는 농장 너머로 눈길을 돌린다. 술에 취해 주변의 푸른색이 모두 비현실적으로 느껴진다. 몸을 가누기가 힘들어지자 대서는 평상에 드러눕는다. 자리에 눕자마자 저절로 눈이 감긴다. 선풍기 날개가 천천히 돌아가듯 눈앞이 뱅그르르 돌아가며 사람들의 떠드는 소리가 귓가에서 천천히 멀어진다.

8

예닐곱 살 때였을까?

기억도 나지 않을 만큼 오래 전, 현실에서 있었던 일인지 아닌지 분간할 수 없는 장면이 평상 위에서 잠든 대서의 꿈속으로 찾아든다. 대서의 아버지는 논두렁에 콩을 심고 있다. 논갈이를 한 논은 모를 내기 전이라 물만 그득하다. 아버지는 테두리에 영화필름이 감긴 밀짚모자를 쓰고 있지만, 이미 봄볕에 얼굴이 까맣게 그을어 모자 아래가 컴컴하다. 아직 학교에 다니지 않는 어린 대서는 새로 가래질을 한 논두렁 위에 주저앉아 아버지가 일하는 모습을 내려다보고 있다. 아버지는 뾰족한 막대기로 논두렁 가장자리를 쿡 쑤셔 구멍을 내고는 삼태기에서 재를 한 줌 집어 그 안에 넣는다. 그리고 그 위에 콩을 서너 알 떨어뜨린 다음 막대기로 툭 쳐서 구멍을 막는다. 작업은 간단하지만 콩이 가득 담긴 종다래끼가 허리에 매달려 있는데다 재가 든 삼태기를 끌고 다녀야 하니 쉬운 일만은 아니다. 더구나 논두렁이 좁고 낮은 탓에 아버지는 아예 바지를 걷고 논에 들어가 콩을 심고 있는데, 모를 내기 전 곡우 무렵이라 무릎까지 잠긴 물이 아직 차갑다.

처음에 대서는 고집을 부려, 삼태기를 끌고 다니며 아버지가 찔러놓은 구멍에 재를 한 줌씩 넣는 일을 맡았다. 하지만 삼태기를 엎어 재를 쏟는 통에 일거리를 뺏기고 말았다. 그래서 제 딴에 한답시고 하는 일이, 논두렁 위를 깡충거리고 뛰어다니며 한 발짝씩 미리 앞질러가서 아버지가 콩을 심을 자리를 맡아놓고 발로 밟고 있는 것이다. 그럴 때마다 아버지는 '이늠아, 그건 너무 밭아' 라거나 아니면 '그건 너무 멀다' 라고 한마디씩 논평을 한다. 그러다 이따금씩 '이번엔 딱 맞췄네' 라며 허리를 펴고 주름이 가득 잡힌 얼굴로 환하게 웃는다. 대서는 아버지의 그 웃음이 좋아서 제대로 간격을 맞추려고 애쓰지만 들쭉날쭉 매번 간격이 달라진다.

하지만 그나마도 곧 싫증이 나 논두렁에서 껌 대용품으로 씹는 고양이풀을 찾아다닌다. 입안 가득 고양이풀을 우물거리며 올챙이를 쫓다 문득 돌아보면, 아버지는 여전히 논두렁에 붙어서 콩을 심고 있다. 좀처럼 자리가 바뀌지 않는다. 대서는 큰 소리로 아버지를 부른다.

아부지!

그러면 아버지는 허리도 펴지 않은 채 큰 소리로 대답한다.

왜애!

아버지의 목소리가 대서네 논을 품은 골짜기에서 메아리친다.

왜애!

대서는 메아리가 재밌어 다시 길게 아버지를 부른다.

아부지이이!

왜애애애!

아버지도 길게 대답한다.

메아리도 길게 뒤따라온다.

왜애애애애!

그날, 콩을 심고 돌아오는 길이었을까? 꿈은 아버지와 함께 집으로 돌아오는 장면으로 바뀐다. 땅거미가 져 사방이 어둑하다. 앞장서 걸어가는 소의 등에는 삼태기와 그날 사용한 농기구들이 실려 있다. 쇠고삐만 쥔 아버지의 손은 편안해 보인다. 대서네 황소는 동네에서도 제일 크다. 머리도 크고 엉덩이도 크고 뿔도 크고 뱃구레도 크고 몽땅 크다. 그래서 보는 사람마다 부러워하는데다 성격은 더없이 유순하다.

아부지.

왜애……?

나, 소 끌어볼래.

그러려무나.

아버지는 웃으며 선뜻 쇠고삐를 맡긴다. 더럭 겁이 나지만 대서는 쇠고삐를 받아든다. 그리고 소 앞으로 달려가 고삐를 잡아당긴다. 그러자 여태 잘 가던 소가 갑자기 우뚝 멈춰 선다. 대서는 '이랴!' 하고 아버지 흉내를 내며 힘껏 쇠고삐를 당긴다. 소는 시큰둥하게 대서를 쳐다보다 길가의 풀을 뜯기 시작한다. 대서는 무시당한 것 같아 기분이 나빠진다.

야! 빨리 안 와!

대서는 소에게 소리를 지르며 있는 힘껏 고삐를 당긴다. 소는 여전히 꿈쩍도 안 한다. 아버지는 말없이 빙그레 웃으며 대서가 하는 양을 지켜보고 있다.

아부지, 소가 안 와.

울상이 되어 대서는 아버지를 쳐다본다.

고삐 이리 줘봐.

대서는 아버지에게 고삐를 넘긴다. 아버지는 낮고 부드럽게 '이랴' 하며 고삐로 소의 엉덩이께를 툭 친다. 그러자 믿을 수 없게도 소는 풀 뜯던 걸 멈추고 다시 걸어가기 시작한다.

소는 이렇게 뒤에서 몰아야지 앞에서 끌면 절대 안 오는 벱여.

아버지는 대서를 돌아보며 웃는다.

저늠이 얼마나 고집이 센 줄 아니. 보기엔 순해 보여도 지가 싫으면 밥도 안 먹고 일도 안 하고 지멋대로여.

아버지는 소를 보며 말한다. 그래도 아버지는 동네에서 제일 큰 소를 가진 게 흐뭇하다는 표정이다.

자, 다시 해봐라.

아버지가 대서에게 다시 쇠고삐를 건네준다. 이번에는 조심스럽게 고삐를 넘겨받는다.

이랴.

대서도 고삐를 흔들어 소의 엉덩이를 툭 친다. 그러자 이번엔 뒤에서 잡고만 있는데도 소가 알아서 잘 걸어간다. 용달차보다 더 큰 황소가 자신이 쥔 쇠고삐 하나로 움직인다는 게 신기하고 뿌듯하다. 대서는 남은 한 손으로 아버지의 손을 잡는다. 아버지의 손은 거칠고 딱딱하다. 대서는 걸어가며 이따금씩 아버지를 올려다본다. 아버지의 얼굴엔 편안한 미소가 어려 있다. 아버지는 그만 해도 된다고 하지만 대서는 자꾸 고삐를 흔들어 소의 엉덩이를 툭툭 친다. 그리고 입으로 연신 이랴를 외친다.

이랴.

이랴.

이랴……

9

뭔가 시끄러운 소리에 대서는 눈을 뜬다. 얼마나 잤는지 뒷골이 땅기며 오슬오슬 추위가 느껴진다.

"아빠, 울었어?"

고개를 들어보니 경아가 내려다보고 있다. 벌떡 일어나 눈가로 손을 가져가는데 얼굴이 축축하다. 대서는 당황해서 얼른 손으로 눈물을 닦는다.

"아, 아니. 울긴 누가 울었다고 그래. 눈에 뭐가 들어가서 그러는 거야."

대서는 삼류 통속극의 대사를 되뇌지만 어찌된 일인지 실컷 울고 난 뒤처럼 가슴이 한없이 먹먹하다. 아버지가 왜 갑자기 꿈에 보인 걸까? 오랜만에 시골 풍경을 보아서 그런가? 그런데 눈물은 왜 이렇게 많이 흘린 거지?

"아빠, 울었잖아" 하더니 경아는 손에 들고 있던 디지털카메라로 재빨리 대서의 얼굴을 찍는다. 그리고 "이거 엄마한테 가서 보여줘야지" 하며 카메라를 들고 뛰어간다.

대서가 얼른 경아의 손을 붙잡는다.

"경아야, 아빠는 운 게 아냐. 그냥 슬픈 꿈을 꿔서 그래."

"무슨 꿈인데?" 경아가 묻는다.

"할아버지 꿈."

"할아버지?"

"응."

경아는 할아버지를 본 적이 없어 고개를 갸우뚱한다.

대서가 조금 정신을 차리고 보니 주차장 쪽에서 싸움이 났는지 시끄러운 소리가 들린다. 경호와 그의 아내 은선이 한 사내와 실랑이를 벌이고 있고 사람들이 모여 서서 구경을 하고 있다. 그 가운데 숙영도 보인다.

"경아야, 무슨 일이니?"

"응, 어떤 아저씨가 주차하다가 정민이네 차하고 부딪쳤어."

"그래?" 대서가 놀라 일어서려는데 몸이 평상에서 떨어지지 않는다.

"아휴, 바보들. 교통경찰 부르면 되는데……" 경아가 언젠가 대서가 한 말을 되뇐다.

경아의 말에 대서는 자신도 모르게 픽 웃는다. 그러자 경아가 말한다.

"아빠, 그거 알아?"

"뭐?"

"울다가 웃으면 어디어디 털 난대."

경아의 말에 대서는 다시 웃음을 터뜨리지만 뱃속까지 휑해지는 아득한 상실감에 얼굴이 묘하게 일그러진다. 이때 경아가 재빨리 카메라를 들고 대서의 얼굴을 향해 셔터를 누른다. 하나, 둘, 셋……

찰칵!

13 홀

"자, 받아!" 동오는 연못에 떠 있는 채로 아이들을 향해 골프공을 하나씩 던졌다. 하얀 골프공이 연못 위를 가로질러 우리들 앞에 떨어졌다. 공을 집어들어 보니 모두 흠집 하나 없이 깨끗했다. "이야, 이거 완전 쌔삥이네." 재승이 공을 들어 보이며 환하게 웃었다. "쌔삥인 게 문제가 아니라 그 공이 어떤 공인지 잘 보기나 해라." 동오가 헤엄을 쳐 우리 쪽으로 건너오면서 말했다. "이건 던롭인데…… 이것도 던롭이고…… 와! 다 던롭이야!" 우리는 공에 새겨진 로고를 하나하나 살펴보며 환호성을 질렀다.

첨벙!

연못을 향해 돌을 던지자 깊은 울림과 함께 물결이 일어나 동심원을 그리며 가장자리로 퍼져나갔다. 그렇게 해서 깊이를 알 리가 없었지만 동오는 돌멩이가 떨어진 지점을 살펴보며 짐짓 뭔가 알겠다는 듯 고개를 끄덕였다.

그날, 우리는 연못가에 옷을 벗어놓고 발가벗은 채 둘러서서 물 속을 들여다보고 있었다. 삼십 미터가 넘는 신갈나무들이 주위를 에워싼 채 연못 위에 짙은 그늘을 드리우고 있었고, 물 속에선 풀어헤친 머리카락처럼 검푸른 이끼가 일렁거려 어딘가 으스스한 기분이 들게 했다. 나는 무심코 방금 전 산길을 헤치고 오다 쐐기에게 쏘인 팔뚝을 문질렀다. 불에 덴 듯 상처가 화끈거리고 아렸다.

"근데 이 안에 진짜 골프공이 많이 있을까?" 물 속을 들여다보던 문교가 겁먹은 표정으로 동오를 올려다보았다.

"안 그럼 이 더운데 우리가 좆발 났다고 여기까지 기어왔겠나?"

동오가 윽박지르듯 호기 있게 내뱉자 문교는 만족한 듯 웃음을 지어 보였다. 아이들은 언제나 동오의 그런 대답을 듣고 싶어했다. 하긴, 골프공이 아니라면 우리가 산등성이를 두 개씩이나 넘어 13홀까지 올 일이 있었을까?

13홀은 천둥벌거숭이, 무가내인 우리가 봐도 감탄을 자아낼 만큼 아름다운 코스였다. 기역자로 구부러진 페어웨이는 연못을 피해 산 위쪽으로 가파르게 뻗어올라가다 느긋하게 계곡을 향해 흘러내렸고, 밟을 때마다 죄책감을 느끼게 하는 양탄자 같은 그린과 그 주변에 옹기종기 모여 있는 황금색 가드벙커…… 그리고 코스 중간엔 수령이 오래된 은행나무가 한 그루 서 있어 마치 바다 위에 노란 잠수함이 한 척 떠 있는 것처럼 보였다. 연못은 바로 그 코스 아래에 위치하고 있었다.

"누구부터 들어갈래?" 동오는 긴 막대기로 연못 가장자리를 쑤셔 깊이를 가늠해보며 아이들을 둘러보았다.

일행은 모두 다섯이었다. 다들 초등학교 육학년 동갑내기였지만 동오만은 유난히 딱 벌어진 어깨에 사타구니엔 이미 까뭇한 털까지 나 있어 우리보다 적어도 두세 살은 더 많아 보였다.

동오와 눈길이 마주치자 나는 슬그머니 고개를 돌렸다. 신갈나무숲 사이로 페어웨이가 건너다보였다. 휴장일이라 내방객이 없는 골프장은 더없이 고요하고 평화로운 한편, 숲속에 묻혀 있는 고대 유적처럼 낯설고 비현실적인 느낌도 들었다. 멀리 9홀 주변에서 페어웨이를 손보는 일꾼들이 개미처럼 꼬물거렸다.

겁을 집어먹고 서로 눈치만 보는 아이들을 둘러보던 동오는 당연하다는 듯 제가 먼저 앞으로 나섰다.

"좋아, 내가 먼저 들어가서 얼마나 깊은지 볼 테니까 기다려봐."

동오는 연못 가장자리에 서서 가슴과 배에 물을 끼얹었다. 그리고 발로 깊이를 가늠하며 연못 속으로 조심스럽게 걸어들어갔다. 두 발짝도 채 내딛기 전에 물이 목까지 차올랐다. 그는 크게 심호흡을 하더니 물 속으로 머리를 집어넣고 물장구를 치며 이내 연못 속으로 사라졌다.

"엄청 깊은가보다. 보이지도 않네." 재승은 동오가 사라진 지점에서 눈을 떼지 않고 말했다.

옆에서 슬그머니 발을 담가보니 어디선가 샘이라도 솟는지, 개울물하고는 비교도 할 수 없을 만큼 차가워 금세 다리에 소름이 돋았다.

13홀 연못에서 공을 건져낼 계획을 처음 세운 건 물론 동오였다. 13홀은 클럽하우스에서 가장 멀리 떨어진 인코스 끝에 있는 미들홀이었는데 기역자로 구부러진 코스 한가운데 커다란 연못이 있었다. 그래서 신중한 골퍼라면 연못을 피해 언덕 위로 공을 보내고 다음 샷에서 안전하게 온 그린을 노리는 게 보통이었지만 대부분의 어설픈 주말 골퍼들은 자신의 힘을 과신한 나머지 한사코 연못 위로 공을 쳐댔다. 티샷을 한 공이 운 좋게 연못을 넘어간다면 단 두 번의 샷으로 이글까지도 노려볼 수 있기 때문이었다. 하지만 그것은 프로골퍼나 특별히 비거리가 긴 장타자에게나 가능한 것이었지 똥배만 잔뜩 나온 주말 골퍼들에겐 어림도 없는 일이었다. 결국 골퍼들은 벌타를 먹고 애꿎은 골프채를 탓하며 다시 티샷을 하는 수밖에 없었고, 이 때문에 연못은 여름내 골프공을 빨아들이는 블랙홀이 되었던 것이다.

"대낮에 손님들 보는데 어떻게 연못에 들어가서 공을 줍지? 그리고 백경비한테 들키면?" 며칠 전, 동오가 13홀에 대한 계획을 들려주었을 때 영태가 꺼림칙한 얼굴로 물었다.

"그깟 백경비 새끼 하나 무서워서 못 갈까봐?"

동오가 예의 자신만만한 투로 내뱉었다. 그는 아이들을 한번 둘러본 후 우리가 원하는 멋진 계획을 들려주었는데, 그것은 방학 마지막 주 골프장이 휴장을 하는 날, 경비실을 멀리 돌아 산등성이를 타고 13홀로 내려오자는 것이었다.

동오에 따르면, 연못에는 주말마다 엄청나게 많은 수의 골프공이 빠지는데 그것을 백경비가 한 달에 한 번씩 몽땅 건져내 가겟방에 가져다주고 술로 바꿔먹는다는 거였다. 가겟방에선 우리가 경비들 몰래 러프 지역을 넘나들며 주운 골프공을 사서 클럽하우스 안에 있는 골프숍에 넘기거나 손님들에게 직접 팔았는데, 그것이 단맛에 길든 우리에겐 더없이 달콤한 부수입의 원천이었다. 그래서 동네 아이들은 너나할것없이 골프공을 주우면 즉시 가겟방에 가져다주고 그 자리에서 과자나 밀크 초콜릿 같은 주전부리로 바꿔먹곤 했던 것이다. 그런데 그것을 동네 사람도 아니고 외지에서 떠들어온 백경비 새끼가 몽땅 독식하다니!

우리는 연못에 잠겨 있는 골프공도 골프공이었지만 백경비를 엿 먹

일 수 있다는 사실에 한껏 흥분해서 당장에라도 발가벗고 연못에 뛰어
들 기세였다.

"춘상이 아버지가 어제 진천에 갔다 왔대."
"진천엔 왜?"
"왜긴 왜야? 춘상이 잡으러 갔지. 춘상이네가 원래 진천에서 살다가
이사왔잖아. 그래서 혹시 그쪽에 아는 사람한테 가 있을까 싶어서 가봤
는데 거기서도 못 찾았다더라."
"그럼 춘상이 새끼는 대체 어딜 간 거지?"
동오가 물 속에서 나오기를 기다리는 동안 아이들은 며칠 전 가출한
춘상이에 대해 떠들고 있었다. 춘상이는 가출하기 하루 전날까지도 멀
쩡하게 아이들과 함께 벚을 따러 갔었다. 그리고 저녁나절 입 주위를
벚으로 까맣게 물들인 채 태연하게 집으로 들어갔다. 그의 아버지는 춘
상이가 빈손으로 오는 것을 보고 소는 어디 두고 혼자 왔느냐고 물었
다. 그제야 춘상이는 아침에 아버지가 풀을 뜯기라며 쇠고삐를 쥐여준
게 생각났다. 그 동안 노는 데 정신이 팔려 소를 끌고 나간 사실조차 까
맣게 잊고 있었던 것이다. 기겁을 한 춘상이 아버지가 춘상이를 앞장세
워 소를 묶어둔 곳에 부리나케 달려가보았지만 소는 이미 고삐가 풀려
달아나버린 뒤였다. 식구들이 밤새도록 플래시를 들고 온 동네를 뛰어
다닌 끝에 근처 야산에서 겨우 소를 찾아내 집으로 끌고 오긴 했지만
춘상이는 아버지에게 집안 말아먹을 놈이라며 지겟작대기로 죽도록 얻
어맞았다. 그리고 그 다음날 집을 나가버린 거였다.

"차부에서 유선봉이가 서울 가는 차 타는 거 봤다던데……" 영태가 다시 춘상이 얘기를 꺼냈다.

"유선봉이 말을 어떻게 믿어? 물어보면 아무나 다 봤다고 그러는데……" 재승이 픽 웃으며 대답했다.

차부에서 표 검사를 하는 유선봉은 머리가 약간 모자라서 그러는지 아무나 보고 실실 웃고, 차가 언제 오는지 물어보면 언제나 금방 올 거라고 대답하며, 아무개를 봤냐고 물어보면 무조건 봤다고 대답하는 싱거운 청년이었다.

"근데 동오 들어간 지 얼마나 됐지?" 문득, 영태가 아이들을 둘러보며 물었다.

시계를 가진 아이가 아무도 없었기 때문에 우리는 서로 멀뚱하게 쳐다보기만 했다.

"글쎄, 일 분 넘지 않았어?" 재승이 자신 없는 투로 대답했다.

물잠자리 한 쌍이 물 위를 스치듯 날아가 연못 가장자리에 불쑥 솟아난 나뭇가지에 앉았다. 연못은 아무런 파동도 없이 잔잔했다. 뭔가 불길한 예감에 아이들 표정이 딱딱하게 굳어졌다.

이때, 연못 맞은편에서 푸아! 하는 소리와 함께 동오의 머리가 불쑥 솟아올랐다. 순간, 아이들 입에서 안도의 탄성이 흘러나왔다. 동오는 아무렇지도 않다는 듯 머리를 한번 흔들어 물기를 털어내며 손을 들어 보였는데, 그의 양손엔 골프공이 가득 들려 있었다.

"자, 받아!" 동오는 연못에 떠 있는 채로 아이들을 향해 골프공을 하나씩 던졌다.

하얀 골프공이 연못 위를 가로질러 우리들 앞에 떨어졌다. 공을 집어 들어 보니 모두 흠집 하나 없이 깨끗했다.

"이야, 이거 완전 쌔삥이네." 재승이 공을 들어 보이며 환하게 웃었다.

"쌔삥인 게 문제가 아니라 그 공이 어떤 공인지 잘 보기나 해라." 동오가 헤엄을 쳐 우리 쪽으로 건너오면서 말했다.

"이건 던롭인데…… 이것도 던롭이고…… 와! 다 던롭이야!" 우리는 공에 새겨진 로고를 하나하나 살펴보며 환호성을 질렀다.

"니들은 내가 물에 빠져 죽은 줄 알았지? 이 겁쟁이들아. 이 형님이 던롭만 골라서 갖고 나오느라 좀 늦었다." 동오가 물 밖으로 나오며 장난스럽게 재승의 머리에 꿀밤을 먹였다. 재승이 히죽 웃었다.

골프공에는 각기 영문자로 만든 로고가 새겨져 있었는데, 아직 알파벳을 배우지 않았지만 우리는 로고의 모양만 보고도 어떤 회사의 제품인지 알아맞힐 수 있었다. 사냥개 그림이 그려져 있는 것은 슬레진저, 흘림체로 길게 쓴 것은 맥그리거, 맥그리거와 비슷하지만 첫번째 글자가 비스듬하게 선 소나무처럼 보이는 것은 타이틀리스트, 로고가 좌우로 넓게 퍼진 것은 스팔딩…… 던롭은 네모난 틀에 찍은 것처럼 단정한 모양의 로고였는데 가겟방에서 제일 높은 값을 쳐주는 공이었다. 흠집이 하나도 없는 던롭 한 개면 슬레진저 다섯 개와 맞먹는 가격을 쳐주었으니 아이들이 환호성을 올리는 것도 당연했다.

"자, 연못 속에 들어가서 손만 뻗으면 다 골프공이니까 이젠 니들이 들어가봐." 동오가 자신이 건져낸 공을 한쪽에 모으며 호기 있게 소리쳤다.

엉거주춤, 아이들이 연못 가장자리로 몰려갔다. 동오의 활약으로 어느 정도 자신감을 얻었지만 아직 두려움이 완전히 가신 것은 아니었다. 나도 아이들의 뒤를 따라 연못 속으로 한 발짝 내디뎠다. 이내 차가운 물이 가슴까지 차올랐다. 날카로운 칼이 정수리에 꽂히는 것처럼 차가운 기운이 온몸을 관통했다. 아이들은 몸에 물을 축이며 잠시 머뭇거렸다. 그러다 재승이 요란하게 물소리를 내며 뛰어드는 것을 신호로 다들 첨벙거리며 물 속으로 뛰어들었다. 그때까지도 나는 완전히 잠수를 못하고 물 밖으로 머리를 내밀고 있었다.

"야, 박병철. 안 들어가고 뭐 해?"

돌아보니 동오가 연못 가장자리에 걸터앉아 나를 빤히 쳐다보고 있었다. 부끄러움에 얼굴이 화끈 달아올랐다. 나는 엉겁결에 헤딩을 하듯 머리를 물 속에 들이밀면서 힘껏 물장구를 쳤다. 둥실, 몸이 떠오르며 두 발이 완전히 바닥에서 떨어졌다. 나는 머리를 아래쪽으로 향하면서 바닥에 닿기 위해 팔다리를 허우적거렸다. 하지만 두 손은 차가운 물 속을 가를 뿐 좀처럼 바닥에 닿지 않았다. 깊이를 가늠할 수 없다는 사실에 나는 더럭 겁이 났다.

몇 년 전, 장마가 지난 뒤끝이었다. 동네 근처 페인트공장을 세우기 위해 터를 닦아놓은 부지로 빗물이 흘러들어 자연스럽게 운동장만한 수영장이 만들어졌다. 공사는 물이 빠질 때까지 중단되었고, 인근에 큰 물이 없어 겨우 무르팍 차는 앞개울에서 개헤엄이나 치던 동네 아이들은 고학년 저학년 가릴 것 없이 모두 몰려가 여름내 시뻘건 황톳물에서 발바닥이 쪼글쪼글해질 때까지 놀았다.

그때 한 아이가 물에 빠져 죽었다. 삼학년 때 전학을 간 근수 동생 근호였다. 당시 일곱 살이었던 근호는 형들을 따라갔다 한가운데 깊이 팬 물구덩이에 빠졌는데, 우리는 노란 개똥참외를 물에 띄워놓고 수구에 열중하느라 오후가 다 가도록 근호가 없어진 줄도 몰랐다.

나중에 동네 청년들이 몰려와 흙탕물 속을 샅샅이 뒤진 끝에 근호를 건져냈다. 심장이 멈춘 지 오래됐지만 그래도 그냥 놔둘 수가 없어 한 청년이 등에 업고 보건소로 달려갔는데 축 늘어진 팔다리가 청년의 등 위에서 도리깨처럼 흔들렸다. 아이들 틈에 서 있던 나는 근호의 창백한 얼굴에서 얼음장보다도 더 차가운 냉기를 감지하곤 나도 모르게 부르르 몸을 떨었다. 그것은 다름아닌 죽음의 기운이었다.

번쩍, 눈을 떴다. 뿌연 물 속에서 뭔가 희끗한 것이 눈에 들어왔다. 그리고 보니 바닥이 바로 코앞이었다. 손을 뻗자 골프공이 손끝에 만져졌다. 얼핏 로고를 보니 던롭이었다. 나는 재빨리 공을 움켜쥐고 바닥을 차며 물 위로 올라왔다.

물 밖으로 나왔을 때 아이들은 공을 모아놓고 서로 비교하며 즐겁게 떠들고 있었다. 단 한 번의 잠수치고는 꽤 짭짤한 수확이었다. 던롭도 여러 개 눈에 띄었다. 나는 손에 들고 있던 공을 아이들이 모아놓은 공

무더기로 슬그머니 밀어넣고 바닥에 털썩 주저앉았다. 잠수해 있던 시간은 채 일 분도 안 되었지만 하루 종일 물 속에 들어가 있던 것처럼 기운이 하나도 없었다. 배가 부글거리고 버스를 탔을 때처럼 속이 메슥거렸다.

"잠깐만."

한쪽에 느긋하게 앉아 있던 동오가 자리에서 일어섰다. 그리고 공 무더기 속에서 방금 전 내가 내려놓은 공을 찾아들었다.

"박병철, 이거 네가 주운 거지?" 나는 힘없이 고개를 끄덕였다.

"이건 안 돼. 자, 봐. 여기가 찢어졌잖아."

동오가 아이들을 향해 공을 뒤집어 보였는데, 껍데기가 길게 찢어져 안에 감겨 있는 고무줄이 드러나 보였다.

"그래도 던롭인데……" 부끄러움에 얼굴이 화끈 달아오른 나는 변명을 하듯 입속말로 웅얼거렸다.

"이게 던롭이라고?" 동오는 픽 웃더니 다른 공을 집어들어 나의 코 앞에 들이밀었다.

"자, 봐. 던롭은 이렇게 생긴 게 던롭이고, 이건 팬텀이야."

그러고 보니 로고가 비슷하면서도 어딘가 다른 점이 있었다. 그런데 그게 왜 물 속에선 던롭으로 보였을까?

"이건 국산이라 열 개를 갖다줘봐야 던롭 한 개 값도 안 쳐줘. 알아?" 동오가 윽박지르듯 찢어진 국산 골프공을 코앞에서 흔들어댔다.

아이들의 눈이 일제히 나를 향해 쏠렸다. 그들의 눈동자엔 동정과 경멸, 가학과 안도 사이의 애매한 감정이 복잡하게 얽혀 있었다. 나는 일부러 속이려고 한 게 아니라고 변명하고 싶었지만 눈물이 왈칵 쏟아질 것 같은 기분에 목이 먼저 메었다.

배매실에 골프장이 들어선 것은 사 년 전, 우리가 초등학교 이학년에 다닐 때였다. 어느 날 아침, 난데없는 굉음과 함께 앞산 중턱에 불도저가 등장해 무지막지한 힘으로 산을 깔아뭉개기 시작하면서부터 배매실 사람들의 삶은 완전히 달라졌다.

여자들은 밭에 나가는 대신 머리에 수건을 쓰고 골프장에 나가 잔디밭의 풀을 뽑았고, 남자들은 논에 나가 피를 뽑는 대신 골프장에서 나무를 심고 뗏장을 입히고 그늘 집을 만들었다. 또한 젊은 처녀들은 제복을 입고 클럽하우스에서 서빙을 하거나 커다란 챙이 달린 모자를 쓰고 골프백을 멨고 우리는 경비들 눈을 피해 산 아래 러프지역을 다람쥐처럼 오르내리며 도토리 대신 골프공을 주웠다.

외지인들이 몰려들자 마을 사람들은 소를 키우던 외양간에 방을 들여 세를 놓았다. 젊은 캐디들이 들끓으면서 마을엔 임신과 낙태에 대한 온갖 불온한 소문이 떠돌았다. 일찍 단맛을 보고 영악해진 아이들은 골프공을 들고 가겟방을 드나들었으며 묵내기나 국수내기가 고작이던 화투판도 하룻밤에 집 한 채가 왔다갔다할 정도로 판돈이 커졌다. 산신제가 있을 때마다 어른들 사이에선 패가 갈려 큰 싸움이 일어났고 땅문제로 이웃간에 분쟁이 생겨 서로 척을 지고 원수가 되는 경우도 빈번했다.

해가 갈수록 여자들의 화장은 짙어졌다. 닭들은 밤에도 자지 않고 홰에서 내려와 모이를 찾아다녔고 개들은 자주 사람을 물었다. 개울가 빨래터에 이끼가 끼고 계곡에서 가재가 사라지면서, 한없이 다정하고 유순하기만 했던 앞산은 어느새 마을 사람들의 삶을 위협하는 무시무시한 괴물로 변해버리고 만 것이다.

아이들이 연못에 한번 들어갔다 나올 때마다 골프공은 급속히 불어나 공을 담은 자루가 삽시간에 불룩해졌다. 예상보다 큰 수확에 고무된 아이들은 더이상 물을 겁내지 않고 비 오는 날 개구리처럼 첨벙첨벙 앞다투어 연못 속으로 뛰어들었다.

동오의 활약은 단연 발군이었다. 그는 아예 물 밖으로 나올 생각도 않고 연못 한가운데서 공을 주워 밖으로 던지고 그 자리에서 곧바로 다시 잠수를 하곤 했는데, 한번 들어갔다 나올 때마다 흠집 하나 없는 '쌔삥'을 잘도 건져올렸다.

하지만 나에게 잠수는 여전히 쉽지 않았다. 이미 여러 번 연못을 들락거렸지만 물 속으로 머리를 들이밀 때마다 두려움에 눈을 질끈 감았고 쑥을 뜯어 코를 틀어막았지만 자꾸만 물이 들어가 코가 매웠다. 두 손은 허우적거리며 마냥 빈 공간을 더듬었다. 그리고 어찌된 일인지 내가 잠수를 하는 곳엔 물풀들만 무성할 뿐 공은 좀처럼 눈에 띄지 않았다. 그 동안 내가 건져올린 공이라곤 겨우 예닐곱 개에 불과했는데, 그나마 흠집이 있거나 '열 개를 건져봐야 겨우 던롭 한 개'라는 국산 팬텀이 고작이었다. 하긴 연못 한가운데는 너무 깊어서 겁이 나 못 들어가고 이미 아이들이 다 훑고 지나간 가장자리만 맴돌았으니 수확이 없는 게 당연하기도 했다.

"축구공은 언제 사러 갈 거야?" 문교가 나뭇잎 사이로 비치는 햇살에 몸을 말리며 물었다. 기대 이상의 결과에 한결 느긋해진 목소리였다.

"내일 당장 읍내에 가서 사와야지." 동오가 자루에 담긴 공을 세며 대답했다.

자루엔 공이 가득 차 자꾸만 옆으로 비어져나왔다.

골프공을 팔아서 진짜 가죽으로 만든 축구공을 사자는 것은 아이들 모두 일찌감치 동의한 바였다. 문방구에서 파는 고무로 만든 공은 너무 쉽게 터져버리는데다 그야말로 '차는 맛이 영 파이'라 가죽으로 만든 축구공을 갖는 것은 우리들의 오랜 소망이었다. 다만 동오는 이에 덧붙여, 이번에 공을 주우러 가는 데 빠지는 사람은 앞으로 축구시합에서 제외시키겠다고 선언했다. 그건 우리에게는 치명적인 위협이었고 동오는 그 점을 이용해 동네 아이들을 몽땅 끌고 13홀까지 온 것이다.

"만약에 축구공 사고 돈이 남으면 어떻게 하지?"

축구보다는 군것질에 관심이 많은 재승이 물었다. 문교는 옆에서 날렵한 돌을 주워 연못 위로 물수제비를 날렸다.

"돈이 남기는커녕 이거 갖고는 턱도 없겠다." 자루에 든 공을 대충 세어본 동오가 인상을 찌푸리며 대답했다.

"축구공이 그렇게 비싸?" 재승이 잔뜩 실망한 얼굴로 물었다.

"뭐, 이 정도면 대충 국산이야 살 수 있겠지. 근데 국산은 가죽이 션찮아서 금방 빵꾸가 나."

“그럼 뭐로 사?”

“이왕 사는 거 미제로 사야지.” 동오가 자리에서 일어서며 선언을 하듯 말했다. “아디다스.”

나란히 앉아 몸을 말리고 있던 아이들은 동오의 말에 다들 힘이 빠져 한숨을 내쉬었다.

“그러니까 지금부턴 각자 책임지고 한 사람당 열 개씩만 주워와. 오십 개만 더 모으면 아디다스 축구공을 살 수 있어.” 동오가 아이들을 둘러보며 말했다.

“한 사람 앞에 열 개씩?” 영태가 물었다.

“그래, 누구는 많이 줍고 누구는 적게 주우면 불공평하잖아. 그러니까 똑같이 열 개씩. 대신, 던롭은 하나에 두 개씩 쳐줄게.”

“그러니까 야리끼리로 하자는 거네.” 비교적 수영실력이 좋은 재승이 어른들이 쓰는 공사판 용어를 써가며 히죽 웃었다.

“그래, 누구 불만 있는 사람 있어?”

아이들을 둘러보는 동오와 눈이 마주치자 나는 슬그머니 고개를 숙였다. 지금까지 주운 걸 다 합쳐도 예닐곱 개밖에 안 되는데 앞으로 열 개를 더 주워야 한다니! 산에 올라오기 전부터 부글거리던 배가 다시 살살 아프기 시작했다.

“그럼 열 개 다 채운 사람은 놀아도 되는 거야?” 문교가 다시 연못 위로 돌을 던지며 물었다.

“마음대로 해. 놀든지 말든지!”

동오가 멋진 폼으로 연못을 향해 다이빙을 하자, 첨벙! 하는 요란한 소리와 함께 물기둥이 솟았다.

부지직!

자리에 앉자마자 기다렸다는 듯 설사가 쏟아져나왔다. 애초에 발가 벗고 있었으니 따로 바지를 내릴 것도 없었다. 물 속에 대여섯 번 넘게 들어갔다 나온 뒤끝이었다. 누군가 창자를 비틀어대는 것처럼 아랫배가 요동을 쳐 다급하게 연못 위 풀숲으로 뛰어들었다. 볼일을 보는 동안, 아래쪽 연못가에서 아이들이 키득대는 소리가 들려왔다.

"병철이 새끼, 고구마 찌나보다."

"와, 엄청 독하네. 여기까지 구린내가 나."

몇 번 요란하게 설사를 하고 나니 얼마 안 남은 기운마저 항문을 통해 모두 빠져나간 듯 했다. 어디선가 금세 냄새를 맡고 파리가 날아와 엉덩이 사이를 윙윙거리며 날아다녔다. 다리 사이를 내려다보니 고추가 찬물에 잔뜩 쪼그라들어 초라하게 매달려 있었다. 그렇게 발가벗은 채 수풀 속에 쭈그려앉아 있으려니 처량하고 참담한 기분이 들어 금방이라도 눈물이 쏟아질 것 같았다.

그 동안 내가 연못에서 건져낸 공은 단 세 개뿐이었다. 던롭은 하나도 없었다. 동오는 일찌감치 열 개를 다 주워올렸고 다른 아이들도 자신의 할당량을 거의 다 채워가는 중이었다. 나는 앞으로 얼마나 더 물속을 들락거려야 할지 알 수 없었다. 애초에 잘못 따라왔다는 후회도 들었고 이럴 때 춘상이라도 있었으면 사정이 조금 달라졌을지도 모른다는 생각도 들었다. 공부든 달리기든 축구든 수영이든 모든 면에서 다른 아이들보다 조금씩 뒤처지는 춘상이가 있었더라면 보나마나 맡아놓고 '오늘의 호구'가 되었을 텐데, 이런 일이 생길 줄 미리 알았는지 아예 집을 나가버렸다.

방법은 둘 중 하나였다. 물에 빠져 죽든 말든 끝까지 남아 열 개를 다 채우든가 아니면 당장 옷을 입고 집에 가버리든가. 하지만 그냥 집으로 가버린다면 지금까지 고생한 건 말짱 도루묵이 되고 다음부터 축구시합엔 영영 끼지 못하게 될 것이다. 아이들이 축구를 하고 있는 동안 한쪽에 우두커니 서서 구경만 해야 한다면…… 그건 정말이지 생각하고 싶지도 않았다. 나는 미구에 닥쳐올 온갖 불행한 상황을 머릿속에 떠올리다 다리가 저려와 풀을 뜯어 엉덩이를 닦고 자리에서 일어섰다.

고개를 들자 멀리 동네가 눈에 들어왔다. 골프장은 마을 앞산의 허리를 거대한 뱀처럼 휘감아 위에서 마을을 짓누르고 있는 형국이었다. 때문에 계곡 아래 개울가를 따라 오십여 가호가 흩어져 있는 마을은 더욱 초라해 보였다.

언덕 아래에선 아이들이 첨벙거리며 연못을 드나드는 소리가 들렸다. 날은 여전히 무더웠지만 오후의 햇살은 다소 기울어 어딘가 힘을 잃고 있었고, 페어웨이 가장자리에 나란히 서 있는 메타세쿼이아도 어느새 슬쩍 누른 기를 띠어 이제 곧 가을이 올 거라는 우울한 예감을 풍기고 있었다. 그러고 보니 축제처럼 요란하고 허망했던 여름방학도 이제 일주일만 지나면 끝이었다. 불현듯 밀린 방학숙제가 생각났고 담임

선생의 도금이 벗겨진 은이빨이 생각났다. 거기엔 언제나 누런 치태가 끼어 있었는데, 담임선생은 그 더러운 이빨로 지각을 하거나 숙제를 안 해간 학생들의 팔뚝을 깨무는 변태적인 습관이 있었다.

그런데 이때 내가 왜 갑자기 그런 엉뚱한 생각을 했는지 모르겠다. '궁지에 몰린 쥐의 고양이 깨물기' 같은 것이었을까? 나는 언덕 아래로 달려 내려가며 아이들을 향해 다급하게 외쳤다.

"야! 백경비 온다! 백경비!"

연못에 들어가 공을 줍던 아이들은 백경비란 말에 모두 물 밖으로 튀어나왔다. 그리고 다급하게 옷을 주워입기 시작했다.

"백경비가 어디 오는데?" 동오가 물었다.

"저 아래." 나는 바지에 다리를 꿰며 대답했다.

"진짜야?"

"진짜야. 똥 누면서 내가 봤어." 나는 표정을 들키지 않기 위해 티셔츠 속에 얼른 얼굴을 집어넣었다.

아이들은 이미 바지만 꿰입고 손에 셔츠를 든 채 신갈나무숲을 가로질러 부리나케 달아나고 있었다. 하지만 동오는 침착하게 골프공이 든 자루를 수습하며 미심쩍은 눈으로 나를 쳐다보았다. 내가 아이들을 따라 도망가려고 하자 동오는 덥석 나의 손을 잡았다.

"잠깐만 있어봐."

나는 가슴이 덜컥 내려앉았다.

"백경비가 어디 온다는 거야?" 동오가 침착하게 물었다. 목소리가 연못 속의 물처럼 차가웠다.

"저 위에서 봤어. 지, 진짜야." 나는 자신도 모르게 말을 더듬었다.

"그럼, 같이 가봐."

동오는 내 손을 잡아끌고 방금 전 내가 볼일을 본 언덕 쪽으로 갔다. 풀숲 근처로 다가가자 진한 구린내가 났지만 동오는 아랑곳 않고 바닥에 엎드려 홀 아래쪽을 살펴보았다.

"어디? 안 보이잖아." 동오가 나를 돌아보았다.

아래쪽 페어웨이에는 파란 잔디만 펼쳐져 있었을 뿐, 사람의 그림자라곤 찾아볼 수 없었다. 숲속의 괴이한 적막이 나의 목을 옥죄는 것 같았다. 그래도 나는 버티는 데까지 버텨보기로 했다.

"아까 분명히 저 아래서 걸어오고 있었단 말이야." 나는 14홀로 넘어가는 작은 다리를 가리켰다.

동오는 내가 가리키는 쪽은 돌아볼 생각도 않고 뱀처럼 눈을 가늘게 뜨고 뚫어지게 나를 쳐다보았다. 나는 얼굴이 돌처럼 딱딱하게 굳어져 금방이라도 부서져내릴 것 같았다. 할 수만 있다면 당장 연못에라도 빠져 죽고 싶은 심정이었다.

이때 거짓말 같은 일이 눈앞에서 벌어졌다. 13홀 그린 모퉁이에서 빨간 경비모를 쓴 백경비가 막 돌아나오고 있었던 것이다. 나는 자신도 모르게 자리에서 벌떡 일어서며 큰 소리로 외쳤다.

"저것 봐! 백경비 저기 있잖아!"

동오도 적잖이 놀란 듯 눈을 동그랗게 뜨며 풀숲에 잔뜩 웅크린 채 백경비를 지켜보았다. 백경비는 스프링클러가 제대로 작동하는지 꼭지를 열어 확인하고 있었다.

"저 새끼가 여기까지 왜 왔지?"

동오는 인상을 찡그리며 황급히 팔을 잡아 나를 주저앉혔다. 그런데 그보다 먼저 백경비가 우리를 발견했다. 그는 호루라기를 불며 우리가 있는 쪽으로 곧장 달려왔다. 맞은편 전나무숲에서 호루라기 소리에 놀란 새들이 일제히 날아올랐다.

"야, 빨리 튀어!"

동오는 골프공이 든 자루를 어깨에 메고 산 쪽으로 뛰기 시작했다. 나도 동오를 따라 달리기 시작했다. 허파에 바람이 들어간 것처럼 자꾸만 헛웃음이 쏟아져 소리를 내지 않으려고 애써 입을 틀어막았다. 앞에서 동오가 튕긴 나뭇가지가 날아와 세차게 얼굴을 때렸지만 아픈지도 몰랐다. 자루를 메고 뒤뚱거리며 뛰는 동오의 뒷모습이 우스꽝스러워 또 웃음이 나왔다.

우리는 13홀 위 산 중턱에 있는 바위 뒤에 숨어서 연못을 내려다보고 있었다. 백경비는 연못 주위를 돌며 좀처럼 자리를 떠나지 않았다. 너무 멀리 있어 표정은 볼 수 없었지만 잔뜩 화가 난 듯 막대기를 들고 연못 속을 헤집어보기도 하고 발을 구르며 혼자 뭐라고 소리를 지르기도 했다. 우리는 백경비에게 제대로 한 방 먹였다는 기쁨에 서로 마주 보며 키득댔다.

골프장 사장의 먼 친척이라고 알려진 백경비는 커다란 덩치에 어울리지 않게 어찌나 날렵하고 신출귀몰하던지, 마치 손오공이 분신술이라도 쓰는 것처럼 삼십만 평이 넘는 골프장을 넘나들며 우리가 가는 길목마다 앞을 지키고 있었다. 이 때문에 우리는 멀리서 그의 빨간 경비모자가 언뜻 비치기만 해도 죽어라 도망을 치곤 했는데, 그에게 잡히기라도 하는 날에는 단단히 곤욕을 치를 각오를 해야만 했다.

백경비는 골프공을 줍다 잡힌 아이들을 온갖 치사한 방법으로 괴롭혔다. 잔디밭에 일렬로 세워놓고 나무에 물을 주듯 스프링클러에 호스를 끼워 사정없이 물을 뿌려대거나 주운 골프공을 두세 개씩 입에 물리고 잔디 위에서 낮은 포복을 시켰다. 그렇게 잔디밭을 구르고 나면 골프공을 문 입에선 침이 질질 흘러내리고 잔디가 옷 속에 박혀 따갑기가 이루 말할 수 없었다. 그래도 그 정도는 점잖은 편에 속했다. 때로는 바지를 내리게 해 막대기로 고추를 툭툭 때리며 그야말로 뭣도 모르는 아이들을 상대로 진한 성적 농담을 하며 혼자 낄낄거렸고, 누나가 있는 아이들을 따로 불러 인적사항을 집요하게 캐묻기도 했다. 어떤 아이에겐 자신의 음경을 꺼내놓고 손으로 주무르게 했다는 소문도 있었는데, 당사자에게 직접 들은 게 아니어서 사실 여부는 알 수 없었다. 그런 수난에도 불구하고 골프공을 포기하지 않는 한 백경비와 우리는 피할 수 없는 천적관계일 수밖에 없었다. 하지만 그날은 더없이 적절한 때에 출현함으로써 나에겐 고마운 구세주가 된 셈이었다.

백경비가 언덕 아래로 사라지고 나자 우리는 슬슬 돌아갈 채비를 했다. 백경비 때문에 일이 일찍 끝나긴 했지만 이미 골프공으로 자루가 가득 찼으므로 유감이 있을 수 없었다. 하루 일을 마치고 돌아가는 농부처럼 다들 마음이 뿌듯했다. 이제 내일이면 진짜 가죽으로 만든 축구공을 찰 수 있다는 생각에 저절로 미소가 지어졌다. 하지만 요행도 그리 오래가지 않았다.

"야, 이거 가겟방에 갖다주면 얼마나 받을까?" 재승이 골프공이 든 자루를 툭툭 두드리며 물었다.

"김칫국부터 마시지 마. 아직 다 안 끝났으니까." 동오가 담담한 표정으로 말했다.

"뭐가?" 재승이 물었다.

"너희들 열 개 다 못 채웠잖아." 동오의 말에 아이들은 금세 얼굴이 굳어졌다.

"이 정도면 충분하지 않아?" 문교가 자루를 내려다보며 물었다.

"그래도 약속은 약속이야. 열 개 다 채우기 전엔 못 가."

혼자서 일방적으로 정한 규칙을 약속이라고 할 수 있을까? 아이들은 불만에 차 입이 잔뜩 나왔지만 앞에서 대놓고 따질 수는 없었다. 그나마 영태가 항의 아닌 항의를 해보았다.

"백경비 또 오면 어떻게 해?"

"네가 백경비라면 우리가 다시 올 거라고 생각하겠냐? 무슨 일 있으면 내가 다 책임질 테니까 걱정하지 말고 따라와."

동오는 어깨에 자루를 멘 채 성큼 앞장서서 산 아래로 내려가기 시작했다. 이미 몸이 차갑게 식은 아이들은 다시 옷을 벗고 물 속으로 들어가야 한다는 생각에 어깨가 처졌지만 어쩔 수 없이 동오의 뒤를 따라

산을 내려갔다. 나 또한 한없이 막막한 심정이 되어 아이들 뒤를 따랐다. 방금 전 찾아왔던 행운은 눈 깜짝할 사이에 물거품이 되었고 산 아래에선 차갑고 어두운 연못이 나를 기다리고 있었다.

다소 독선적이긴 했지만 평소의 동오는 그다지 모진 아이가 아니었다. 적당히 강자다운 아량도 있었고 자신의 지위를 인정받기만 하면 대개 그것으로 충분했다. 그런데 이따금씩 변덕을 부릴 때가 있었다. 뭔가 비위짱이 상하거나 아이들에게 자신의 위치를 확인시켜줄 필요가 있다고 생각했을 때 한 아이를 정해놓고 눈물이 쏙 빠질 만큼 골탕을 먹이곤 했는데, 그날은 불행하게도 내가 바로 그 타깃이 된 거였다.

연못에서 공을 줍는 동안 아이들은 은연중에 그런 분위기를 감지했지만 아무도 나서서 옹호해주거나 말리려 들지 않았다. 만일 그랬다가는 그 사람에게까지 가혹한 보복이 뒤따랐기 때문에 그냥 제 풀에 지쳐서 그만둘 때까지 방관하는 수밖에 없었다. 방금 전에도 할당량을 다 채운 문교가 내 몫까지 줍겠다고 나섰다가 그러면 열 개가 아니라 스무 개를 주워야 한다는 억지스런 경고를 받고 슬그머니 물러섰다. 다시 연못으로 돌아가 공을 줍는 동안 나는 비로소 동오가 나를 타깃으로 삼은 이유가 뭔지 깨달았다.

며칠 전, 동룡굴로 집게벌레를 잡으러 갔을 때의 일이다. 나는 운 좋게도 가자마자 갈참나무 위에서 커다란 쇠스랑집게 한 마리를 잡았다. 날렵하고 단단해 보이는 몸통은 금방이라도 불이 붙을 것처럼 황갈색으로 빛났고 두 개의 날카로운 뿔은 적당한 각을 이루며 휘어져 매우 위엄이 있어 보였다. 누가 봐도 탐을 낼만큼 멋진 놈이었다.

그런데 쇠스랑집게를 본 동오가 자신이 잡은 먹집게와 바꾸자고 제안을 했다. 미루나무 둥치 밑에서 잡은 어른 손바닥만한 녀석이었다. 하지만 아무리 커도 멍청하고 힘도 못 쓰는 먹집게를 쇠스랑집게와 바꿀 바보는 아무도 없었다. 작은 돼지집게나 가위집게보다도 인기가 없는 게 먹집게였다. 나는 약간 켕기기는 했지만 한껏 부드럽게 거절을 했고 동오는 그럴 줄 알았다는 듯 웃으며 순순히 물러섰다. 하지만 그때 이미 속으로 앙심을 품었다는 걸 좀더 빨리 알아챘어야 했다. 만일 그때 먹집게와 바꿔주었다면 아무 일도 없었을 것이다. 더구나 그날 잡은 쇠스랑집게는 집으로 가져온 지 사흘 만에 죽어버렸으니 나에겐 아무런 소득도 없는 셈이었다. 그날 집게벌레를 바꿔주지 않은 걸 후회했지만 모든 게 너무 늦어버린 뒤였다.

영태가 던롭을 하나 주워 열 개를 채우자, 결국 물 속에는 나 혼자만 남게 되었다. 다른 아이들은 모두 옷을 입고 연못가에 앉아 나를 기다리고 있었다. 다들 추워서 입술이 새파랗게 질려 있었다. 내가 주워야 할 공은 앞으로도 네 개나 더 남아 있었다. 아이들이 구석구석 헤집고 다닌 통에 연못은 이미 흙탕물이 되어 눈을 떠도 앞이 잘 보이지 않았고 힘겹게 물 속을 더듬어도 허탕을 칠 때가 더 많았다.

물에서 나온 나는 연못가에 앉아 잠시 쉬고 있었다. 세번째 허탕을 치고 나온 뒤라 몸은 지칠 대로 지쳐 있었다. 체온이 떨어져 오스스 소름이 돋았고 이빨이 마주쳐 딱딱 소리를 냈다. 다 같이 벗고 있을 땐 몰

랐는데 혼자만 벗고 있으려니 왠지 부끄러운 기분에 나는 슬그머니 옆
으로 돌아앉았다. 다들 동오의 눈치를 살폈지만 그는 아무 말 없이 차
가운 눈으로 상황을 지켜볼 뿐이었다. 그러는 동안 해는 점점 더 기울
어 연못 근처엔 긴 산 그림자가 내려앉았고 극성을 부리던 매미들의 울
음소리도 잦아들었다. 아이들 사이에선 무거운 침묵이 흘렀다.

“안 들어가고 뭐 해? 이러다 해 넘어가겠다.” 말없이 앉아 있던 동오
가 나를 힐끗 쳐다보며 한마디 던졌다.

나는 무거운 몸을 일으켜 연못 속으로 한 발 내디뎠다. 차가운 물이
허리를 감싸자 이내 심장이 얼어붙는 것 같았다. 애써 두려움을 떨쳐내
며 잠수를 했다. 천천히 물장구를 치며 진흙바닥을 손으로 더듬었지만
차갑고 끈적거리는 진흙만 손에 감겼다.

공을 주우면 많이 줍든 적게 줍든 한꺼번에 모아서 공평하게 나누는
게 지금까지 우리가 지켜온 암묵적인 규칙이었다. 아무도 적게 주웠다
고 비난하거나 할당량을 채우라고 강요한 적은 없었다. 그런데 동오는
평소보다 더 심하게 굴고 있었다. 이미 축구공을 사기에 충분할 만큼
공을 주웠는데도 미제를 산다며 더 주우라는 것이나 백경비가 왔다갔
다하는데 굳이 할당량을 채우라는 건 무슨 심술인가?

물 속을 더듬는 동안 숨이 막혀오고 몸에서 힘이 빠져나가는 것을 느
꼈다. 이번에도 허탕이라는 생각에 가슴이 더욱 답답했다. 그러다 어느
순간, 이러다 그냥 물에 빠져 죽는 게 아닌가 하는 공포감이 엄습해왔
다. 몇 년 전, 물에 빠져 죽은 근호의 창백한 얼굴이 떠올랐다.

이때, 얼핏 손끝에 뭔가 만져졌다. 골프공이었다. 차가운 물 속이었지만 올록볼록한 공의 딤플이 손가락에 생생하게 느껴졌다. 나는 진흙과 함께 공을 와락 움켜쥐었다. 그리고 바닥을 발로 차며 힘껏 위로 솟아올랐다.

물 밖으로 나와 공을 확인해보니 던롭이었다. 나는 연못가로 나와 공을 아이들이 앉아 있는 곳을 향해 던졌다. 동오가 공을 집어들었다. 나는 가쁜 숨을 몰아쉬며 돌 위에 털썩 주저앉았다. 이제 두 개만 더 주우면 끝이었다. 운이 좋다면 던롭을 한 개 더 주울 수도 있었다.

이때, 공을 살펴보던 동오가 말했다.

"이건 생채기가 나서 안 돼. 무효야." 그러고는 공을 뒤로 휙 던져버렸다.

"왜 안 돼!"

나도 모르게 버럭 소리를 지르며 공이 떨어진 풀숲으로 달려갔다. 공을 찾아 살펴보니 작은 흠집이 있긴 했지만 그 정도면 아무 문제가 없는 공이었다.

"이 정도는 괜찮잖아. 이것보다 흠집이 큰 것도 가겟방에서 받아주는데……"

나는 억울함에 목소리가 떨려나왔다. 아이들도 다들 동오가 너무한다는 듯 쳐다보았다.

"네가 가겟방 주인이야? 받아줄지 안 받아줄지 어떻게 알아?" 동오가 비웃듯이 입을 비틀며 차갑게 내뱉었다.

발가벗은 채 아이들 앞에서 공을 들고 서 있던 나는 금방이라도 눈물이 왈칵 솟아날 것 같아 이를 악물었다. 그리고 억울함은 곧 분노로 바뀌었다. 연못에 도착한 이후 줄곧 나의 감정을 지배한 것은 부끄러움과 후회, 억울함과 두려움, 절망감과 참담함뿐이었다. 그런데 그 모든 감정을 소진하고 더이상 견딜 수 없는 지경에 이르자 마침내 밑바닥에 숨어 있던 분노가 폭발해버리고 만 것이다.

나는 골프공이 가득 담긴 자루를 향해 천천히 걸어갔다. 아이들이 의아한 표정으로 나를 쳐다보았다. 머릿속엔 아무 생각도 없었고 골프공이 담긴 자루만이 눈에 가득 들어왔다. 나는 자루를 번쩍 집어들었다. 제법 무거웠을 텐데 어디서 힘이 솟아났는지 자루는 썩은 나무토막처럼 가볍게만 느껴졌다. 그때야 비로소 아이들은 내가 무슨 짓을 하려는지 눈치챈 것 같았다.

"야, 뭐 하려고 그래!" 동오가 나를 향해 달려오며 다급하게 소리쳤다.

나는 동오를 힐끗 돌아본 후, 연못 한가운데를 향해 자루를 힘껏 던졌다. 첨벙 소리가 나며 큰 물기둥이 솟았다. 아이들이 모두 놀라 소리를 질렀다.

"너 이 새끼!"

잔뜩 화가 난 동오가 나를 향해 대뜸 주먹을 날렸다. 나는 바닥에 쓰러졌다. 동오는 나를 깔고 앉아 주먹을 마구 휘둘렀다. 눈앞에서 번갯불이 튀고 얼굴이 얼얼했지만 그다지 아프지 않았다. 나는 안간힘을 다

해 일어나 동오의 허리를 껴안고 넘어졌다. 우리 두 사람은 한데 엉킨 채 풀밭을 뒹굴었다. 서로 주먹을 날렸지만 내 주먹은 대부분 빗나갔고 주로 맞는 건 나였다. 코피가 터져 입안으로 찝찔한 피가 흘러들었다. 그래도 난 미친 듯이 팔을 휘둘렀고, 가끔 주먹이 동오의 얼굴을 맞힐 때도 있었다.

그러는 동안 다른 아이들은 당황해서 우왕좌왕하고 있었다. 싸움도 말려야 했고 연못 속에 잠긴 자루도 빨리 건져내야 했다. 결국 재승은 자루를 건진다며 옷을 벗고 연못으로 들어갔고 문교와 영태는 나와 동오를 각각 붙잡아 떼어냈다. 떨어져서 보니 동오도 코피가 흘러 얼굴이 피로 잔뜩 범벅이 되어 있었다.

"저 새끼, 내가 오늘 죽여버릴 거야! 이거 놔!"

코에서 피가 나는 걸 확인한 동오는 허리를 잡고 있는 영태를 뿌리치고 나에게 달려들었다. 나는 동오의 발길질에 허리를 차여 쓰러졌다. 동오는 바닥에 쓰러진 나를 붙잡고 목을 조르기 시작했다. 나는 팔을 떼어내려고 애를 썼지만 단단한 팔뚝은 더욱 억세게 목을 죄어왔다. 정말 나를 죽일 것 같은 기세였다. 곧 숨이 막히고 질식할 것 같은 괴로움에 닭뼈가 목에 걸린 개처럼 캑캑거렸다. 그러다 겨우 팔뚝 밑으로 턱을 빼낼 수 있었다. 나는 기다렸다는 듯 동오의 팔뚝을 이빨로 힘껏 깨물었다. 동오는 비명을 지르며 내게서 떨어져나갔다. 영태와 문교가 다시 우리 둘의 허리를 껴안고 싸움을 뜯어말렸다. 동오의 팔뚝에 난 선명한 이빨 자국에서 피가 흐르고 있었다. 나의 서슬에 놀랐는지 동오도 잠시 주춤하며 팔뚝을 감싸 쥔채 나를 노려보았다.

이때였다. 자루를 건지러 물 속에 들어갔던 재승이 갑자기 무엇엔가 놀란 듯 큰 소리로 비명을 지르며 후다닥 물 밖으로 뛰쳐나왔다. 돌아보니 얼굴이 하얗게 질려 있었고 금방이라도 울음을 터뜨릴 것처럼 잔뜩 일그러져 있었다. 그리고 혼자 뭐라고 중얼거렸는데, 무슨 말인지 한마디도 알아들을 수가 없었다. 다들 의아한 표정으로 재승에게 몰려갔다.

"야, 왜 그래? 무슨 일이야?" 문교가 물었다. 나도 목을 움켜쥐고 캑캑대며 재승을 쳐다보았다.

"추, 추, 추, 춘상이……" 재승이 입술을 덜덜 떨며 정신이 나간 듯한 표정으로 아이들을 둘러보며 말했다.

"뭐? 춘상이? 춘상이가 왜?" 동오가 다그쳤다.

"추, 춘상이가 저, 저 안에 있어." 재승은 떨리는 손으로 연못 안을 가리켰다.

"무슨 소리야? 춘상이가 연못에 왜 있어? 똑바로 말해봐." 동오가 재승의 어깨를 잡고 흔들었다.

"지, 진짜야. 틀림없이 춘상이라니까. 소, 손에 던롭을 쥐고 있었어." 연신 더듬거리는 재승의 입술 사이로 공포에 질린 울음이 새어나왔다.

재승을 둘러싼 아이들은 다들 몸이 굳어 땅 속에 박힌 듯 그 자리에 우뚝 멈춰 섰다. 나는 잠시 머리가 멍해져 재승이 하는 말이 얼른 이해가 되지 않았다. 며칠 전에 가출한 춘상이가 왜 연못 속에 들어가 있다는 거지? 그리고 던롭은 또 무슨 소리야?

존은 갑자기 누군가 심장을 움켜쥐고 마구 주물러대는 듯한 통증에 숨을 헐떡였다. 발작이 찾아온 것이다. 그는 자리에서 일어나 허겁지겁 약병을 찾아 의사가 처방해준 약을 한 움큼 털어넣고 물을 마셨다. 그리고 잠시 터키융단 위를 서성거렸다. 그러다 문득 테이블 위에 있던 원고를 발견하고 갑작스런 분노가 치솟았다. 망할 놈의 보수주의자 같으니라고! 존은 힘겨운 고통 속에서 털북숭이 임포텐츠 환자의 얼굴을 떠올렸다. 지저분한 인상에 촌스러운 옷차림, 게다가 그 우스꽝스런 발음이라니!

역사는 소문을 증류한 것이다.
—토머스 칼라일

존이 마지막 원고지를 테이블 위에 내려놓았을 때 벽난로의 불은 이미 오래 전에 사위어 거실엔 차가운 냉기가 감돌고 있었다. 그는 몇 시간째 같은 자세로 앉아 있느라 뻣뻣하게 몸이 굳어 마치 얼어 죽은 시체처럼 보였다. 푸르죽죽한 뺨은 늙은이의 그것처럼 축 늘어졌고 무릎 덮개 위에 놓여 있는 메마른 손엔 가벼운 경련이 일었다. 창백한 입술 사이에서 새어나오는 희미한 입김만이 그가 아직 살아 있다는 것을 말해주고 있었다.

'이 털북숭이 촌놈이 도대체 무슨 짓을 한 거지?'

존은 원고지를 뚫어지게 바라보며 생각했다. 원고를 읽는 동안 그의 마음속엔 냉소와 적개심, 질투심과 열등감 등 그의 건강을 위협하는 잔혹한 감정들이 밤새 불꽃처럼 타올랐다 사그라졌다. 그는 이제 막 서른이 된 나이였지만 밤새 복잡한 상념에 시달리느라 십 년은 더 늙어버린 것 같았다. 그가 조금이라도 더 낙천적인 사람이었더라면 뜨거운 밀크 차라도 한 잔 끓여 마시며 추위에 굳어진 몸을 풀고 지친 마음을 추슬렀을 터인데 그는 너무 외곬의 사내여서 눈앞에 놓여 있는 원고 이외에 다른 생각은 조금도 할 수 없었다.

—잠깐만 기다리게, 존. 내가 지금 똥구멍이 막혀서 죽을 지경이네.

사흘 전, 존이 첼시 지구 체인로 가(街)에 있는 토머스의 집을 찾아갔을 때 그는 화장실에 들어앉아 있었다.

—아직도 그 고생인가요, 토머스 선배?

토머스는 존이 오기 전부터 이미 한 시간째 화장실에 앉아 있었기 때문에 존은 어쩔 수 없이 화장실 문 앞에 서서 그와 대화를 나누어야 했다.

—이번에 버밍엄에서 온 그 멍청한 의사놈이 나에게 뭘 먹였는지 아나?

—뭘 먹였는데요?

—바로 피마자유야. 사하제라고 해서 그 지독한 걸 여태 두 양동이나 들이켰단 말일세. 끙! 그런데도 영 나아질 기미가 안 보여. 젠장맞을! 전에 있던 다른 얼간이는…… 끙! 사리염을 잔뜩 처먹이더니…… 끙! 내가 전에도 얘기했지만 아담의 자손들 가운데 의사놈들만큼 무용지물은 없다니까…… 끙! 죄다 똥구멍에 말뚝을 박아서 유황불에 던져버려야 할 족속들이야!

토머스는 변기에 걸터앉아 온갖 저주를 퍼부어댔는데, 변을 보기 위해 용을 쓰느라 중간중간 말이 끊겼다. 그러다 마침내 대포를 발사한 것처럼 큰 방귀가 나오고 부직거리는 소리와 함께 뭔가 잔뜩 쏟아지는 소리가 들렸다.

—끙! 이제야 겨우 소식이 있구먼. 휴, 망할 놈의 피마자유!

지독한 냄새가 화장실 밖에까지 퍼져나와 존은 인상을 찡그리며 코를 틀어막았다.

잠시 후, 화장실 문이 열리고 잠옷만 걸친 채 토머스가 밖으로 나왔는데 몸에서 지독한 구린내와 함께 피마자유 냄새가 코를 찔렀다.

—미안하네, 존. 난 변통을 못하면 도무지 일을 할 수가 없단 말이야. 그러니까 이 비탄의 기름을 먹지 않고는 살아갈 수가 없지.

토머스는 지친 듯 의자에 털썩 주저앉았다.

—그런데 요즘 통 바깥출입을 안 하시던데 무슨 글을 그렇게 열심히 쓰고 계세요?

존이 토머스의 맞은편에 앉으며 물었다.

—몸이 이 지경인데 글은 무슨……

토머스는 피곤한 듯 두 손으로 눈을 비볐다. 벌겋게 충혈된 눈은 금방이라도 발작을 일으킬 것처럼 불안해 보였다.

—또 간밤에 잠을 설친 모양이로군요. 이번에도 옆집 처녀가 밤새 피아노를 쳐댔나요?

—아냐, 그 화냥년이 피아노를 치든 말든 난 이제 상관 안 해. 잠깐만 따라와보게. 보여줄 게 있으니까.

토머스는 빙긋 웃더니 자리에서 일어나 성큼성큼 앞장서서 이층으로 걸어올라갔다. 존은 의아한 얼굴로 토머스의 뒤를 따라갔다.

이층을 지나 옥상으로 올라가자 전에 보지 못했던 방이 하나 나타났다.

―이 방은 뭐죠? 전엔 없었던 것 같은데…… 그새 마술이라도 부린 건가요?

토머스는 말없이 방문을 열어 보였다. 그러자 꽤나 아늑해 보이는 집필실이 나타났다.

―자, 어서 들어와 문을 닫아보게.

존은 조심스럽게 방에 들어섰다. 창가엔 커다란 책상이 놓여 있었고 구석자리엔 침대가 하나 놓여 있었는데 공사를 끝낸 지 얼마 안 된 듯 비자나무 향내가 코를 찔렀다.

―어때? 뭔가 특별한 게 있지 않나?

―글쎄, 괜찮긴 한데 너무 높지 않나요? 여길 오르내리려면 다리깨나 아프겠군요.

―그런 건 문제가 아냐. 자, 보게.

토머스는 손을 내저으며 문을 다시 열었다가 닫았다.

―이래도 뭐가 다른지 모르겠나?

―문을 닫으니 조용하긴 하네요.

―맞아. 조용한 정도가 아니라 아무 소리도 안 들리지. 왜냐하면 이 방은 방음실로 꾸민 거거든. 자, 보라고. 틈새 하나 없이 다 메우고 벽도 이중으로 에워싸서 아주 조용해.

과연 존이 직접 문을 열었다 닫아보니 거리에서 들리던 장사꾼들이 내지르는 고함소리와 시끄러운 마차 소리가 거짓말처럼 사라졌다.

—흠, 이렇게 만들려면 돈이 꽤나 많이 들었겠군요.

존이 방 안을 둘러보며 말했다.

—백칠십 파운드나 잡아먹었지. 망할 놈의 건축가놈들!

토머스는 다시 욕설을 내뱉었다.

—그런데 왜 잠을 못 잤다는 거예요? 전엔 피아노 소리 때문에 잠을 못 잤다고 하더니……

—잠깐!

이때, 토머스가 뭔가 소리를 들으려는 듯 창밖을 향해 귀를 쫑긋 세웠다. 존도 입을 다물고 귀를 기울였지만 아무 소리도 들을 수 없었다.

—도대체 왜 그래요?

—아, 아무것도 아냐. 아무 데나 좀 앉게.

토머스는 침대에 걸터앉아 인상을 찡그리며 말했다.

존은 의자에 앉다 무심코 테이블 위에 놓여 있는 편지로 눈길이 갔다. 편지 겉봉엔 '랠프 월도 에머슨'*이란 이름이 적혀 있었다.

—에머슨이란 친구는 어때요?

존이 심드렁한 표정으로 편지를 쳐다보며 물었다.

—아, 랠프? 뭐, 미국인치고는 나쁘지 않아. 아니, 솔직히 말하자면 썩 괜찮은 젊은이라고 할 수 있지. 예의도 바르고……

---

* 랠프 월도 에머슨(Ralph W. Emerson, 1803~1882); 미국의 시인, 수필가. 『자연론』 『명상록』 등을 남김.

토머스는 스스럼없이 랠프라고 불렀지만 뭔가 꺼리는 게 있는 듯 말 끝을 흐렸다. 그것은 에머슨이 영국에 올 때마다 토머스가 여러 학자들을 소개해줬지만 존에겐 단 한 번도 그를 소개해준 적이 없기 때문이었다.

—에머슨이란 친구는……

존이 입을 뗐을 때, 토머스는 갑자기 손가락을 입에 가져다댔다.

—쉿! 잠깐 이 소리 좀 들어보게.

존이 귀를 기울이니 과연 창문 밖에서 뭔가 지저귀는 듯한 소리가 들리는 것 같았다.

—저건…… 새소리 아닌가요?

—그래, 맞아. 저놈의 새가 우는 바람에 밤새 한숨도 못 잤거든. 여기저기 구멍을 다 틀어막았지만 저 나무 꼭대기에서 울어대면 소용이 없어.

—별로 시끄럽지도 않은데…… 도대체 얼마나 자주 울기에 잠을 못 잤다는 거예요?

—네 번. 밤새도록 딱 네 번 울었어. 내가 한숨도 안 자고 세어봤다니까.

—겨우 네 번 운 걸 갖고 뭘 그렇게 예민하게 구세요?

—바로 그게 문제야. 한번 울고 나면 다음엔 언제 우나 하고 기다려져서 도무지 잠을 잘 수가 없단 말이야. 망할 놈의 새 새끼 같으니라고!

토머스의 말에 존은 실소가 나왔지만 애써 참으며 물었다.

—그렇게 예민하신 분이 그 동안 시골 농장에서 어떻게 버텼는지 모

르겠군요. 거긴 온통 새들 천지일 텐데.

—차라리 그게 나아. 하루 종일 울어대니까 아예 신경쓸 게 없거든.

토머스는 어린애처럼 입술을 불쑥 내밀었다.

—그런데 에머슨이란 친구가 여길 자꾸 드나드는 이유는 뭐예요?

잠시 후, 존이 다시 편지로 눈길을 돌리며 물었다.

—그는 우리의 사상에 관심이 많아. 그걸 배워서 미국에 전하고 싶어하지. 그가 주로 관심이 있는 건 자연이야. 말하자면 인간과 자연의 영적 교감 같은 거 말일세.

—오라! 그러니까 선배가 '신의 의복'*이라고 칭한 그 자연 말이로군요.

존은 감정을 내보이지 않으려고 했지만 자신도 모르게 비꼬는 말투가 되었다.

—이제 보니 자넨 내가 랠프를 소개시켜주지 않은 게 불만인 게로군.

—불만이 아니라 그 친구가 편향된 사고를 가질까봐 걱정이 돼서 그러죠.

존의 말투가 의도와는 다르게 점점 날카로워지고 있었다.

—그럼 내가 랠프에게 나쁜 영향을 미쳤다는 건가? 난 그 친구에게 혼란을 주고 싶지 않았을 뿐이야. 그리고 랠프는 자네가 생각하는 것처

---

* 토머스 칼라일(Thomas Carlyle)이 『의상철학』에서 사용한 말. 대자연은 신의 의복이고, 모든 상징·형식·제도는 가공의 존재에 불과하다는 주장. 이 책은 1836년 미국에서 첫선을 보였고, 에머슨을 비롯한 수많은 추종자를 만들었다.

럼 어리석지 않다네.

─그 친구도 그러던가요? 칼라일은 나의 종교라고?

존의 말에 짐승처럼 텁수룩한 토머스의 수염이 꿈틀 움직였다. 그러자 신경증과 변비로 고생하는 가엾은 병자의 모습은 온데간데없고 날카롭고 위엄 있는 칼뱅주의자의 본래 모습으로 돌아왔다.

토머스가 평소 상대의 얼굴에 침을 튀기며 위협적인 몸짓으로 열변을 토하는 모습은 아무리 좋게 봐줘도 신사다운 기품이라고는 한 군데도 찾아볼 수 없었지만, 열정이 담긴 격정적인 음성과 상대의 영혼을 심판하는 듯한 매서운 눈빛, 그리고 당대의 어느 누구에게서도 찾아볼 수 없는 독특한 사상은 이 지저분한 스코틀랜드인을 단숨에 런던의 유명인사로 만들었던 것이다.

─제발, 자네까지 내 신경을 건드리진 말아주게. 그러지 않아도 피곤해 죽을 지경이니까.

토머스가 눈을 내리깔며 우울한 목소리로 말했다.

이때, 집필실의 문이 벌컥 열리며 토머스의 부인 제인 웰시가 쟁반에 진저비스킷과 홍차를 담아가지고 들어왔다.

─존, 밑에서 목소리를 듣고 당신이 온 줄 알았죠. 이이는 아무리 나이가 들어도 도무지 손님 접대하는 법을 모른다니까요.

유복한 의사의 딸인 제인은 총명하고 매력적인 여자였지만 결혼생활을 하는 동안 남편과의 말다툼과 경제적 불안에 지쳐 어딘가 맥이 빠진 것처럼 보였다.

―그래도 비스킷 냄새 대신에 구린내는 실컷 맡았죠, 하하하.

존이 농담을 하며 웃었으나 토머스는 심각한 표정으로 제인을 바라보았다.

―잠깐만, 제인. 방금 밑에서 존의 목소리를 들었다고 했지?

―네, 그런데요?

제인이 홍차를 테이블 위에 내려놓으며 물었다.

그러자 토머스는 자리에서 벌떡 일어서며 소리쳤다.

―이런 망할 놈의 건축가놈들! 그러면 여기도 제대로 방음이 안 된다는 말이잖아.

―제발 소리 좀 지르지 말아요, 토머스.

―싫어! 내가 지르고 싶으면 아무 때고 지를 거야. 그놈들은 다 사기꾼들이야! 의사놈들하고 같이 묶어서 죄다 유황불에 던져버려야 해.

―여보, 제발 손님 앞에서 무례하게 굴지 말아요.

제인이 아이를 달래듯 토머스의 팔을 잡아 자리에 앉혔다. 그러자 토머스는 존에게 먹으라는 말도 없이 생강가루가 들어간 진저비스킷을 게걸스럽게 집어먹기 시작했다. 존은 생강을 싫어했기 때문에 비스킷을 하나 집어들고 끝만 조금 베어물었다. 역한 향신료 냄새가 코를 찌르자 존은 인상을 찡그리며 비스킷을 다시 내려놓았다.

―존, 그러지 말고 좀 먹어봐요. 방금 구워서 맛이 괜찮을 거예요.

제인이 담배를 피워물며 말했다.

―전 속이 불편해서 그만 먹을래요.

―그냥 놔둬. 제인. 이 친구는 배부른 돼지보다 배고픈 인간이 되고

싶은 친구니까.* 그게 바로 이 친구와 벤담의 차이지. 그 양반은 돼지와 인간을 구분할 줄도 몰랐거든.

토머스가 수염에 비스킷 가루를 잔뜩 묻힌 채 킬킬대고 웃었다.

―그러니까 결국 벤담 선생을 돼지로 만든 게 바로 나라는 얘기군요.**

존이 씁쓸한 표정으로 웃으며 곧 화제를 돌렸다.

―내가 아는 의사가 그러는데 생강이 들어간 비스킷은 소화장애를 일으킨다더군요. 그러니까 토머스 선배도 너무 많이 먹지 않는 게 좋을 것 같아요.

―흥, 내 형도 의사지만 의사놈들 말은 믿을 게 못 돼.

토머스는 계속 비스킷을 집어먹으며 고집스럽게 고개를 흔들었다. 제인이 매음굴의 여자처럼 담배연기를 길게 내뿜으며 말했다.

―그냥 놔두세요, 저 고집을 누가 꺾겠어요.

그러자 토머스가 버럭 소리를 질렀다.

―닥쳐! 이 여편네야!

―흥, 주제에 남자라고 큰소리는……

제인이 뾰로통해서 입을 삐죽 내밀었다.

―지금 나무 위의 새 새끼처럼 뭐라고 자꾸 지껄이는 거야?

존은 두 사람이 말다툼하는 것을 지켜보며 어쩔 수 없이 런던의 클럽

에서 웃음거리로 떠도는 소문을 연상하지 않을 수 없었는데, 그것은 토머스가 성불구자라는 것이었다. 그러고 보니 제인은 아직도 성적 매력이 남아 있지만 어딘가 욕구불만에 가득 차 있는 것처럼 보였다. 게다가 토머스의 형편없는 몰골로 보아 존은 그것이 꽤나 그럴듯한 소문이라는 생각이 들었다. 이때, 제인이 화제를 돌리기 위해 존에게 말을 건넸다.

　—보세요, 존. 저이는 언제나 저 모양이에요. 그런데 참, 테일러 부인은 잘 지내……!

　순간, 제인은 자신의 입을 틀어막았다. 화제를 돌린다고 한 것이 그만 말실수를 하고 만 거였다. 해리엇 테일러는 존의 정부로서 남편이 있는 여자였다. 두 사람이 만난 것은 사 년 전이었는데, 첫눈에 서로에게 반해버린 후 두 사람은 시간이 날 때마다 남편의 눈을 피해 밀회를 즐겼고, 이는 곧 런던 사교계의 공공연한 비밀이 되었던 것이다.

　당황한 제인은 연달아 담배연기를 뿜어냈고 토머스는 존의 눈치를 살폈다. 하지만 해리엇의 이름을 듣는 순간, 존은 당장 바닥에 주저앉고 싶을 만큼 기분이 우울해졌다. 그러지 않아도 그날 아침 해리엇의 집을 찾았다가 그녀가 남편과 함께 이태리로 여행을 떠났다는 소식을 들었기 때문이었다. 존은 해리엇이 자신에게 말도 없이 떠난 것에 대해 서운해한 한편, 그녀가 이제 두 사람 사이의 부정한 관계를 정리하려는 게 아닌가 하는 걱정에 사로잡혀 거리를 이리저리 헤매다 자신도 모르게 체인로 가까지 와버렸던 것이다.

—랠프는 나에게 미국에 와서 강연을 해달라고 제안하더군.

토머스는 존과 제인을 재밌다는 듯 빙글거리며 지켜보다 입을 떼었다.

—네? 뭐, 뭐라고요?

존은 해리엇에 대한 생각에 빠져 있느라 토머스의 말을 얼른 이해하지 못했다.

—랠프가 나에게 미국에 와서 강연을 해달라고 했다고. 젠장, 벌써 귀까지 먹었나.

—그, 그렇군요. 그래서 미국에 갈 생각예요?

—아니, 내가 그따위 시골구석에 가서 뭘 하겠나?

토머스는 젠체하듯 턱을 쑥 내밀고 비스킷을 입으로 가져갔다.

—미국이 시골구석이라고요? 토크빌*의 얘기는 좀 다르던데……

—아, 자네의 그 프랑스 친구? 나도 그 친구가 미국에 대해 쓴 책을 읽어봤지. 그 프랑스 귀족은 미국의 겉모습만 보고 와서 마치 거기가 천국인 것처럼 떠벌리더군.

—그 친구는 미국을 천국이라고 말한 적이 없어요. 다만 미국의 정치제도와 사회적 평등에 대해 관심이 많을 뿐이죠. 그건 지금 우리에게도 절실하게 필요한 거고요.

—결국 그놈의 연방제니 선거니 하는 것들 말이로군. 자네 같은 자

---

* 알렉시스 드 토크빌(Alexis De Tocqueville, 1805~1859); 프랑스의 자유주의 사상가, 정치가. 저서로『미국의 민주주의』『구체제와 혁명』등이 있음.

유주의자들은 거기에 뭔가 큰 기대를 걸고 있나본데 그건 완전한 무정부상태나 다름없어. 의회에 앉아서 인원수나 세고 있으면 뭐가 해결될 것 같은가?

─보세요, 선배. 시민들은 능동적으로 자신의 운명을 결정할 자유를 가져야 해요. 그건 무정부상태하고는 다른 겁니다.

─이봐, 나는 무지한 사람들의 집단적인 지혜라는 걸 믿지 않아. 호세아서에 보면 '그 백성에 그 제사장'이란 말이 있지. 그 말을 난 이렇게 바꾸고 싶네. '그 국민에 그 왕'이라고. 지금 우리에게 필요한 건 보통선거가 아니라 나폴레옹같이 성실하고 진실한 능력을 가진 영웅이야.

─나폴레옹이 영웅이라고요? 그래서 그가 프랑스 국민들에게 가져다준 게 고통 말고 또 뭐가 있죠?

─이봐, 존. 나폴레옹이 실패했다는 건 나도 알아. 그래서 그는 오랜 기간 함께한 경험과 노력의 결과로서 이루어진 형태의 정부가 아니면 결코 뿌리를 내릴 수 없다고 했지. 그 자신의 정부가 그랬던 것처럼 말이야. 그런데 지금 자네들이 하려는 건 바로 그런 실수를 되풀이하는 거야.

─하, 역시 선배하고는 말이 안 통하는군요.

존은 한숨을 내쉬며 고개를 가로저었다. 그러자 토머스는 마지막으로 남은 비스킷을 입안에 털어넣고 홍차로 입을 가시며 말했다.

─어쨌든 토크빌의 말을 너무 신뢰하진 말게나. 미국은 완전히 타락한 나라니까. 거기선 아무것도 배울 게 없어. 여자들은 아무 남자하고나 자고 오쟁이를 진 남편은 달빛 아래서 남몰래 눈물을 훔치지. 거기

서 이제 신을 두려워하는 사람은 아무도 없다네.

순간, 존은 토머스의 얼굴을 한 대 갈겨주고 싶었다. 은근히 자신과 해리엇의 관계를 빗대어 미국을 비난했기 때문이었다. 하지만 그는 애써 화를 가라앉혔다. 그것은 자신이 언제나 토머스보다 더 나은 인간이라는 자부심이 있기 때문이었다.

존은 홍차를 마시며 무심코 토머스의 책상 위를 내려다보았다. 방금 전까지도 토머스가 집필을 하고 있었던 듯 쓰다 만 페리 펜이 흩어진 원고지 위에 나뒹굴고 있었고 그 옆엔 두툼한 원고가 쌓여 있었다. 존이 책상 쪽으로 다가가며 물었다.

—그런데 도대체 뭘 이렇게 열심히 쓰고 있었어요?

그러자 토머스는 당황해서 비스킷을 먹다 말고 달려와 원고지를 수습해 책상 구석으로 안 보이게 밀어놓았다.

—아, 아무것도 아냐. 그냥 심심해서 끼적여본 것뿐이라고.

—아무것도 아니긴요. 토머스는 지금 일 년째 그 원고에 매달리고 있어요, 존. 틀림없이 세상이 깜짝 놀랄 만큼 대단한 저작이 될 거예요. 이이가 요즘 예민하게 구는 것도 다 그 원고 때문이라고요.

담배를 피우고 있던 제인이 턱을 세우며 자랑스러운 표정으로 말했다. 그러자 토머스가 제인을 몰아세우며 불같이 화를 냈다.

—닥쳐! 여태 안 나가고 여기서 뭘 하고 있는 거야, 제인?

—당신이 그랬잖아요. 이번 원고를 쓰면 돈을 많이 벌 거라고 말예요. 원고료도 받고 강연도 다니고……

―이 여편네가 뭘 안다고 자꾸 종알거리는 거야? 어서 나가지 못해!

―싫어요! 난 뭐 말도 못 하는 벙어린 줄 알아요?

제인은 이리저리 구석으로 도망을 다니다 존의 뒤로 숨으며 마주 소리를 질러댔다.

―그러지 말고 뭔지 얘기 좀 해주세요, 토머스 선배.

존이 중간에 끼어들어 두 사람을 말리며 말했다. 그러자 토머스는 제인을 쫓다 말고 자리에 털썩 주저앉으며 할 수 없다는 듯 실토했다.

―실은 요즘 내가 프랑스혁명에 대해서 글을 쓰고 있다네.

―프랑스혁명이요? 거기에 대해선 언제부터 관심을 가지셨어요?

―여기 런던에 온 다음부터.

―그랬어요? 난 선배가 역사에도 관심이 있는 줄 몰랐어요.

―난 역사가 신의 경전이라고 생각해. 그래서 신의 의지가 뭔지 알고 싶다면 지나간 역사를 살펴봐야 하지.

―그럼 인간은 역사 속에서 뭘 한 거죠? 그냥 꼭두각시 노릇만 한 건가요? 신의 섭리는 인간을 전적으로 독립적이지도 전적으로 자유롭지도 않게 만들었다. 모든 인간의 주위에는 누구도 넘어갈 수 없는 숙명적인 벽이 있다. 그러나 그 넓은 벽의 테두리 내에서 인간은 강력하며 자유롭다.* 토크빌의 책을 읽어보셨다면 이런 구절도 기억나시겠죠?

토머스는 존을 쳐다보다 양손을 들어올리며 지친 듯 말했다.

―이봐, 난 이제 저 원고의 교정을 봐야 해. 다음주까지 출판사에 넘

---

* 알렉시스 드 토크빌, 『미국의 민주주의』.

겨주기로 약속했거든. 그러니까 논쟁은 이쯤 하기로 하세.

아닌 게 아니라 그는 이미 복통이 시작된 듯 한 손으로 배를 움켜쥔 채 인상을 잔뜩 찡그렸다.

―제인, 나 대신 배웅 좀 해줘.

―흥, 그저 이럴 때나 내가 필요한 거로군요. 존, 난 저이가 단 한마디라도 나를 칭찬하는 말을 들어봤으면 소원이 없겠어요.

제인은 입을 삐죽 내민 채 종알거렸지만 토머스는 대답할 기운도 없는 듯 책상 앞에 앉아 페리 펜을 집어들었다. 존은 자리에서 일어섰다.

―그래요, 선배. 나도 이만 늦어서 가봐야겠군요.

존과 제인이 집필실 문을 열고 밖으로 막 나가려고 할 때였다. 나무 위에서 다시 새가 지저귀는 소리가 들렸다.

―저, 저놈의 새소리 좀 어떻게 할 수 없나!

토머스는 창밖을 노려보며 고함을 질렀다. 그리고 펜을 힘껏 벽에다 집어던졌다. 칠을 한 지 얼마 안 된 깨끗한 벽에 잉크가 흘러내렸다. 존은 측은한 눈길로 토머스를 바라보았다. 그러다 문득 눈길이 마주치자 토머스는 무슨 생각이 들었는지 길게 한숨을 내쉬며 존을 불러세웠다.

―잠깐만, 존. 미안하지만 자네한테 한 가지 부탁이 좀 있네.

―그게 뭔데요, 선배?

―제발 저놈의 원고를 가지고 가서 교정을 좀 봐주게. 다음주까지 원고를 넘기기로 했는데 지금 난 너무 지쳐서 더이상 한 줄도 손을 볼 수가 없네.

존은 의미심장한 미소를 지으며 책상 위에 쌓여 있는 원고를 바라보았다.

—처음엔 원고에 대해 애써 감추시더니 이젠 나한테 그 원고를 맡기시겠다고요?

—자네와 난 생각이 많이 다르지. 하지만 이제 어차피 다 알게 된 마당에 숨길 게 뭐 있나. 존, 내가 런던에서 믿을 사람은 자네밖에 없어. 게다가 우린 동향 사람이잖나. 자랑스러운 스코틀랜드.

—그렇군요. 하지만 원고 중에 마음에 안 드는 부분이 있어서 제 마음대로 고치기라도 한다면 어쩌죠?

존이 장난스런 미소를 머금고 토머스를 바라보았다. 그러자 토머스는 픽 웃으며 자조적으로 내뱉었다.

—뭐, 자네 같은 신사가 그런 짓을 할 리는 없겠지만 만약에 그런다 하더라도 어쩔 수 없지. 내가 언젠가 '인간이 이 세상에서 이룩한 역사는 근본적으로 이 땅에서 활동한 영웅들의 역사'*라고 말한 적이 있지 않나? 그런데 지금은 '영웅들의 역사'가 아니라 '건강한 사람들의 역사'라고 말하고 싶구먼. 내가 보기에 자네도 그다지 건강해 보이진 않지만……

존이 토머스를 보며 빙그레 웃자 토머스도 어깨를 으쓱하며 웃어 보였다.

---

* 토머스 칼라일, 『영웅의 역사』.

존은 여전히 어깨를 잔뜩 움츠린 채 의자에 앉아 있었다. 창밖은 아직 어두웠고 테이블 위에서 깜박이는 등잔불만이 그의 불안한 영혼을 지켜보고 있었다. 언제나 무언가를 골똘히 생각하느라 주름이 깊게 팬 미간과 아버지의 질문에 대해 늘 올바른 답을 준비해야 했던 신중한 입술은 그의 완고하고 엄격한 고집과 인내심을 드러내고 있었으나, 불빛에 흔들리는 눈빛은 그의 영혼이 얼마나 위태로운 상태에 있는지 말해주고 있었다. 그것은 질책을 감당하기엔 너무 이른 나이부터 그를 끊임없이 몰아붙인 그의 엄부 탓이었다. 덕분에 그는 세 살부터 그리스어를 배웠고 어린 나이에 이미 라틴어로 된 호라티우스의 전 작품을 번역할 정도로 뛰어난 재능을 보였으나 또래의 친구들과 한 번도 어울리지 못한 채 아버지에 의해 '생각하는 기계'로 키워졌다. 그를 혹독하게 교육했던 아버지는 이제 병상에 누워 있는 힘없는 늙은이가 되었지만 엄부의 이미지는 여전히 그의 마음속에 두려움으로 깊게 뿌리박혀 있었다.

잠시 어둠에 잠긴 창밖을 바라보던 존은 다시 원고지 위로 눈길을 돌렸다. 원고 표지엔 잘 알아볼 수 없는 필체로 '프랑스혁명사' 란 제목이 씌어 있었다.

토머스 특유의 낭만적인 문체로 씌어진 원고는 편협하고 무자비하며 성급한 오류와 선동적인 독설들로 가득 차 있었다. 그것만으로도 우울증에 시달리는 젊은 학자를 지치게 하기에 충분했는데, 게다가 그 끔찍한 악필이라니! 그의 악필은 조판을 맡은 문선공이 도망갔다는 얘기가 있을 정도로 악명 높은 것이었다.

학술적인 측면에서만 본다면 그것은 분명 좋은 점수를 받기 어려운 원고였다. 견해는 단순했고 내용은 관념적이었으며 지나치게 과장된 수사와 난해한 문체에 성급한 보수주의자의 직관적인 사유가 고스란히 드러나 있었다. 때문에 '합리주의의 사도'로 불리는 존의 입장에서 본다면 그것은 단지 악필로 쓰인 낭만주의 문학작품으로 치부해버릴 수도 있었다.

혁명을 군주와 귀족계급의 악정에 대한 심판으로 보고 있다는 것과 상퀼로트*를 혁명의 주체로 놓고 그들이 겪은 굶주림과 억압을 혁명의 원동력으로 보고 있다는 점에선 어느 정도 존의 생각과 공명하는 부분이 있긴 했다. 하지만 역사에 대한 시각과 그 전망에선 전혀 입장이 달랐다. 혁명을 지배계급에게 신이 내린 천벌로 생각하고 영웅적 지도자의 필요성을 제창하는 등 시대착오적이고 반동적인 요소가 가득했던 것이다.

존은 그 모든 허점에도 불구하고 『프랑스혁명사』가 학계에 어떤 영향을 미칠지 정확하게 꿰뚫어보고 있었다. 그것은 분명 토머스의 전작인 『의상철학』과 같이 뜨거운 반향을 불러일으킬 게 틀림없었다. 그의 단순한 주장은 빈약한 논리에 체계도 다듬어지지 않았지만 특유의 뛰어난 묘사와 격정적인 필체, 그리고 일찍이 괴테가 간파한 '도덕적인

---

* 프랑스혁명 때 혁명적인 민중세력.

힘'*은 분명 학계의 관심을 끌고 대중의 마음을 움직일 터였다. 그것이 바로 토머스가 가진 힘이라는 걸 존은 누구보다도 정확하게 이해하고 있었는데, 그것은 한때 그도 토머스의 열정적이고 낭만적인 사상에 매료된 적이 있기 때문이었다. 그로 인해 그는 인간의 감정과 욕망의 다양성과 복잡성에 대한 통찰을 얻게 되었지만 냉철하고 합리적인 이성은 곧 제자리를 찾아 자유주의 개혁에 반대하는 토머스와 대립되는 위치에 설 수밖에 없었다. 토머스가 자유언론과 보통선거, 그리고 자유방임경제에 대해 반대하는 입장에 서 있기 때문이었다.

존이 우려하는 것은 토머스에 대한 대중적인 지지였다. 특히 그에 대한 젊은 층의 지지는 신앙에 가까울 정도여서, 계몽주의 이후 정신적 지주를 상실한 그들에게 토머스의 저작은 계시와도 같은 권능으로 받아들여졌던 것이다. 그들 사이에서 '칼라일은 나의 종교'라는 말도 심심치 않게 들렸다. 그는 말하자면 하나의 유행이었다.

나약하고 성급하며 두려움을 불러일으키는 힘에 쉽게 매료되는 대중의 속성은 그대로 토머스를 닮아 있었다. 하지만 존과 같은 자유주의자들에겐 반드시 대중의 힘이 필요했다. 만일 대중적인 호소력을 가진 그를 자신의 진영으로 끌어들일 수만 있다면! 존은 토머스의 원고가 미칠 파장과 그에게 쏟아질 찬사에 대해 충분히 예측할 수 있었다. 그것은 사상가로서 정반대편에 서 있는 존에게 매우 고통스런 일이었으며

---

* 괴테는 칼라일이 아직 문인으로서 이름을 떨치기 전인 1827년 에커만과의 대화중에 이미 특유의 통찰력으로 "칼라일이 대단히 중요한 도덕적 힘을 가지고 있다"고 간파한 바 있다.

자신도 모르게 질투심이 솟아나는 것 또한 어쩔 수 없는 일이었다.

존은 갑자기 누군가 심장을 움켜쥐고 마구 주물러대는 듯한 통증에 숨을 헐떡였다. 발작이 찾아온 것이다. 그는 자리에서 일어나 허겁지겁 약병을 찾아 의사가 처방해준 약을 한 움큼 털어넣고 물을 마셨다. 그리고 잠시 터키융단 위를 서성거렸다. 그러다 문득 테이블 위에 있던 원고를 발견하고 갑작스런 분노가 치솟았다.

망할 놈의 보수주의자 같으니라고!

존은 힘겨운 고통 속에서 털북숭이 임포텐츠 환자의 얼굴을 떠올렸다. 지저분한 인상에 촌스러운 옷차림, 게다가 그 우스꽝스런 발음이라니!

이때, 존의 마음속에선 자신도 미처 발견하지 못했던, 어떤 야비하고 음울한 욕망이 슬그머니 고개를 들었다.

이 원고는 세상에 단 하나밖에 없는 원고다. 만일 이것이 실수로 세상에서 감쪽같이 사라진다면?

존은 섬뜩한 죄책감에 놀라 머리를 흔들었다. 스스로 당대에 가장 뛰어난 지성과 개방적인 태도를 가진 인물이라고 자부하고 있었는데 그런 비열한 상상을 하다니…… 그리고 멀쩡한 원고가 사라질 리 없지 않은가…… 그래도 혹시 원고가 사라진다면? 물론 토머스는 길길이 날뛰며 화를 내겠지. 하지만 어쩌겠는가. 이미 사라진 원고를 되돌려놓을 수도 없고.

존의 얼굴엔 자신도 모르게 슬며시 미소가 번졌다. 그러다 곧 자신이 무슨 생각을 하고 있는지 깨닫고는 세차게 머리를 흔들었다.

도대체 내가 무슨 생각을 하고 있는 거지? 학자로서 가당키나 한 생각이란 말인가? 게다가 제인은 원고를 가지고 나오는 나를 배웅하며 이젠 생활비도 다 떨어지고 그 원고밖에 믿을 게 없다며 잘 부탁한다고 하지 않았던가!

그러나 곧 악마가 다시 속삭였다.

이런 위험한 원고가 세상에 나돌아다니는 건 좋지 않다. 자유주의자의 사명에서 본다면 마땅히 없어져야 할 불온한 저작임에 틀림없다. 그런데도 단지 나만의 양심을 지키기 위해 그냥 지켜보고 있으란 말인가.

그는 두툼한 원고를 거칠게 집어들었다. 그리고 당장 원고를 갈기갈기 찢어버리고 싶은 욕망을 참느라 손이 부들부들 떨렸다. 그러다 문득 습관처럼, 병상에 누워 있는 자신의 아버지 제임스의 얼굴이 떠올랐다.

존은 아직 어린 나이였고 아버지는 무서운 얼굴로 그를 내려다보고 있었다. 그는 두려움에 바들바들 다리를 떨며 눈물이 가득한 눈으로 아버지를 올려다보았다. 아버지는 눈을 부릅뜬 채 그를 노려보다 뺨을 후려칠 것처럼 두툼한 손을 번쩍 치켜들었다. 순간, 그는 마음속으로 외쳤다.

아버지, 제발 용서해주세요!

퍼뜩 정신이 들었다. 그는 자신의 손을 내려다보았다. 곧 원고를 찢어버리기라도 할 것처럼 양손엔 힘이 잔뜩 들어가 있었다. 그는 깜짝 놀라 원고를 바닥에 떨어뜨리고 말았다.

오! 하나님, 맙소사! 만약에 이 일을 아버지가 아신다면 얼마나 실망하실까. 어릴 때부터 혹독하게 교육을 시킨 결과가 겨우 이 정도라는 걸 아신다면 너무 상심한 나머지 병상에서 끝내 회복도 못 하고 돌아가실지 모른다. 어쩌자고 내가 시정의 부랑배들이나 하는 짓을 떠올렸을까. 하마터면 가문의 이름을 욕되게 할 뻔했구나. 더구나 해리엇이 이 사실을 안다면…… 오, 해리엇! 당신이 옆에 있었더라면 그런 더러운 생각은 처음부터 하지도 않았을 텐데……

존은 다시 자리에 앉았다. 마음은 이미 차분하게 가라앉아 있었다. 그는 잠시나마 자신이 엉뚱한 생각을 한 것에 대해 한없이 부끄러운 마음이 들었다. 그는 바닥에 떨어진 원고를 추스르며 생각했다.

그래. 토머스 선배도 나를 믿고 원고를 맡겼으니 성실하게 교정을 봐줘야겠군. 그게 바로 올바른 학자의 양심이지. 다음주에 출판사에 넘긴다니 오늘 오후부터라도 당장 일을 서둘러야겠어. 휴, 하마터면 큰일 날 뻔했군. 요즘 내가 제정신이 아니야.

그가 원고를 추스르는 동안 창밖에는 희붐하게 아침이 밝아오고 있었다.

위즐리 부인은 아침부터 정신이 하나도 없었다. 천식을 앓고 있는 넷째아들 웨인이 발작을 일으킨 것이다. 병원에 갈 돈도 없었던 그녀는 자신이 할 수 있는 유일한 것, 즉, 하나님께 기도를 올리는 것 말고는 달리 방법이 없었다.

겨우 스물여덟의 젊은 나이였지만 그녀의 영혼은 늙은이의 그것처럼

기름기가 다 빠져나가고 머리 한가운데엔 둥글게 탈모가 생겨 침대에
서조차 보닛을 쓰고 자야 했다. 날품팔이로 일하는 술주정뱅이 남편과
줄줄이 딸린 여섯 명의 자식들…… 더이상 무슨 설명이 필요하랴!

그들은 일찍이 잉글랜드 동남부의 에식스에서 일자리를 찾아 런던으
로 흘러들어온 이주민들 가운데 하나였다. 위즐리 부인의 가족은 템스
강 하구, 런던 항 주변의 슬럼지역에서 살았는데 그의 남편은 항구에서
날품팔이를 하는 하역일꾼이었다. 그 일은 차가운 바닷바람을 맞으며
하루 종일 추위에 시달려야 하는 것이었기 때문에 인부들에겐 언제나
싸구려 럼주가 필요했고 그는 늘 술에 취한 채 집으로 돌아왔다. 그리
고 줄줄이 딸린 아이들을 보는 순간 절망과 분노에 사로잡혀 아내를 두
들겨패기 일쑤였다. 위즐리 부인으로선 오로지 하나님에 대한 뜨거운
믿음만이 가혹한 현실을 견디게 해주는 힘이었다.

그날은 아침부터 혹독한 추위에 눈보라까지 몰아쳤다. 위즐리 부인
은 목도리로 얼굴을 단단히 감싼 채 바삐 걸음을 놀렸다. 아이가 발작
을 일으키는 통에 주인집에 도착해야 하는 시간보다 거의 삼십 분이나
늦었던 것이다. 그녀는 주인집에서 해고를 당할까봐 걱정이 되어 재게
걸음을 놀렸지만 공연히 허둥거리느라 발은 자주 허방을 짚어 눈 위에
미끄러지기 일쑤였다.

위즐리 부인의 입장에서 주인인 존은 도무지 종잡을 수 없는 인물이
었다. 차갑고 날카로운 인상에 늘 미간을 잔뜩 찌푸리고 있어 한 번도
웃는 모습을 보인 적이 없는 사내였으나, 하녀인 위즐리 부인에겐 특별

히 까다롭게 구는 것도 없었고 급여도 다른 집보다 후한 편이어서 처음엔 나름대로 만족했다. 그러나 얼마 지나지 않아 곧 그의 지저분한 비밀이 밝혀졌다. 해리엇이라고 불리는 한 유부녀를 날마다 집으로 끌어들여 하루 종일 시시덕대곤 했던 것이다.

더러운 화냥년 같으니라고!

위즐리 부인은 해리엇과 마주칠 때마다 마치 자신이 부정을 저지른 것처럼 죄의식을 느껴 마음속으로 성호를 그으며 하나님께 용서를 빌었다. 인근 하녀들의 전언에 따르면 해리엇은 아이가 둘 딸린데다 남편이 더없이 좋은 사람인데도 불구하고 외간남자와 바람을 피우고 있다는 거였다. 게다가 남편은 이를 알면서도 부인과 헤어지는 게 두려워 두 사람의 관계를 묵인해주고 있다는 거였다. 위즐리 부인은 귀족들의 역겨운 사랑놀음에 환멸을 느껴 그들이 모두 다 그렇고 그런 족속이라고 생각해 주인의 시중을 들 때면 자신도 모르게 뻣뻣하게 응대하기 일쑤였다.

위즐리 부인이 문을 열고 들어섰을 때, 거실엔 온기 하나 없이 냉기가 감돌고 있었다.

—죄송해요, 밀 선생님. 아침부터 넷째아이가 아파서 그애를 돌보느라 늦었어요. 빨리 아침식사를 만들어드릴게요.

—위즐리 부인, 난 상관없으니까 천천히 하시오.

소파에 기대앉아 눈을 감고 있던 존은 퀭한 눈으로 위즐리 부인을 올려다보며 말했다.

─그런데 맙소사! 어쩌자고 이 추운데 난롯불을 꺼뜨리셨어요? 장작 몇 개만 던져넣으면 될 일을…… 아이고, 이를 어쩌나.

위즐리 부인이 벽난로 안을 헤집어보며 우는소리를 했다.

─아, 그러고 보니 내가 장작을 넣는 걸 깜박했나보군요.

불쌍한 양반 같으니라고. 요즘 해리엇인지 뭔지 하는 화냥년 때문에 넋이 나간 게로군. 보나마나 그년한테 걸어챈 게 틀림없어. 하긴 정상적인 여자라면 저런 나무토막 같은 인간에게 매력을 느끼는 게 이상한 일이지. 사람들은 저이를 천재라고 하는 모양인데 도대체 뭐가 천재라는 거야? 흥, 실연의 천재? 그나저나 불을 피우려면 고생 좀 하게 생겼군.

위즐리 부인은 난롯불을 피울 불쏘시개를 찾으며 생각했다. 그러다 문득 난로 옆에 있는 두툼한 종이뭉치를 발견했다. 한눈에 봐도 불쏘시개로 쓰기에 더없이 적당한 재료였다. 그녀는 탐욕스런 눈으로 종이뭉치를 살펴보며 말했다.

─선생님, 여기 이 종이뭉치는 뭐에 쓰려고 놔두신 건가요?

종이뭉치? 하긴 저 여자의 눈에는 저 원고가 불쏘시개로 쓸 종이뭉치로밖에 안 보이겠지. 글자를 모른다는 게 저런 장점도 있구먼. 나는 어쩌자고 어릴 때부터 글자를 배워 이 고생인지, 원.

─아, 그건 중요한 원고니까 그냥 놔두시오. 그리고 불쏘시개로 쓰고 싶다면 그거 말고 왼쪽에 있는 종이를 쓰시오. 회사에서 폐기한 문서를 가져다놓은 거니까.

전에도 존은 자신이 다니는 동인도회사에서 쓴 폐기된 문서들을 가져와 위즐리 부인에게 불쏘시개로 내주곤 했는데 그럴 때마다 그녀는 캔디를 선물받은 아이처럼 기뻐했다.

—고마워요, 밀 선생님. 우선 뒤뜰에 가서 장작을 좀 가져와야겠어요.

—난 잠깐 침실에 들어가 눈을 붙일 터이니 식사가 준비되면 불러주시오.

—그러세요. 선생님. 안색이 안 좋아 보이시는데 가서 좀 쉬세요. 그 사이에 불을 피우고 따뜻한 수프를 끓여놓을게요.

존은 이층 침실로 올라가 자리에 누웠지만 좀처럼 잠을 이룰 수가 없었다.

해리엇은 이제 부정한 관계를 정리하려고 하는 것일까? 아무 기별도 없이 떠나다니! 그녀가 이렇게 잔인하고 무정한 여인인 줄 알았더라면 애초에 사랑에 빠지지도 않았을 텐데…… 그러나 오, 해리엇! 어느 사낸들 그대를 사랑하지 않고 배길 것인가! 그리고 왜 하필이면 존 테일러는 나를 자신의 집에 초대해 아내를 소개해줬단 말인가. 차라리 처음부터 그녀의 존재가 이 세상에 있다는 걸 몰랐더라면 좋았을걸……

그는 이제 원고에 대한 생각은 까맣게 잊은 채, 그가 언제나 도망쳐 숨고 싶은 곳, 따뜻한 해리엇의 품속을 갈망하고 있었다. 동시에 그를 한정 없이 용납하고 참아줄 것 같은 해리엇의 부드러운 미소와 그의 냉랭한 심장을 따뜻하게 덥혀주던 목소리가 떠올랐다.

—밀 선생님, 그만 일어나서 따뜻한 수프 좀 들어보세요.

존은 꿈결인 듯 아득하게 위즐리 부인의 목소리를 들었다. 깜박 잠이 들었는데 당장 바스러져내릴 것처럼 온몸이 쑤셨다. 난롯불도 꺼진 거실에서 밤을 새웠으니 그럴 만도 했다.

그가 아래층 거실로 내려갔을 때 벽난로에선 장작불이 활활 타올라 뜨거운 불길이 아궁이 밖까지 넘실거렸다. 거실엔 따뜻한 기운이 감돌아 그는 다소나마 마음이 푸근해지는 것을 느꼈다.

당장이라도 교정일을 시작해야겠어. 보나마나 토머스 선배가 조바심을 내고 기다릴 텐데……

존은 난로 앞으로 다가가며 생각했다. 그런데 어찌된 일인지 난로 옆에 놓아둔 원고가 눈에 띄지 않았다.

—부인, 여기 놔둔 원고는 어디로 치워놓은 거요?

존이 난로 근처를 둘러보며 물었다.

—원고요? 무슨 원고를 말씀하시는 거예요?

위즐리 부인이 의아한 표정으로 되물었다.

—아까 여기 있던……

—아, 그 종이뭉치 말이군요. 그건 선생님이 불쏘시개로 쓰라고 주셨잖아요.

위즐리 부인이 태연하게 응수했다.

—부, 불쏘시개요?

존은 갑자기 뒤통수를 얻어맞은 듯 놀라 벽난로 쪽으로 달려갔다. 옆에 놓아둔 원고를 들쳐보니 그것은 토머스의 원고가 아니라 회사의 폐기된 서류였다.

—부, 부인. 그럼 그 원고를 불쏘시개로……?

―네, 아주 잘 말라서 금방 불이 붙던걸요.

위즐리 부인이 웃으며 대답했다.

존은 황급히 부젓가락으로 난로 속을 헤집어봤지만 이미 원고의 흔적은 어디에도 남아 있지 않았다.

―아니, 부인! 내, 내가 불쏘시개로 쓰라고 한 것은 바로 이 종이뭉치잖소! 도대체 어쩌자고 그 원고를……!

그러자 위즐리 부인이 정색을 하고 단호하게 대답했다.

―밀 선생님, 제가 글자는 몰라도 말귀는 잘 알아듣는답니다. 선생님은 분명히 왼쪽에 놓아둔 종이뭉치를 쓰라고 하셨어요.

―마, 맙소사! 내가 왼쪽에 있는 원고라고 했단 말이오?

―네, 오른쪽 건 중요한 거니까 놔두고 왼쪽에 있는 걸 쓰라고 하셨잖아요. 혹시 뭐가 잘못됐나요?

위즐리 부인의 태도는 마치 존을 나무라는 것처럼 매우 단호하고 뻣뻣했다.

―오, 하나님 맙소사! 어쩌다가 그런 끔찍한 실수를……!

존은 머리를 감싸쥐고 울부짖듯이 비명을 질러댔다.

―부인! 도대체 부인은 그게 어떤 원고인지나 알고 난로에 처넣은 거요? 그건 토머스 선배가 지난 삼 년간 죽을 고생을 하면서 쓴 원고란 말이오! 게다가 그건 이 세상에 단 하나밖에 없는 원고인데…… 맙소사! 도대체 이 일을 어쩌지? 토머스 선배가 이 사실을 알면, 오! 상상하기도 끔찍해. 그는 아마 미쳐서 자살해버리고 말거야.

존은 미친 듯이 소리를 지르며 터키융단 위를 왔다갔다했는데 이때

한 가지, 그 자신도 이해할 수 없는 것은, 알 수 없는 쾌감이 온몸에 번지며 마치 허파에 바람이 들어간 것처럼 자꾸만 웃음이 터져나오려고 했다는 것이다. 그는 소리를 지르는 와중에도 애써 웃음을 참느라 이를 악물어 얼굴이 잔뜩 일그러졌다.

이때, 문이 벌컥 열리며 눈을 하얗게 뒤집어쓰고 추위에 얼굴이 파랗게 질린 토머스가 등장했다.

—토, 토머스 선배?

존은 놀라 눈을 크게 뜨고 토머스를 바라보았다.

—어머, 칼라일 선생님. 이 추운데 어쩐 일이세요.

—안녕하시오, 위즐리 부인. 그런데, 존. 왜 그렇게 놀라지? 자네 얼굴을 보니 마치 유령이라도 본 것 같은 표정이군.

—그, 그게 아니고, 이, 이렇게 이른 시간에……

존은 당황해서 말을 더듬거렸다.

그러자 위즐리 부인이 앞으로 나서며 토머스의 외투를 받아들었다.

—칼라일 선생님. 어서 난로에 와서 불을 좀 쬐세요. 따뜻한 차를 내올게요. 간밤에 주인님이 불을 꺼뜨렸는데 마침 불쏘시개가 좋아서 금방 다시 피웠거든요.

그리고 보니 과연 벽난로의 불길이 맹렬하게 타올라 난로가 시뻘겋게 달아올라 있었다. 토머스는 손을 부비며 난로 앞으로 다가갔다.

—교정일이 어떻게 되어가는지 궁금해서 들렀네. 어제도 출판사에서 사람이 다녀갔거든. 그래, 존. 원고는 읽어보았나?

—네? 아, 네. 읽어보긴 했는데……

—그랬는데?

토머스가 날카로운 눈으로 존을 돌아보았다.

—저, 그게 그러니까 말이죠…… 원고는 아주 훌륭했어요. 그, 그럼요. 훌륭하고 말고요. 그런데 한 가지 문제가 좀 있어요.

—문제가 어디 한 가지뿐이겠나.

토머스가 어깨를 으쓱하며 대답했다.

—그, 그러니까 그 문제라는 게……

존은 당황해서 계속 말을 더듬거렸다.

이때 위즐리 부인이 차를 가지고 왔다. 그런데 테이블 위에 찻잔을 내려놓기 위해 고개를 숙이다 그만 공교롭게도 머리에 쓴 보닛이 바닥에 떨어지고 말았다. 그러자 머리 한가운데가 둥글게 벗겨진 위즐리 부인의 정수리가 존의 눈에 들어왔다. 순간, 존은 웃음이 터져나오려는 걸 참는다는 게 그만 자신도 모르게 '큭큭' 대며 이상한 소리를 내고 말았다. 그러자 토머스가 의아한 표정으로 존과 위즐리 부인을 번갈아 바라보다 물었다.

—이봐, 존. 혹시 이 집에서 나만 모르는 무슨 재밌는 일이라도 있었던 건가?

그는 습관처럼 베개 밑에 손을 넣어본다. 묵직한 총이 손에 잡히자 그는 그제야 길게 기지개를 켜며 방 안을 둘러본다. 지미가 보이지 않는다. 그는 욕실 쪽에 귀를 기울인다. 물소리가 들리지 않는다. 폴은 침대에서 천천히 일어선다. 밤새 늘어졌던 신경줄은 이미 팽팽해져 있다. 그는 한 손에 총을 든 채 조심스럽게 욕실 문을 열어본다. 목욕탕은 깨끗이 비워져 있다. 이 녀석이 아침부터 어디를 간 거지? 혹시 어제 한 농담 때문에 겁을 집어먹고 도망간 건 아닐까? 그렇다면 보통 낭패가 아닌걸. 머릿속에선 퍼뜩 오랜 습관처럼 시세로 씨의 화난 얼굴이 떠오른다.

폴 디미치는 85년식 머스탱을 몰고 뉴욕을 떠나 디트로이트를 향해 가고 있는 중이다. 그의 차 뒷좌석엔 지미 뭐시기라고 하는 작자가 앉아 있다. 얼핏 그는 아이비리그의 순진한 대학생처럼 보이지만 알고 보면 뱃속에 구렁이가 수십 마리 들어있는 전문도박사이다.

"어이, 도대체 뭔 책을 그렇게 열심히 읽고 있는 거야?"

폴이 백미러를 통해 지미에게 묻는다. 그의 차는 하이웨이를 벗어나 프리웨이로 막 접어들고 있다.

"그냥 추리소설예요. 심심하시면 무슨 내용인지 얘기해드릴까요?"

"집어치워. 난 소설 따위는 관심 없어."

그러자 지미는 그럴 줄 알았다는 듯 피식 웃으며 다시 책으로 눈길을 돌린다.

"이봐, 왜 웃는 거야?"

"뭐가요?"

"지금 그 웃음의 의미가 뭐냐고?" 폴이 괜한 시비를 건다.

"의미는 무슨 의미예요. 그냥 웃는 거지." 지미가 어깨를 으쓱해 보인다.

"앞으론 그런 식으로 웃지 마. 안 그러면 시체로 만들어서 트렁크에 넣어 가는 수가 있으니까."

"디미치 씨, 제발 좀 그만 으르렁거리세요. 하루 종일 지겹지도 않으세요?" 지미는 책을 한쪽에 접어놓으며 말한다. "좋아요. 당신 원대로 내 머리를 그 총으로 날려버렸다고 치자고요. 그럼, 나중에 시세로 씨에게 뭐라고 변명할 생각이죠? 시세로 씨. 제 말 좀 들어보세요. 글쎄, 이 미친놈이 갑자기 제 총을 빼앗아서 자기 머리에 대고 방아쇠를 당겨버렸지 뭡니까. 정말 믿기 힘드시겠지만 말입니다. 그럴 건가요?"

지미의 너스레에 폴은 저도 모르게 나오는 웃음을 참느라 코를 벌름거린다. 그는 어딘가 젠체하는 면이 있지만 그다지 위협적으로 보이진 않는다. 그가 심술이 난 것은 단지 처음부터 그가 하고 싶었던 것, 즉 지미의 곱상한 얼굴에 두툼한 주먹을 한 방 안겨줄 기회가 없었기 때문이다. 지미는 폴의 마음을 다 안다는 듯 달래듯이 말한다.

"이봐요, 폴. 피곤해 보이는데 내가 운전할 테니까 뒤에서 한숨 주무세요."

"너한테 또 운전대를 맡기라고? 젠장, 그랬다간 내 오십 년 인생이 트레일러에 깔려 팬케이크가 되고 말 거야."

지미는 어쩔 수 없다는 표정으로 고개를 가로저으며 다시 책을 집어 든다.

두 사람이 처음 만난 것은 바로 이틀 전의 일이다. 시세로 씨는 지미를 폴에게 소개하며 말했다.

"이봐, 폴. 이애를 디트로이트로 데리고 와. 내가 비행기로 같이 가고 싶지만 유감스럽게도 이 아가씨는 고소공포증이 있어서 비행기를 못 탄다는구먼."

두 달 전, 시세로 씨는 그의 구역 안에 있는 카지노에서 지미를 처음 발견했다. 당시 지미는 주차장에서 일을 하고 있었는데 맞은편에 앉아 블랙잭을 하던 시세로 씨는 단번에 그의 실력을 알아보았다. 그는 지미가 주차장에서 받는 주급의 다섯 배를 주고 그를 고용하는 한편, 지미를 이용해 한몫 잡으려는 계획을 세웠다. 즉, 캐나다의 핫바지들을 디트로이트로 불러들여 엿을 먹이려는 거였다. 그는 이미 비행기를 타고 디트로이트에 도착해 호텔을 잡아놓고 지미를 기다리는 중이다. 시세로 씨는 공항으로 떠나기 전 폴에게 단단히 일러두었다.

"디트로이트에 도착할 때까지 이애의 손가락 하나라도 다쳐서는 안 돼. 자네한텐 미안한 얘기지만 우리에게 있어 지미는 자네보다 여덟 배는 중요해."

그 말은 지미가 폴보다 여덟 배의 수익을 올려줄 거라는 얘기다. 그것이 말하자면, 세상에 두려울 것 없는, 토니 시세로 식 계산법이다. 자, 얘기는 그렇게 된 거다.

"내가 마지막으로 읽은 소설은 74년도 플레이보이 지 6월호에 실린 소설이었어." 잠시 후, 폴이 뭔가 생각난 듯 혼잣말처럼 중얼거린다.

"그래요? 그걸 어떻게 지금까지 기억하죠?" 지미가 책에서 눈을 떼고 묻는다.

"그뿐인지 알아? 그달의 표지에 실린 플레이메이트가 누군지도 알지." 지미가 관심을 보이자 폴은 약간 뻐기는 표정으로 턱을 내밀고 입꼬리를 끌어내린다. 그리고 뭔가 중요한 비밀을 알려주듯 또박또박 말한다. "바로 샌디 존슨이야. 야구모자를 쓰고 손에는 야구방망이를 들고 서 있는 모습이었는데 엉덩이가 아주 근사했어. 물론 그 야구모자 말고는 몸에 걸친 게 아무것도 없었지. 넌 그렇게 멋진 여자를 한 번도 본 적이 없을 거야."

"알아요, 알아. 난 그때 태어나지도 않았으니까 그 야구모자 아가씨는 지금쯤 꼬부랑 할머니가 됐겠군요. 그런데 난 당신이 어떻게 지금까지 그걸 기억하는지 궁금해요."

"내가 그걸 기억하는 이유는 이 몸께서 고향을 떠나 뉴욕으로 납신 게 바로 74년도 6월이거든."

"고향이 어딘데요?"

"덴버."

"덴버? 우와, 멀리서도 왔군요. 근데 왜 고향을 떠났어요?"

"거긴 지겨운 것밖에 없었으니까." 창문을 내리며 폴이 말을 잇는다. "고등학교를 졸업하니까 갑자기 세상이, 아니 덴버의 모든 게 다 지겨워지더군. 망할 놈의 쿠어스 맥주, 로데오 경기, 만날 지기만 하는 덴버 너기츠*, 젖통만 큰 멍청한 계집애들, 그런 년들 뒤꽁무니를 발정 난 강아지처럼 쫓아다니는 한심한 친구놈들……" 그는 눈을 게슴츠레 뜨고 희미한 미소를 머금은 채, 사람들이 회상에 잠길 때면 으레 지어보이는 표정을 짓고 있다.

"그래도 지겹지 않은 게 덴버에 딱 하나 있었지."

"그게 뭔데요?" 지미는 아예 책을 접어 옆에 놓는다.

"샌디." 폴은 신중한 결론을 내리듯 말한다.

"아까 얘기한 그 야구모자 아가씨 말예요? 그 아가씨가 덴버 출신예요?"

"아니, 그 샌디가 아니라 바로 우리 윗집에 살던 샌디 말이야. 샌디 힐."

"오호!" 지미가 놀리듯 폴의 어깨를 툭 친다. "그러니까 이제 당신의 첫사랑 얘기가 나올 차례군요."

"천만에. 첫사랑은 아냐. 난 이미 열두 살 때 같은 동네에 사는 친척 아줌마와 사랑을 나눴거든. 그것도 제대로 된 방식으로 말이야. 믿어져? 열두 살짜리 꼬마와 스물여덟 살짜리 노처녀가 그짓을 했다는 게?" 폴은 큭큭대고 웃다가 말을 잇는다. "어쨌든 그날 난 마을 어귀에서 샌디를 기다리고 있었어."

"그날이라뇨?"

"멍청한 놈! 내가 아까 얘기했잖아. 74년 6월, 내가 고향을 떠나던 날이라고!" 폴이 버럭 소리를 지르자 지미는 알아듣겠다는 듯 양손을

---

* 콜로라도 주 덴버를 연고지로 한 농구팀.

들어 보인다.

"하루 전날 난 샌디랑 만나서 약속을 했거든. 다음날 양아버지의 자동차를 훔쳐서 만나기로 말이야. 그래서 둘이 함께 뉴욕으로 떠나기로."

"그래서 그 샌디란 아가씨하고 같이 뉴욕으로 왔나요?"

"망할 놈! 내가 얘기를 할 때는 듣고만 있으란 말이야!" 폴이 다시 으르렁거린다.

"알았어요. 계속해보세요."

폴은 지미를 한 번 흘겨본 후 다시 말을 잇는다. "난 양아버지가 경찰에 신고를 했을까봐 불안해서 차를 으슥한 데 대고 샌디를 기다렸어. 그러다 차안을 둘러보니 뒷좌석에 플레이보이 지가 있더군."

"아하, 그러니까 아까 얘기한 야구모자 아가씨가 나온 그 플레이보이 지 말이군요."

"그래, 이번엔 제대로 맞췄어. 이 똑똑한 놈아." 폴은 말한다. "처음엔 사진만 대충 넘겨보았지. 알지? 그 벌거벗은 여자들 사진 말이야. 그런데 사진을 다 볼 때까지도 샌디는 나타나지 않았어. 나는 잠시 더 기다리다 플레이보이 지를 처음부터 다시 읽기 시작했어. 한 글자도 빼놓지 않고. 그러면서 마음속으로 결심했지. 잡지를 다 읽을 때까지 샌디가 나타나지 않으면 그냥 혼자 떠나겠다고. 난 세척제 광고나 펜팔 광고 같은 시시한 광고까지 하나도 빼놓지 않고 다 읽었어. 내가 마지막으로 읽었다는 그 소설도 물론 그때 읽은 거야."

"그게 어떤 내용이었죠?"

"몰라. 그걸 어떻게 기억해? 읽은 지 삼십 년도 넘었는데…… 그리고 중요한 건 그 망할 놈의 소설이 아니라 샌디란 말이야. 샌디."

"알았어요. 전 입 다물고 있을게요." 지미는 장난스럽게 손바닥으로 자신의 입을 가린다.

"책장을 한 장 한 장 넘길 때마다 난 점점 더 불안해졌어. 혹시 샌디가 오지 않으면 어쩌나 싶어서 말이야. 그래서 가능한 한 천천히 읽으려고 했는데 그 좆같은 잡지는 정말 읽을 게 없더군."

"그런 잡지야 대개 그렇죠." 지미가 입에서 손을 떼고 가볍게 응대를 한다.

"결국, 맨 뒷장의 담배 광고를 볼 때까지도 샌디는 나타나지 않았어. 그런데 그때 그 담배 광고에 뭐라고 쓰여 있었는지 알아?"

"뭐라고 쓰여 있었죠?"

"더 멋진 인생을 위하여."

"그게 무슨 뜻예요?"

"뜻은 무슨. 그냥 담배 광고라니까. 파란 바다에 요트가 한 척 떠 있고 한 남녀가 서로 포옹한 채 요트 위에 나란히 서 있는 사진이었어. 아마 지중해 어디쯤이었겠지. 그런 거 있잖나, 누구나 꿈꾸는 근사한 인생 말이야. 샴페인과 요트, 그리고 멋진 금발의 여자……" 폴의 눈매는 더욱 가늘어진다. "그리고 누군가를 유혹하듯이 그 위에 '더 멋진 인생을 위하여'란 카피가 쓰여 있었지. 그런데 그 광고를 보는 순간, 난 뭔가 중요한 계시를 받은 기분이 들었어. 그 말은 마치 나더러 그 지긋지긋한 데를 빨리 떠나라고 권하는 것 같더군. 결국 난 혼자 떠나기로 결심했지. 그리고 마을을 떠나기 전에 마지막으로 샌디네 집 앞으로 차를 몰고 간 거야."

"왜요? 그 아가씨를 데려가려고요?"

"아냐. 샌디를 만나서 한 번 더 설득할 수도 있었지만, 아니 솔직히 그러고 싶었지만 왠지 자존심이 허락지 않더군. 그땐 한창 젊을 때니까 더 나은 여자를 만날 수 있다는 자신감도 있었지. 그런데 샌디네 집 앞을 지나면서 보니까 그녀가 커튼 뒤에 숨어서 내가 지나가는 것을 지켜보고 있는 거야."

"그걸 어떻게 알았죠?"

"창가에 그림자가 어른거리는 걸 봤거든. 난 그게 샌디라는 걸 분명히 느낄 수 있었어. 그래서 일부러 천천히 차를 몰고 샌디네 집 앞을 지나갔어. 아주 천천히…… 왜냐하면 난 그녀에게 자신으로부터 떠나가는 게 무엇인지 분명히 보여주고 싶었거든." 폴은 자신도 모르게 한숨을 길게 내쉰다.

"그게 끝예요?" 지미가 약간 실망한 듯 묻는다.

"그래, 뭘 더 바라는 거야?" 폴이 백미러로 지미를 힐끗 쳐다본다. "어쨌든 그게 마지막이었어. 그 뒤로 한 번도 고향에 가본 적이 없으니까 지금은 샌디가 어디서 뭘 하는지도 몰라. 혹시 암에 걸려서 죽었을지도 모르지."

"그러니까 그게 삼십 년도 더 된 얘기라는 거예요?"

"그래, 세월은 빠르지. 총알처럼." 폴은 천천히 고개를 가로젓는다.

두 사람은 밀워키* 근처 어느 모텔에 들어와 있다. 그들은 다음날 오후에 디트로이트에 도착할 예정이다.

"그 총으로 사람을 죽여본 적이 있나요?" 지미가 소설책을 들고 이불 속으로 기어들며 묻는다.

"당연하지. 내가 이 총을 폼으로 들고 다니는지 알아?" 폴이 권총을 꺼내 베개 밑에 넣으며 대답한다.

시세로 씨 밑에서 일을 하기 시작한 이후, 그는 언제나 총과 함께 살아왔다. 총은 생각보다 훨씬 더 자주 사용되었으며 어려운 시기도 많았다. 그 가운데서도 가장 위험한 일은 컬럼비아의 마약단원들을 쫓아 볼리비아까지 다녀온 일이었다. 그들은 시세로 씨 모르게 마약을 빼돌린 자들이었다. 시세로 씨는 거액의 돈을 잃고 명성에도 금이 갔다. 그는 그 세계에서 뭔가 확고한 의지를 보여주지 않으면 안 되는 상황이었다. 폴과 동료들은 육 개월간 남미를 다 뒤진 끝에 마침내 볼리비아의 한적한 시골에서 배신자들을 찾아낼 수 있었다. 시세로 씨는 전용 비행기를 타고 볼리비아로 날아가 자신의 손으로 직접 그들의 머리에 각각 세 발씩 총알을 박아넣었다. 그리고 자신이 배신자를 어떻게 취급하는지 세상에 알리기 위해 한 명은 목숨을 살려둔 채 뉴욕으로 데려왔다. 그는 말을 할 수는 있었지만 스스로 움직일 순 없었다. 왜냐하면 양팔과 두 다리가 모두 잘렸기 때문이었다. 이후, 그는 유일하게 살아 있는 입으로 시세로 씨의 악명을 세상에 널리 알렸다. 오 년 뒤, 그는 사람이 팔

---

* 미국 위스콘신 주 남동쪽에 있는 상공업 도시.

다리가 없는 상태에서도 수영을 할 수 있는지 어떤지 몹시도 궁금했던 어느 고등학교 갱단에 의해 차가운 허드슨 강에 던져졌다. 결과는 물론 '할 수 없다' 였다.

"그런데 참 이상하지." 폴이 옷을 벗으며 말한다.

"뭐가요?" 지미는 침대에 누워 책을 읽고 있다.

"여긴 내가 전에 샌디랑 자주 갔던 모텔을 생각나게 하는군."

"그럴 리가요. 여기는 위스콘신예요. 콜로라도하고는 아주 멀리 떨어져 있다고요."

"나도 알아. 그냥 오랜만에 옛날 생각을 하니까 그런 기분이 들어서 그래."

그러자 지미가 빙글거리며 묻는다.

"샌디가 예뻤나요?"

"당연하지. 넌 평생 가도 그런 여자는 만나지 못할 거야." 폴은 창문 뒤에서 모텔 주변을 주의 깊게 살핀 후 커튼을 치며 말한다. "지난 겨울에 한 여자애를 만났어. 극장 앞에 주차를 하고 있는데 내 차로 다가와서 약이 있으면 좀 달라고 하더군. 그 대가로 내 물건을 빨아주겠다고 하면서 말이야. 나이가 채 스무 살이나 됐을까, 완전히 맛이 간 계집애였지. 그애를 집에 데려와서 같이 지냈는데 열흘쯤 있다가 내 지갑을 털어서 사라졌어. 젠장, 내가 그 또래 계집애들이 무슨 생각을 하는지 알게 뭐야." 폴은 씁쓸한 표정으로 웃는다. "그런데 그애를 보니까 문득 샌디 생각이 났어. 그애도 샌디처럼 부드러운 금발이었거든."

폴은 우울한 얼굴로 지미를 쳐다본다. 그러다 곧 기분을 바꾸듯 쾌활한 목소리로 말한다. "이봐, 샌디하고 내가 이 모텔에서 무슨 짓을 했는지 얘기해줄까?"

"이 모텔이라뇨?"

"아, 덴버의 그 모텔 말이야. 젠장, 여긴 정말이지 그 모텔이랑 너무 비슷해."

"말해보세요. 둘이서 뭘 했죠?"

"우린 주말이면 동네 근처에 있는 모텔에 가서 함께 지내곤 했어. 둘 다 집에 식구가 많아서 마음 편하게 즐길 수가 없었거든. 우리는 맥주를 냉장고 가득히 채워넣고 모텔에 처박혀서 주말 내내 섹스를 했지." 폴의 입가엔 자신도 모르게 만족한 미소가 번진다.

"신났겠군요." 지미도 웃으며 말한다.

"당연하지. 샌디는 말하자면, 좀 밝히는 애였거든. 하지만 섹스만 한 건 아니었어."

"그럼 또 뭘 했는데요? 둘이 카드게임이라도 했나요?"

"트램펄린." 폴이 대답한다.

"트램펄린? 그 팔짝팔짝 뛰는 거 말예요?"

"그래, 모텔 뒷마당에 트램펄린이 있었거든. 아마도 주인집 애들이 노는 데였겠지. 우리는 밤에 몰래 뒷마당으로 가서 트램펄린을 했어." 폴은 미소를 띠며 말한다. "그것도 알몸으로 말이야."

"우와, 정말예요?"

"그렇다니까. 샌디하고 나는 완전히 발가벗은 채 트램펄린 위에서 뛰어놀았지. 특히 샌디가 트램펄린을 아주 잘했어. 학교에서 치어리더를 했기 때문에 점프가 제법 볼만했거든. 그애는 점프를 할 때마다 내 눈앞에서 다리를 활짝 벌리고 금발로 뒤덮인 자신의 은밀한 곳을 나에게 보여주곤 했어."

"근사했겠군요."

"그래, 정말 근사한 여자였지." 폴은 흐뭇한 미소를 띠고 있지만 자신도 모르게 목소리가 떨리며 목이 멘다.

지미는 폴을 물끄러미 쳐다보다 말한다. "폴, 당신은 그날 샌디를 두고 혼자 떠난 걸 후회하는군요."

"솔직히 말하자면 그렇다고 할 수 있지." 폴은 순순히 고개를 끄덕인다. "내 인생에서 후회하는 게 두 가지가 있다면 그 중의 하나가 바로 샌디를 두고 떠난 일이야. 물론, 샌디랑 함께 떠났다고 해서 내 인생이 달라질 거라는 보장은 없었지만 그날 나는 샌디를 만나서 한번 더 설득해야 했어. 그것만은 분명해. 나이를 먹으니까 그걸 알겠더군."

"폴, 그건 아무도 모르는 거예요. 우린 항상 게임이 끝난 뒤에야 어떤 카드를 냈어야 했는지 알게 되는 법이라고요."

폴은 지미의 주제넘은 소리에도 화를 안 내고 묵묵히 고개를 끄덕인다.

잠시 폴의 눈치를 살피던 지미가 묻는다. "그런데 폴, 아까 당신 인생에서 후회하는 게 두 가지가 있다고 했잖아요."

"그랬지."

"그럼, 다른 하나는 뭐예요?"

"그래, 이제야 대화를 좀 할 줄 아는군. 대화는 바로 그런 식으로 하는 거야. 이 젊은 친구야." 폴은 우울한 감정에서 빠져나오려는 듯 과장된 미소를 띠며 말한다. "좋아, 내가 얘기를 해주지. 하지만 우선 목이 마르니까 뭐 마실 거라도 좀 사와야겠어."

"제가 다녀올게요." 지미가 몸을 일으키며 말한다.

"아냐, 아냐. 내가 나갔다 올 테니까 여기 얌전히 있으라고. 왜냐하면 넌 나보다 여덟 배는 중요하니까."

폴의 말에 지미가 웃음을 터뜨린다.

폴은 혼자 차를 몰고 다운타운을 지나고 있다. 늦은 시간도 아닌데 거리엔 지나가는 차가 거의 눈에 띄지 않는다. 이 동네도 덴버만큼 한심한 동네군. 폴은 생각한다. 그는 갑자기 차를 번화한 뉴욕으로 돌리고 싶어진다. 그리고 지난 겨울에 만났던 어린 여자애의 뜨거운 몸을 생각한다. 그 여자애의 이름이 뭐였더라? 실비? 크리스티나? 도무지 생각이 안 나는군. 하긴, 그애가 나 같은 늙은이에게 이름을 제대로 가르쳐주기나 했을까? 그는 문득 그 여자애가 지갑을 훔쳐 집을 나간 지난 겨울 이후, 한 번도 섹스를 한 적이 없다는 사실을 깨닫고 기분이 우울해진다.

폴은 마을 끝에 있는 한 작은 슈퍼마켓 앞에 차를 세운다. 슈퍼마켓 앞엔 흑인 남자 세 명이 건들대며 서 있다. 십대로 보이는 젊은 애들이다. 차에서 내리기 전, 그는 본능적으로 허리춤에 손을 대본다. 하지만 총이 잡히지 않는다. 그는 곧 총을 베개 밑에 넣어두고 온 사실을 떠올린다. 바보 같은 놈, 이런 실수를 하다니! 그는 발가벗은 채 문을 나서는 기분으로 차에서 내려 슈퍼마켓을 향해 걸어간다. 저놈은 꼭 내가 전에 죽인 흑인 마술사처럼 새까맣군. 그는 흑인들 중의 한 명을 보며 생각한다. 그 흑인은 걸어오는 폴을 보고 건성으로 말을 건넨다.

"어이, 늙은 아저씨. 어디서 오는 길이우?"

폴은 당장 총이라도 꺼내려는 듯 허리춤에 손을 가져가며 으르렁댄다. "이봐, 괜히 문제 일으킬 생각 마."

그러자 말을 건 흑인은 곧 표정이 굳어지며 엉거주춤 뒤로 물러선다. "이봐요, 누가 뭘 어쨌다고 그러슈? 거, 성질 더럽게 급한 양반이네."

"그러게 다들 얌전히 있으라고. 무슨 말인지 알겠어?" 폴은 사내들의 시선을 등뒤로 받으며 슈퍼마켓 안으로 들어가는데 등줄기가 서늘해지는 기분이다.

슈퍼마켓 안에서는 수염을 덥수룩하게 기른 주인이 천정에 매달린 텔레비전을 보고 있다.

"여기 화장실이 어디요?" 폴이 슈퍼마켓에 들어서자마자 묻는다.

슈퍼마켓 주인은 텔레비전에서 눈도 떼지 않은 채 손가락으로 오른쪽 끝을 가리킨다. 폴은 뛰다시피 재빨리 화장실로 들어간다. 자신도 모르게 심장이 빠르게 뛰고 다리가 후들거린다. 까딱했다간 밖에서 흑인 애들이 기관총을 갈겨댈지도 모를 일이다. 뉴욕에서는 그런 일이 종종 있다. 폴은 화장실로 들어가자마자 문 뒤로 몸을 숨긴 채 입구 쪽을 확인한다. 흑인 애들은 여전히 건들대며 입구에 서 있다. 별다른 행동이 없는 걸로 봐서 위험한 부류는 아니다. 젠장, 저런 애송이들한테 겁을 먹다니! 나도 이젠 늙었군.

폴은 세면대에서 손을 씻는다. 고개를 들자 거울 속엔 창백한 형광등 불빛 아래 뚱뚱하고 늙은 남자가 서 있다. 벗어져가는 은색 머리에 물을 묻혀 뒤로 쓸어넘기자 넓은 이마가 불빛처럼 환하게 빛난다. 어쩌다 시간이 이렇게 빨리 흘러가버린 거지? 그는 거울을 보며 생각한다. 도대체 그 시간들은 다 어디로 흘러간 걸까. 그는 낯선 도시에서 자신이 점점 더 과거로 빨려들어가는 기분이 든다.

폴은 맥주 한 팩을 냉장고에 넣고 나머지 한 팩을 들고 와 침대에 걸터앉는다. 그는 캔맥주 하나를 지미에게 건네고 자신도 하나를 딴다. 폴이 막 맥주를 마시려는데 지미가 그를 제지한다.

"잠깐만요, 폴."

"왜?"

폴이 묻자 지미가 건배를 하자는 뜻으로 캔맥주를 들어 보인다. 폴이 캔맥주를 마주 들자 그가 말한다.

"더 멋진 인생을 위하여."

지미의 말에 폴이 피식 웃으며 맥주를 길게 한 모금 마시고 이야기를 꺼낸다. "샌디를 떠난 것 말고 내 인생에서 가장 후회하는 일 한 가지는…… 블랙을 죽인 일이야."

"블랙이 누구죠?" 지미가 맥주를 홀짝거리며 묻는다.

"그놈은 마술사였어. 그리고 흑인이었지. 아마도 내가 본 흑인 중에서 제일 새카만 놈이었을 거야. 아프리카에서 갓 잡아온 놈처럼 완전히 검은 색이었으니까." 폴은 샌디의 얘기를 할 때와 달리 표정이 어두워진다. "그게 그러니까…… 내가 뉴욕에 온 지 십 년쯤 지났을 때니까 이십 년쯤 된 얘기구먼. 그땐 젊기도 했고 겁나는 것도 없었지. 지금 생각해보면 정말이지 그때가 전성기였어. 돈도 흔했고 여자도 흔했고……" 말을 하는 도중 폴은 맥주를 한 모금 마신다. "그런데 그땐 그걸 몰랐어. 언제나 좋은 시절이 계속될 거라고 생각했으니까. 그래서 좀더 잘할 수도 있었는데 그러지 못했어. 그래서 후회하느냐고? 가끔 후회할 때도 있지. 하지만 이제 와서 뭘 어쩌겠나. 그게 인생인걸." 폴은 어느새 캔맥주를 하나 다 비우고 하나를 더 딴다.

"당신은 지금 블랙이란 친구 얘기를 하고 있었어요." 지미가 조급증을 참지 못하고 폴의 주의를 환기시킨다.

"알아, 알아. 지금 그 얘기를 하고 있잖아." 폴은 약간 짜증을 낸다. 그리고 잠시 뜸을 들인 후, 입을 연다. "그놈은 내가 자주 가는 클럽에서 공연을 하던 마술사였어. 솔직히 마술은 형편없었지. 한눈에 봐도 누구나 속임수란 걸 알 수 있었으니까. 그런데 한 가지 특이한 건 늘 자신처럼 새까만 고양이를 한 마리 데리고 다녔다는 거야. 그놈은 고양이가 마치 자신의 분신이라도 되는 것처럼 그놈을 늘 어깨에 올려놓고 다녔는데…… 그거 알아? 그 고양이 이름도 그놈 이름처럼 블랙이었어."

"잠깐만요." 지미가 폴의 말을 끊는다. "그것 참, 너무 쉽군요. 검은 고양이와 흑인 마술사. 그런데 둘 다 이름이 블랙이라니 아무리 어린 아이라도 금방 이해하겠어요."

폴은 지미가 한 말에 대해 잠깐 생각하다 말한다. "이봐, 설마 내가 이야기를 꾸며내는 거라고 생각하는 건 아니겠지?"

"그럼요, 제 말은 그런 뜻이 아니라……" 지미는 정색을 하고 손을 내젓는다.

"지미, 진실은 언제나 단순한 법이야. 블랙처럼. 무슨 말인지 알겠어?"

"알았어요. 계속 얘기해보세요." 지미가 어깨를 으쓱해 보인다.

"난 언젠가 새로 만난 여자랑 그 클럽엘 갔어. 블랙이란 놈이 출연하는 클럽 말이야. 그날따라 신경이 잔뜩 곤두서 있었지. 왜냐하면 여자한테 첫눈에 푹 빠져버린데다 그날이 첫 데이트였거든. 그래서 난 이천불짜리 양복을 쫙 빼입고 잔뜩 폼을 잡고 있는데 여자는 뭐가 못마땅한지 내내 인상을 찌푸려서 나를 불안하게 만들더군. 그런 거 있잖나, 얼굴 좀 반반하다는 년들이 으레 하는 거 말이야. 그래도 내 딴에는 여자의 기분을 맞춰주려고 한창 애를 쓰고 있는데 블랙이란 놈이 고양이를 데리고 우리 자리로 다가왔어. 조명이 우리 쪽을 비추고 클럽의 손님들도 블랙이란 놈이 무슨 마술을 보여줄까 궁금해서 일제히 우리 쪽을 쳐다보았지. 그게 바로 그놈과 나의 악연의 시작이었어."

이때, 모텔 주차장에 차가 들어오는 소리가 들린다. 폴은 재빨리 창가로 걸어가 커튼을 들추고 밖을 내다본다. 검은 비로드재킷을 입고 머리에 스카프를 쓴 여자가 차에서 내리는데 어깨가 넓고 키가 크다. 폴은 그녀가 모텔 안으로 사라지는 것을 주의 깊게 지켜보다 혼잣말처럼 내뱉는다.

"쳇, 재수없는 새끼."

"무슨 일예요?" 지미가 묻는다.

"별거 아냐. 웬 호모새끼가 한 명 들어오는군." 폴은 다시 자리로 돌아와 앉는다. "어디까지 얘기했지? 그래, 그놈은 우리 앞에서 카드를 꺼내 빤한 마술을 몇 가지 보여주었어. 여자는 여전히 시큰둥한 표정으로 쳐다보고…… 난 그놈이 빨리 가주기만을 바랐는데 놈은 눈치도 없이 내 귀 뒤에서 계속 카드를 뽑아냈어. 제기랄, 아마도 카드 세 벌은 족히 뽑아냈을 거야."

"짜증이 났겠군요."

"당연하지. 난 화가 나서 얼굴이 벌겋게 달아올라 폭발하기 일보 직전이었는데 그 깜둥이는 자신의 어깨 위에 앉아 있던 고양이를 번쩍 들어 관중에게 보여주더군. 그러고는 고양이를 완전히 사라지게 하겠다고 너스레를 한참 떨더니 고양이 위에 검은 스카프를 씌우는 거야." 폴이 잠시 맥주를 마시는 동안 지미는 폴의 꿈틀거리는 목젖을 쳐다본다. 폴은 인상을 잠시 찌푸린 후, 다시 입을 연다. "그러다 어느 순간, 스카프를 치웠는데 정말로 그놈 손엔 아무것도 없었어. 그놈 말대로 고양이가 감쪽같이 사라진 거지."

"난 카퍼필드가 비행기를 사라지게 하는 것도 봤어요." 지미가 끼어든다.

"이봐, 지미. 그놈은 카퍼필드가 아냐. 그냥 클럽에서 일하는 흑인 마술사일 뿐이라고. 무슨 말인지 알겠어?" 폴은 지미에게 주의를 주고 계속 말한다. "어쨌든, 그놈은 의기양양한 표정으로 손님들을 둘러보고 손님들은 일제히 박수를 쳤어. 나랑 같이 있던 여자도 제법 감동을 받았는지 따라서 박수를 치더군. 그러면서 나에게 팁을 주라는 거야. 거기까지는 뭐, 그런대로 참을 만했지. 그런데 내가 팁을 주려고 지갑에서 돈을 막 꺼내려는데 갑자기 여자가 비명을 지르며 의자에서 벌떡 일어났어."

"왜요?"

"여자의 스커트 안에서 바로 그 사라진 고양이 새끼가 튀어나왔거든. 생각해보라고. 얼마나 놀랐을지. 여자는 기겁을 하고 놀라 일어서려다 그만 뒤로 벌렁 넘어지고 말았어. 덕분에 예쁜 속옷을 클럽의 손님들에게 모두 보여주었지."

"좋은 구경거리였겠군요." 지미가 히죽 웃는다.

"그래, 다들 환호성을 지르며 박장대소를 했고 여자는 울면서 클럽을 뛰쳐나갔어. 난 너무 화가 났어. 그날 여자랑 재미 좀 보려고 했는데 그놈이 완전히 망쳐버렸으니 말이야. 게다가 그놈은 뭐가 재밌는지 내 코앞에서 낄낄대고 웃고 있었으니…… 그래서 내가 어떻게 했는지 알아?"

"어떻게 했어요?"

"총을 꺼내서 그 고양이 새끼를 쏴버렸지."

"저런!" 지미가 혀를 찬다.

"그 당시엔 총을 뽑는다는 게 그다지 오래 생각할 일이 아니었거든."

폴은 새 맥주캔을 딴다. "음악은 멈췄고 고양이는 피를 흘리며 마룻바닥에 나뒹굴고 있었지. 손님들은 다들 겁먹은 표정으로 나를 쳐다보는데 블랙은 천천히 걸어가서 죽은 고양이를 품에 안았어. 그러고는 총을 들고 있는 나에게 다가와서 귀에 대고 그러더군. '내가 보기에 넌 미친 새끼임에 틀림없어'라고. 그리고 죽은 고양이를 안고 클럽을 나갔어."

"오, 불쌍한 고양이⋯⋯" 지미가 인상을 찌푸리며 말한다.

"그런데 그 다음날, 도저히 믿기지 않는 일이 벌어졌어." 폴은 지금도 믿기지 않는다는 듯 고개를 가로저으며 말한다.

"무슨 일인데요?" 지미가 묻는다.

"블랙이 다시 그 고양이를 데리고 나타난 거야."

"죽은 고양이를 말예요?"

"아니, 아니. 죽은 고양이가 아니라 멀쩡하게 살아 있는 고양이였어." 폴이 손을 내저으며 말한다.

"살아 있다고요? 당신이 총으로 쏴서 죽였다고 했잖아요."

"그래, 맞아. 그래서 사람들은 그가 어디서 비슷한 고양이를 구해온 거라고 생각했는데 그게 아니었어. 그건 내가 전날 총으로 쏴 죽인 바로 그 블랙이었어."

"고양이란 게 원래 생긴 게 다 비슷하지 않나요?" 지미가 믿을 수 없다는 표정으로 묻는다.

"다들 그렇게 생각하지. 하지만 그건 틀림없이 내가 죽인 고양이였어. 다른 사람은 몰라도 난 그놈 눈빛을 보고 분명히 알 수 있었어. 그 눈을 들여다보는 기분이 어땠는지 알아? 정말 소름이 끼치더군."

"당신이 괜히 겁먹은 거 아녜요?" 지미가 믿기지 않는다는 듯 웃으며 맥주를 들이킨다.

"너도 내 말을 믿지 않는군. 좋아, 마음대로 생각해도 좋아. 어쨌든 그날 블랙은 고양이를 어깨에 올려놓고 내 자리로 걸어와서 말했어. '어이, 카우보이. 어디 그 잘난 총을 꺼내서 다시 한번 쏴보시지. 그래 봤자 넌 절대로 이 고양이를 죽일 수 없을 거야. 왜냐하면 고양이는 생명이 아홉 개나 있거든'."

"아하, 그래서 블랙이란 놈을 그 자리에서 쏴버렸군요." 지미가 성급하게 결론을 내린다.

"이봐, 지미. 난 크레이지 조가 아냐." 폴이 손을 들어 지미의 입을 막으며 말한다.

"크레이지 조는 또 누구예요?"

"내가 알던 놈 중에 그런 놈이 있었어. 아무 데나 총질을 하는 진짜 미친놈이었지. 결국은 저도 총알을 여덟 발이나 먹고 뒈졌지만." 폴은 고개를 천천히 가로저으며 말을 잇는다. "어쨌든 그날 난 완전히 바보가 된 기분이었어. 그리고 그때부터 문제가 생기기 시작했어."

"무슨 문제요?"

"글쎄, 뭐라고 딱히 얘기할 수는 없지만 뭔가 이상한 병에 걸린 것 같았어. 평소에 안 하던 실수도 자주 하고 여자는 만나는 족족 헤어지고…… 그리고 밤마다 악몽을 꾸어서 잠도 제대로 못 잤어. 시세로 씨는 나보고 도대체 정신을 어디다 팔아먹고 다니느냐며 내가 하루아침에 딴 사람이 된 것 같다고 했어." 폴은 맥주를 한 모금 마신 후 다시 말을 잇는다. "그러다 결국 큰 실수를 저질렀지. 누군가를 없애야 하는데 그만 엉뚱한 놈을 죽이고 만 거야. 그전까지는 한 번도 없었던 일인데…… 당연히 시세로 씨는 불같이 화를 냈지."

"시세로 씨가 정말 그렇게 무서운 분인가요?" 지미가 마침 생각이 났다는 듯 묻는다.

그러자 폴이 약간 짓궂은 미소를 띠며 대답한다. "이봐, 내가 시세로 씨한테 받은 명령이 너를 디트로이트까지 무사히 데려가는 것뿐인 줄 알아?"

"그게 아니라면 또 뭐가 있죠?" 지미가 의아한 표정으로 쳐다본다.

"너를 디트로이트까지 데려다줄 놈들은 얼마든지 있어. 그런데 내가 이 일을 맡은 건 네가 돈을 잃었을 경우에 처리해야 할 일이 있기 때문이야."

"그, 그게 뭔데요?" 지미가 겁먹은 표정으로 묻는다.

"그거야 뭐, 돈을 잃으면 너를 죽여서 디트로이트 어딘가에 조용히 묻고 오라는 거였지." 폴이 시치미를 뚝 떼며 대답한다.

"그게 정말예요?" 지미가 거의 침대에서 떨어질 것처럼 놀라 벌떡 일어서자 폴이 껄껄대고 웃는다. 그제야 지미는 자신이 속았다는 것을 깨닫고 머쓱한 표정으로 자리에 앉는다.

"이봐, 장난 좀 친 거야. 그러니까 거기 얌전히 앉아서 마저 얘기나 들어보라고."

"정말…… 농담이죠?" 지미는 자리에 앉으면서도 여전히 미심쩍은 표정이다.

"이봐, 그 늙은이는 요즘 돈 모으는 것 말고는 아무 데도 관심이 없어. 그러니까 걱정하지 말라고." 폴은 여전히 얼굴에 웃음을 띤 채 애기를 이어간다. "어쨌든 난 그때의 실수로 근신 처분을 받았고 그 일은 크레이지 조가 맡아서 처리했어."

"폴. 아까부터 크레이지 조, 크레이지 조 하는데 그 사람이 도대체 누구예요?" 지미가 궁금해 미치겠다는 표정으로 묻는다.

"그놈은 그냥 미친놈일 뿐이야. 그리고 지금은 뒈졌지. 그 이상은 알 필요도 없어." 폴은 맥주를 한 모금 마신다. "그때부터 난 늘 주위를 살피느라 잠도 깊이 못 잤고 신경쇠약에 걸린 것처럼 작은 소리에도 깜짝깜짝 놀라곤 했어."

"그 고양이 때문에요?"

"아니, 이번엔 시세로 씨가 사람을 시켜서 나를 없앨까봐 겁이 난 거지. 난 그 모든 게 블랙이란 놈이 나에게 뭔가 못된 저주를 걸어서 그렇다고 생각했어. 그리고 내가 그 저주에서 벗어나는 건 블랙을 제거하는 방법밖에 없다는 결론을 내렸지."

"그랬군요." 마침내 해답을 찾았다는 듯 지미가 고개를 끄덕인다.

"난 아무도 없는 한적한 골목에서 블랙을 기다렸어." 폴은 계속 말한다. "그놈은 클럽에서 일을 마치고 그 골목으로 걸어 들어왔고…… 자신에게 죽음이 가까이 다가온 것도 모르고 말이야. 골목 끝에서 내가 불쑥 나타나자 블랙은 히죽 웃으며 쳐다봤어. 그리고 나랑 있었던 일을

까맣게 잊어버린 듯 요즘 왜 클럽에 자주 안 놀러오느냐며, 무슨 일이 있었느냐고 묻더군. 난 총을 꺼내서 그놈의 이마에 겨누었지. 그리고 말했어. '그래, 네놈의 목숨도 고양이처럼 아홉 개나 있다면 이 총을 맞고도 안 죽을 테지. 자, 그럼, 우리 내일 다시 만나자고……' 그리고 방아쇠를 당겼지." 폴은 짧게 한숨을 내쉬며 남은 맥주를 벌컥벌컥 들이켠 후, 말한다. "신기하게도 그날 밤부터 잠이 잘 오더군. 시세로 씨도 다시 나에게 일을 맡기고 예전처럼 여자도 생기고 말이야."

"모든 게 예전으로 돌아간 거군요."

"그런 셈이지." 폴은 고개를 끄덕인다.

"그럼, 뭘 후회한다는 거죠?" 지미가 묻는다.

"이봐, 인생은 그렇게 간단치가 않아." 폴은 술에 취한 듯 발음이 조금씩 꼬이기 시작한다. "블랙을 죽이고 난 뒤에 난 한동안 그놈을 완전히 잊고 살았어. 그런 흑인 마술사 하나 죽인 게 뭐 대수겠어, 안 그런가? 난 인생을 늘 긍정적으로 생각하려고 해. 그 동안 교도소를 두어 번 들락거리긴 했지만 그래도 이 바닥에서 아직 죽지 않고 살아 있는 걸 보면 그다지 운이 나쁜 거라고 할 수는 없지."

폴은 자리에서 비틀거리며 일어서서 냉장고를 열고 맥주를 더 꺼낸다.

"폴, 그만 마시는 게 어때요?" 지미가 말한다.

"이걸 냉장고 속에 처박아두고 가자고? 그건 말도 안 돼." 폴은 고집스런 표정으로 맥주를 하나 더 따서 한 모금 마신다. 그리고 다시 입을 연다.

"몇 년 전에 크레이지 조하고 같이 일을 한 적이 있었어. 물론, 시세로 씨의 명령이었지."

"이번에도 또 크레이지 뭔가 하는 작자군요."

"그래, 그 미친놈 말이야. 상대는 어느 흑인 회계사였는데…… 젠장, 왜 죽였는지도 생각이 안 나는군. 하긴, 그걸 내가 기억한들 무슨 소용이 있겠어? 아무튼, 우린 한밤중에 조용히 그놈 집으로 숨어들었어. 그리고 난 서재에서 일을 하고 있던 그 회계사의 뒤통수에 대고 조용히 방아쇠를 당겼지. 그런데 거실로 나오니까 크레이지 조가 조용히 나를 부르는 거야. 나한테 뭔가 보여줄 게 있다고. 그래서 그놈을 따라서 어느 방으로 들어섰는데…… 맙소사! 그 회계사 부인하고 어린 계집애 두 명이 한 침대에 누운 채 총을 맞고 죽어 있는 거야. 세 명 다."

"크레이지 조의 짓이군요."

"그놈이 아니면 누가 그런 미친 짓을 했겠어!" 폴의 목소리가 커진다. "그놈은 나를 보고 히죽 웃으며, '이봐, 오늘은 보너스가 제법 두둑하군. 안 그래, 친구?' 라고 하더군."

"정말 끔찍한 놈이군요."

"그애들은 정말이지 아주 작고 까맸어. 마치 아름다운 보석처럼 말이야. 그런데 피를 흘리며 죽어 있었지. 움직이지도 않고……" 폴은 인상을 찡그리며 잠시 눈을 감는다. 그리고 꽉 잠긴 목소리로 다시 말을 잇는다. "난 그 순간 왠지 오래 전에 내가 죽인 블랙의 얼굴이 떠올랐어. 나에게 총을 맞고 죽어가던 그 순간의 표정이 말이야. 그건 두려운 표정이었다기보다는 뭐랄까, 그냥 어이가 없다는 표정이었어. 그는 마치 농담 좀 한 걸 갖고 뭘 그렇게 심하게 구느냐고 말하는 듯했어. 그리고 자신이 죽는다는 게 도저히 믿기지 않는다는 그런 표정……" 폴은 괴로운 듯 한숨을 내쉬며 손으로 자신의 머리를 쓸어올린다. 두 사람 사이에 잠시 침묵이 흐른다.

"방이 너무 더운 것 같지 않아요? 창문을 좀 열어야겠어요." 지미는 분위기를 바꾸려는 듯 과장된 몸짓으로 자리에서 일어나 창문을 연다.

잠시 후, 자리로 돌아온 지미가 폴에게 묻는다. "아까 크레이지 조는 죽었다고 했잖아요."

"그래, 맞아. 그 일이 있고 나서 얼마 뒤에 그놈은 폐차장에서 시체로 발견됐지. 얼굴이 온통 벌집이 된 채로." 폴이 여전히 꿈쩍 않고 앉아 말한다.

"누가 죽인 거죠?" 지미가 묻는다.

"낸들 알겠어?" 폴이 어깨를 으쓱하며 말한다. "NYPD*에서는 담당 경찰조차 붙이지 않았어. 그런 놈들이야 으레 그런 식으로 인생을 마감하는 법이니까."

두 사람은 불을 끄고 침대에 누워 있다. 창가에는 너도밤나무 그림자가 어른거린다. 두 사람은 눈을 감고 있지만 아직 잠이 들지 않았다.

"이봐, 사람이 죽고 난 뒤에 영혼이 남는다고 믿나?" 폴이 지미 쪽을

향해 묻는다.

"당연하죠. 죽는다고 해서 모든 게 끝나는 거라면…… 그건 너무 끔찍한 일예요. 당신은 그렇다고 생각하지 않나요?" 지미는 눈을 감은 채 낮은 목소리로 말한다.

"우린 영혼 같은 건 믿지 않아. 아니, 믿고 싶어도 믿을 수가 없어."

"왜요?"

"생각해보라고. 내가 죽인 놈들만 해도 수십 명이야. 그 영혼들이 사라지지 않고 스물네 시간 내 방 안에서 서성대고 있다고 생각하면 기분이 어떻겠어?"

"하긴 그렇겠군요." 잠시 후, 지미는 조심스런 어조로 묻는다. "그런데 폴, 아까 얘기한 거 정말 장난이었죠?"

"무슨 얘기?"

"내가 돈을 잃으면 죽일 거라는 얘기 말예요."

"어이, 젊은 친구. 그런 이유로 사람을 죽인다면 살아남을 놈은 세상에 아무도 없어. 보기보다 소심한 친구구면."

"그래도 왠지…… 난 마누라도 있고 이제 한 살 된 딸도 있단 말예요. 그리고 정말이지, 디트로이트 같은 데서 죽고 싶진 않아요." 지미는 주눅 든 목소리로 말하다 뭔가 생각난 듯 다시 묻는다. "참, 아까부터 묻고 싶은 게 있었어요."

"뭔데?"

"살인을 한 게 한두 번도 아닌데 왜 하필이면 블랙을 죽인 것만 후회하는 거죠?"

　"다른 건 다 비즈니스였으니까 나도 어쩔 수 없는 일이었거든. 하지만 블랙을 죽인 건 비즈니스가 아니었어. 그건 말하자면, 내가 정말로 살인을 한 거야." 폴은 천천히 눈을 감는다. "난 영혼 같은 건 믿지 않지만 요즘은 왠지 그놈의 영혼이 내 방 안을 서성거린다는 느낌이 들어. 그래봤자 제깟 놈이 나한테 뭘 어쩌지는 못하겠지만 말이야." 잠이 오는지 폴의 목소리는 점점 작아진다.

　"그런데 폴, 혹시……" 지미가 폴 쪽으로 돌아누우며 묻는다. "난 자꾸만 그런 생각이 들어요. 크레이지 조를 죽인 게 혹시 당신이 아닐까 하는 생각 말예요."

　지미는 폴을 쳐다보지만 그는 이미 잠이 들었는지 어둠 속에선 조용히 숨소리만 들린다.

　폴은 눈을 뜬다. 창가에선 새들이 지나치게 쾌활한 소리로 지저귄다. 그는 습관처럼 베개 밑에 손을 넣어본다. 묵직한 총이 손에 잡히자 그는 그제야 길게 기지개를 켜며 방 안을 둘러본다. 지미가 보이지 않는다. 그는 욕실 쪽에 귀를 기울인다. 물소리가 들리지 않는다. 폴은 침대에서 천천히 일어선다. 밤새 늘어졌던 신경줄은 이미 팽팽해져 있다. 그는 한 손에 총을 든 채 조심스럽게 욕실 문을 열어본다. 목욕탕은 깨끗이 비워져 있다. 이 녀석이 아침부터 어디를 간 거지? 혹시 어제 한 농담 때문에 겁을 집어먹고 도망간 건 아닐까? 그렇다면 보통 낭패가 아닌걸. 머릿속에선 퍼뜩 오랜 습관처럼 시세로 씨의 화난 얼굴이 떠오른다. 창가로 다가가 커튼을 열자 눈부신 아침햇살이 쏟아져 들어온다.

그는 손으로 햇빛을 가리고 모텔 주차장을 살펴본다. 서너 대 남아 있는 차들 사이에 머스탱이 서 있다. 차가 그대로 있는 걸 보니 멀리 간 건 아닌 것 같은데…… 혹시 다른 차를 얻어타고 도망간 걸까? 망할 놈! 아침부터 속을 썩이는군.

폴은 주섬주섬 바지를 꿰입고 복도로 나간다. 복도를 지나는데 어느 방에서 나오던 한 쌍의 남녀가 그를 보곤 기겁을 해 안으로 들어가며 쾅 소리가 나게 문을 잠근다. 폴은 자신이 손에 권총을 들고 있다는 것을 깨닫고 재빨리 총을 바지춤에 집어넣는다. 그는 이층 계단 위에 서서 주위를 둘러보지만 여전히 지미의 모습이 보이지 않는다. 그는 계단을 내려간다. 심장이 빠르게 뛰고 한 계단씩 걸음을 내디딜 때마다 뱃살이 출렁인다. 살을 빼야 해. 그게 이 바닥에서 살아남는 법이야. 그는 생각한다. 만일 갱이 심장마비로 뒈졌다면 그건 사람들에게 두고두고 웃음거리가 될 거야. 그는 러닝셔츠 바람에 총을 꽂은 우스꽝스런 모습으로 마당에 내려서서 주변을 둘러본다. 그러다 모텔 뒤편으로 돌아가는 길을 발견하자 총을 빼들고 조심스럽게 뒷마당으로 걸어간다.

"이봐요, 폴! 여기 트램펄린이 있어요!"

폴이 모퉁이를 돌아서자 잔디가 깔린 뒷마당 한복판에서 트램펄린을 하고 있는 지미의 모습이 눈에 들어온다. 지미는 상기된 표정으로 트램펄린 위를 개구리처럼 펄쩍펄쩍 뛰어오른다.

"신기하지 않아요? 당신이 어제 트램펄린 얘기를 했잖아요. 그런데 여기 진짜 트램펄린이 있어요." 지미는 트램펄린 위에서 점프를 하며 말한다. 폴은 멍한 표정으로 점프를 하는 지미를 바라보다 문득 신음 소리를 내뱉듯 말한다.

"맙소사! 여긴 정말이지 옛날에 갔던 모텔이랑 똑같군."

"뭐라고요?" 지미가 큰 소리로 되묻지만 폴은 다리에 힘이 풀려 옆에 있는 나무벤치에 털썩 주저앉는다. 너도밤나무 아래엔 녹슨 드럼통과 찢어진 타이어가 되는대로 쌓여 있고 고철 더미 옆에 트램펄린이 놓여 있다. 그는 홀린 듯한 표정으로 천천히 주위를 둘러보다 곧 자신이 있는 곳이 밀워키이며 샌디와 트램펄린을 하던 시간은 삼십 년도 더 지난 과거라는 것을 깨닫는다.

하지만, 러닝셔츠 바람에 총을 들고 멍하게 앉아 있는 폴의 눈에 보이는 것은 발가벗은 채 트램펄린 위로 높이 뛰어오르는 샌디의 모습이다. 샌디는 점프를 하며 폴을 향해 웃는다. 뒷마당이 환해질 만큼 눈부신 웃음이다. 폴도 그녀를 향해 어색한 미소를 지어 보이지만 그의 가슴엔 어느새 슬픔이 가득 차오른다. 그는 울음을 참느라 이를 악물고 있어 얼굴이 우스꽝스럽게 일그러진다. 점프를 하는 샌디의 등뒤론 파란 하늘이 펼쳐져 있고 그 너머로 평화로운 다운타운의 아침풍경이 눈에 들어온다. 점프를 할 때마다 샌디의 풍성한 금발은 바람에 나부끼고 커다란 두 개의 젖가슴이 그 사이에서 출렁인다.

그 순간 놀라운 일이 벌어졌다. 손끝에 알 수 없는 진동이 전해지며 숟가락이 기역자 모양으로 구부러진 거였다. 그는 자신의 눈을 믿을 수가 없었다. 텔레비전에서 쇼를 하는 초능력자의 숟가락은 물론 방청객들의 숟가락도 여러 개 구부러졌다. 숟가락을 구부린 방청객들은 스스로 놀라 비명을 질러댔다. 그는 밥 먹는 것도 잊은 채 멍하게 구부러진 숟가락을 바라보았다. 이스라엘의 초능력자는 그뒤에도 텔레파시를 이용한 몇 가지 쇼를 더 보여주었다. 그의 이름은 유리 겔러(Uri Geller)였다.

어느 추운 겨울날 아침이었다. 그는 보호시설에 딸린 식당에서 노숙자들 틈에 끼어 밥을 먹고 있었다. 그가 노숙자 보호시설에 들어온 지도 어느덧 한 달쯤 되어가고 있었다. 식당 안은 난방이 되지 않아 국은 금세 식었고 밥은 불면 날아갈 듯 찰기가 없었다. 노숙자들은 식판을 들고 흡사 유령처럼 천천히 테이블 사이를 걸어다녔다. 식당 안엔 사람들이 가득 들어차 있었지만 살아 있는 거라곤 아무것도 없는 듯 활기가 느껴지지 않았다. 그가 앉은 창가 쪽 자리는 그해 겨울에 처음 들어온 신참들이 주로 앉는 자리였고 그나마 온기가 다소나마 느껴지는 가운데 자리는 오래 전부터 시설에서 지내온 축들이 차지하고 있었다. 그는 몸을 잔뜩 움츠린 채 식사를 하며 창밖을 내다보았다. 창밖엔 며칠 전 내린 눈이 바람에 날려 가뜩이나 움츠러든 마음을 더욱 차갑게 얼어붙게 했다. 그는 밥을 먹다 말고 문득 주머니에 손을 넣어 무언가를 꺼냈다. 가운데가 기역자로 구부러진 숟가락이었다. 숟가락을 내려다보는 그의 머릿속엔 달리는 자동차의 불빛처럼 지난 일들이 빠르게 스쳐갔지만 결국 자신에게 남겨진 것은 구부러진 숟가락 하나뿐이라는 생각에 마음이 한없이 무거웠다. 그것은 오래 전 그가 고등학교에 다닐 때부터 지니고 다니던 거였다.

그날, 그는 텔레비전 앞에 앉아 혼자 저녁을 먹고 있었다. 텔레비전에선 이스라엘에서 온 한 초능력자의 쇼가 진행되고 있었다. 그는 손가락 하나 대지 않고 염력을 이용해 시곗바늘을 멈추고 동전을 움직였다. 방청객들은 신기한 그의 능력에 놀라 다들 박수를 치며 열광했다. 잘생긴 외모의 초능력자는 마치 외계에서 온 듯 신비로워 보였다. 쇼가 절정에 달하자 그는 이번엔 염력을 이용해 숟가락을 구부려 보이겠다고 했다. 그리고 스튜디오에 나와 있는 방청객들과 텔레비전을 지켜보는 시청자들에게 자신을 따라 해보라고 했다. 쇼를 지켜보던 그는 무심코 밥을 먹던 숟가락을 쳐다보았다. 손잡이 쪽에 난초문양이 들어 있는 평범한 숟가락이었다. 그는 초능력자의 지시에 따라 별 생각 없이 숟가락을 쳐다보았다. 그리고 마음속으로 외쳤다.
숟가락아, 구부러져라.
그 순간 놀라운 일이 벌어졌다. 손끝에 알 수 없는 진동이 전해지며 숟가락이 기역자 모양으로 구부러진 거였다. 그는 자신의 눈을 믿을 수가 없었다. 텔레비전에서 쇼를 하는 초능력자의 숟가락은 물론 방청객들의 숟가락도 여러 개 구부러졌다. 숟가락을 구부린 방청객들은 스스로 놀라 비명을 질러댔다. 그는 밥 먹는 것도 잊은 채 멍하게 구부러진 숟가락을 바라보았다. 이스라엘의 초능력자는 그뒤에도 텔레파시를 이용한 몇 가지 쇼를 더 보여주었다. 그의 이름은 유리 겔러(Uri Geller)였다.

다음날, 학교에선 전날의 초능력 쇼가 단연 화제였다. 뉴스를 통해 텔레비전을 지켜보던 시청자들 가운데 수백 명이 숟가락을 구부러뜨렸다는 소식도 들렸다. 점심시간에 반 아이들은 삼삼오오 모여 초능력에 대해 주워들은 얘기를 늘어놓았다. 대부분 믿거나 말거나 식의 황당한 얘기들이었지만.

—나도 구부렸는데……

묵묵히 밥을 먹던 그는 혼잣말로 중얼거렸다. 그는 원래 조용하고 과묵한 성격이라서 특별히 친하게 지내는 친구도 없었고 있는 듯 없는 듯 존재감이 희미해 다른 교사들은 물론 담임조차도 그의 이름을 잘 기억하지 못할 정도였다.

—뭐?

그의 도시락 위에 얹혀 있는 계란프라이를 집어 한입에 구겨넣으며 짝이 물었다.

—나도 구부렸다고.

—뭘?

—숟가락.

그는 마치 부끄러운 비밀을 고백하듯 조그만 소리로 대답했다. 짝은 그의 말을 미처 이해하지 못해, 그리고 입에 잔뜩 구겨넣은 계란프라이를 미처 목구멍으로 넘기지 못해 잠시 눈을 크게 뜨고 목에 힘을 주며 안간힘을 쓰다 마침내 꿀꺽 하고 간신히 목구멍으로 넘긴 후, 자리에서 벌떡 일어서서 아이들을 향해 큰 소리로 외쳤다.

—야! 이 새끼도 숟가락 구부렸대!

잠시 후, 그는 숟가락을 손에 쥔 채 반 아이들에게 둘러싸여 있었다. 반 아이들은 한 명도 빠짐없이 둘러서서 기대와 호기심에 찬 눈으로 그를 지켜보았다. 숟가락을 노려보고 있는 그의 이마에선 식은땀이 흐르고 있었다.

—야, 뭐 해? 뜸은 그만 들이고 빨리 구부려봐.

하지만 그는 뜸을 들이고 있는 게 아니었다. 마음속으로는 이미 숟가락아 구부러져라, 하고 외쳤으며 그의 생각대로라면 숟가락은 이미 구부러졌어야 마땅했다. 하지만 숟가락은 전날처럼 구부러지지 않았다. 그날 점심시간이 끝날 때까지 아이들은 자리를 뜨지 않았고 그는 진땀을 흘리며 계속 숟가락을 노려보았다.

—뭐야, 저 새끼? 사기친 거 아냐?

—씨발놈, 화장실 가서 담배 한 대 꼬슬리고 와야 되는데, 좆또, 시간만 날렸잖아.

—아냐, 어제는 분명히 구부러뜨렸어. 자, 봐!

그는 가방 안에서 전날 자신이 구부렸던 숟가락을 꺼내 보여주었다. 아이들은 의심 반 호기심 반의 눈빛으로 숟가락을 돌려가며 살펴보았다.

—그런데 그걸 네가 염력으로 구부렸는지, 아니면 그냥 손으로 구부렸는지 우리가 어떻게 알지?

어느 반에나 남의 약점을 귀신처럼 파악하고 그곳에 어김없이 날카로운 비수를 꽂아넣는 것에서 희열을 느끼는 부류의 아이들이 있게 마련이다. 방과 후 그는 숟가락 대신에 사람을 좀 구부릴 줄 아는 애들에게 학교 옥상으로 끌려가 죽도록 얻어맞았다. 면학 분위기를 해쳤다는 게 이유였다. 그리고 그날 이후, 졸업할 때까지 그의 별명은 '숟가락'이었다.

고등학교를 졸업한 뒤 그는 지방에 있는 한 대학에 입학했다. 그리 명망이 있는 대학은 아니었지만 그는 불만이 없었다. 왜냐하면 그의 반에서 그나마 지방대학이라도 간 학생이 그를 포함해 모두 세 명밖에 안 되었기 때문이었다. 말하자면 그가 다닌 고등학교가 그다지 실력 있는 학교는 아니었던 셈이다.

이후, 그는 지방의 한 소도시에서 적막하고 평화로운 대학생활을 보냈다. 사방이 호수에 둘러싸여 안개가 자주 끼고 가을이면 가로수가 붉게 물드는 아름다운 도시였다. 고등학교에 다닐 때와 마찬가지로 그는 있는 듯 없는 듯 조용히 캠퍼스를 드나들었다. 그러다 같은 과 후배인 한 여학생을 사랑하게 되었다. 캠퍼스 어디에 있든 단번에 눈에 띄는 아름다운 외모의 소유자였다. 어떤 옷이든 잘 어울리는 늘씬한 몸매와 작고 갸름한 얼굴, 그리고 조금은 도도해 보이는 인상의 그녀에게 마음을 빼앗긴 남학생은 그뿐만이 아니었다. 그녀의 주위엔 언제나 남자들이 들끓었고 욕정에 들뜬 청춘들은 그녀의 주변을 맴돌며 호시탐탐 기회를 노리고 있었다. 별다른 개성도, 뛰어난 말솜씨도 가지지 못한 그가 어떻게 해볼 수 있는 상대가 아니라는 것은 너무나 분명해 보였다. 그래서 그는 곧 그녀를 포기하고 다시 학업에 열중했다. 아니, 학업에 열중한 건 아니었다. 그는 그 무엇에도 열중하는 법이 없었으니까.

어느 날, 학교 앞 분식점에서 쫄면을 먹던 그는 신문을 뒤적거리다 우연히 유리 겔러에 대한 뉴스를 발견했다. 유리 겔러가 FBI의 요청으로 초능력을 이용해 실종됐던 한 소녀를 찾아냈다는 기사였다. 소녀는 강간을 당한 채 살해되어 강가에 버려졌는데 유리 겔러는 지도를 보고 그 지점을 정확하게 짚어냈으며 가족들은 소녀의 시신이라도 찾을 수 있게 해준 유리 겔러에게 감사의 말을 전했다는 내용이었다.

그날 집으로 돌아온 그는 한동안 잊고 있던 숟가락을 책상 서랍 깊숙한 곳에서 찾아냈다. 자취방을 몇 번 옮기는 동안에도 잊지 않고 구부러진 숟가락을 챙겨두었던 것이다. 숟가락을 보자 그는 새삼 당시의 모욕적인 사건이 생각났다. 그는 별다른 생각 없이 새로운 숟가락을 꺼내들고 숟가락아 구부러져라, 하고 마음속으로 염력을 불어넣었다. 무심코 실험 삼아 한 행동이었는데, 숟가락은 쉽게 구부러졌다. 다시 한번 기적이 일어난 것이다. 그는 어리둥절한 표정으로 손에 들고 있는 숟가락을 쳐다보다 한 개 남은 숟가락을 들고 다시 한번 시험을 해보았다. 이번에도 어김없이 숟가락은 기역자로 구부러졌다. 그의 자취방엔 숟가락이 두 개밖에 없었기 때문에 더이상 실험을 계속할 수 없었지만 그는 자신에게 특별한 능력이 있다는 것을 확신했다.

때마침 그에게 기회가 왔다. 여학생은 혼자 벤치에 앉아 책을 읽고 있었다. 그는 다른 수컷이 그녀에게 접근하기 전에 재빨리 옆에 다가가 앉았다. 여학생에게선 옅은 라벤더 향기가 풍겼다.

— 책 읽고 있었네. 무, 무슨 책이야?

그는 자연스럽게 말을 건넸지만 목소리는 심하게 떨렸고 더듬기까지 했다. 그녀는 의아한 표정으로 그를 한참 쳐다보다 그가 같은 과 선배라는 것을 겨우 알아보았다. 그녀는 아무 말 없이 손에 들고 있는 책의 표지를 보여주었다. 그것은 에리히 프롬의 『소유냐 존재냐』라는 책이었는데, 어찌된 일인지 당시엔 대학생들의 손에 이해하기도 어렵고 재미도 없는 독일계 사회철학자의 책이 한 권씩 들려 있었다.

— 아, 그거구나.

그는 에리히 프롬을 읽어본 적이 없었지만 아는 척 고개를 끄덕였다. 잠시 침묵이 흘렀다. 읽어보지 않았으니 할 말이 없는 것도 당연했다. 그는 여학생과 대화를 이어보려고 했지만 아무런 아이디어도 떠오르지 않았다. 그래서 그냥 본론으로 들어갔다. 주머니에서 대뜸 숟가락을 꺼내든 거였다.

— 내가 재밌는 거 한 가지 보여줄까?

— 뭔데요?

여학생은 귀찮다는 표정을 애써 감추지 않고 물었다.

— 내가 이걸 구부려볼게.

—그걸 왜 구부려요?

여학생은 다시 책으로 눈길을 돌리며 건성으로 물었다.

—그, 그러니까 내 말뜻은 이걸 그냥 구부린다는 게 아니라 손을 안 대고 순전히 초능력을 이용해서 구부린다는 거야.

오래 전 그의 짝이 그랬듯이 그녀도 그의 말을 이해하는 데 약간의 시간이 걸렸다. 그러고는 무슨 못된 수작을 걸려고 하느냐는 듯 인상을 찡그리며 말했다.

—그럼, 한번 해보세요.

그가 숟가락을 들고 막 염력을 불어넣으려고 할 때였다. 남학생 몇이 여학생을 발견하고 벤치를 향해 다가왔다. 여학생은 구원군을 만나 반갑다는 듯 그들을 향해 환하게 웃으며 손을 흔들었다.

—여기서 뭐 해?

그들은 이미 서로 잘 알고 있는 듯했다. 예쁜 여학생을 둘러싼 수컷들의 보이지 않는 경쟁으로 벤치 주위엔 팽팽한 긴장감이 감돌았다.

—응, 이 선배가 숟가락을 구부리겠대. 손을 안 대고.

몇 명은 코로 웃었고 몇 명은 경멸이 배어 있는 거짓 탄성을 질렀다. 그리고 어서 재주를 부려보라는 듯 그를 쳐다보았다. 그는 숟가락을 들고 눈에 잔뜩 힘을 주며 노려보았다. 옆에 앉은 여학생으로부터 다시 라벤더 향이 풍겨나왔다. 저도 모르게 숟가락을 쥔 손이 덜덜 떨렸다. 그는 마음속으로 간절히 기원했다.

숟가락아, 구부러져라.

그가 숟가락을 노려보는 동안 남학생들은 자기들끼리 귓속말로 뭐라고 수군거렸다. 시간이 흘렀다. 숟가락은 아직 구부러지지 않았다. 정지 영상처럼 그와 여학생, 그리고 주변의 남학생 모두는 동작을 멈춘 채 숟가락을 쳐다보았다. 그는 계속 숟가락을 노려보며 안간힘을 썼지만 숟가락은 미동도 하지 않았다. 마침내 그는 한숨을 길게 내쉬며 숟가락을 도로 주머니에 집어넣었다. 여학생은 예의 그 도도한 미소를 머금고 경멸에 찬 눈으로 그를 쳐다보았다. 아무 말 없이 자리를 떠나는 패배자의 등뒤로 '저 새끼, 미친놈 아냐?' '병신, 꼴깝 떨고 있네' 어쩌고 하는 소리가 들렸다. 그 다음날, 그는 그 일단의 남학생 무리에게 학교 뒷산으로 끌려가 죽도록 얻어맞았다. 캠퍼스 분위기를 해쳤다는 게 이유였다.

군대에 있을 때도 숟가락으로 인해 두어 번 곤욕을 치른 적이 있었다. 보안상 자세한 얘기는 할 수 없지만 숟가락은 한 번도 구부러지지 않았고 그럴 때마다 그는 고참들에게 초소로 끌려가 죽도록 얻어맞아야 했다. 상무 분위기를 해쳤다는 게 이유였다.

아무튼 그런 일련의 사건을 통해 그는 한 가지 중요한 사실을 깨달았다. 자신에겐 분명 특별한 능력이 있으나 그것은 어디까지나 혼자 있을 때만 나타난다는 것이었다. 그의 능력은 다른 사람이 지켜보고 있는 상황에선 발휘할 수 없는, 따라서 절대로 검증할 수 없는, 저주받은 능력이었던 것이다. 그래서 그는 군대를 제대하고 대학을 졸업할 때까지 다시는 사람들 앞에서 숟가락 구부리기를 시도하지 않았다.

대학을 졸업한 후, 그는 속옷을 만드는 한 의류업체에 취직했다. 이름 없는 지방대학을 나온 그에겐 큰 행운이었다. 입사한 그 주에 신입사원 환영회식이 열렸다. 상사들의 강권에 의해 폭탄주가 돌아갔고 또 상사들의 강권에 의해 신입사원들은 돌아가며 자신의 개인기를 보여주었다. 조용필의 노래를 똑같이 따라 하는 성대모사를 보여준 사원도 있었고 하얀 허벅지와 브래지어 끈을 드러내는 도발적인 춤으로 남자 상사들의 시선을 사로잡은 여사원도 있었다.

그 가운데 특이한 개인기를 보여준 사원이 있었다. 대학 검도부 출신의 한 사원은 앞에 나가 나무젓가락을 부러뜨려보겠다고 했다. 다들 실망스런 표정으로 그게 무슨 개인기냐고 했지만 그는 나무젓가락을 손으로 부러뜨리는 게 아니라 젓가락을 싸고 있는 종이로 부러뜨리겠다는 거였다. 상사의 지시에 의해 그는 나무젓가락을 양손으로 잡고 있었고 검도부 출신의 사원은 기묘한 기합 소리와 함께 그것을 얇은 종이로 내리쳤다. 그러자 놀랍게도 나무젓가락이 둘로 동강났다. 그 개인기는 뜻밖의 큰 호응을 얻어 그는 상사들 앞에서 몇 번 더 시범을 보여주었다. 그는 그 기술의 핵심이 바로 스피드와 집중력이라고 했다. 빠른 스피드와 집중력만 있으면 아무리 약한 종이라도 큰 힘을 발휘할 수 있다는 거였다.

이미 여러 순배 돌아간 폭탄주 때문이었을까? 아니면 그의 앞에서 나무젓가락을 부러뜨려 큰 호응을 얻은 검도부 출신의 사원 때문이었을까?

홍, 겨우 나무젓가락?

마침내 그의 순서가 되었을 때 그는 이미 여러 차례 자신을 곤욕에 빠뜨린 개인기를 꺼내들고 말았다. 나무젓가락이 아닌, 쇠로 만든 숟가락을 구부려 보이겠다고 한 거였다. 다들 호기심 반 의심 반, 믿기 어렵다는 표정으로 그가 들고 있는 숟가락을 쳐다보았다. 그는 검도부 출신의 사원처럼 큰 기합 소리와 함께 숟가락을 노려보았다. 하지만 숟가락은 미동도 하지 않았다. 그는 마음속으로 외쳤다.

숟가락아, 구부러져라. 제발 한 번만 구부러져달란 말이다. 씨발……

그의 간절한 바람에도 불구하고 숟가락은 다시 한번 그를 배신하고 말았다. 그날의 우스꽝스러운 해프닝으로 눈이 길게 찢어진 검도부 출신의 사원은 '미야모토 무사시'란 별명을 얻었고 그는 '숟가락을 노려보는 남자'란 별명을 얻었다.

그리고 다음날, 그는 부장에게 화장실로 끌려가 구둣발로 조인트를 까였다. 부서의 단합 분위기를 망쳤다는 게 이유였다.

몇 년 뒤, 그는 자신보다 세 살 많은 연상의 여자와 결혼을 했다. 그의 입사동기인 미야모토 무사시가 소개해준 여자였다. 그녀는 미야모토가 단지 왕성한 성욕을 해결하기 위해 관계를 맺고 있는 여러 여자들 가운데 하나였다. 말하자면 이미 즐길 만큼 즐겨 싫증이 난 노처녀를 입사동기인 그에게 떠넘긴 거였는데, 그녀의 입장에선 이미 혼기를 놓쳐 초조할 대로 초조해져 있는데다 여자관계가 복잡한 미야모토에겐 지칠 대로 지쳐 있어 그냥 될 대로 되라는 심정으로 그와 덜컥 결혼을 해버린 거였다. 그는 물론 그 사실을 몰랐고 그녀를 보는 순간 사랑에 빠져버리고 말았다. 다행이라면 다행이고 또 불행이라면 불행한 일이라고 할 수 있었다.

결혼한 지 열 달도 안 돼 그의 아내는 딸아이를 낳았다. 꽃다발을 사 들고 병원을 찾아간 그는 애벌레처럼 작고 부드러운 아이의 손가락을 만지작거리며 눈물을 흘렸다. 그러던 아이는 금세 자라 말을 배워 그에게 말대꾸를 하기 시작했다. 그리고 곧 학교에 들어갔으며 몇 년 뒤엔 멘스를 시작하면서 부모와 선생에게 거짓말을 하기 시작했다. 그는 미야모토보다 일이 년쯤 늦게 승진을 하며 언제나 있는 듯 없는 듯 조용하게 회사를 오갔다. 그러는 동안 그의 아내는 미야모토와의 부정한 섹스를 통해 무료한 일상을 달래며 조금씩 살을 찌워갔다. 그러다 그것도 곧 시들해졌는지 공인중개사 면허를 따 동네에 있는 부동산 중개업소에 나가기 시작했다.

그렇게 세월은 눈 깜짝할 사이에 흘러 그는 어느덧 중년이 되었다. 이쯤에서 그의 인생을 대충 정리하자면, 십이 년생 암컷 인간 한 마리와 사천만원의 융자를 안고 있는 삼십일 평짜리 아파트 한 채, 그리고 평균치보다 한참 밑도는 사백 번의 섹스, 쯤 될 것이다. 그 이외에 뭔가 언급할 만한 게 있을까? 가운데가 구부러진 채 그의 책상 서랍 깊숙한 곳에 처박혀 있는 숟가락 하나?

긴 세월 동안 그는 숟가락에 대해 잊고 살았다. 어쩌다 유리 겔러에 대한 뉴스를 접할 때면 구부러진 숟가락이 잠시 생각나기도 했지만 그는 더이상 숟가락 구부리기를 시도하지 않았고 그로 인해 곤욕을 치를 일도 없었다.

참, 언급할 만한 일이 한 가지 있기는 하다. 언젠가 그가 가족과 함께 식탁에 앉아 신문을 보며 저녁을 먹고 있을 때였다. 신문엔 유리 겔러가 자니 카슨 쇼에 나와 숟가락 구부리기를 시도했다는 기사가 나와 있었다. 그런데 그 자리엔 제임스 랜디를 비롯한 일단의 스켑틱스(Skeptics)*들이 나와 그의 쇼에 어떤 속임수가 없는지를 철저하게 감시하고 있었고 유리 겔러는 끝내 숟가락 하나 구부리지 못하고 무대를 내려갔다는 거였다. 이때쯤엔 사람들이 이미 유리 겔러의 초능력에 대해 의혹의 눈초리를 보내고 있었다. 신문을 읽던 그는 무심코 자신이 밥을 뜨고 있던 숟가락을 쳐다보았다. 그리고 예전에 했던 것처럼 눈에 힘을 주며 숟가락을 노려보았다.

숟가락아, 구부러져라.

그러자 그 옛날 그가 방에서 혼자 시도했을 때처럼 숟가락이 뒤로 구부러졌다. 그는 놀라서 소리쳤다.

—여, 여보! 지금 내가 한 거 봤어?

맞은편에서 밥을 먹던 그의 아내와 흰색 검도복을 입고 앉아 있던 딸아이가 무슨 일인가 싶어 멀뚱한 표정으로 그를 쳐다보았다. 어찌된 일인지 그의 딸아이는 얼마 전부터 검도장을 다니고 있었고 유난히 검도복을 좋아해 집에서도 늘 그 옷만 입고 있었다.

---

* 1. 의심 많은 사람 2. 기독교를 믿지 않는 사람 : 종교적 회의론자. 여기선 초자연현상에 대해 과학적으로 연구하고 조사해 비평하는 사람들을 가리킨다.

─뭘 봐?

─방금 이 숟가락 구부러뜨리는 거.

그의 아내는 그의 손에 들려 있는 구부러진 숟가락을 쳐다보더니 버럭 화를 냈다.

─미쳤어, 자기? 왜 밥 처먹다 말고 쓸데없이 숟가락을 구부러뜨리고 지랄이야? 그렇게 힘쓸 데가 없으면 나한테 좀 써봐.

─그, 그게 아니고……

그는 혹시 딸아이는 봤을까 싶어 옆을 바라보았지만 아이 또한 경멸의 표정으로 혀를 차며 천천히 고개를 가로저었다. 실로 오랜만에 선보인 그의 숟가락 구부리기가 또다시 무참한 결과를 낳고 말았던 것이다.

그가 속한 관리부는 회사 돌아가는 사정을 어느 부서보다 훤하게 안다는 게 장점이라면 장점이었지만 대개는 '잘해야 본전'인 부서였다. 회사가 아무 일 없이 매끄럽게 돌아가게 만드는 게 그 부서의 임무이다 보니 일은 언제나 차고도 넘쳤다. 사원들의 급여문제와 노사문제, 인사문제 등 가장 민감하고 까다로운 문제들이 그 부서의 차지였고 그중에서도 특히 다른 사원들이 꺼리는 궂은일은 대부분 그의 차지였다. 하지만 이에 대해 그는 별 불만이 없었다. 동기인 미야모토가 그가 속한 부서의 장으로 발령을 받았을 때도 마찬가지였다. 여느 사원 같았으면 동기나 후배가 자신보다 먼저 진급을 하는 경우 자존심이 상해 진즉에 회사를 때려치웠겠지만, 기실은 회사측에서 바라는 바도 바로 그런 점이었겠지만, 그는 아무런 동요 없이 정해진 시간에 출근을 하고 정해진 시간에 퇴근을 했다. 이에 대해 사원들은 그가 '배알도 없는 남자'라며 뒤에서 수군거렸다.

회장의 방침에 따라 유학을 마치고 돌아온 지 얼마 안 되는 MBA 출신의 한 청년이 관리이사로 부임을 하면서 회사의 분위기가 달라졌다. 그보다 열 살이나 어린 이사는 매우 빠르게 업무를 파악해나갔다. 젊은 이사는 마치 저 높은 곳에서 회사를 내려다보는 것처럼 정확하게 문제점을 분석하고 대안을 세우고 곧바로 실행에 옮겼다. 그 결과, 그 동안 그를 비롯한 다른 사원들이 일을 해오던 방식이 대부분 오류투성이라는 것이 드러났다. 사내에는 곧 인사태풍이 불어닥칠 거라는 소문이 파다하게 나돌았고 그 첫번째 희생자가 그일 거라는 건 너무나 명백해 보였다.

하지만 그런 일은 일어나지 않았다. 젊은 이사는 언제나 웃는 얼굴로 친절하게 사원들을 대했으며 함부로 명령을 하는 법도 없었다. 그는 언제나 함께 의논하고, 경청하고, 설명하고, 설득하고, 부탁했다. 그럼에도 불구하고 사원들은 젊은 이사가 무슨 생각을 하고 있는지 가늠조차 할 수 없었다.

그러던 어느 날, 그는 이사실 앞을 지나치다 미야모토가 안에서 구두를 닦고 있는 모습을 발견했다. 미야모토는 땀을 뻘뻘 흘리며 헝겊으로 이태리 명품구두를 열심히 닦고 있는 중이었다. 그가 미야모토에게 뭘 하고 있느냐고 묻자 미야모토는 씩 웃으며 이사의 지시로 그의 구두에 물광을 내는 중이라고 했다. 원래 자신의 특기는 불광인데 사내에 인화

물질이 많아 화재의 위험이 있기 때문에 할 수 없이 물광을 낸다는 거였다. 그러고는 구두에 침을 퉤 뱉고 다시 헝겊으로 광을 내기 시작했다. 구두코는 곧 파리가 앉으면 미끄러질 만큼 반짝거리며 영롱한 빛을 발했다.

다음날 그는 사표를 쓰고 책상을 정리했다. 입사한 지 십삼 년 만의 일이었다. 그의 개인사물은 구두상자 하나에 다 들어갈 만큼 단출했다. 그는 집으로 돌아와 구두상자를 현관에 내려놓았다. 그리고 왜 이렇게 일찍 퇴근했느냐며 의아한 얼굴로 묻는 아내에게 대답했다.

—난 이제 지쳤어.

그는 아내에게 자신이 사표를 쓰고 회사를 그만두었다는 사실을 알렸다. 그러자 그의 아내는 미친 듯이 비명을 지르며 그에게 달려들었다. 그리고 땀으로 후줄근해진 와이셔츠를 갈기갈기 찢어놓았다. 요즘 같은 세상에 회사에서 자르지도 않았는데 제 손으로 사표를 쓰는 미친 놈이 어디 있느냐는 거였다. 그래도 분이 풀리지 않았는지 그녀는 딸아이가 사용하는 목검을 들고 사정없이 휘두르며 그에게 지독한 욕설을 퍼부었다. 이즈음 그녀는 상가나 땅을 전문으로 취급하는 큰 부동산 중개업소로 자리를 옮겼는데 돈독이 바짝 올랐는지 집에 와서도 컴퓨터 앞에 앉아 부동산 시세를 수시로 점검했다.

이후, 그는 매우 빠르게 몰락해갔다. 퇴직한 다음달부터 몇 달 동안 그는 열심히 취직자리를 알아보러 다녔고 실제로 몇 군데 취직이 되기도 했다. 하지만 그를 받아주는 데라곤 보험영업이나 다단계판매와 같은 매우 까다로운 영업직밖에 없었다. 조리 있는 말솜씨도 없는데다 다른 사람 앞에 나서는 것을 극도로 싫어하는 그가 잘할 수 있는 일이 아닌 것은 당연했다. 그의 가방에 들어 있는 팸플릿은 수백 가지의 질병을 보장해주는 다보장보험에서부터 옥매트와 황토침대를 비롯해 마늘환과 동충하초 같은 온갖 건강보조식품 등 그 내용이 수시로 바뀌었지만, 결국 그 안에 남은 건 지하철에서 주운 스포츠신문 한 장뿐이었다.

언제부턴가 그의 아내는 그에게 밥을 주지 않았다. 일하지 않는 자 먹지도 말라는 거였다. 그는 언제나 땀에 전 옷을 입고 다녔고 길거리에서 달걀을 발라 구워낸 샌드위치나 떡볶이 같은 싼 음식들로 끼니를 때웠다. 그는 침실에서도 쫓겨나 서재의 딱딱하고 불편한 소파로 잠자리를 옮겨야 했고 딸의 방에는 아예 출입이 금지되었다. 아이의 집중력을 방해한다는 게 이유였다. 그는 대부분의 시간을 길거리나 공원에서 보냈다.

어느 날, 그는 우연히 화장실에서 볼일을 보다 아내와 딸이 주고받는 대화를 엿들었다. 다음날 열리는 전국 어린이검도왕대회에 그의 딸이 학교 대표로 출전한다는 얘기였다. 그는 딸아이가 시합을 하는 모습을 보고 싶었다. 하지만 그의 아내는 시합에 대해 그에게 아무런 귀띔도 하지 않았다. 이즈음 그의 아내와 딸은 그를 아예 모르는 사람 취급을 하며 지내고 있었다. 대화도 나누지 않았고 서로 얼굴을 마주쳐도 인사조차 하지 않았다. 그는 집 안 한 귀퉁이의 작은 공간을 점유하고 있는 오래된 가구처럼 아무런 존재감도 없었다.

다음날 그는 혼자 검도대회가 열리는 체육관을 찾았다. 전국 규모의 시합이라 제법 관중들도 많았고 학생을 따라온 학부모들이 응원석에 가득 차 있었다. 그는 딸을 찾기 위해 열심히 두리번거렸지만 선수들은 모두 비슷비슷한 도복과 호구를 착용하고 있어 누가 누군지 알 수 없었다. 그러다 시합 중간쯤에 드디어 아이의 이름이 호명되었다. 호면을 쓰고 있어 딸아이의 얼굴을 볼 수 없었지만 그는 뒤쪽 응원석에 앉아 큰 소리로 박수를 쳤다. 심판의 신호로 시합이 시작되자마자 아이는 당찬 기합 소리와 함께 번개처럼 달려들어 상대의 머리에 유효타격을 가했다. 그는 자리에서 벌떡 일어나 환호성을 올리며 박수를 쳤다. 자신이 회사에 다니느라 별 신경을 못 써줬는데도 훌륭하게 자라준 딸이 너무나 대견스러워 자신도 모르게 콧날이 시큰거렸다. 그는 옆에 앉은 관중에게 큰 소리로 방금 전 승리를 거둔 선수가 바로 자신의 딸이라고 자랑을 했다.

그러다 앞쪽 응원석에서 유난히 호들갑스럽게 환호를 하고 있는 아내를 발견했다. 아내는 옆에 앉은 남자와 다정하게 웃으며 얘기를 나누고 있었는데 그는 바로 오래 전 아내를 소개해준 미야모토였다. 그제야 그는 왜 그의 딸이 쌍꺼풀을 가진 자신이나 아내의 눈을 닮지 않고 미야모토처럼 눈이 길게 찢어졌는지, 그리고 왜 그녀가 태권도나 합기도를 배우지 않고 검도를 배웠는지를 이해할 수 있게 되었다. 조용히 체육관을 빠져나오면서 그는 자신이 두견이 새끼를 키운 휘파람새처럼 불쌍한 신세가 되었다는 것을 깨달았다.

그날, 집으로 돌아온 그는 면도기와 칫솔 등 최소한의 생활용품만을 가방에 챙겨넣고 집을 나왔다. 집을 나오기 전 그는 아내에게 쪽지를 한 장 남겼다.

미안해, 여보. 난 당신을 사랑할 자격이 없나봐.

때마침 여름이라 길거리에서의 삶도 생각만큼 혹독하지는 않았다. 그는 종교단체에서 운영하는 이동급식소에서 끼니를 때웠고 노숙자가 많은 지하철역을 피해 주로 한적한 공원의 벤치나 육교 아래에서 잠을 잤다. 대신 다음날이면 밤새 모기에게 물린 자국을 긁적거려야 했다. 그는 자신의 인생이 어디서부터 잘못된 건지 이해하려고 했지만 도무지 답을 찾을 수가 없었다. 하긴 어느 노숙자가 자신이 집을 잃게 된 경위를 명쾌하게 설명할 수 있을까? 그와 며칠 동안 가깝게 지냈던 전직 공무원 출신의 한 노숙자는 왜 노숙을 하게 됐느냐는 그의 질문에 고개를 갸우뚱하며 다음과 같이 대답했다.

글쎄요. 어느 날 아침, 지하철을 타고 출근을 하다 깜빡 졸았어요. 전날 야근을 해서 너무 피곤했거든요. 그래서 내려야 할 역을 지나치고 말았죠. 그런데 눈을 떠보니 글쎄, 내가 지하철역 계단에서 신문지를 덮고 자고 있더라고요. 그렇게 된 거예요. 정말이지, 눈 깜빡할 사이였다니까요. 쩝.

어느 날 그는 우연히 덮고 자던 신문에서 실로 오랜만에 유리 겔러에 대한 기사를 다시 접했다. 그것은 유리 겔러가 외계인의 알을 공개했는데 그 알은 1975년 존 레넌이 아내 오노 요코와 잠을 자던 중 그를 찾아온 외계인이 남기고 간 거라는 거였다. 존 레넌은 그 에일리언의 알이 외계세상으로 가는 티켓이라고 믿고 있었지만 정작 자신은 지구에 계속 머물기를 원해 알을 유리 겔러에게 넘겼다는 거였다. 신문엔 기사와 함께 금속성의 커다란 알을 들고 있는 유리 겔러의 사진이 실려 있었다. 사진을 들여다보며 그는 만일 외계로 가는 알이 진짜로 존재한다면 그것이 정작 필요한 사람은 존 레넌이나 유리 겔러가 아니라 바로 자신일 거라고 생각했다.

기사를 읽고 난 후, 그는 가방 안에서 오랫동안 잊고 있던 숟가락을 꺼내들었다. 그것은 일찍이 유리 겔러가 한국을 방문했을 때 텔레비전을 보던 그가 염력으로 구부러뜨린 숟가락이었다. 그는 자신의 인생이 그때부터 이미 구부러져 있던 게 아닐까 하고 생각했다. 만일 그때 친구들 앞에서 보란 듯이 숟가락을 구부려 보였다면 자신의 인생이 달라졌을까? 대학 시절, 짝사랑하던 여자 후배 앞에서 멋지게 숟가락을 구부려 보였다면, 그리고 미야모토 무사시가 종이로 나무젓가락을 부러뜨렸을 때 그가 손도 안 대고 가볍게 숟가락을 구부러뜨렸다면! 그랬다면 아마도 친구들에게 따돌림을 당하지도 않았을 테고, 예쁜 여자 후배와 결혼도 할 수 있었을 테고, 회사에서 무능한 사원으로 낙인이 찍히지도 않았을 테고, 그리고 아내와 딸아이로부터 무시를 당하지도 않았을 것이다. 어쩌면 유리 겔러처럼 텔레비전에도 출연해 유명인사가 되었을 수도 있었다. 혹은 국가 정보기관에 취직해 염력으로 북한의 핵 미사일을 제거하는 일을 수행했을지도 모른다. 구부러진 숟가락을 들여다보면서 그는 자기 인생의 모든 비밀이, 그리고 그 비밀을 푸는 열쇠가 바로 그 숟가락에 들어 있다는 생각이 들었다.

다음날, 그는 무료급식소에서 점심을 먹고 난 후 다른 사람들이 보지 않는 틈을 타 숟가락을 몰래 주머니에 숨겼다. 그리고 아무도 없는 한적한 공원 구석을 찾아가 숟가락을 꺼내들었다.

숟가락아, 구부러져라.

숟가락을 노려보며 그는 마음속으로 조용히 읊조렸다. 그러자 숟가락은 거짓말처럼 뒤로 구부러져 기역자가 되었다. 그는 자신의 특별한 능력이 아직 유효하다는 것을 확인했다. 이제 세상에 유리 겔러를 믿는 사람은 아무도 없지만 그가 숟가락을 구부러뜨린 것만큼은 하늘에 떠 있는 태양처럼 분명한 사실이었다. 그는 난생처음으로 자신의 인생에 분명한 목표가 생겼다는 것을 깨달았다. 그것은 다른 사람 앞에서도 혼자 있을 때처럼 멋지게 숟가락을 구부려 보이는 것이었다. 그렇게만 할 수 있다면 이제라도 자신의 인생을 바꿀 수 있을 거라고 생각하며 그는 구부러진 숟가락을 굳게 움켜쥐었다.

그날 저녁, 그는 다른 노숙자들이 잠들어 있는 역사를 찾았다. 노숙자들은 누군가 뿌려놓은 비둘기 모이처럼 쪼아 먹기 좋을 만한 간격으로 여기저기 흩어져 있었다. 그는 무리 한가운데로 다가가 주머니에서 숟가락을 꺼내들었다. 그리고 큰 소리로 자신이 숟가락을 구부려 보일 터이니 다들 주목해달라고 외쳤다. 그러자 잠을 자던 노숙자들 사이에서, '뭐야, 저 새끼?' '어떤 씨발놈이 잠을 깨워?' 어쩌고 하며 투덜대는 소리가 들렸다. 하지만 그가 숟가락을 꺼내들자 몇몇 노숙자들이 흥미로운 눈으로 그가 하는 짓을 눈여겨보았다. 그는 숟가락을 들고 마음속으로 외쳤다. 숟가락아, 구부러져라. 목덜미로 진땀이 흘러내렸고 숟가락을 들고 있는 손은 부들부들 떨렸다. 그의 귓가엔 '저기 미친놈 또 하나 있네' 어쩌고 하는 소리가 들렸다. 그러거나 말거나 그는 마음을 좀더 집중하며 필사적으로 숟가락을 노려보았다. 그러자 손끝에 진동이 전해지며 숟가락의 목 부위가 조금 움직이는 것처럼 보였다. 하지만 그뿐이었다. 그는 끝내 숟가락을 구부리지 못했고 결국 거친 노숙자들에게 다리 밑으로 끌려가 오랜만에 죽도록 얻어맞았다. 노숙 분위기를 해쳤다는 게 이유였다.

노숙자들에게 발로 밟히고 주먹세례를 받으면서 그는 자신의 인생이 조금씩 정리되는 듯한 기분이 들었다. 문제는 자신감과 집중력이었다. 숟가락을 구부리고 못 구부리는 것은 순전히 자신에게 달린 문제이며 스스로 마음만 다스릴 수 있다면 언제라도 숟가락을 구부릴 수 있을 거라는 확신이 굳어졌다.

다음날, 그는 숟가락을 하나 더 훔쳤다. 그리고 이번엔 공원에서 놀고 있는 어린 꼬마에게 다가갔다. 아무래도 어른을 상대로 하는 것보단 그 편이 조금 쉬울 듯했기 때문이었다. 부모가 잠깐 볼일을 보러 갔는지 대여섯 살 먹은 여자아이는 혼자 벤치에 앉아 아이스크림을 핥아먹고 있었다. 그는 아이를 향해 웃어 보이며 말했다.

—애야, 지금부터 이 아저씨가 하는 걸 잘 보렴.

—뭔데?

아이는 아이스크림을 핥으며 물었다.

—뭐냐 하면 아저씨가 너에게 마술을 한 가지 보여주려고 하거든. 너 마술 좋아하지?

—아니, 나 마술 싫어.

—왜?

그는 당황해서 물었다.

—마술은 다 거짓말이야. 거짓말은 나쁜 거야. 그러니까 마술은 나쁜 거야.

아이는 구구단을 외우듯 빠르게 말을 했는데 놀랍게도 그 나이에 이미 삼단논법을 익히고 있었다.

—그래, 마술은 거짓말이지. 거짓말은 나쁜 거지만……

그는 아이처럼 논리적이지 않았다. 그래서 그 옛날 여자 후배 앞에서 그랬던 것처럼 주머니에서 대뜸 숟가락을 꺼내들었다.

—어쨌든 이제부터 이 아저씨가 하는 걸 잘 봐.

그가 숟가락을 노려보며 염력을 불어넣으려고 하자 아이는 재빨리 두 손으로 눈을 가리고 고개를 마구 흔들며 큰 소리로 외쳤다.

—싫어! 나 안 볼 거야! 마술 하지 마! 마술은 나쁜 거야!

꼬마의 어머니는 화장실에서 나와 눈으로 아이를 찾았다. 아이는 혼자 벤치에 앉아 겁에 질린 듯 양손으로 눈을 가리고 뭐라고 소리를 지르고 있었다. 그리고 그 앞에선 더러운 몰골을 한 흉측한 사내가 아이를 향해 칼을 겨누고 있었다. 어쨌거나, 당시 그녀의 눈엔 그렇게 보였다. 기겁을 한 그녀는 비명을 지르며 아이에게 달려갔다. 그리고 자신이 칼에 찔릴지도 모르는 위험을 무릅쓰고 지고한 모성애를 발휘했다. 사내에게 불곰처럼 달려들어 들고 있던 핸드백으로 마구 두들겨패기 시작한 것이다. 금세 주변에 사람들이 모여들었고 용감한 시민들은 일제히 합세해 함께 치한을 두들기기 시작했다. 그는 매를 맞으며 '뭔진 모르지만 그게 아니라'고 변명을 했지만 소용이 없었다. 용감한 시민들에게 두들겨맞을 만큼 맞은 다음 그는 경찰에 인계되었다. 그리고 며칠 뒤, 모든 진실이 밝혀지고 나서야 겨우 유치장에서 풀려날 수 있었다.

그의 고난은 몇 달간 계속되었다. 그 기간 동안 그는 수행을 하는 수도사와 같았다. 옷은 모두 찢어져 너덜거렸고 볼과 눈이 움푹 패어 흡사 병자처럼 보였다. 실제로 심한 설사와 복통으로 고생을 하기도 하고 고열에 시달리기도 했다. 하지만 숟가락을 구부려 보이겠다는 그의 집념은 점점 더 강해지고 있었다. 지하철이건 공원이건 가리지 않고 돌아다니며 그는 '숟가락아, 구부러져라'를 외쳤고 덕분에 노숙자들 사이에서조차도 '미친놈' 취급을 받게 되었다.

한번은 공원에서 딸과 마주친 적이 있었다. 노란 은행잎이 보도 위로 떨어지던 어느 가을날이었다. 딸아이는 맞은편에서 친구들과 함께 아이스크림을 먹으며 걸어왔다. 이젠 스웨터 위로 가슴도 봉긋 솟아오르고 키도 제법 많이 자랐다. 비록 자신의 씨는 아니었으나 그간 키워온 정 때문이었는지 딸을 보는 순간, 그는 자신도 모르게 울컥 눈물이 솟구쳐 나무 뒤에 숨어서 몰래 눈물을 훔쳤다. 그런데 딸이 그를 알아보고 나무를 향해 걸어왔다. 그는 당황해서 재빨리 고개를 돌렸다. 딸의 친구들에게 부끄러운 아버지의 모습을 보여 딸이 난처한 입장에 빠질까봐 두려웠던 것이다. 그런데 딸은 오히려 태연하게 그를 쳐다보며 물었다.

─여기서 뭐 해?

─응? 응…… 그, 그냥 날이 좋아서 바람 좀 쏘이느라고……

그는 말을 더듬으며 고개를 돌렸지만 딸은 그의 몰골이 재밌다는 듯 뒤따라온 아이들과 함께 키득대며 그의 모습을 이리저리 살펴보았다. 발가벗은 채 아이들에게 둘러싸인 것 같은 기분에 온몸에서 식은땀이 흘렀다.

─요즘 뭐 하고 지내?

딸이 묻자, 그는 한참 망설이다 대답했다.

─으응, 요즘 아빠는…… 숟가락을 구부리고 있어.

그러자 딸과 친구들이 일제히 까르르 웃음을 터뜨렸다.

─들었지? 내가 얘기했잖아.

딸아이는 친구들을 향해 웃으며 말했다. 그러고는 놀리는 듯한 말투로 그에게 다시 물었다.

─숟가락은 구부려서 뭐 하게?

—으응, 숟가락을 구부리면…… 그러면 네 엄마랑 너랑 셋이서 다시 함께 살 수 있잖아.

그가 대답하자 딸아이의 표정이 대번에 차갑게 변했다. 그리고 그의 앞에 침을 퉤 뱉으며 말했다.

—병신, 그런 건 꿈도 꾸지 마.

그러고는 친구들과 함께 놀이기구가 있는 곳으로 몰려갔다.

가을이 가고 겨울이 다가오고 있었다. 노숙자들은 하나 둘씩 역사를 빠져나와 보호시설로 들어갔다. 한데서 잠을 자다 객사하기에 딱 좋을 날씨가 되어서야 그도 다른 노숙자들을 따라 보호시설로 들어갔다. 다행히 이즈음 숟가락 구부리기엔 어느 정도 진전이 있었다. 육안으로 확인할 수는 없었지만 숟가락이 구부러질 때마다 전해져오는 진동이 손가락 끝에서 분명히 감지되기 시작한 것이다. 이제 조금만 더 노력하면 성공할 수도 있을 것 같았다. 그러나 그는 몸이 너무 쇠약해져 있어 걸어다니기도 힘들 정도였다. 그는 겨울이 지나가는 동안 보호시설에서 몸을 추스르고 따뜻한 봄이 오면 다시 시도해야겠다고 생각했다. 대신 벽을 바라보며 집중력을 키우는 훈련을 반복했다.

그가 노숙자 쉼터에 들어간 지 이틀 뒤에 싸락눈이 내렸다. 창밖에 떨어지는 눈송이를 바라보자니 자신의 처지가 한없이 처량하게 느껴졌다.

그날 저녁 그는 아내에게 전화를 걸었다. 여름에 쪽지를 남겨놓고 집을 나온 이후 처음이었다. 오랜만에 아내의 목소리를 들으니 반가움에 울컥 목이 메었다. 아내는 그의 목소리를 듣자마자 전화를 끊으려고 했다. 그는 잠깐만 끊지 말고 기다려 달라고 애원했다. 아내는 할 말이 있으면 빨리 해보라고 했지만 그는 달리 할 말이 없었다. 그가 얘기를 못 꺼내고 머뭇대자 아내는 그에게 아직도 숟가락 구부리기를 하고 있느냐고 물었다. 그는 지금 몸이 아파 잠시 쉬고 있지만 봄이 되면 다시 숟가락 구부리기를 시도할 거라고 대답했다. 그러자 아내는 도대체 왜 그 쓸데없는 짓거리를 하느냐며 물었다. 그는 마땅히 대답할 말이 없어 잠시 망설였다. 이때, 수화기 저편에서 미야모토의 목소리가 들려왔다.

— 허니, 내 빤쓰 어디 있어?

아내가 미야모토의 빤쓰를 찾아줘야 한다며 그만 전화를 끊어야겠다고 하자 그가 다급하게 말했다.

— 다, 단 한 번만이라도 좋아. 나도 뭔가 할 수 있는 게 있다는 걸 사람들에게 꼭 보여주고 싶어. 저, 정말이야. 그것뿐이야.

그날 아침, 난방이 되지 않는 식당에서 그가 밥을 먹고 있을 때였다. 그의 앞으로 한 노숙자가 식판을 들고 걸어와 앉았다. 그 역시 활기가 없기는 매한가지였지만 그를 발견하고는 곧 비열한 생기가 눈가에 희미하게 번졌다.

— 어이, 미친놈. 나 알아?

그는 맞은편에 앉은 사내를 올려다보았다. 오래 전 그가 노숙자들 앞에서 처음으로 숟가락 구부리기를 시도했을 때 그에게 린치를 가했던 노숙자들 가운데 한 사람이었다. 유난히 지저분한 인상에 치명적인 급소만을 골라 잔인하게 발길질을 해대던 작자였다. 그는 곧 상대를 알아보았지만 모른 척 식판에 얼굴을 묻고 말없이 식사를 계속했다.

—어때? 요즘도 숟가락을 가지고 사기를 치고 다니나?

사내는 재밌는 장난감을 발견했다는 듯 누런 이를 드러내며 비시시 웃어 보였다. 하지만 그는 여전히 아무런 대꾸도 없이 숟가락질만 계속했다.

—내 말이 말 같지 않아? 어디 한번 그 숟가락도 구부려보지그래. 이 사기꾼 새끼야.

사내는 계속 그를 도발했다. 그는 고개를 들어 사내를 노려보았다. 주변 테이블의 노숙자들도 밥 먹는 것을 멈추고 두 사람을 쳐다보았다. 바야흐로 그가 곧 잔인하고 엉뚱한 적개심의 희생자가 될 참이었다.

—어쭈! 눈에 힘 들어간 것 봐.

사내의 얼굴에 미야모토의 얼굴이 겹쳐졌다. 그는 사내의 얼굴을 주먹으로 한 대 후려갈기고 싶었다. 그런 쓰레기 같은 인간에게조차 놀림을 받는 자신의 인생에 대해 분노가 치밀었다. 숟가락을 쥔 손은 애써 화를 참느라 부르르 떨리고 있었다.

—야, 이 빙신아. 눈깔에 힘만 주지 말고 그 숟가락이나 어서 구부려 봐. 눈깔을 확 뽑아서 씹어버리기 전에.

사내는 계속 빙글거리며 그를 놀려댔다. 그의 눈앞엔 두견이 새끼를 자신에게 떠맡긴 미야모토의 얼굴과 평생 자신을 속인 아내의 얼굴이 떠올랐다. 분노는 더 커졌고 숟가락을 쥔 손에 점점 더 힘이 들어갔다. 노숙자들의 눈은 일제히 그에게 쏠려 있었다. 그는 미야모토의 정수리 한복판을 대검으로 반듯하게 쪼개버리고 싶었다. 아내의 탐욕스러운

입을 갈기갈기 찢어버리고 싶었고 자신을 두들겨팬 고등학교 친구들과
군대 고참들의 허리를 모조리 분질러버리고 싶었다. 그리고 공원에서
그를 핸드백으로 내리친 한 아이엄마의 가랑이를 쫙 찢어버리고 싶었
고 급기야는 이 세상 전체를 맷돌에 넣고 들들 갈아버리고 싶었다. 맞
은편 사내를 노려보는 그의 눈엔 불길이 이는 듯 했고 숟가락을 쥔 손
에선 점점 더 심한 경련이 일어났다.

처음에 그는 자신에게 무슨 일이 일어났는지 알지 못했다. 그러다 노
숙자들이 일제히 탄성을 지르고 그를 놀리던 사내가 잔뜩 겁먹은 표정
으로 식판을 들고 일어나 슬금슬금 자리를 피해 다른 자리로 가고 나서
야 비로소 자신이 들고 있던 숟가락을 내려다보았다. 그리고 마침내 자
신이 그토록 원하던 순간이 찾아왔음을 깨달았다. 숟가락이 기역자로
구부러져 있었던 것이다. 성공은 전혀 뜻밖의 상황에서 찾아왔다. 노숙
자들은 웅성거리며 그의 주변으로 몰려들었고 그는 멍한 표정으로 믿
을 수 없는 성공을 마음속으로 음미했다. 온몸의 힘이 빠지며 지나간
고난의 시간들이 주마등처럼 머릿속을 스쳐갔다. 그리고 자신도 모르
게 주르르 눈물이 흘러내렸다.

— 거기 무슨 일예요?
노숙자들이 웅성대며 그의 주변으로 모여들자 식당에서 완장을 차고
자원봉사를 하던 한 중년의 사내가 다가왔다. 그는 종종 일어나는 다툼
이라고 생각하며 위압적인 태도로 노숙자들을 둘러보았다.

―이 사람이 숟가락을 구부렸어요.

노숙자들 가운데 한 사람이 대답했다.

―아니, 왜 밥 먹다 말고 멀쩡한 숟가락을 구부려요. 뭐, 불만 있어요?

자원봉사자는 짜증을 내며 그를 노려보았다.

―그게 아니고요, 그냥 구부러졌어요. 손도 안 댔다고요. 정말이에요. 이 사람이 눈으로 노려보기만 했는데 숟가락이 구부러졌다니까요. 못 믿겠으면 이 사람들한테 한번 물어봐요.

방금 전 대답한 사내가 다시 대답했다. 자원봉사자는 잠시 그의 손에 들린 숟가락과 그를 번갈아 쳐다보다 짧게 한숨을 쉬며 말했다.

―휴, 골치 아픈 사람, 여기 또하나 있구먼.

그는 자원봉사자가 한 말이 무슨 뜻인가 싶어 의아한 표정으로 그를 올려다보았다.

―앞으로 그런 짓 하지 마세요. 다 쓸데없는 짓거리라고요. 아셨어요?

―아니, 이 사람이 진짜로 구부렸어요. 우리가 다 봤다니까요.

다른 노숙자가 나섰다.

―글쎄, 알아요. 누가 안 구부렸대요? 근데 그게 무슨 소용이 있냐고요? 그까짓 숟가락을 구부리면 돈이 나와요, 쌀이 나와요?

그와 다른 노숙자들은 도무지 이해할 수 없다는 표정으로 자원봉사자를 쳐다보았다. 그러자 그는 한심하다는 표정으로 사람들을 둘러보며 말했다.

—지금 여기에 손 안 대고 숟가락 구부릴 줄 아는 사람이 이 양반뿐인 줄 아슈? 당신들은 여기 처음 들어와서 잘 모르나본데 이 보호시설 안에만 해도 그런 사람이 열 명은 넘어요. 저쪽에서 밥 먹는 사람 보이죠?

그는 가운데 테이블에 앉아 밥을 먹고 있는 중년의 사내를 가리켰다. 머리카락이 뒤통수에만 겨우 남아 있는 그는 식판에 고개를 처박고 며칠 굶은 개처럼 게걸스럽게 식사를 하고 있었다.

—숟가락은 저 사람도 구부릴 줄 알아요. 그런데 저 타령이라고요. 그따위 재주는 인생에 아무런 도움이 안 돼요. 그리고 저쪽에 앉아 있는 노인네 보이죠?

자원봉사자가 가리키는 자리엔 머리가 하얗게 센 늙은 노숙자가 혼자 앉아 밥을 먹고 있었는데 눈엔 아무런 빛도 없어 마치 죽은 시체처럼 느껴졌다.

—저 사람은 그냥 눈으로 쳐다보기만 해도 식탁이 저절로 움직여요. 지난번엔 아마 한 삼십 센티쯤 움직였을 거예요. 그런데 그런 기술이 무슨 소용이 있냐고요, 차라리 열관리자격증 같은 거라도 한 장 있는 게 낫지.

그는 도저히 믿을 수 없다는 표정으로 사내가 가리킨 노숙자들을 번갈아 보았다. 자원봉사자는 할 수 없다는 듯 게걸스럽게 밥을 먹고 있는 대머리의 사내를 불렀다.

—어이, 김씨. 숟가락 좀 한번 구부려봐.

그러자 대머리의 사내는 '씨발, 왜 또 하필이면 나냐' 는 듯 짜증스럽게 손을 내저었다.

　―이봐, 이 사람들이 못 믿어서 그러니까, 거 비싸게 굴지 말고 한 번만 보여줘봐.

　자원봉사자가 재촉하자 대머리의 사내는 귀찮다는 표정으로 숟가락을 들고 슬쩍 한번 쳐다보았다. 그러자 숟가락은 너무나도 쉽게 기역자로 구부러졌다. 자원봉사자는 놀라 입을 쩍 벌리고 있는 노숙자들을 향해 말했다.

　―자, 봤죠. 그러니까 이제부터 쓸데없는 생각들 하지 말고 빨리 여기서 나가 취직할 궁리들이나 해요.

아이가 놀라 울음을 터뜨리자 그녀는 아이를 끌어안고는 무심코 아이의 입에 젖을 갖다 댔다. ―미안해. 내가 잘못했어. 아이는 본능적으로 젖을 입에 물고 빨기 시작했다. 이미 오래 전 탄력을 잃은 가슴에서 젖이 나올 리 없었지만 아이는 곧 울음을 그쳤다. 놀랄 만큼 세찬 힘으로 젖을 빠는 아이의 볼록거리는 뺨을 보며 그녀는 잊고 있던 모성이 되살아남을 느꼈다. 그것은 온몸에 전율이 일 만큼 강렬한 느낌이었다. 이 또한 딸을 키울 때 미처 깨닫지 못한 것이었다.

1

사람들은 왜 나를 싫어하지?

어느 날, 그녀는 카페에 앉아 있었다. 그녀가 미간을 찌푸리자 안경 너머, 눈가의 주름이 얼굴 중심을 향해 몰려들었다. 그녀가 쓰고 있는 유선형의 가는 은테 안경은 부와 원숙함을 드러내 보이는 것 이외에 예민함과 조급함, 그리고 희미한 윤곽선으로 인해 어딘가 불완전해 보이는 얼굴의 약점을 효과적으로 감추고 있었다.

드라마작가인 그녀는 쉰두 살이었다. 그러나 그녀는 적어도 자신의 나이보다 다섯 살 이상 젊게 보였으며 말을 할 때마다 옆으로 살짝 비틀리는 얇은 입술엔 아직도 뚜렷한 성욕의 흔적이 남아 있었다. 푸른 정맥과 갈색의 검버섯으로 뒤덮여가고 있는 손만이 그녀의 나이를 정직하게 말해주고 있었다. 살과 온기가 다 빠져나간 손은 테이블 위에 놓여 있는 커피잔을 매만지며 끊임없이 불안하게 움직이고 있었다.

　—싫어하긴요. 누가 선생님을 싫어한다고 그러세요?

　맞은편에 앉아 있는 사십대 초반의 남자가 웃으며 말했다. 가슴께에 황금색 곰을 수놓은 갈색 티셔츠를 입고 있는 그는 그녀가 일하고 있는 방송국의 드라마 피디였다.

　—아냐, 사람들은 다들 날 싫어해. 변덕스럽고, 잘난 척하는 늙은 여자가 뭐가 좋겠어?

　그녀는 다시 찌푸린 눈길을 창밖으로 돌렸다. 이층 창가에서 내려다본 거리엔 점심을 먹으러 나온 회사원들이 몸을 옹송그리고 식당을 찾아 이리저리 몰려다니고 있었다. 건물 뒤편, 그늘진 곳엔 아직 잔설이 남아 있었다.

　—선생님, 갑자기 사춘기로 돌아가신 거예요? 아니면, 오늘 저한테 투정이라도 부리고 싶어서 그러시는 거예요?

　남자는 의자에 등을 기대며 미소를 띤 채, 늙은 방송작가를 쳐다보았다. 그의 미소엔 엘리트 출신다운 잘 정제된 자신감과, 자신도 모르는 사이에 여자 앞에서 두드러지게 드러나는 남자다운 호의와 담대함이 엿보였다.

　—우리 딸이 나한테 뭐라고 그러는지 알아?

　—뭐라고 그러는데요?

　—나보고 사디스트래, 글쎄.

　—선생님이 사디스트라고요?

남자는 재미있다는 표정으로 테이블 위에 팔꿈치를 얹어놓았다.

—그래. 주변에 괴롭힐 사람이 없으면 재미없어서 자살할 사람이라는 거야, 내가. 그리고 나는 글재주 말고는 좋아해줄 구석이 단 한 군데도 없대.

그녀가 나이답지 않게 새침한 표정으로 식은 커피를 찔끔 마셨다.

—따님이 왜 그런 소릴 해요?

—그게 다 그놈의 비행기 때문이야.

—무슨 비행기요?

남자가 흥미로운 듯 눈을 크게 뜨고 묻는다.

—진짜 비행기 말고 모형비행기말이야.

—모형비행기가 왜요?

—겨울부터 개 신랑이 모형비행기를 만든다고 집 안을 난장판으로 만들기 시작한 거야. 그런 거 있잖아. 무슨 모델인지 하는 거……

—프라모델요?

—그래. 그걸 만든다고 거실에 부품을 늘어놓고 밤새도록 부스럭거리면서 왔다갔다하고……

—그 나이에도 그런 걸 만드나요?

—그러니까 내가 울화통이 터지지. 작년에도 아는 후배한테 부탁해서 취직을 시켜줬는데 두 달도 못 버티고 그만뒀잖아. 벌써 몇번째인지 몰라.

그녀는 고개를 가로저으며 다시 커피잔을 입에 갖다 댔다.

—집 안엔 거실이고 서재고 온통 비행기밖에 없어. 그래서 한번은

내가 집에 아무도 없을 때 몰래 새로 산 모형을 하나 훔쳐서 숨겨놨어. 나중에 그걸 찾느라고 온 집 안을 다 뒤지고 난리가 났지.

그녀는 토라진 여학생처럼 입을 단단하게 오므렸다가 픽 웃었다. 남자도 어이가 없다는 듯 따라 웃었다.

―돈은 못 벌어와도 좋아. 그래도 남자가 아침에 일어나면 어디가 됐든 밖에 나가서 일을 해야지. 안 그래?

남자는 그녀의 하소연이 재미있다는 듯 미소를 띠고 있다. 그러자 그녀는 제 풀에 지친 듯 한숨을 내쉰다.

―그래도 말을 좀 심하게 하긴 했지. 내가 원래 돌려서 말 못 하는 성격인 거 알잖아.

그녀가 침울한 표정으로 고개를 가로저으며 커피숍 안을 둘러보았다. 점심을 일찍 먹고 들어온 회사원들이 여기저기 자리를 차지하고 있었다. 그녀는 테이블 사이로 지나가는 여종업원의 엉덩이를 무심코 쳐다보았다. 거기엔 그녀에게는 이미 오래 전에 소멸해버린 팽팽함이 팬티라인처럼 선명하게 드러나 있었다. 그녀는 자신도 모르게 스웨터 안으로 목을 움츠리며 지친 표정으로 남자에게 눈길을 돌렸다.

―휴, 나는 왜 이렇게 성질이 못됐지? 응? 사사건건 남의 약점이나 붙잡고 늘어지고…… 내가 생각해도 좀 유별난 데가 있어.

―선생님, 요즘 애정결핍이신가 보네요.

남자가 장난스럽게 웃으며 말했다.

―그런가? 하긴, 나도 내가 싫은데 남들은 오죽하겠어?

그녀는 고개를 끄덕이더니 자신의 가슴에 오른손을 얹고 말했다. 마치 애원을 하듯이.

—나는 사람들이 나를 좋아했으면 좋겠어. 정말이지, 이건 내 솔직한 심정이야. 사람들이 나를 보고 싶어 하고, 만나면 즐거워하고, 헤어지면 아쉬워하고…… 응? 나도 내가 쓴 드라마의 주인공처럼 그렇게 살고 싶어. 근데 왜 그게 그렇게 힘든 거지? 그렇게 하면 되는데 난 왜 그게 안 되는 거지?

2

몇 달 뒤, 그녀는 방송국 근처에 있는 종합병원에서 건강진단을 받았다. 특별히 아픈 데도 없었고 병원이라면 머리부터 흔드는 그녀였지만 친자매처럼 가깝게 지내는 한 여자연기자가 종합 건강진단권을 선물했기 때문에 어쩔 수 없었다.

—언니, 우리 나이 땐 그저 미리미리 검사해보는 게 최고야. 자궁이고 유방이고, 최소한 육 개월에 한 번씩은 들여다봐야 된다고.

여자연기자가 그녀의 등을 진찰실 안으로 떠다밀며 말했다.

복잡한 과정의 검사를 모두 끝내고 난 뒤, 그 병원의 재활의학과 과장과 면담을 했다. 그는 이미 여자연기자의 소개로 그녀가 유명한 드라마작가라는 사실을 알고 있었다. 그냥 인사치레로 하는 말인지는 알 수 없으나 그는 자신이 그녀의 팬이라며 그녀가 쓴 드라마를 빼놓지 않고 보고 있다고 말했다. 그리고 덧붙여, 그녀의 건강상태는 골밀도가 다소 낮고 위산과다증세가 있지만 전체적으로 양호한 편이며 꾸준히 운동을 하고 영양섭취에 신경을 쓴다면 크게 걱정할 정도는 아니라고 했다. 상투적인 조언이었지만 그녀는 의사의 말에 큰 위로를 받은 기분이었다. 그녀와 대화를 하는 동안 그가 이마 위로 흘러내리는 반백의 머리를 손으로 자주 쓸어올려, 그녀는 머릿기름이 손에 잔뜩 묻지나 않을까 신경이 쓰였다. 그는 진료카드를 들여다보다 문득 재밌는 것을 발견한 듯 빙글거리며 웃었다.

 ―그러고 보니 저랑 동갑이시군요.

 ―그래요?

 그녀가 뜻밖이라는 듯 그를 쳐다보았다. 의사는 웃으며 고개를 끄덕였다. 그녀는 의사가 자기와 동갑이라는 것만으로도 친밀감이 느껴졌다. 그녀는 웃으며 말했다.

 ―나는 언제나 나랑 같이 학교에 다녔던 남자들이 다들 어디서 무슨 일을 하며 사는지 궁금했어요.

3

 며칠 뒤, 두 사람은 병원과 방송국 중간쯤에 위치한 한 중국음식점에서 만나 점심을 먹었다. 그들은 두 사람이 같은 시기에, 그것도 매우 인접한 곳에 있는 대학을 다녔다는 사실을 확인하고, 혹시 미팅에서 만난 적이 있지 않느냐는 등의 농담을 하며 즐거워했다. 그들은 대학 시절 자주 갔던 다방이나 술집, 서점의 이름을 주워섬기며 삼십 년도 더 지난 기억을 애써 떠올리느라 자주 미간을 모았고, 마침내 두 사람의 기억이 일치할 때면 손뼉을 치며 어린애처럼 기뻐했다. 이후, 두 사람은 병원 근처의 골프연습장에서 만나 같이 운동을 하기도 하고 점심을 먹기도 했다.

어느 날 의사는 최근에 찍은 가족사진을 그녀에게 보여주었다. 두 사람이 골프연습을 끝낸 뒤 휴게실 한쪽에 앉아 음료수를 마시고 있을 때였다. 사진 속에는 정장을 한 의사와 짧게 커트를 한 그의 아내가 의자에 앉아 있었고 옆에는 의사보다 키가 한 뼘이나 큰 그의 아들이 서 있었다. 그는 사진 속의 아들을 가리키며 자신이 다녔던 대학에서 의학을 전공하고 있다고 말했다. 그래서 그의 아들은 자신에게는 아들인 동시에 후배라고 했다. 그는 아들을 매우 자랑스럽게 여겼다.

―아들이 참 잘생겼네요. 키도 크고.

그녀가 사진을 손에 들고 고개를 끄덕였다. 사진 속엔 의사가 오랫동안 정성들여 가꾸어온, 풍요롭고 안전한 세계가 들어 있었다. 그녀는 사진을 들여다보며 자신의 인생에서 무엇이 빠져 있는지를 새삼 깨달았다.

―그쪽은 어땠어요? 학교 다닐 때?

그녀가 웃으며 그를 쳐다보았다.

―선배들한테 난 처음부터 골칫덩어리였어요.

―왜요?

의사가 잠시 뜸을 들이다 말을 이었다.

—일학년 때 과에서 다 같이 엠티를 간 적이 있었거든요. 그 엠티의 목적은 신입생들에게 사람의 몸에 존재하는 모든 뼈의 이름을 외우게 하는 거였어요. 선배들이 맡은 역할은 후배가 게으름피우는 걸 감시하거나, 그들이 지쳤을 때 도와주고 격려하는 거였지요. 그런데 실은 그 엠티의 진짜 목적은 따로 있었어요.

의사가 약간 상기된 얼굴로 말했다.

—그게 뭔데요?

그녀가 목덜미로 흘러내리는 땀을 수건으로 닦으며 물었다.

—바로 선후배 간의 엄격한 위계질서를 세우고 그들이 장차 진입하게 될 엘리트 집단에 대한 소속감과 결속력을 미리 교육하는 거였어요. 그러다보니 당연히 그 방법이 저속하고 유치할 수밖에 없었죠. 잠도 안 재우고, 툭하면 불러내서 기합도 주고, 뭐 대강 그런 식예요.

의사가 이야기 도중에 음료수를 꿀꺽꿀꺽 마시자 그의 목젖이 아래위로 크게 움직였다. 그의 목을 쳐다보며 그녀는 이온음료처럼 온몸으로 번져나가는 성욕을 느꼈다.

—그래서 그쪽은 어떻게 했는데요?

그녀도 음료수를 한 모금 마시며 물었다.

—이틀째 되는 날, 난 도망쳤어요.

—감옥에 가둔 것도 아닌데 왜 도망을 쳐요?

—우리가 엠티를 간 장소가 북한강 건너에 있는 작은 마을이었거든요. 나는 선배들이 보는 앞에서 옷을 다 벗고 강물에 뛰어들었어요. 그

리고 강을 헤엄쳐 건너서 탈출을 했죠. 빠삐용처럼.

—그럴 필요까지 있었어요? 그러다 사고라도 나면 어쩌려고?

그녀가 웃으며 물었다.

—물론, 그럴 필요까지는 없었죠. 그런데 난 선배들한테 공개적으로 나의 자유의지를 보여주고 싶었어요. 지금 생각하면 좀 유치하지만.

그가 말을 마치고 시원하게 웃음을 터뜨렸다.

4

이듬해 봄, 그녀의 딸이 사내아이를 출산했다. 그녀는 새로 시작한 드라마의 대본을 쓰느라 바빴기 때문에 출산한 지 이틀이 지나서야 병원을 찾아갈 수 있었다. 밤새 잠을 못 자 눈이 빨갛게 충혈된 사위가 반바지 차림으로 그녀를 맞아주었다. 그녀는 사위가 시도 때도 없이 입고 다니는 반바지가 눈에 거슬렸지만 아무 말도 하지 않았다. 사위는 그녀를 신생아실로 데리고 가 아이를 먼저 보여주었다. 그녀는 유리창 너머로 아직 채 형상이 갖춰지지 않은 아이를 바라보았다.

고양이 새끼처럼 작은 저 유기체 안에도 나의 고약한 디엔에이가 섞여 있겠지.

병실에는 얼굴이 퉁퉁 부은 딸이 누워 있었다.

—애, 봤어?

딸이 자리에서 몸을 일으키며 물었다.

—응.

그녀가 고개를 끄덕였다.

—어때?

딸이 오렌지 껍질을 벗기며 물었다.

—뭐가?

—우리 아기 말이야.

—애들이 다 그렇지, 뭐.

그녀가 병실을 둘러보며 건성으로 대답했다.

딸이 서운한 표정을 감추지 못하고 고개를 끄덕였다. 그녀는 몇 달 전, 사위의 취직 문제로 딸과 싸웠던 일로 인해 서먹한 느낌이 남아 있었다.

—너, 몸은 괜찮아?

그녀가 서먹한 기분을 떨쳐내려 딸에게 눈길을 주며 물었다. 그녀는 자신이 아직도 엄마 노릇을 하는 게 영 어색하다는 생각이 들었다.

—응, 괜찮아. 엄마, 드라마 새로 쓴다면서?

딸이 물었다.

—응.

—무슨 얘긴데?

—늘 하는 얘기야. 사랑하고, 배신하고, 다시 만나고, 복수하고……

—이번에도 삼각관계야?

—삼각관계는 아냐.

그녀는 대답을 하며 왠지 딸이 자신을 모욕하고 있다는 기분이 들었다.

─그럼, 무슨 얘긴데?

딸은 궁금하다는 듯 재차 물어봤지만 언제부턴가 딸은 그녀가 쓴 드라마를 보지 않았다. 그녀의 드라마는 언제나 똑같은 얘기이며 진짜 인생을 담아내지 못한다는 것이 그 이유였다. 그 때문에 그녀는 딸과 예민한 논쟁을 벌였고 그러고 나면 한동안 딸에 대해 서운한 감정이 가시지 않았다.

─그냥, 한 여자가 이혼을 하고 옛날에 헤어졌던 남자를 만나서 다시 사랑하는 얘기야.

─이번에도 아빠 같은 사람이 나와?

뜬금없는 질문에 그녀는 딸을 쳐다보았다.

─그게 무슨 소리야?

─그렇잖아. 엄마가 쓰는 드라마에는 언제나 여자와 가족을 배신한 남자가 등장하잖아.

도대체 얘가 왜 이러나…… 그녀는 울컥하는 심정에 뭔가 한마디 하려다 딸이 출산을 한 직후라 예민해졌나보다 생각하고 애써 입을 다물었다.

─난 그 사람, 머릿속에서 지워버린 지 오래야. 그 사람 생각하고 드라마 쓴 적 없어.

─그럴까? 아빠 죽은 지가 언젠데, 이제 그만 용서해줄 때도 된 거 아냐?

딸은 점점 뾰족해졌다. 그녀는 딸이 한 말이 언젠가 자신이 쓴 드라마에 나오는 대사임을 깨달았다. 일부러 그렇게 말을 한 것인지 아니면 무의식중에 나온 말인지 알 수 없었다. 그녀는 더이상 논쟁을 피하기 위해 말머리를 돌렸다.

─어디 직장은 알아보고 있니?

그녀는 언제부턴가 사위를 지칭하는 말을 생략했다.

─응, 저 사람 친구가 이태리에 자주 드나들거든. 근데 저이한테, 자기가 도와줄 테니까 그쪽에서 인테리어 소품을 수입하면 어떻겠냐고 하는데…… 무역 일은 해본 적도 없고, 또 외국에 자주 왔다갔다하는 일이기 때문에 아직 결정을 못 하고 있어.

딸이 애매하게 대답했다.

그녀는 딸과 좀더 얘기를 나누다 삼십 분 뒤, 병원을 떠났다.

오래 전, 그녀가 딸아이를 낳았을 당시 남편은 미국에 가 있어 그녀는 조산원에서 혼자 아이를 낳았다. 식민지시대에 지어진 조산원 건물은 너무 낡고 추웠다. 하얀 페인트칠을 한 벽에는 푸른 이끼가 잔뜩 끼어 있어 마치 건물 자체가 죽어가는 식물처럼 보였다. 아이를 낳은 다음날, 남편은 전화를 걸어와 아들인지 딸인지 물었다. 그녀가 딸이라고 대답하며 아이의 이름을 뭐라고 지었으면 좋겠냐고 묻자, 그는 아직 생각을 안 해봤다고 했다. 남편은 아이를 낳기 한 해 전에 미국으로 건너가 애틀랜타에 있는 한 음식점에서 일을 하며 학교에 다니고 있었다. 그녀는 아이를 낳은 지 이틀 만에 집으로 돌아왔다. 남편은 가끔 전화를 걸어 짧게 두 사람의 안부를 물었다. 그는 항상 난처한 듯 언제 한국

에 돌아갈 수 있을지 모르겠다며 말을 얼버무리곤 했다. 그리고 그는
끝내 돌아오지 않았다.

5

며칠 뒤, 그녀는 의사를 만났다.

―이제 할머니가 된 거네요?

손자를 봤다는 말에 그가 말했다.

―그래요, 이제 할머니예요.

그녀가 스스로 믿기지 않는다는 듯 고개를 천천히 가로저었다.

―여자들의 인생은 왠지 남자보다 더 빠르게 진행되는 것 같아요.

―대신 여자가 남자보다 칠 년이나 오래 살잖아요.

의사가 말했다.

― 오래 살면 뭐 해요? 차라리 조금 덜 살더라도 맨 뒤의 칠 년을 잘
라내서 이십대나 삼십대 중간 어디쯤에 갖다놨으면 좋겠어요.

의사가 너털웃음을 터뜨렸다.

6

그녀가 쓴 대본이 방송을 타기 시작하자 그녀는 더욱 바빠졌다. 방영

을 시작한 지 두 주가 지나면서 시청률이 폭발적으로 올라갔고 방송국 간부들로부터 자주 전화가 걸려왔다. 그녀는 여름 내내 작업실에 갇혀서 대본을 쓰느라 의사를 만날 수가 없었다. 대신, 가끔 전화로 얘기를 나눴다. 그는 그녀가 쓴 드라마를 빼놓지 않고 보고 있다며 드라마의 끝이 어떻게 되는지 그에게만 미리 귀띔을 해줄 수 없냐고 농담을 했다.

그녀가 일을 하는 동안 이따금씩 딸이 아이를 데리고 들르기도 했다. 아이는 하루가 다르게 살이 오르고 움직임도 활발해졌다. 그녀가 인테리어 소품을 수입하는 일은 어떻게 됐냐고 묻자 딸은 최근에 국내 수요가 늘면서 너도나도 수입에 뛰어들어 상황이 녹록지 않다고 했다. 그래서 지금은 상황을 지켜보고 있으며 이태리에 가 있는 친구와 자주 연락을 하고 있다고 말했다.

드라마가 종영된 후 일주일쯤 지나자 의사는 저녁을 함께 하지 않겠냐며 전화를 걸어왔다. 그들은 늘 낮에만 만났기 때문에 그녀는 약간 의외라는 생각이 들었다. 계절은 어느새 가을로 접어들었지만 그녀는 계절이 바뀌는 것도 모를 만큼 완전히 지쳐 있었다. 두 사람은 함께 저녁을 먹으며 그녀가 쓴 드라마에 대해 이야기를 나눴다. 의사는 그녀의 얼굴이 많이 상했다며 걱정을 했다.

저녁을 먹고 난 뒤, 의사는 그들이 다녔던 대학가로 차를 몰았다. 길가에 차를 세우고 두 사람은 상가가 있는 길을 따라 걸었다. 거리는 젊은 학생들로 넘쳐나고 있었다. 오래 전, 그 거리의 주인이었던 그들은 이제 한 발짝 비켜서서 젊은 학생들을 바라보았다. 상가에서 흘러나오는 불빛이 너무나 환해 그녀는 근처를 지나는 대학동창 중에 누군가 그녀를 알아볼까 싶어 괜히 몸이 움츠러들었다. 하지만 그들이 졸업한 지는 이미 삼십 년도 더 지나 있었다. 설령 누군가와 마주치더라도 그녀를 알아볼 리 없다는 생각에 그녀는 혼자 피식 웃었다. 술에 취한 남자가 공중전화부스 옆에 앉아 지나가는 젊은이들을 멍한 눈으로 쳐다보고 있었다. 두 사람은 행인들과 몸을 부딪치지 않기 위해 몸을 잔뜩 웅크린 채 걸었다. 그녀가 마주 오는 사람을 피하느라 의사가 있는 쪽으로 몸을 기대자 그는 자연스럽게 그녀의 어깨를 안았다. 그녀가 그를 올려다보고 어색하게 미소를 지었다.

—옛날엔 여기에 서점이 있었어요.

그녀가 세상으로부터 한 발짝 떨어져 있는 듯한 눈길로 길가에 있는 한 옷가게를 쳐다보며 말했다.

—맞아요, 나도 우리 학교 앞에 있는 서점에서 찾는 책이 없으면 여기로 오곤 했는데……

그도 고개를 끄덕이며 맞장구를 쳤다.

—한번은 여기서 몰래 책을 훔치다 주인한테 들킨 적이 있었어요.

그녀가 문득 생각이 난 듯 말했다.

—정말예요?

의사가 놀랍다는 듯 쳐다보았다.

—네, 그랬어요.

─그래서 어떻게 됐어요?

─어떻게 되긴요, 손이 발이 되도록 빌었죠. 결국 서점에서 하루에 네 시간씩 일주일 동안 청소하고 책 정리하는 걸로 용서받았어요. 나중에 일이 끝나고 나니까 주인아저씨가 미안했는지 내가 훔치려고 했던 책을 그냥 주더라고요. 그 동안 일한 대가라면서.

─어떻게 책을 훔칠 생각을 다 했어요?

의사가 여전히 믿을 수 없다는 듯 웃으며 물었다.

─그땐, 젊었잖아요. 갖고 싶은 것도 많았고.

그녀가 웃으며 어깨를 으쓱해 보였다.

의사는 고개를 끄덕이다 문득 생각이 난 듯 물었다.

─그런데, 훔치려고 했던 책이 뭐였어요?

─태양은 다시 떠오른다.

─헤밍웨이?

─네, 그땐 헤밍웨이가 왜 그렇게 새롭고 멋져 보이던지…… 아마 속으로 짝사랑을 했던 것 같아요. 책상 앞에 헤밍웨이 사진을 붙여두었으니까.

그녀는 말을 해놓고 쑥스러운 듯 웃었다.

두 사람은 아득한 세월, 저 멀리에 있는 기억들을 찾아 천천히 거리를 헤매고 다녔다.

길이 끝나는 곳에 그녀가 다닌 여자대학교가 있었다. 번잡한 거리가 끝나고 눈앞에 학교 정문이 불쑥 나타나자 그녀는 느닷없다는 느낌이

들었다. 두 사람은 자연스럽게 학교 안으로 발길을 옮겼다. 학교는 어두운 숲속에 낡은 건물을 몇 개 숨기고 있는 것처럼 보였다. 가로등만 몇 개 서 있을 뿐, 사람의 그림자도 거의 눈에 띄지 않았다. 거리의 불빛은 학교 담장으로 둘러쳐진 나무에 가려져 보이지 않았다. 마치 넓은 사막을 건너온 것처럼 방금 지나온 거리가 아득하게 느껴졌다.

—대학에 다닐 땐 이 안에서 벌이지는 일들이 늘 궁금했어요.

의사가 미소를 띤 채 그녀를 쳐다보았다. 어느새, 두 사람은 손을 잡고 있었다.

—뭐가 그렇게 궁금했어요?

그녀가 그를 올려다보며 마주 웃었다.

—글쎄요, 여대생의 사생활?

그는 말을 해놓고 호탕하게 웃었다.

—아무튼 그 당시엔 어떻게 하면 여기 들어올 수 있을까 하고 친구들과 같이 모의를 하기도 했죠.

두 사람은 도서관으로 향하는 민틋한 오솔길로 접어들었다. 오솔길 어귀엔 커다란 회화나무가 한 그루 서 있었다.

—그래서, 성공했어요?

—네. 학교 앞에 친구들과 진을 치고 있다가 지나가는 여학생들한테 부탁을 했죠. 축제 때 제발 초대를 해달라고.

그가 웃으며 말했다.

—그쪽은 다들 영문과 학생들이었어요. 각각 짝을 지었는데 운 좋게도 제일 예쁜 여학생이 내 파트너가 됐죠.

─그래서, 어떻게 됐나요?

─그냥, 졸업할 때까지 친구들하고 같이 어울려서 몇 번 만났을 뿐 특별한 일은 없었어요. 그러다 졸업을 하면서 연락이 끊어졌죠.

그녀가 고개를 끄덕였다. 두 사람은 가로등 아래에 있는 벤치에 앉았다. 벤치 뒤, 어둑한 숲속에서 나뭇잎 썩는 냄새가 바람에 실려 왔다.

─그런데, 나중에 우연히 그 여학생이 자살을 했다는 얘기를 들었어요.

의사가 문득 생각이 난 듯 말했다.

─왜요?

그녀가 놀라 눈을 크게 뜨고 물었다.

─그 이유는 나도 몰라요. 레지던트 때 들은 얘기니까 아마 자살할 당시에 그 여학생도 서른 살쯤 됐을 거예요.

의사가 말끝을 흐리며 가로등 불빛을 올려다보았다.

─혹시, 그 여학생 이름이 뭔지 알아요?

─글쎄…… 기억이 안 나는데요.

의사가 고개를 가로저었다.

오래 전, 그녀의 옆자리에 앉아 함께 수업을 들었을지도 모르는 여학생. 그 여학생은 왜 자살을 택했을까? 그녀는 당시에 그 여학생을 만났던, 하지만 이젠 그 여학생의 이름조차 기억하지 못하는 한 남자와 앉아 있다. 그녀는 두 사람이 더이상 앞으로 나아갈 수 없는 마지막 관문 앞에 도착해 있다는 생각이 들었다. 문득 목이 메어오며 강렬한 슬픔이 온몸으로 번져나갔다. 의사가 그녀의 어깨를 팔로 감쌌을 때, 그녀는 어깨를 떨고 있었다. 그가 의아한 표정으로 돌아보자 그녀는 의사의 어깨에 가만히 머리를 기댔다. 잠시 후, 그녀의 머리를 쓰다듬던 의사가 그녀에게 입을 맞췄다. 차가운 바람이 그녀의 뺨을 스치고 지나갔다.

7

그녀는 의사와의 관계가 예정된 지점을 향해 나아가고 있음을 알고 있었다. 그리고 그 모든 과정은 두 사람이 처음부터 암묵적으로 합의한, 일종의 게임 내지 유희라고 생각했다. 쉰 살이 넘은 남녀가 동갑이라는 이유로 친구가 되고, 함께 운동을 하고, 식사를 하는 모든 일들이 결국 침대로 가기 위한 과정이 아니고 무엇이었을까? 그들은 그 절차를 우아하고 자연스럽게 밟아왔고 각자 맡은 역할을 무리 없이 수행해왔다. 이제 아무런 장애는 없다. 하지만 그녀는 게임을 끝내는 게 두려웠다.

그녀가 두려운 건 의사와의 섹스가 아니었다. 오히려 그녀는 그와의 섹스를 기대하고 있었다. 그에게서 뿜어져나오는 활기는 그녀의 성욕을 자극하기에 충분했으며 이따금씩 그의 땀냄새를 떠올리며 자위를 하기도 했다. 하지만 마지막 관문을 통과하는 순간, 그들이 애써 살려내고 음미해온 과거의 세계는 다시 세월 저편으로 달아나버리고 시들어가는 육체에 가까스로 매달려 있는 육욕이 그 자리를 대신할 터였다. 그녀는 여느 여자들처럼 영원히 함께하지 않을 거라면 시작도 하지 않겠다는 식의 고루한 생각을 가지고 있지는 않았지만, 의사와의 관계가 결국 육체적인 것으로 수렴되고 난 이후의 공허와 상실감이 두려웠다.

그녀는 한동안 의사를 만나지 않았다. 이따금씩 자신의 행동이 위선적이라는 생각이 들었다. 모든 걸 다 알고 있으면서도 짐짓 모른 척하고 있는 것은 그와 그녀 자신을 기만하는 일이라고도 생각했다. 하지만 그녀는 당분간 모든 걸 유예하고 싶었다. 그녀는 의사에게 전화를 걸어 개인적으로 복잡한 일이 생겨 당분간 연락을 하지 못할 것 같다고 말했다. 의사는 마치 그녀의 기분을 다 이해한 것처럼 흔쾌히 물러섰다. 전화를 끊기 전에 그녀는, 혹시 그와 대학교 때 파트너였다던 여학생의 이름을 알아봐줄 수 있느냐고 물었다. 의사가 왜 갑자기 그 여학생의 이름을 알려고 하느냐고 묻자 그녀는 혹시 자신이 알고 있는 사람인지 궁금해서 그런다고 했다. 의사는 알아보긴 하겠으나 워낙 오래된 일이라 자신할 수 없다고 했다. 그리고 덧붙여, 혹시 그런 게 작가의 호기심 아니냐고 농담을 했다. 전화를 끊고 나서 그녀는 자신이 왜 죽은 여학생의 이름을 물어봤는지 스스로 이해할 수 없었다. 그 여학생의 이름을 핑계로 의사와의 관계를 연장하고 싶어서였을까. 아니면 희미하게, 가는 끈처럼 이어진 과거의 시간으로부터 멀어지지 않기 위해서였을까.

며칠 뒤, 딸로부터 전화가 걸려왔다. 인테리어 소품을 수입하는 문제로 남편과 함께 이태리에 갔다 오기로 했는데, 그 동안 그들의 집에 와서 머물며 아이를 돌봐달라는 거였다. 처음에 그녀는 자신은 너무 지쳐서 아이를 돌볼 여력이 없다고 거절했다. 그러나 이번이 아니면 언제

또 이태리에 가보겠냐며 떼를 쓰다시피 하는 딸의 부탁을 끝내 외면할
수만은 없었다. 결국 그들이 이태리로 떠나기 전날, 그녀는 옷가지를
담은 가방을 들고 딸의 집으로 갔다.

—미안해, 엄마. 애는 아침에 아가방에 맡겼다가 저녁 때 찾아오면
돼. 그리고 애가 순하니까 힘들지 않을 거야.

딸은 아가방과 아이가 아플 때 다니는 병원의 위치를 알려주었다. 그
외에도 이유식의 양이나 응급조치 요령 등 아이를 돌보는데 필요한 사
항들을 세세히 적어 주방 옆에 따로 마련한 게시판에 붙여놓았다.

다음날 아침, 딸 부부가 공항으로 떠난 뒤 그녀는 아이를 데리고 아
가방으로 갔다. 아가방을 운영하는 여자가 그녀를 알아보고 얼마 전 종
영한 드라마를 잘 보았다는 둥 다음 작품은 언제쯤 방영이 되느냐는 둥
호들갑을 떨었다. 집으로 돌아와 그녀는 커피를 한 잔 끓여 마시고 아
침방송을 봤다. 거실에는 사위가 만들어놓은 모형비행기들이 빼곡히
전시되어 있었다.

일 년 전, 그녀는 딸 부부와 함께 살았다. 그러나 갖가지 사소한 문제
로 딸과 자주 다투다 결국 그들에게 집을 넘겨준 채, 한 블록 떨어진 곳
에 아파트를 새로 얻어 혼자 살게 된 것이다. 그녀는 번잡스럽지 않고
신경쓰이는 데 없어 집필에 몰두할 수 있었지만 종종 외로움을 느꼈다.
이따금씩 그녀는 딸의 집에 찾아가 딸 부부와 함께 오붓하게 저녁을 먹
고 싶다는 생각이 들기도 했다. 그러나 자존심 때문에 먼저 찾아가지는
못했다. 딸은 이틀에 한 번꼴로 전화를 걸어와 아이의 안부를 물었다.

딸의 말대로 아이를 돌보는 건 어렵지 않았다. 아이는 낯을 가리지 않고 순했으며 밤에도 중간에 깨는 일이 없어 잠을 설치지 않아도 됐다. 그녀는 하루 종일 혼자 책도 읽고 텔레비전도 보며 빈둥거리다 저녁이 되면 아이를 데리고 와 저녁을 먹이고 침대 옆에 뉘어 잠을 재웠다. 잠자는 아이를 들여다보고 있으면 그녀는 마치 자신이 잠을 자고 있는 것처럼 마음이 편안해졌다. 동그란 뺨과 토끼털처럼 부드러운 피부, 앙증맞은 손과 발, 무구한 눈빛…… 그녀는 차츰 아이의 매력에 흠뻑 빠져들었다. 그것은 그녀가 자신의 딸을 키울 때 미처 발견하지 못한 것이었다.

오래 전, 그녀의 딸이 갓난아기였을 때 그녀는 글을 쓰기 시작했다. 한편으로는 남편의 연락을 기다리는 고통을 잊기 위해서였고, 다른 한편으로는 아이와 함께 먹고살기 위해서였다. 그녀는 산꼭대기 단칸방에서 추위에 곱은 손을 입김으로 호호 녹여가며 대학노트에 대본을 써나갔다. 아이는 책상 옆에서 끝도 없이 울어댔다. 그녀는 아이가 울든 말든 젖도 물리지 않고 그대로 내버려두었다. 그러다 신경이 너무 예민해져서 폭발할 때쯤 되면, 그래서 아이를 창밖으로 내던져버리고 싶은 욕망을 참느라 얼굴이 부들부들 떨릴 지경이 되면 그녀는 슬립 바람으로 문을 열고 뛰쳐나갔다. 칼날처럼 파고드는 찬바람을 맞으며 실성한 여자처럼 온 동네를 허우적거리다 집으로 돌아와보면 아이는 어느새 잠이 들어 있었다.

그렇게 대학노트를 열 권쯤 채웠을 때 그녀는 방송국으로부터 당선 통지를 받았다. 그리고 딸이 학교에 들어가기 전에 이미 그녀는 방송국에서 중요한 드라마작가가 되어 있었다. 적나라한 대사와 위험수위를 아슬아슬하게 넘나드는 극적 설정이 그녀의 장기였다. 그녀는 주인공들의 입을 통해 자신 안에 뭉쳐 있던 분노를 뿜어냈다. 시청자들은 열광했고 그녀는 드라마 피디들로부터 '고통과 플롯의 마술사'라는 닉네임을 얻게 되었다. 그러는 동안, 그녀의 주변에 사람들이 몰려들었고 그녀는 더이상 외롭지 않았다.

8

딸 부부가 떠난 뒤 며칠 후, 아이와 함께 목욕을 하고 있을 때였다. 아이가 그녀의 가슴을 손으로 만졌다. 그녀는 화들짝 놀라 아이의 손을 거칠게 떼어놓았다. 오랫동안 아무도 만진 적이 없는 가슴에 타인의 손길이 닿자 자신도 모르게 예민하게 반응한 거였다. 아이가 놀라 울음을 터뜨리자 그녀는 아이를 끌어안고는 무심코 아이의 입에 젖을 갖다 댔다.

― 미안해. 내가 잘못했어.

아이는 본능적으로 젖을 입에 물고 빨기 시작했다. 이미 오래 전 탄력을 잃은 가슴에서 젖이 나올 리 없었지만 아이는 곧 울음을 그쳤다. 놀랄 만큼 세찬 힘으로 젖을 빠는 아이의 볼록거리는 뺨을 보며 그녀는 잊고 있던 모성이 되살아남을 느꼈다. 그것은 온몸에 전율이 일 만큼 강렬한 느낌이었다. 이 또한 딸을 키울 때 미처 깨닫지 못한 것이었다. 그녀는 딸에게 모유를 먹이지 않았다. 젖의 양이 워낙 부족하기도 했지만, 그보다도 마치 자신의 몸 속에서 무언가 빠져나가는 느낌에 젖을 빨고 있는 아이를 가슴에서 떼어내 내던지고 싶은 섬뜩한 충동에 사로잡히곤 했다. 훗날 그녀는 그것이 산후우울증이라는 것을 알게 되었다.

다음날부터 그녀는 아이를 아가방에 보내지 않았다. 아이가 올 시간이 지나도 나타나지 않자 아가방의 교사가 집으로 전화를 걸었다. 그녀는 아이가 아파서 데리고 갈 수가 없다고, 며칠 집에서 쉬면서 병원에 다녀야할 것 같다고 거짓말을 했다.

그녀는 아이를 유모차에 태우고 공원에 가서 몇 시간씩 놀다 돌아오기도 하고 백화점에 데리고 가 예쁜 옷을 사 입히기도 했다. 저녁이면 함께 목욕을 하고 아이에게 젖을 물려 잠을 재웠다. 공원에서 만난 사람들은 그녀를 아이의 엄마로 알고 있었다. 그들은 한결같이 말했다.

—어머, 늦둥인가 보네요. 그 녀석, 참 건강하게 생겼다.

그녀는 사람들에게 자신이 아이의 엄마가 아니라고 해명하지 않았다. 오히려 진짜 엄마인 양 그들과 함께 아이에 대해 한참 동안 얘기를 나누기도 했다.

시도 때도 없이 귀찮게 걸려오는 방송국 사람들의 전화를 받지 않기 위해 아예 전화기 코드를 뽑아놓았다. 아이와 단둘이 보내는 시간을 방해받고 싶지 않아서였다. 딸에게는 미리 자신이 먼저 전화를 하겠노라고 말해두었다.

아이와 함께 있는 동안 그녀는 의사에 대해 완전히 잊어버렸다. 아이와 단 둘이 침대에 누워 있을 때면, 그녀는 세상에 그들, 단 두 사람만이 존재하는 것처럼 느껴져 벅찬 감동에 콧날이 시큰해지곤 했다. 그러나 그런 감동의 한구석에선, 갑자기 누군가 나타나 그녀에게서 아이를 빼앗아가지나 않을까 하는 두려움이 생겨났다. 이태리에서 딸이 돌아올 날짜가 가까워지면서 그녀의 불안감은 점점 더 커졌다.

일주일쯤 지났을 때, 초인종이 울렸다. 아이와 놀고 있던 그녀는 신문사의 판촉사원이나 교회에 나오라고 권하는 전도사일 거라고 생각해 문도 열어보지 않았다. 그런데 초인종이 멈추지 않고 계속 울려댔다. 그녀가 짜증스런 표정으로 문을 열었을 때, 문 앞에는 아가방을 운영하는 여자가 서 있었다. 그녀는 안에서 놀고 있는 아이를 보고 안도한 표정을 지어보이며 딸이 집으로 여러 번 전화를 걸어도 받지 않자 걱정이 되어 아가방으로 전화를 걸었다고 했다. 아이가 아파서 며칠 동안 안 나오고 있다는 말을 듣자 더럭 겁이 난 딸은, 미안하지만 집에 가서 상황이 어떤지 알아봐달라고, 그리고 엄마에게 즉시 자신에게 전화를 걸어달라는 말을 전해달라고 부탁했다는 거였다.

교사가 돌아가고 난 뒤, 그녀가 딸에게 전화를 걸기 위해 수화기의 코드를 꽂자 곧바로 전화벨이 울렸다. 딸이겠거니 하고 수화기를 드는데 뜻밖에 의사의 목소리가 들렸다.

—다행히 집에 계셨군요. 몇 번 전화를 했는데 안 받아서 저는 무슨

일이 생겼나 했어요.

의사의 목소리엔 여전히 부드러운 활기가 있었다.

─여기 딸네 집예요. 집에 있는 전화를 이쪽으로 연결해놨거든요.

─그런데 왜 그쪽에 가 계세요? 무슨 일이 있었습니까?

─딸이 여행을 갔거든요. 그래서 제가 대신 아이를 보고 있어요.

그녀는 아이가 목욕탕을 향해 기어가는 것을 지켜보며 대답했다.

─그럼, 꼼짝도 못하시겠군요.

─네, 지금 형편이 그래요.

그녀는 대답을 하며 혹시 아이 손이 욕실 문에 끼이지나 않을지, 아니면 욕조에 받아놓은 물 속에 아이가 빠지지나 않을지 걱정을 하고 있었다. 아이는 이미 욕실 안으로 들어가고 있었다.

─우린 그럼 언제쯤 만날 수 있는 거죠?

─글쎄, 얼마 안 있으면 애 엄마가 돌아오니까 제가 전화를 드릴게요.

아이가 욕실 안으로 사라지자 그녀는 빨리 전화를 끊고 싶은 마음에 목소리가 다급해졌다.

─그러세요. 참, 제가 아는 사람들한테 수소문을 해서 그 여학생하고……

─저, 죄송한데요. 지금 아이를 봐야 되기 때문에 이만……

그녀는 급하게 전화를 끊고 욕실을 향해 달려갔다. 그러나 물기가 묻은 욕실 문 앞에서 미끄러져 엉덩방아를 찧고 말았다. 그녀가 아픈 엉덩이를 감싸쥐고 욕실 안을 바라보자, 아이는 바닥에 앉아 있다가 그녀를 보고 재미있다는 듯 까르르 웃었다.

9

　딸은 열흘쯤 더 있다 오겠다고 했다. 이왕 이태리에 온 김에 남유럽 일대를 돌아보고 오겠다는 거였다. 딸과 통화를 마친 그녀는 아이와 며칠 더 함께할 수 있다는 기쁨에 엉덩이가 아픈 것도 잊고 아이를 안아 어르며 콧노래를 흥얼거렸다.

　다음날, 그녀는 아이를 차에 태워 놀이공원에 데리고 갔다. 날씨가 쌀쌀해 겨울 외투와 목도리, 마스크로 아이를 단단히 싸맸다. 때마침 평일이라 공원 안은 매우 한가했다. 그녀는 유모차를 끌고 천천히 공원을 한 바퀴 돌았다. 떨어진 나뭇잎이 보도블록 위에 수북이 쌓여 있었다. 그녀는 아이와 함께 동물원으로 들어갔다. 동물우리 앞에서 그녀는 아이에게 사자, 코끼리, 기린 등 동물들의 이름을 가르쳐주었다. 그녀가 이름을 가르쳐줄 때마다 아이는 어설픈 발음으로 따라했다. 아이가 특히 흥미를 가진 것은 원숭이였다. 아이는 원숭이가 하는 짓을 보며 손짓을 하고 웃어댔다. 원숭이들은 자기들끼리 놀며 무관심을 가장하고 있었지만 교활한 눈을 쉼 없이 굴리며 그녀와 아이를 살펴보고 있었다. 아이가 더 가까이 가보자는 듯 우리 쪽을 향해 손가락을 가리켰다. 그녀는 아이를 안고 원숭이우리 가까이 다가갔다. 이때, 침팬지 한 마리가 쇠창살 쪽으로 잽싸게 달려와 아이가 두르고 있던 목도리를 순식간에 낚아채 달아나버렸다. 아이가 놀라 자지러지도록 울음을 터뜨렸다. 그녀가 황급히 우리에서 물러나 아이를 살펴보니 턱 아래에 침팬지에게 긁힌 자국이 나 있었다. 그녀가 우는 아이를 어르며 황급히 동물원을 빠져나왔다. 이때, 누군가 그녀에게 다가와 아는 척을 했다.

—안녕하세요.

그녀가 돌아보자 키가 크고 덩치가 커다란 남자가 서 있었다. 짧게 수염을 기르고 있는 그는 검은색 진 바지 아래 등산화처럼 커다란 신발을 신고 있었다. 그가 누군지를 알아보았을 때, 그녀는 가슴이 철렁 내려앉는 기분이 들었다.

—아, 예……

그녀는 자신도 모르게 고개를 숙이고 인사를 했다.

—여긴 어쩐 일이세요?

남자는 웃으며 그녀를 쳐다보았다. 그녀는 얼른 그의 이름이 떠오르지 않았다.

—그냥, 애하고 잠깐 놀러 나왔어요.

—누구……? 손자인가요?

아이도 낯선 사람의 출현에 긴장한 듯 울음을 그치고 그녀의 품으로 파고들었다.

—네.

—참 건강해 보이네요.

사내는 건성으로 말을 하며 잠시 머뭇대다 문득 생각이 난 듯 말했다.

—지난번 드라마 잘 봤어요.

—네, 고마워요.

그녀는 빨리 자리를 피하고 싶었지만 사내가 계속 서 있는 바람에 안부를 묻지 않을 수 없었다.

—요즘, 어떻게 지내세요?

—저야 하는 일이 늘 그렇죠, 뭐. 지금은 그냥 조그만 프로덕션에 있어요.

그는 지갑에서 명함을 꺼내 그녀에게 내밀었다. 그녀는 건성으로 명함과 그의 얼굴을 번갈아 쳐다보았다. 그의 머리는 반쯤 세어 회색빛을 띠고 있었고, 회색이 섞인 짧은 수염은 제법 그에게 어울려 보였다. 그녀는 잠시 고개를 끄덕이다 아이를 유모차에 태웠다.

—참, 제 와이프하고 애들이 저쪽에 있거든요. 같이 차라도 한 잔 하실래요?

그가 물었다.

—아녜요. 전 그만 가봐야 돼요.

그녀는 유모차를 끌고 급히 돌아섰다. 몇 발짝 걸어가다 그녀가 뒤를 돌아보았을 때, 그는 그 자리에 서서 말없이 그녀를 향해 서 있었다. 그녀는 급하게 유모차를 몰아 놀이공원을 빠져나왔다.

집으로 돌아온 그녀는 아이의 턱에 난 상처에 소독약을 발라주었다. 그리고 아이를 재운 뒤, 욕조에 물을 받아놓고 오랫동안 목욕을 했다. 공원에서 마주친 남자의 끈적끈적한 미소가 아직도 자신의 몸에 묻어 있는 것 같았다. 욕조에 누워 그녀는 자신의 늘어진 가슴과 쭈글쭈글한 아랫배를 내려다보았다. 그리고 그 아래 윤기를 잃고 성기게 나 있는 음모를 보았다. 이제 그녀의 육체는 중력의 법칙에 완전히 항복한 것처럼 보였다. 오래 전, 사내와 그녀는 아파트 안에서 한 발짝도 나가지 않고 일주일 동안 사랑을 나누었다. 그녀의 딸이 미국으로 유학을 가 있을 때였다.

그는 그녀가 쓴 드라마의 촬영기사였다. 일본에서 촬영공부를 마치고 돌아와 프리랜서로 일하고 있던 그는 그녀보다 여섯 살 적었으며, 그녀를 만났을 당시 전부인과 별거중이었다. 그는 여느 기술스태프와는 달리 야심을 가지고 있었다. 기회가 있을 때마다 그는 유학중에 배운 기술을 충분히 발휘할 수 없는 열악한 방송시스템에 대해 그녀에게 불평했다. 그는 마치 세상이 그에게 빚이라도 진 것처럼 늘 불만에 차 있었고 그녀는 그저 웃으며 그의 이야기를 들어주었다.

마지막 촬영을 마친 뒤 회식이 있었다. 두 사람은 옆자리에 나란히 앉았다. 식당 안이 너무 시끄러워 두 사람은 얼굴을 가까이 마주 대고 이야기를 나눌 수밖에 없어 그의 뜨거운 입김이 그녀의 귀에 자주 와 닿았다. 회식이 끝나고 그는 그녀를 자신의 차로 바래다주겠다며 따라 나섰다. 집으로 돌아오는 차 안에서 그는 그녀의 허벅지에 손을 얹어놓았다. 그녀는 그의 손을 밀어내며 치워달라고 했지만 그는 오히려 그녀를 똑바로 쳐다보며 정말로 손을 치우기를 원하느냐고 물었다. 그녀는 대답을 하지 못했다. 그의 손이 그녀의 치마 속으로 파고들었다. 그녀는 손톱을 깨물며 창밖으로 스쳐가는 불빛들을 바라보았다.

집 앞에 도착해 그녀는 도망치듯 차에서 내려 집으로 뛰어들어갔다. 삼십 분쯤 지나 그녀가 채 씻지도 못하고 멍하게 소파에 앉아 있을 때, 초인종이 울렸다. 어안렌즈로 밖을 내다보니 그가 어디서 구해왔는지 장미꽃을 한 다발 들고 서 있었다. 그녀는 문에 기대서서 망설였다. 그리고 자신이 마지막으로 섹스를 한 지 얼마나 오래되었는지 생각했다. 나이 사십이 넘은 자신에게 이제 기회가 얼마 남지 않았다는 사실을 그녀는 누구보다 잘 알고 있었다.

잠시 후, 그녀는 문을 열었다. 사내는 안으로 들어서자마자 그녀의 몸을 거칠게 더듬었다. 그날 밤, 두 사람은 밤새도록 사랑을 나누었다. 사내는 지치지도 않고 그녀와 온갖 체위로 섹스를 했다. 커다란 덩치를 가진 사내는 채 백오십 센티미터도 되지 않는 그녀의 작은 몸을 장난감 가지고 놀 듯 자유자재로 다뤘다. 그는 그녀를 자신의 배 위에 올려놓고 말했다.

— 당신은 마이크로 인간 같아. 마치 사람을 축소해놓은 인형처럼.

두 사람은 일주일 내내 사랑을 나눴다. 배가 고프면 간단한 음식을 해먹거나 근처 음식점에서 시켜먹으며 소파건 목욕탕이건 아무 데서나 내키는 대로 섹스를 했다. 그러다 지치면 어디서든 쓰러져 잠이 들었다. 그녀는 내내 알몸으로 거실과 화장실, 주방을 돌아다녔다. 그와 함께 있는 동안 부끄러움은 모두 사라져버리고 단순한 쾌락이 주는 엄청난 해방감과 희열에 몸을 떨었다. 그들은 점점 더 과격해졌으며 모험적인 시도들을 두려워하지 않게 되었다. 두 사람은 적나라한 말로 상대를 희롱하며 서로의 육체 안에서 자유로워지는 기쁨을 만끽했다. 그녀는 마약에 취한 것처럼 자신의 존재가 어디론가 사라지고 낯선 여자가 집 안에 머무는 듯한 기분이 들었다.

일주일쯤 지난 어느 오후, 그는 텔레비전 위에 놓여 있던 화병에서 장미꽃을 꺼내들었다. 그가 사온 장미는 일주일이 지나는 동안 시들어가고 있었다. 그는 가위로 꽃봉오리를 잘라 소파에 누워 있는 그녀의 머리에 꽂아주었다. 붉은 꽃잎은 이미 누렇게 변해 있었다. 그는 영화의 한 장면처럼 꽃잎을 하나씩 따서 그녀의 가슴과 배, 음부 위에 나란히 줄을 지어 올려놓았다. 창밖에서 들어온 햇볕이 그녀의 몸 위에 따뜻하게 내리쬐었다. 그가 그녀의 몸을 꽃잎으로 장식하는 동안, 그녀는 잠이 들었다.

그녀가 서늘한 기운에 잠에서 깨어났을 때 촬영기사는 보이지 않았다. 그리고 며칠이 지나도록 아무런 연락이 없었다. 그녀는 그의 연락처를 몰랐기 때문에 먼저 연락을 할 수가 없었다. 연락이 오기를 기다리는 동안 그에 대한 열망은 더욱 간절해졌고 그녀는 점점 더 견디기 힘들어졌다. 그녀는 아무런 일도 할 수가 없었다. 먼저 전화를 걸면 안 된다는 사실을 본능적으로 깨달았지만, 그녀는 참지 못하고 한 스태프로부터 그의 연락처를 알아냈다. 그리고 마침내 그에게 전화를 걸었다. 그는 잠에서 막 깨어난 목소리로 물었다.

그런데 무슨 일이시죠?

당황한 그녀는 알 수 없는 말을 혼자 웅얼거리다 슬그머니 수화기를 내려놓았다. 그녀는 두 사람의 관계가 그렇게 빨리 끝난 것을 믿을 수가 없었다. 심한 모욕감에 그녀는 입술을 깨물었지만 그의 육체가 가져다준 쾌락은 좀처럼 잊기 어려웠다. 그녀는 그럴 때마다 심한 패배감에 사로잡혔고 얼마 뒤부터 혼자 술을 마시기 시작했다.

10

놀이공원에서 돌아온 저녁, 아이가 칭얼대기 시작하더니 급기야 한밤중에 잠에서 깨어나 큰 소리로 울어댔다. 이마가 펄펄 끓고 있었다. 그녀는 급하게 아이를 차에 태워 근처 병원으로 데려갔다. 응급실 간호사들이 아이의 옷을 벗기고 얼음찜질을 했다. 아이가 자지러지듯 울음을 터뜨렸다. 그녀는 안절부절못하고 옆에 서서 우는 아이를 달래주었다. 진땀이 등줄기를 타고 흘러내렸다. 삼십 분쯤 지나 아이의 열이 내려가기 시작하자 응급실에서 근무하던 의사가 주사를 놓고 약을 처방해주었다.

집에 돌아온 그녀는 칭얼대는 아이 옆에 누워 자장가를 불러주었다. 자신도 잊고 있던 오래된 자장가를 불러주는 동안 누가 먼저랄 것도 없이 깊은 잠에 빠져들었다. 그녀가 다시 눈을 떴을 때, 아이는 머리맡에서 놀고 있었다. 언제 아팠냐는 듯 활발하게 장난을 치는 아이에게 아침햇살이 따뜻하게 내리쬐고 있었다. 아이는 그녀가 잠에서 깬 것을 발견하고 옆으로 기어와 작고 투명한 손으로 그녀의 얼굴을 만졌다. 어느새 아이를 너무도 깊이 사랑하고 있음을 깨달은 그녀는 자신도 모르게 왈칵 눈물이 솟아났다. 그녀의 메마른 뺨 위로 눈물이 흘러내렸다.

그날 오후, 그녀는 아이를 데리고 딸네 집으로부터 한 블록 떨어진 곳에 있는 자신의 집으로 돌아왔다. 놀이공원에 다녀온 날 일어났던 일련의 사건들이 그녀에게 뭔가 불길한 느낌을 주었기 때문이었다. 그녀는 자신이 보다 잘 통제할 수 있고 더 익숙한 공간으로 아이를 옮겨오고 싶었다.

문을 열고 집으로 들어서자, 그녀가 없는 동안 문틈으로 날아든 먼지가 거실과 주방에 켜켜이 쌓여 있었다. 그녀는 아이를 보행기에 앉혀놓고 청소를 했다. 진공청소기로 먼지를 제거하고 걸레를 몇 번씩이나 다시 빨아 집 안 구석구석을 닦아냈다.

집으로 돌아온 뒤, 그녀는 한 발짝도 나가지 않고 아이와 하루 종일 집에 머물렀다. 그녀는 몇 년 뒤 아이가 학교에 들어가면 수업에 필요한 준비물을 챙겨주고, 자신이 손수 운전을 해서 학원에 데려다주고, 아이가 좋아하는 음식을 직접 만들어주는 상상을 하며 행복한 기분에 빠져들곤 했다.

딸이 성장하는 동안 아이를 돌보는 일은 모두 가정부의 몫이었다. 가정부는 딸에 관한 한 언제나 그녀보다 더 많은 것을 알고 있었다. 사람들은 그녀를 아산댁이라고 불렀다. 아산댁은 딸이 아플 때마다 그녀를 대신해 아이를 병원에 데리고 갔다. 딸의 모든 입학식과 졸업식에 참석한 사람은 그녀가 아니라 아산댁이었으며 딸아이가 처음 멘스를 했을 때 생리대 사용법을 가르쳐준 사람도 아산댁이었다. 또한 친아버지가 미국에 살고 있다는 사실을 딸에게 처음 알려준 사람도 아산댁이었다. 그녀는 아산댁을 통해 딸에 관한 이야기를 듣는 처지였다.

딸아이가 고등학교 삼학년 때, 아산댁은 병원에서 자궁경부암 판정을 받았다. 아산댁에겐 가족이 없었기 때문에 그녀가 병원에 가서 모든 수속을 밟고 치료비를 내주었다. 딸아이는 매일 학교가 끝나면 곧바로 병원으로 달려가 아산댁의 병상을 지켰다. 그녀는 곧 대학시험을 치러야 하는 딸이 걱정되어 병원에 가는 것을 말렸지만 딸은 막무가내였다. 아산댁은 자궁을 제거하는 수술을 받았지만 암세포는 이미 온몸에 퍼져 있었다. 그녀는 아산댁의 임종을 지켜보았다. 아산댁은 그녀의 손을 잡고, 송구스럽다는 듯 말했다.

나야 이제 좋은 데로 가니까 걱정 없지만 선생님한테는 미안해서 어쩌죠?

아산댁이 죽고 나서 딸은 며칠 동안 방 안에 틀어박혀 학교에도 가지 않았다. 그녀는 방문을 걸어잠그고 우는 딸의 모습을 지켜보며, 자신이 죽어도 딸이 저렇게 슬프게 울어줄까, 하는 생각을 해보았다.

아산댁이 죽고 난 뒤, 그녀는 아산댁을 자신이 쓰는 드라마에 자주 등장시켰다. 극중에서도 아산댁은 현실에서처럼 정이 많고 심지가 깊은 인물이었지만 단역이었기 때문에 언제나 대사가 너무 적었다. 그녀는 그것이 텔레비전 드라마의 특성상 어쩔 수 없는 일이라고 생각하면서도 늘 미안한 마음이 들었다.

11

　　마침내 딸 부부가 여행을 마치고 돌아왔다. 그녀는 그들이 곧 아이를 데려갈 거라는 생각에 신경이 잔뜩 예민해져서 딸이 늘어놓는 선물 따위는 눈에 들어오지도 않았다. 사위는 인테리어 소품을 수입하는 일이 잘 안 됐다고 했다. 그는 간단하게, 가격이 안 맞아 포기했다고 설명했다. 그녀는 어처구니가 없어 도대체 무슨 일을 그런 식으로 하냐고, 그런 거라면 여기서도 알아볼 수 있을 텐데 뭐 하러 이태리까지 갔다 왔냐고 단숨에 면박을 주었다. 머쓱해진 사위가 먼저 집에 가서 청소를 해놓겠다며 나가자, 딸이 곧 그녀에게 말을 왜 그런 식으로밖에 못하냐고 대들었다. 결국 두 사람은 심한 말다툼을 벌였다. 딸은 그녀에게 '그러니까 사람들이 엄마를 싫어하는 거야'라고 말했다. 그러고는 급기야 눈물을 글썽이며 그녀를 원망하는 투로 내뱉었다.
　　―엄만 내가 저 사람이랑 이혼하고 엄마처럼 혼자 이상한 여자로 늙어가길 바라는 거야?
　　딸의 말이 그녀의 귀에 비수처럼 날아와 박혔다. 딸이 돌아간 뒤, 적막한 거실에 혼자 앉아 있던 그녀는 딸의 말대로 정말 자신이 점점 더 이상한 여자가 되어가고 있는 걸까라고 생각했다. 그녀는 된장찌개를 끓여 혼자 저녁을 먹었다. 그후 목욕을 하고 텔레비전 드라마를 한 편 보고 나서 침대에 누웠다.

한밤중에 그녀는 잠에서 깨어났다. 창문가에 나무의 그림자가 어른 거렸다. 그녀가 무심코 옆을 돌아보았을 때 아이의 모습이 보이지 않았 다. 그녀는 깜짝 놀라 자리에서 벌떡 일어나 앉았다. 그리고 곧 낮에 딸 이 와서 아이를 데려갔다는 사실을 깨달았다. 그녀는 몸 속의 내장기관 이 다 빠져나간 듯한 상실감에 밤새 잠을 이루지 못했다.

시간이 지날수록 그녀는 점점 더 아이가 보고 싶어 견딜 수가 없었 다. 하지만 자신이 먼저 딸을 찾아갈 수는 없는 노릇이었다. 그녀는 딸 과 자매처럼 자주 다퉜지만 언제나 먼저 화해의 손을 내미는 쪽은 딸 이었다. 그녀는 딸이 아이를 안고 현관문으로 불쑥 들어서는 장면을 여 러 번 상상했다. 상상 속에서 딸은 한 손에 꽃게가 든 비닐봉투를 들고 있었다. 그녀는 딸이 선머슴처럼 꽃게를 싱크대 위에 툭 내던지며, '엄 마, 오늘 저녁엔 우리 꽃게탕이나 해먹어'라고 말하는 장면을 여러 번 그려보곤 했다. 그녀는 아이를 옆에 앉히고 딸 부부와 함께 식사를 하 는 저녁풍경이 그리웠다. 하지만, 딸이 이번에는 단단히 토라졌는지 전 화조차 없었다. 그녀는 다시 술을 마시기 시작했다.

그녀는 하루 종일 술병을 앞에 놓고 멍하게 앉아 아이의 옹알이를 떠 올리며 뒤늦게 찾아온 모성에 괴로워했다. 아이의 냄새가 배어 있는 이 불을 코에 들이대 냄새를 맡기도 하고 그가 가지고 놀던 장난감을 만지작거리며 눈물짓기도 했다. 한번은 딸이 아이를 데리고 슈퍼에라도 나올까 싶어 딸의 집 근처를 배회하기도 했다.

결국 아이를 만나지 못하고 집으로 돌아오는 길에 그녀는 아이와 함께 놀던 놀이터에 들렀다. 몇몇 아이들이 모래밭에 앉아 흙장난을 하고 있었다. 그녀는 멍하게 벤치에 앉아 노는 아이들을 바라보았다. 그녀는 자신이 처한 괴로움을 어떻게 극복해야 할지 도저히 생각이 나지 않았다.

이럴 때 아산댁이라면 어떻게 했을까.

그녀는 고집이 센 딸을 잘 다루던 아산댁을 생각했다. 막무가내로 떼를 쓰던 딸도 아산댁의 말이라면 신기하게 잘 듣곤 했는데 그녀는 그 이유가 뭔지 늘 궁금했다.

아산댁은 그녀보다 겨우 두 살 아래였지만 언제나 그녀를 깍듯하게 선생님이라고 불렀다. 그리고 그녀가 글을 쓰는 '작가선생님'이라는 사실을 자랑스럽게 여겼다. 그런 아산댁이 살아 있었다면, 그녀는 언젠가 그랬던 것처럼 아산댁의 커다란 가슴에 얼굴을 묻고 펑펑 울어댔을 것이다. 그러면 아마도 아산댁은 그녀의 좁은 어깨를 토닥이며 이렇게 말해주었을 것이다.

우세요, 선생님. 울고 싶을 땐 실컷 울어야 돼요. 나는 울고 싶어도 못 울어서 그게 병이 된 거예요. 그리고 너무 걱정하지 마세요. 모든 건 다 시간이 해결해줄 거예요.

말도 없이 집을 나간 딸이 미국에 있는 남편을 찾아갔다가 돌아왔을 때, 아산댁은 자신의 가슴에 얼굴을 묻고 우는 그녀를 다독이며 그렇게 말했다. 아산댁이 자궁경부암 판정을 받은 직후였다. 그녀가 억울하고

분했던 건 자신도 모르게 딸이 미국에 있는 친아버지를 찾아갔기 때문
이 아니라 딸이 그녀에게 한 말 때문이었다. 어떻게 자기 몰래 그럴 수
가 있느냐고, 그녀가 집 안의 물건을 마구 내던지며 소리를 지르자, 한
쪽 구석에서 쪼그리고 울던 딸이 갑자기 그녀를 노려보며 표독스럽게
내뱉었다.

　—아빠가 뭐라고 그러는지 알아? 아빠는 엄마가 싫어서 집을 나간
게 아니라 엄마가 쫓아내서 어쩔 수 없이 나간 거래.

　딸이 초등학교 삼학년 되던 해 봄, 남편이 방송국으로 찾아왔다. 그
녀는 그가 이미 미국에서 결혼을 해 아들이 둘 있다는 얘기를 들었다.
그는 자기 딸을 미국으로 데리고 가 공부를 시키고 싶다고 했다. 그녀
는 누가 당신의 딸이냐며 다시는 찾아오지 말라고 차갑게 쏘아붙였다.
그런데 어떤 경로를 통해서인지 남편은 딸을 두어 번 만나 선물도 사주
었고, 미국으로 돌아간 뒤에도 가끔 편지를 보내왔다. 그녀는 딸도 나
이가 들었으니 알 건 알아야 된다는 생각에 모른 척했다. 그러던 딸이
급기야 미국까지 가서 남편을 만나고 돌아온 것이다. 그녀는 그 비용을
남편이 대주었을 거라고 생각했다.

　그는 정말 내가 자신을 쫓아냈다고 생각했던 걸까? 아니면, 딸아이
에 대한 죄책감을 면해보기 위해 거짓말을 한 걸까?

　그녀는 너무 오래 전 일이라 기억이 희미해져 도무지 어떤 게 진실인
지 알 수 없었다.

그녀가 남편을 처음 만났을 당시, 그녀는 서울 변두리에 있는 친척집에서 학교를 다니고 있었다. 두 사람은 통학길 버스 안에서 매일 마주쳤고 언제부턴가 서로 의식하기 시작했다. 두 달쯤 지난 어느 날, 그녀는 학교 앞에서 그녀를 기다리고 있는 그를 발견했다. 그는 그녀에게 다가와 떨리는 목소리로 말했다. 아침에 그녀가 버스에서 내릴 때 뒤따라 내렸으며 하루 종일 학교 근처를 배회하다 한 시간 전부터 교문 앞에서 그녀를 기다리고 있었노라고. 그녀는 그의 눈을 똑바로 쳐다보며 왜 자신을 따라왔는지 물었다. 그는 그저 같이 얘기를 나누고 싶어서라고 대답했다. 지나가던 학생들이 힐끔거리며 그들을 쳐다보았다. 그는 쑥스러운 듯 귀밑이 빨갛게 달아오른 채 주변의 간판들을 두리번거렸다.

그들은 그날 함께 다방에 가서 커피를 마셨다. 그는 얼마 전 군대에서 제대한 뒤, 복학을 해서 학교에 다니고 있다고 했다. 그의 학교는 그녀가 다니는 여학교에서 멀지 않은 곳에 있었다.

이후, 두 사람은 학교가 끝난 뒤 함께 버스를 타고 집으로 돌아갔다. 그녀가 얹혀사는 친척집은 버스종점에 있었는데 그는 언제나 그녀를 종점까지 바래다주었다. 대신 그녀가 차에서 내리고 버스가 되돌아가 자신의 집에 도착할 때까지 그는 계속 버스 안에 앉아 있었다. 그렇게 하면 요금을 한 번 더 내지 않아도 되기 때문이었다. 그래서 그는 하루에 네 시간도 넘게 버스를 타야 했다.

버스를 함께 타고 다닌 지 석 달 만에 그들은 학교 근처, 시내가 한눈

에 내려다보이는 산동네에 방을 얻어 동거를 시작했다. 그들이 동거를
한 건 그의 부모가 두 사람의 관계를 인정하지 않았기 때문이었다. 학
교가 끝난 뒤 두 사람은 함께 시장에 들러 식료품을 사들고 집으로 돌
아갔다. 늘 돈이 부족했기 때문에 식료품을 조금씩밖에 살 수 없었지만
그녀는 그의 하얀 팔뚝을 잡고 언덕길을 오르며 온몸이 달뜨는 듯한 행
복감을 느꼈다.

밤이 되면 시내의 불빛이 내려다보이는 언덕에 앉아 함께 라디오를
들었다. 그들이 가지고 있던 작은 트랜지스터라디오에선 밥 딜런이나
마마스 앤 파파스, 조앤 바에즈 같은 포크가수들의 노래가 자주 흘러나
왔는데 그는 꽤나 유창한 영어발음으로 노래를 따라 불렀다. 그가 특히
좋아한 것은 피터 폴 앤 메리였다. 그는 메리 트래버스의 목소리가 언
제나, '슬프지만 아무렇지도 않아요' 라고 말하는 듯하다고 했다. 그래
서 더 슬프다고 했다. 훗날 오랜 시간이 흐른 뒤에도 어디선가 당시에
들었던 음악이 흘러나오면, 그녀 눈앞엔 집 앞 언덕에 앉아 그와 함께
라디오를 듣던 당시의 풍경이 홀연히 떠오르곤 했다.

몇 해 전, 그녀는 딸을 통해 남편이 심근경색으로 세상을 떠났다는
소식을 들었다. 대학교 이학년 때 이미 미국에 유학을 가서 친아버지
집에서 머물렀던 딸은 미국까지 가서 장례식에 참석하고 돌아왔다. 남
편은 전자제품을 판매하는 회사에 다녔는데 그가 맡은 일은 전국에 대
리점을 개설하는 일이었다. 이 때문에 그는 미국 전역을 떠돌아다녀야
했다. 그 회사의 서른일곱번째 대리점을 개설하기 위해 그가 이 세상에

서 마지막으로 머물다 숨을 거둔 곳은 미국 중서부 미네소타의 작은 도
시 미니애폴리스였다.

12

　그녀는 한밤중에 잠에서 깨어났다. 술을 잔뜩 마시고 잠이 든 뒤라
머리가 깨질 듯이 아팠다. 창가로 걸어가 밖을 내다보니 눈이 내리고
있었다. 어느덧 겨울이 찾아온 것이다. 그녀는 거실로 나와 잠옷 위에
외투를 걸쳐입고 밖으로 나섰다. 넓은 주차장은 이미 하얀 눈으로 덮여
있었다. 그녀는 주차장에 세워둔 차를 타고 도로로 나섰다. 와이퍼를
작동시키자 눈이 쓸려나가며 하얀 도로풍경이 펼쳐졌다. 넓은 도로엔
차가 한 대도 보이지 않았다. 가로등 아래 비스듬히 떨어지는 함박눈이
자작나무 숲처럼 끝도 없이 길게 이어져 있었다. 수채화처럼 적요한 풍
경 속으로 그녀는 천천히 차를 몰아갔다. 도로의 표지판도 눈에 들어오
지 않았으며 자신이 어디를 향해 차를 몰아가는지도 알 수 없었다. 차
바퀴 아래 밟히는 눈의 감촉이 차체를 통해 부드럽게 그녀의 몸에 전해
져왔다. 그녀는 그 동안 자신을 떠나간 사람들에 대해 생각했다. 아산
댁, 전남편, 친구들과 몇몇 남자들……
　눈발은 점점 더 굵어졌다. 잠옷 아래 다리가 시려왔다. 그녀는 히터
를 켜기 위해 몸을 숙이고 버튼을 찾아 눌렀다. 그녀가 다시 앞을 보았
을 때 차는 도로를 벗어나 길옆으로 미끄러지고 있었다. 그녀는 핸들을

틀며 급히 브레이크를 밟았다. 바퀴가 미끄러지는 소리도 없이 차는 눈밭 위를 돌기 시작했다. 이젠 얼굴조차 잘 생각나지 않는, 죽은 아버지와 어머니를 생각했다. 차는 점점 더 빠르게 돌았다. 그리고 곧 강한 충격과 함께 멈춰 섰다.

13

그날 새벽, 가로등을 들이받고 멈춰 서 있던 그녀의 차를 발견한 것은 시장에서 일을 마치고 돌아오던 한 상인부부였다. 앞 범퍼와 보닛이 부서져 운전석 쪽으로 찌그러져들어왔고, 그녀는 운전대에 이마를 기댄 채 정신을 잃고 있었다. 찢어진 이마에선 피가 흘러내렸다. 처음에 그녀를 발견한 상인부부는 틀림없이 그녀가 죽었을 거라고 생각했다. 그들은 119로 전화를 걸었고 잠시 후 앰뷸런스와 견인차가 도착했다. 그녀는 곧 근처 병원으로 옮겨졌다. 검사 결과 왼쪽 무릎의 슬개골에 심한 골절상을 입었고 목의 근육도 손상되었으며 늑골에도 세 군데나 금이 가 있었다. 하지만 생명이 위태롭거나 평생 장애를 갖고 살 만큼 위험한 정도는 아니었다.

그녀가 신분증도 없이 잠옷 차림으로 집을 나섰기 때문에 병원에선 그녀가 깨어날 때까지 보호자에게 연락을 취할 방법이 없었다. 병원 측은 사고가 난 자동차를 견인해간 정비공장에 연락을 해서 차량등록증에 적혀 있는 그녀의 이름을 알아냈다. 다행히 간호사 중의 한 명이 그녀의 이름을 듣고 언젠가 텔레비전에 나왔던 그녀를 알아보았다. 그녀가 유명한 드라마작가라는 사실을 알게 된 병원에선 즉시 방송국으로 전화를 걸었다. 두 시간쯤 지나 방송국 관계자와 기자가 달려왔고 곧 방송국 전체에 사고소식이 알려졌다. 다음날 신문 사회면엔 한 여류 방송작가의 교통사고 기사가 작게 실렸다.

그녀가 깨어난 것은 다음날 아침이었다. 그녀는 머리에 붕대를 감고 다리에 깁스를 하고 있었다. 그녀가 깨어났을 때 가장 먼저 눈에 띈 것은 피곤한 얼굴로 침대에 기대 잠들어 있는 딸의 모습이었다. 그녀는 딸의 머리를 쓰다듬었다. 딸이 기척을 느끼고 고개를 들어 그녀를 바라보았다.

— 엄마……

애야, 내가 잘못했다.

그녀가 힘겹게 말을 했지만 소리가 입 밖으로 나오지 않았다. 딸은 그녀가 무슨 말을 하는지 다 알아들었다는 듯 주삿바늘을 꽂고 있는 그녀의 메마른 손을 잡고 눈물을 글썽였다. 그녀는 마음속으로 계속 말했다.

미안하다, 애야. 나는 언제나 네가 혼자 울도록 내버려두었어.

딸의 손을 잡고 있던 그녀는 잠시 뒤, 다시 깊은 잠 속으로 빠져들었다.

그녀가 다시 눈을 떴을 때, 사위가 머쓱한 얼굴로 아이를 안고 서 있었다. 그녀가 손을 내밀자 사위가 아이를 가까이 데려왔다. 몇 주 동안 아이의 얼굴은 많이 달라져 있었다. 그녀는 갑자기 아이가 낯설게 느껴져 스스로 당혹스러웠다. 그녀가 자신의 감정을 감추려고 짐짓 웃는 얼굴로 아이의 이름을 부르며 손을 내밀었지만 아이는 그녀를 알아보지 못하고 삐죽대더니 급기야 울음을 터뜨리고 말았다.

—할머니야, 할머니. 너 할머니 몰라?

딸이 아이를 달래며 말했다.

그녀는 아이가 자신을 알아보지 못하는 게 서운하기도 했지만 그토록 보고 싶어 하던 아이를 앞에 두고 자신의 마음속에서 일어난 갑작스런 변덕을 더욱 이해할 수 없었다.

—여기 이러고 누워 있으니까 아산댁이 생각나는구나. 그 여자가 속은 참 깊었는데……

다음날 오후, 점심을 먹고 난 뒤 그녀는 침대에 누워 창밖을 내다보다 문득 딸에게 말했다.

—아산댁? 아산댁이 누구야?

딸은 발치에서 포도를 먹으며 물었다.

—너 벌써 잊어버렸니? 전에 우리 집에서 일하던 가정부 있잖아.

—우리 집에서 일하던 여자는 고향이 경상도 어디라고 그랬는데…… 나중에 그 여자가 엄마 목걸이하고 반지하고 다 훔쳐서 도망갔잖아.

딸이 포도씨를 뱉으며 말했다.

—그게 무슨 소리니?

그녀는 갑자기 머리가 혼란스러워졌다.

—너, 정말 그 가정부 생각 안 나? 나중에 그 여자가 암에 걸렸을 때

네가 하루도 안 빼놓고 문병을 가서……

―엄마……

딸은 포도 먹는 것을 멈추고 걱정스런 표정으로 그녀를 바라보았다.

―그건 엄마가 쓴 드라마에 나오는 가정부잖아. 엄만 이제 드라마하고 현실도 구분 못 하는 거 아냐?

그녀는 머리를 한 대 얻어맞은 듯 어리둥절한 표정으로 딸의 얼굴을 쳐다보았다. 그게 전부 드라마였다고?

그녀가 병원에 있는 동안, 방송관계자들과 연기자들, 그리고 몇몇 친구들이 문병을 다녀갔다. 한 대학동창은 새벽에 몰래 남자를 만나러 나가다 사고가 난 게 아니냐며 농담을 하기도 했다. 그들과 만나 수다를 떠는 동안 그녀는 조금씩 생기를 되찾아갔지만 머릿속은 여전히 혼란스러웠다.

아산댁이 드라마에 등장하는 인물이라면 내가 알고 있는 이야기는 도대체 어디까지가 현실인 거지?

그녀는 누군가에게 진실을 묻고 싶었지만 아무도 얘기해줄 사람이 없다는 것을 깨달았다. 남아 있는 건 오로지 자신의 머릿속에 있는 드라마였다.

그녀에게 문병을 온 사람 중엔 한 방송 외주업체의 대표도 있었다. 그는 그녀에게 생일선물로 골프채를 사주고 처음 골프를 가르쳐준 사람이었다.

　그전에도 방송국 주변 사람들이 끈질기게 그녀에게 골프를 권했지만 그녀는 왠지 골프가 자신의 왜소한 체구와 어울리지 않는다는 생각 때문에 선뜻 골프채를 드는 게 내키지 않았다. 그러던 그녀가 골프를 치게 된 이유는 순전히 일본제 혼마 골프채와 잭 니클로스 때문이었다. 외주업체의 대표는 그녀에게 골프채를 선물하며 교육용 비디오테이프를 함께 주었는데 그 테이프에는 잭 니클로스가 직접 출연해서 초보자들에게 기본적인 스윙동작을 알려주는 내용이 담겨 있었다. 그녀는 비디오에서 잭 니클로스의 모습을 본 순간, 단숨에 그에게 매료되고 말았다. 스포츠선수답지 않은 퉁퉁한 몸매와 독일계임을 말해주는 짧고 부드러운 금발, 무언가 고통을 참아내는 듯한 신중한 표정과 기계처럼 안정되고 정교한 스윙동작은 그가 단 한순간의 임팩트를 위해, 언제나 제멋대로이고 싶은 자신의 육체를 얼마나 오랜 시간 달래고 길들여왔는지 말해주고 있었다.

　시간이 날 때마다 여러 번 반복해서 비디오테이프를 보는 동안 그녀는 조금씩 골프에 대해 흥미를 갖게 되었고 마침내 거실 한구석에 처박혀 있던 골프백에서 드라이버를 꺼내들었다. 그리고 그녀는 다시 한번 감탄했다. 골프채가 자신이 생각했던 것보다 놀라울 정도로 가볍다는 사실에 감탄했고, 얼핏 그녀의 눈에 막대기나 다름없어 보이던 골프채가 실은 구석구석 얼마나 정교하고 꼼꼼하게 만들어졌는지에 대해 감탄했다. 부드러운 나무의 결을 그대로 드러내며 마치 이 세상 것이 아닌 듯 영묘한 빛을 발하고 있는 헤드 부분과, 쥐는 순간 손안에 감기며 몸과 일체가 되는 듯한 느낌을 갖게 하는 고무그립, 그리고 쉽게 낭창거리지만 절대 부러질 것 같지 않은 믿음을 주는 특수한 소재의 샤프트……

며칠 뒤, 골프채를 선물한 외주업체 대표에게 전화를 걸어 자신도 골프를 배우겠다고 하자 그는 잘 생각했다며 직접 골프연습장에 데리고 가 자신의 돈으로 등록을 시켜주었다. 스윙동작이 조금씩 몸에 익숙해지기 시작하면서 그녀는 자신의 연약한 힘으로 공을 그렇게 멀리 보낼 수 있다는 사실이 신기하고 놀라웠다. 그것은 그녀로 하여금 육체적 능력을 초월하는 기분을 갖게 해주었다. 그제야 그녀는 사람들이 왜 골프를 치는지 이해할 것 같았다.

외주업체 대표는 골프연습장에 자주 찾아와 그녀에게 골프를 가르쳐주기도 하고 처음으로 골프장에 데려가기도 했다. 골퍼들의 표현에 의하면 처음 골프장에 데리고 나가는 것을 '머리를 얹어준다' 라고 하는데, 그녀는 그 말이 천박하다고 생각하면서도 상대가 그 대표라는 사실 때문에 불쾌한 느낌이 들지 않았다. 그의 다소 과장된 쾌활함이 이따금씩 그녀의 성적인 욕구를 자극했으며, 마침내 골프장에 함께 다녀오던 어느 날 두 사람은 교외에 있는 한 호텔에 들러 섹스를 나누었다.

―골프를 못 쳐서 어떻게 해요?

그가 말했다. 언제나 사람들을 향해 뭔가 재미있는 얘기를 던져놓고 자신이 먼저 일부러 지어낸 듯한 너털웃음을 터뜨리곤 하는 그는, 몇 년 전까지만 해도 중년의 나이임에도 탄탄한 몸매에 혈기가 넘치는 타

입이었다. 그러나 이젠 살도 많이 찌고 냉장고 속에 오래 넣어둔 채소처럼 형체가 희미해진 느낌이었다.

—여기 갇혀 있는 게 답답해서 그렇지, 골프야 못 치면 어때요?

그녀는 베개에 몸을 기댄 채 힘없이 웃었다. 그와의 섹스는 다소 실망스러운 편이었다. 지나치게 정중한 태도와 몸에 밴 친절은 왠지 기계적인 느낌을 주어 그녀는 쉽게 몸이 열리지 않았다. 그럴수록 그는 더욱 조심스러워졌으며 그녀는 그와의 만남이 점점 더 답답하게 느껴졌다. 육 개월쯤 지나 두 사람의 관계가 흐지부지 끝났을 때도 특별한 감정은 없었다. 그녀는 그가 진심으로 울어본 적이 있는지 궁금했다. 죄의식도 패배감도 없이 아무 일 없었다는 듯 다시 함께 일을 시작할 수 있었던 건 차라리 다행이었다.

그는 자신의 회사에서 제작하고 있는 드라마에 대해 설명을 늘어놓았다. 일에 관한 한 그는 여전히 에너지가 넘치는 것 같았다. 그를 통해 그녀는 오래 전 사랑을 나누었던 촬영기사가 최근에 그의 회사로 옮겼다는 사실을 알았다.

그 남자와의 일은 어떻게 된 거지? 우리 둘 사이에 무슨 일이 있었던 걸까?

외주업체 대표가 장광설을 늘어놓는 동안 그녀는 촬영기사에 대해 생각하다 침대에 기대 깜박 졸고 말았다. 그녀가 다시 눈을 떴을 때 외주업체 대표는 돌아가고 없었다.

병원에 입원하고 난 이후에 그녀는 자주 꿈을 꾸었다. 꿈은 자신이 생각지도 않았던 낯선 과거로 그녀를 데려가곤 했다. 이름조차 기억나지 않는 엉뚱한 친구들이 등장하는가 하면 젊은 시절의 아버지가 등장하기도 했다. 그녀의 아버지는 서울 근교에서 농사를 짓고 살았다. 그녀만큼이나 체구가 작았던 그녀의 아버지에겐 손에 쥐고 있는 농기구들이 언제나 너무 버거워 보였다. 그녀는 그런 아버지가 늘 안쓰러웠다. 그가 자신의 작은 체구를 극복하는 유일한 방법은 그저 남들보다 더 오랜 시간, 쉬지 않고 일하는 것뿐이었다. 그래도 가난을 벗어나는 건 쉽지 않았다. 그녀의 꿈속엔 마을 앞을 지나던 신작로와 지푸라기로 엮은 지붕을 뒤집어쓰고 있던 마을의 집들이 자주 나타나곤 했다. 이상하게도 꿈속에선 마을의 풍경이 늘 황금빛을 띠고 있었는데, 그 이유는 꿈속에서의 시간이 언제나 해가 지는 저녁 무렵이기 때문이었다. 눈이 부실 만큼 환하게 빛나는 지붕들은 한결같이 손에 닿을 만큼 낮았고 도로에선 황금빛 먼지가 일었다. 잠에서 깨어날 때면 그녀는 자신도 모르게 가슴이 먹먹해질 만큼 그리움에 잠겨 있기 일쑤였다.

14

삼월이 되자, 다친 부위가 한결 나아져 그녀는 조금씩 걸어다닐 수 있게 되었다. 저녁 무렵, 그녀가 병원 앞에 있는 공원을 한 바퀴 돌고 돌아왔을 때, 뜻밖에 의사가 면회를 와 있었다. 그녀는 환자복을 입고

화장도 안 한 채 맨얼굴로 자신의 모습을 보이는 게 부끄러웠지만 의사
의 얼굴을 보는 순간 오랜 연인을 다시 만난 것처럼 반가웠다. 의사는
그녀를 처음 병원에 소개해줬던 여자연기자를 통해 우연히 소식을 들
었다며 왜 연락을 하지 않았느냐고 그녀를 원망했다. 그녀가 그냥 걱정
을 끼치고 싶지 않아서 그랬다고 대답하자 그는 지금이라도 자신이 근
무하고 있는 큰 병원으로 옮길 것을 권했다. 하지만 그녀는 지금 있는
병원이 딸의 집에서 가깝고 또 머지않아 퇴원을 할 거라며 그의 제안을
정중히 거절했다.

두 사람은 병원 뜰 앞의 의자에 앉아 얘기를 나눴다. 진입로 옆 화단
에 있는 백목련은 머지않아 피울 꽃망울을 위해 가지 끝에 물기를 모으
고 있었다. 꽃을 바라보는 동안 그와 보냈던 지난 가을의 추억들이 고
스란히 되살아났다.
　—전에 그 자살한 여학생에 대해 물어보셨죠?
의사가 말했다.
　—네. 맞아요.
그녀가 갑자기 생각난 듯 고개를 끄덕였다.
　—제가 친구들한테 수소문을 해서 그 여학생 이름을 알아냈어요.
서른 살에 자살을 했고 살아 있더라도 이미 그들과 비슷한 또래였을
그녀를 의사는 계속 여학생이라고 지칭했다.
　—이름이 뭔데요?
그녀는 갑자기 알아서는 안 될 비밀과 마주한 것 같은 섬뜩한 기분에

사로잡혔다.

—유소영이래요.

의사가 짧게 대답했다.

—유, 소영요?

—네, 아는 이름인가요?

—아뇨, 흔한 이름 같긴 한데 처음 들어봐요.

그녀는 잠시 고개를 갸우뚱하며 의사를 바라보다 그가 왠지 평소와 다르게 활기를 잃은 것 같은 느낌을 받았다. 그러고 보니 살도 빠진 것 같고 어딘가 초췌해 보이기도 했다.

—그런데, 그 여자 이름을 어떻게 알았어요?

—그때 그 여학생하고 같이 어울리던 친구들한테 다 연락을 해봤는데 이름을 기억하는 친구가 아무도 없었어요. 하긴, 파트너였던 나도 기억을 못했으니까…… 그러다 얼마 전 미국의 한 대학에 연구직으로 가 있는 친구한테 전화가 왔거든요. 그때 그 친구도 같이 어울려다녔던 생각이 나서 그 여학생의 이름을 물어보니까 다행히 기억을 하고 있더군요.

—그 사람은 어떻게 기억을 하고 있었대요?

—나도 궁금해서 물어봤더니 삼십 년 만에 고백을 하는 거라면서 실은 자신이 그 여학생을 좋아했대요.

—그랬어요?

그녀가 뜻밖이라는 듯 쳐다보았다.

—네. 그런데 내가 파트너였기 때문에 그냥 혼자서 가슴앓이를 한

거죠.

—그럼, 친구분도 그 여자가 죽은 걸 알고 있었나요?

—네, 나중에 생각해보니까 그 여학생이 자살했다는 걸 가르쳐준 것
도 바로 그 친구였어요.

—그랬군요.

그녀는 고개를 끄덕이다 문득 의사를 쳐다보며 물었다.

—요즘 무슨 일 있었어요?

—아니, 왜요?

—좀 피곤하신 것 같아서요.

—아마, 봄을 타서 그런가봐요.

의사가 웃으며 대답했지만 그녀는 그가 뭔가 속마음을 감추고 있다
는 느낌을 받았다.

—그런데 친구 분은 어떻게 알았대요? 그 여자랑 뭔가 다른 관계가
있었나요?

—글쎄, 그건 잘 모르겠어요. 나도 좀더 자세히 물어보려고 하는데
그 친구가 더이상 얘기하는 걸 꺼려하는 것 같아서……

의사가 돌아가고 난 뒤, 그녀는 늦은 저녁을 먹고 병실에 혼자 앉아
드라마를 보며 머릿속으로 유소영이란 이름을 되뇌었다.

의사의 친구는 유소영이란 여자의 죽음과 어떤 관계가 있는 걸까?

이런저런 생각을 하며 텔레비전을 보던 그녀는 문득 자신이 교통사
고가 일어나기 얼마 전부터 생리가 멈췄다는 사실을 깨달았다. 몇 년

전부터 친구들은 이미 폐경이 시작되었다는 얘기를 들어왔고 자신도 조만간 폐경기를 맞을 거라는 생각을 하고 있긴 했지만, 결국 닥치고야 말았구나, 하는 깨달음에 그녀는 뒤통수를 한 대 얻어맞은 기분이었다. 최근에 꿈을 많이 꾸고 잠을 잘 이루지 못했던 이유가 그 때문인지도 몰랐다. 사고가 나기 전까지 비교적 건강한 편이었던 그녀도 이제는 다른 친구들처럼 폐경기 클리닉에 등록을 하고 골다공증을 예방하기 위해 에스트로겐 주사를 맞으러 다녀야 할지도 모를 일이었다. 그녀는 여성으로서의 생식능력을 상실한 채 인생의 삼분의 일을 살아가야 하는 자신의 인생이 갑자기 낯설게 느껴졌다. 하나님은 어째서 여자에게 생리가 멈춘 다음에도 인생이 계속되도록 허용한 걸까? 그녀는 앞으로 남은 삶이 주기적으로 생리를 해오던 지금까지의 삶과는 뭔가 다른 종류의 것일 거라는 생각이 들었다.

다음날 오후, 대학동창 중의 한 명이 졸업앨범을 가지고 병원에 들렀다. 그녀는 병원에서 얼마 떨어져 있지 않은 곳에 살고 있었다.

―고마워, 너 바쁜데 괜히 오라고 한 거 아냐?

그녀가 미안하다는 듯 앨범을 받아들며 말했다.

―바쁘긴 뭐가 바빠? 요즘은 누가 나 일 좀 시켜줬으며 좋겠다.

대학동창은 아직 쌀쌀한 날씨임에도 불구하고 하얀 시폰 블라우스 위에 얇은 청색 재킷을 입고 있었다. 그녀가 그렇게 입고 춥지 않으냐고 물어보자 동창은 춥기는커녕 달리 열을 식힐 데가 없어 걱정이라고, 어디 몸 좀 식혀줄 남자 없느냐고 농담을 했다. 그녀의 남편은 사십대

중반에 뇌졸중으로 쓰러진 후 더이상 일을 못하고 오랫동안 집 안에서만 지냈다. 그녀의 집에는 늘 방향제 냄새가 배어있었다. 그것은 그녀의 동창이 혹 남편의 몸에서 환자 냄새가 날까 우려한 때문이었다. 그녀가 찾아가면 동창의 남편은 창백한 얼굴로 소파에 앉아 텔레비전을 보고 있었는데 그의 무릎에는 언제나 모직으로 만든 무릎덮개가 덮여 있었다. 그러다 몇 년 전 남편이 죽고 난 후, 동창은 무거운 짐을 내려놓은 듯 순식간에 활기를 되찾아 그녀를 어리둥절하게 만들기도 했다.

그녀는 동창과 함께 앨범을 보았다. 두 사람은 아는 얼굴이 나올 때마다 탄성을 지르며 그들의 대학 시절을 추억했다. 그녀는 영문과 학생들 속에서 유소영이라는 이름을 찾아냈다. 이름을 확인하는 순간, 그녀는 이미 오래 전 죽은 사람의 얼굴을 보고 있다는 사실에 섬뜩한 느낌을 받았지만, 사진 속의 얼굴은 여느 학생들처럼 평범한 인상이었다. 쌍꺼풀이 없는 담백한 눈과 통통한 볼엔 모든 옛 모습이 그러하듯 촌스러운 인상이 남아 있었으며, 그녀의 얼굴 어디에서도 자살의 전조는 찾아볼 수가 없었다.

—영문과에 아는 애 있었어?

동창이 자신이 사온 딸기를 먹으며 물었다.

—아니, 그냥…… 너 혹시 이 여자 알아?

그녀가 유소영의 얼굴을 가리키며 물었다.

—누구, 유소영? 모르겠는데. 근데 이 여자는 왜, 아는 사람이야?

동창이 고개를 갸우뚱하며 되물었다.

─이 여자가 자살했대.

그녀는 자신도 모르게 혼잣말처럼 중얼거렸다.

─자살? 왜?

─몰라. 아주 오래된 얘기야.

─그럼, 희숙이가 알지도 모르겠다. 윤희숙이라고 있잖아. 내 고등
학교 동창. 걔 영문과에 다녔잖아.

─그래, 알지. 너, 희숙이란 친구 지금도 만나?

─그럼. 자주는 못 보지만 통화는 가끔 해. 걔 이혼하고 학원 하거
든. 선생만도 오십 명이 넘는다나봐.

─그럼, 유소영이란 여자에 대해서 아는 게 있는지 한번 물어봐줄
수 있어?

─그거야 어렵지 않지. 근데, 이 여자랑 너랑 무슨 관계가 있어?

─글쎄, 더이상은 묻지 말고 그냥 알아봐줘.

15

며칠 뒤, 의사가 다시 병원에 들렀다.

─그냥, 지나가다 들렀어요. 몸은 좀 어때요?

의사는 주위를 둘러보며 경계하는 듯한 표정을 지었다. 그녀는 의아
한 생각이 들었지만 짐짓 아무렇지 않은 듯 동창이 두고 간 앨범을 펼
쳐 의사에게 유소영의 사진을 보여주었다.

—어때요, 생각나요?

—네, 맞아요. 이 학생이네요.

의사가 무겁게 고개를 끄덕이며 대답했다.

—그런데, 왜 이 학생에 대해서 알려고 하세요?

—그냥 궁금해서요. 나랑 같이 학교에 다녔던, 나와 같은 나이의 여자가 도대체 무슨 이유로 자살을 했는지……

—통계를 보면, 사랑 때문에 자살하는 사람이 가장 많대요.

—그래요?

그녀가 재밌다는 표정으로 의사를 쳐다보았다.

—우리, 밖에 나가서 얘기 좀 할 수 있을까요?

의사는 뭔가 하고 싶은 말이 있는 듯 말꼬리를 돌렸다.

잠시 후, 두 사람은 병원 근처의 어느 카페에 마주 앉았다. 차를 날라온 종업원이 돌아가자 의사가 내뱉듯 말을 꺼냈다.

—저, 이번달에 병원 그만둘 거예요.

—왜요?

그녀가 레몬차를 마시다 말고 고개를 들어 그를 쳐다보았다.

—다음달에 미국에 가려고요. 그쪽에 우리 병원하고 관계가 있는 대학이 하나 있는데 마침 연구직 자리가 하나 비어서……

그녀는 그가 갑자기 미국으로 간다는 말에 적잖이 실망감이 들었다. 그녀는 잠시 침묵을 지키다 조심스럽게 물었다.

—혹시…… 저하고 관계가 있는 건가요?

—아뇨, 그렇지 않아요.

—그럼, 무슨 다른 일이 있었어요?

—그냥 쉬고 싶어서 그래요. 환자들하고만 있다보니 지치기도 하고…… 그는 테이블을 내려다보며 연신 손으로 머리를 쓸어올리다 잠시 후 조심스럽게 입을 열었다. 그녀는 계속 말해보라는 표정으로 의사의 얼굴을 쳐다보았다.

—요즘 나는 점점 괴물이 되어가고 있는 기분예요.

—무슨 소리예요, 그게?

그녀가 물었다.

—얼마 전에 병원에 한 여자애가 입원을 했어요. 교통사고로 들어왔는데 지금은 재활치료를 받고 있거든요. 그런데……

의사가 잠깐 머뭇대다 말을 이었다.

—아무래도 내가 그애를 좋아하고 있는 것 같아요.

그녀는 무슨 말을 해야 할지 몰라 레몬차를 한 모금 마시고 의사를 바라보았다.

—개는 몇 살인데요?

—열여섯 살예요.

그녀는 약간 어이없다는 듯한 표정으로 곤혹스러워하는 의사의 눈을 쳐다보았다.

—정말 미친 짓이죠. 그앤 내 아들보다 여덟 살이나 어리다고요.

그는 화가 나는 듯 손에 들고 있던 찻잔을 거칠게 내려놓았다.

—감정이란 건 자신의 의지대로 할 수 있는 게 아니잖아요.

그녀가 그를 위로하는 투로 말했다.

—그래도 이건 말도 안 돼요.

의사는 천천히 고개를 가로저으며 창밖을 내다보았다.

—하지만 그앤, 정말이지 너무 작고 사랑스러워요. 그애를 직접 본다면 내 말이 무슨 뜻인지 이해가 될 거예요. 그리고 그앤 부주의해서 자기 몸을 늘 나에게 너무 많이 보여줘요. 어떤 땐, 그애가 나를 유혹하고 있는 게 아닌가 하는 생각이 들 때도 있어요.

—그럴 리가 있겠어요?

그녀가 말했다.

—맞아요. 그럴 리가 없겠죠. 걘 너무 어리고 무지해서 자신이 얼마나 매력적인지조차 모르니까요.

테이블을 내려다보고 있던 그녀가 문득 고개를 들고 의사에게 물었다.

—그래서 미국으로 도망가겠다는 건가요?

의사는 말없이 쓸쓸하게 웃었다.

16

병실 문을 밀고 들어서는 촬영기사의 손엔 장미가 한 다발 들려 있었다. 그 옛날 그가 아파트 문을 두드릴 때 들고 있던 장미꽃이 떠올라 그녀는 자신도 모르게 표정이 굳어졌다. 그 동안 촬영기사는 수염을 말끔히 깎아 옛날 모습을 떠올리게 했다. 그는 쑥스러운 미소를 지으며 보조의자에 걸터앉았다. 이틀 전, 그녀는 외주업체 대표를 통해 그의 연락처를 알아냈다. 그녀가 전화를 걸자 그는 이미 그녀의 사고소식을 알고 있다고 했다. 그녀는 침대보를 뚫어지게 들여다보고 있는 그를 향해 물었다.

— 그때 우리에게 무슨 일이 있었던 거죠?

촬영기사가 들려준 이야기 역시 그녀가 알고 있는 것과는 전혀 다른 이야기였다.

별이 그녀의 몸 위를 지나 완전히 기울었을 때, 그녀는 서늘한 기운에 잠에서 깨어났다. 그리고 문득 거울을 통해 적나라한 자세로 누워 있는 자신의 알몸을 보았다. 자신의 작은 육체 위에 마른 꽃잎들이 흩어져 있었다. 촬영기사는 거실 바닥에 누워 잠이 들어 있었는데 그의 쪼그라든 성기에 정액이 하얗게 말라붙어 있었다. 그녀는 천천히 일어나 거울 앞으로 걸어갔다. 그녀의 머리에는 마른 장미 봉오리가 꽂혀 있었다. 갑자기 그녀는 자신의 육체가 추하게 느껴졌다. 늘어진 젖가슴과 주름 잡힌 배……

자신의 몸을 거울에 비춰 본 그녀는 가늘고 왜소한 그 육체가 자신의 것이라는 사실이 슬퍼졌다. 선악과를 먹고 난 이브처럼 갑작스레 부끄러움과 죄의식이 엄습해왔다. 거울에 비친 자신과 사내의 육체가 역겨워지자 그녀는 더이상 거울 앞에 서 있을 수가 없었다. 그녀는 화장실로 뛰어들어가 변기에 머리를 대고 먹은 것을 토해내기 시작했다. 거실에서 잠들어 있던 사내가 놀라 일어나 그녀에게 무슨 일이냐고 물었다.

그녀는 사내에게 나가라며 소리를 질렀다. 그가 어리둥절한 표정으로 쳐다보자 그녀는 미친 여자처럼 비명을 지르며 사내에게 달려들었다. 그녀는 빨리 자신의 집에서 나가라며 그의 등을 떠다밀었다. 겨우 옷을 꿰입고 나간 사내가 다음날 전화를 걸어왔지만 그녀는 전화를 받지 않았다.

며칠 뒤, 촬영기사가 다시 전화를 걸었을 때 그녀는 앞으로 다시는 전화를 하지 말라고 냉정하게 말했다. 그후 몇 달 동안 그녀는 사람을 만나는 게 두려워 집 안에만 틀어박혀 지냈다.

촬영기사의 애기가 끝났을 때 그녀가 진정 이해할 수 없었던 것은 그와 사랑을 나눴던 사흘간이 아니라 그후, 미친 여자처럼 달려들어 그의 등을 떠다밀었던 자신의 행동이었다. 사람들은 그녀에게 인생의 갖가지 사연에 달통한 플롯의 마술사라고 찬사를 보냈지만 정작 그녀 자신은 자기 인생의 플롯이 무엇을 말하고자 하는지 이해할 수 없었다.

그녀는 퇴원을 해 집으로 돌아왔다. 그녀의 집은 딸이 이미 깨끗하게 청소를 해놓았지만 겨우내 떠나 있던 집이 익숙지 않아 며칠 동안 마음이 불안했다. 잠을 자는 동안 이따금씩 목과 허리에 통증을 느껴 잠을 설치기도 했다. 몸의 상태는 조금씩 나아졌지만 그녀는 자신이 예전처럼 완전히 건강한 상태로 돌아갈 수 없으리라는 것을 알고 있었다. 그러기엔 나이가 너무 많았다.

딸은 가끔씩 아이를 데리고 놀러왔다. 그 동안 아이는 통통하게 살이 오르고 서툴게 몇 발짝씩 걷기도 했다. 그녀는 여전히 아이를 사랑했으

나 더이상 예전처럼 사랑의 감정이 충만해져 가슴이 벅차오를 만큼은
아니었다. 그녀는 자신이 그저 여느 할머니들처럼 아이에게 좋은 할머
니로서 도움이 되기를 바랐다.

집으로 돌아오고 난 며칠 뒤, 의사는 미국으로 떠난다며 공항에서 전
화를 걸어왔다. 그녀는 한동안 기분이 우울했다. 비록 의사를 깊이 사
랑한 것은 아니었지만 그로부터 버림받았다는 생각과 함께, 자신의 코
앞에서 벌어지는 일조차 이해하지 못하면서 그 동안 어떻게 그토록 많
은 드라마를 썼을까, 하는 부끄러움이 들기도 했다. 이제 플롯은 뒤엉
키고 그녀의 드라마는 갈 길을 잃고 말았다. 뒤늦게 찾아온 엉뚱한 모
성에 괴로움을 겪는가 하면 로맨스를 기대했던 남자는 떠나버리고 그
녀 자신은 이유도 알지 못한 채 죽은 동창의 흔적을 찾아다니고 있다.
그녀는 자신이 쓴 드라마가, 그리고 자신이 지나온 과거가 모두 의심스
러워졌다. 그녀는 누군가에게 진실을 묻고 싶었지만 대답해줄 사람은
아무도 없었다. 그녀는 침대에 걸터앉아 혼잣말처럼 중얼거렸다.
  난 죽어도 드라마를 이런 식으로 쓰지는 못할 거야.

17

  대학동창으로부터 전화가 걸려왔다. 그녀는 학원을 운영하는 친구를
통해 자살한 유소영에 대한 이야기를 들었다고 했다.

─알고 보니까 내 친구가 학교 다닐 때 유소영이란 여자하고 친했었대. 오히려 걔가 나한테 유소영을 어떻게 아느냐며 놀라더라.

─그래서?

─그 여자는 대학교 이학년 때 결혼했는데 삼 년쯤 같이 살다가 이혼했대. 아니, 결혼은 나중에 하고 처음엔 동거부터 시작했나 봐.

그녀는 가슴이 덜컥 내려앉는 기분이 들었다.

─그런데, 왜 이혼을 했대?

그녀가 물었다.

─그것까지는 몰라. 결혼하면서 내 친구하고도 연락이 끊어졌나봐. 그런데 몇 년 전에 길거리에서 우연히 걔 남편이었던 남자를 만났대.

─그럼, 그 남자하고 연락은 할 수 있는 거니?

─글쎄, 그건 한번 물어봐야겠는데……

전화를 끊고 나서 그녀는 유소영의 인생이 자신의 과거와 너무나 흡사하다는 데 놀랐다. 그녀는 불현듯 남편과 처음 동거를 시작했던 산동네가 떠올랐다.

동거를 시작한 지 일 년쯤 지났을 때 두 사람은 결혼식도 없이 동사무소에 가서 혼인신고를 했다. 그의 부모가 끝내 결혼을 반대했기 때문에 어쩔 수 없는 선택이었다. 당연히 그녀는 다니던 학교를 그만두었다. 비록 법적인 절차에 불과했지만 혼인신고는 그녀의 심경에 커다란 변화를 가져다주었다. 자신의 인생이 길을 잘못 접어든 게 아닌가 하는 불안감과 그녀가 꿈꾸던 삶으로부터 점점 멀어지고 있다는 초조함이 그녀를 예민하게 만들었다. 로맨스는 사라지고 가난한 일상이 시작된 것이다. 남편의 팔을 잡고 오르내리던 언덕길은 점점 더 팍팍하게 느껴졌고 언덕에 앉아 라디오를 듣고 있는 남편의 뒷모습은 한없이 무능해 보였다. 그녀가 그토록 달아나고 싶어했던 하층민의 삶이 그녀 앞에서 기다리고 있는 듯 했다.

그녀가 느꼈던 그런 절망감은 고스란히 남편을 향해 날아갔다. 급기야 그는 제발 자신을 몰아붙이지 말라고 소리를 질렀다. 두 사람이 다 툴 때마다 남편은 며칠씩 집을 나갔다 돌아오곤 했다. 혼자 밤을 지새우며 그녀는 자신이 왜 남편에게 그토록 심한 말을 했는지 후회했지만 그가 돌아오면 곧, 집을 나갔다는 걸 빌미로 더 심한 말다툼을 벌여 그로 하여금 다시 그길로 돌아서게 하는 일이 허다했다.

언젠가 평소보다 더 심하게 다투고 난 후, 남편은 집을 나가 보름이 넘게 집에 돌아오지 않았다. 그녀는 그가 이번엔 다시 돌아오지 않을 거라고 생각했다. 그에 대한 원망과 후회가 가득한 마음 한구석에선 차라리 잘된 일이라는, 서로 상처를 주며 힘들게 살아가느니 하루라도 빨리 헤어지는 게 낫다는 생각도 들었다. 그러나 보름 만에 남편이 돌아왔을 때, 그녀는 반가움과 미안함에 눈물이 울컥 쏟아질 뻔했다. 초췌해진 몰골로 돌아온 남편은 빨래도 제대로 못 해 입은 듯 몸에선 땀 냄새가 지독했다. 그는 언덕길을 올라오느라 숨이 차 문지방에 한동안 걸터앉아 있다 힘없이 말했다.

─나, 다음달에 미국에 갈 거야.

18

다음날, 동창은 다시 전화를 걸어왔다. 친구가 유소영의 전남편을 만났을 당시 그에게 받아둔 명함이 있다고 했다. 친구는 그 연락처가 맞는지 아직 확인을 해보지는 않았으며, 혹시라도 그 남자가 물어보면 절대로 자신이 가르쳐줬다는 얘기는 하지 말라고 덧붙였다고 했다. 그녀는 연락처를 받아 적으며 그러마고 약속을 했다. 동창은 탐정놀이라도 하는 양 신이 나서 더 알아봐줄 게 없냐고 물었다. 그녀는 전화번호가 적힌 메모지를 들여다보았지만 자신이 그 번호를 가지고 당장 무엇을 할지 알 수 없었다.

오월이 되면서 예년보다 높이 올라간 수은주는 곧 다가올 여름이 지독하게 무더울 것임을 예고하고 있었다. 어느 날 아침, 그녀는 여름옷을 꺼내기 위해 옷장을 정리하다 낯선 상자를 발견했다. 에어프랑스의 보잉여객기가 그려진 상자 안엔 모형비행기의 부품이 들어있었다. 그녀가 딸과 함께 살 때, 모형비행기만 만드는 사위가 얄미워서 몰래 숨겨놓은 것이었다. 사위는 새로 구입한 프라모델 키트를 찾느라 며칠 동안 온 집 안을 뒤졌지만 그녀는 끝내 모르는 체했었다. 그녀는 당시의 기억이 떠올라 자신도 모르게 쿡하고 웃음이 나왔다. 상자 안을 들여다보는 동안 그녀는 그 작고 조악한 플라스틱 조각들이 어떻게 상자의 사진처럼 우아한 비행기로 변신하는지 궁금했다. 그녀는 상자 안에 있는 설명서를 천천히 읽기 시작했다.

그날 오후, 그녀는 거실에 자잘한 부품을 잔뜩 늘어놓은 채 모형비행기를 조립하고 있었다. 부품을 하나씩 떼어내고 칼로 가장자리를 다듬은 다음 설명서대로 하나씩 조립해나가던 그녀는, 문득 자신이 점심도 거른 채 몇 시간째 엉뚱한 일에 몰두해 있는 것을 깨달았다. 하지만 접합핀에 부품을 하나씩 끼워맞출 때마다 알 수 없는 만족감에 가슴이 뿌듯해졌으며 배고픔 같은 건 아무래도 상관없다는 생각이 들었다.

날이 어두워질 때까지도 그녀는 혼자서 프라모델을 붙들고 씨름을 하고 있었다. 조립은 점점 더 복잡해졌다. 아무리 들여다봐도 그게 그거 같은 부품들을 꿰맞추는 동안 오금이 저리고 눈이 아파왔다. 그녀는 조금씩 지쳐갔다. 그리고 조립을 시작한 지 열두 시간쯤 지났을 때 그녀는 완전히 녹초가 되었다. 그녀의 눈앞엔 도무지 어디에 끼워맞춰야 하는지 알 수 없는 부품들이 잔뜩 쌓여 있었다. 그녀는 상자 표면에 그려진 비행기 그림과 자신이 얼기설기 꿰맞춘 모형을 번갈아 들여다보며 한숨을 길게 내쉬었다. 조립품은 자신의 인생처럼 아귀가 맞지 않아 도무지 무얼 만들려고 했는지 알 수 없는 지경이었다. 그녀는 부품을 한쪽으로 밀어놓고 소파에 기대 씀벅거리는 눈을 감았다. 그리고 잠시 후, 딸의 집으로 전화를 걸었다.

그녀의 사위가 반바지 차림으로 집에 온 것은 열두시도 넘은 시각이었다. 사위는 거실 한복판에 늘어놓은 프라모델의 부품을 발견하고 어리둥절한 표정을 지었다. 그는 잔뜩 지친 표정으로 서 있는 그녀와 프라모델을 번갈아 쳐다보다 입을 떼었다.

—어쩐 일로 이 시간에……

그러자 그녀는 그의 입을 틀어막듯이 다급하게 말했다.

—제발 아무것도 묻지 마. 그냥 자넨 나를 좀 도와주면 돼.

그녀는 자신도 모르게 사위 앞에서 울상을 짓고 있었다. 그녀는 계속 말했다.

—아무리 해도 이걸 맞출 수가 없어. 이건 정말이지 너무 복잡해.

사위는 잠시 그녀를 바라보다 무슨 말인지 알겠다는 듯 고개를 끄덕이며 프라모델 앞에 자리잡고 앉아 노련한 기술자처럼 설명서를 훑어보았다. 그리고 말없이 그녀가 애써 꿰맞춘 부품들을 하나씩 해체해나가기 시작했다.

그녀의 사위가 조립에 열중해 있는 동안 그녀는 주방에서 커피를 끓여왔다. 사위의 목에선 굵은 땀방울이 흘러내렸다. 그는 부품과 설명서를 비교해보며 뭔가를 골똘히 궁리하기도 했고 신중한 손놀림으로 접착제를 바르기도 했다. 조립을 하는 동안 이따금씩 그녀를 돌아보며 순한 미소를 짓기도 했다.

—제가 이걸 조립하는 동안 장모님은 사포로 여기를 매끄럽게 다듬어주세요. 여기가 거칠면 조립을 해놔도 아귀가 잘 안 맞거든요.

그는 그녀에게 부품과 사포를 건네주었다. 사위 옆에 앉아 사포질을 하면서 그녀는 사위가 알고 보면 꽤나 괜찮은 면이 많은 사람이라고 생각했다. 우선 그의 과묵한 점이 마음에 들었으며, 사사건건 비판적인 자신에 비해 언제나 유보적인 태도를 가진 그가 훨씬 너그러운 사람이라는 생각도 들었다. 사위는 프라모델을 조립하면서 그 과정을 그녀에게 자세하게 설명해주기도 했다.

—접착제를 바를 때는 밖으로 나오지 않게 이렇게 안으로 바르시면 되고요. 이쪽엔 마커로 먹선을 넣어줘야 되거든요. 그리고 옆으로 삐져 나온 선은 면봉에 라이터기름을 묻혀서 닦아주면 돼요. 혹시 라이터기름 같은 게 있나요?

—그런 건 없는데……

—그럼, 매니큐어 지울 때 쓰는 아세톤 같은 것도 없어요?

—그건 있을 거야. 한번 찾아볼게.

새벽 네시가 지날 무렵, 두 사람은 조립을 모두 마치고 표면에 도색을 하고 있었다. 비행기는 상자 표면의 그림처럼 완벽한 모양을 갖추고 있었다.

—이제 색을 칠하고 스티커만 붙이면 끝이에요. 어때요, 이것도 쉽진 않죠?

—당연히 그렇겠지. 세상에 쉬운 일이 어디 있겠어?

그녀는 붓질을 하는 사위를 보며 쑥스러운 미소를 지어 보였다.

이틀 후, 마침내 그녀는 동창이 가르쳐준 번호로 전화를 걸었다. 그는 죽은 동창생, 유소영의 전남편이었다. 그녀는 그의 이름을 머릿속에 되뇌며 망설임을 밀어내듯 전화기 버튼을 힘주어 꾹꾹 눌렀다. 몇 번의 신호가 울리고 한 여자가 전화를 받았다. 여자의 목소리는 마치 봄 하늘의 공기처럼 가벼웠다.

—여보세요?

그녀는 기대치 않은 여자의 목소리에 잠깐 당황했다.

—거기 윤명구씨 계세요?

그녀는 차라리 그녀가 찾는 사람이 없어 자신의 이 엉뚱한 호기심이 종결되기를 바랐다. 그러나 여자가 곧바로 물어왔다.

—어디신데요?

—네. 그냥 아는 사람인데요.

세상에는 호칭 하나로 설명할 수 없는 관계가 얼마나 많은가. 그녀는 당장이라도 전화를 끊어버리고 싶은 마음을 억누르며 대답했다.

—잠깐만 기다려 보세요.

여자가 자신 없는 투로 대답했다. 그녀의 목소리는 더욱 가벼워져 수화기를 통과하는 순간 공기중에 곧 흩어져버릴 것 같았다. 잠시 후, 한 남자가 전화를 받았다.

—네, 윤명굽니다.

남자의 목소리는 뜻밖에 밝고 힘이 있어 그녀는 무슨 말을 꺼내야 할지 생각이 나지 않았다.

—여보세요?

남자가 차분한 목소리로 이쪽의 대답을 채근했다.

—저, 유소영이란 사람 아시죠?

그녀가 말했다. 수화기 저편에서 침묵이 흘렀다.

—누구신데요?

잠시 후, 남자가 물었다.

—저는 소영이 친구예요.

그녀는 미리 준비해둔 말을 꺼냈다. 하지만 남자는 딱딱하게 되물었다.

—그런데요?

—제가 외국에 가 있느라 연락이 끊어졌다 얼마 전에 얘기를 들었어요.

그녀가 말을 해놓고 잠시 남자의 반응을 기다렸다. 남자는 말이 없었다.

—그냥, 얘기 좀 나눌까 해서요. 학교 다닐 때 소영이랑 친했거든요.

—전 할 얘기 없습니다. 너무 오래된 일이라 기억나는 것도 없고요.

남자의 목소리는 딱딱하게 굳어 있었다. 그녀는 왠지 그의 목소리에서 희미한 원망이 느껴졌다.

—실례지만 두 분이 왜 이혼하셨는지 여쭤봐도 돼요?

그녀가 내친 김에 밀고 나갔다. 그가 대답을 안 해줘도 상관없다는 심정이었다. 과연 남자는 대답이 없었다.

─죄송해요. 그냥 소영이에 대한 이야기를 듣고 싶어서 그래요. 아무 얘기나……

─제가 지금 바빠서 오래 통화를 할 수가 없거든요. 이만 끊을게요.

남자가 그녀의 말꼬리를 잘랐다.

─그럼, 제가 연락처를 가르쳐드릴 테니까 나중에라도 전화해줄 수 있어요?

그녀가 다급하게 말했다. 남자가 잠깐 망설이다 물었다.

─몇 번예요?

그녀는 자신의 집 전화번호를 불러준 뒤 전화를 끊었다. 그가 전화를 해올 거라는 기대는 없었다. 그의 목소리를 들은 것 말고는 유소영에 대한 이야기는 아무 진전도 없는 셈이었다.

미국에 간 의사로부터 전화가 걸려왔다. 그는 지금 잘 지내고 있으며 모처럼 한가한 시간을 보내고 있다고 했다. 그리고 혹시 기회가 된다면 미국에 꼭 한번 놀러오라는 얘기도 했다. 그녀는 그러마고 대답을 했지만 정작 그녀는 한 번도 외국에 나가본 적이 없었다. 의사의 전화를 받고 그녀가 샤워를 마치고 나왔을 때 다시 전화가 걸려왔다. 그녀가 전화를 받자 남자의 목소리가 흘러나왔다.

─저 윤명구라고 하는데요……

그녀는 낯선 이름에 멈칫했지만 곧 목소리의 주인공이 얼마 전 그녀가 전화했던 유소영의 전남편이라는 것을 알아챘다.

─네. 전화해줘서 고마워요.

―시간이 별로 없어서 오래 통화하진 못할 것 같습니다. 무슨 얘기가 듣고 싶으신 거죠?

―저, 그러지 말고 한번 만나 뵐 수 있을까요?

―아뇨. 그러고 싶지는 않습니다.

―그럼……

그녀는 뭘 물어봐야 할지 몰라 잠시 망설이다 입을 열었다.

―소영이 죽은 거, 왜 그랬는지 혹시 아세요?

―아뇨. 그땐 저도 그 여자하고 연락이 끊어져서 당시 어떤 상태였는지 잘 몰라요.

―혹시 소영이한테 다른 남자가 있었나요? 그래서 둘이 헤어진 건가요?

남자는 대답이 없었다. 그녀는 자신의 예감이 맞았다는 생각이 들었다.

―그럼, 소영이가 죽었을 때 누구 다른 사람하고 같이 살고 있었나요?

―아뇨. 혼자 살았어요.

―소영이를 사랑하셨나요?

그녀의 입에서 자신도 모르게 질문이 튀어나왔다. 남자는 이번에도 침묵을 지켰다. 그녀는 남자의 대답을 기다렸다. 잠시 후, 남자가 입을 열었다.

―그때, 우린 가난했어요.

그녀는 그가 계속 말을 할 수 있도록 입을 다물었다.

—그래서 난 늘 미안한 마음이었죠. 그런데 그걸 제대로 표현하지 못하다보니 결국 싸움이 되곤 했어요.

남자의 얘기를 듣는 동안, 그녀의 몸 속 깊은 곳에서 조그만 진동이 시작되고 있었다.

—우린 둘 다 철이 없었던 것 같아요. 인생에서 중요한 게 뭔지 잘 몰랐죠.

—혹시, 살던 데가 어디예요?

그녀가 목울대를 밀고 올라오는 진동을 억누르며 물었다.

—소영이가 다니던 학교 바로 옆 동네예요. 처음엔 소영이도 학교를 계속 다닐 생각이었으니까요.

—학교 옆 산동네를 말하는 건가요?

—네, 맞아요.

—그럼, 학교 옆의 언덕길을 따라서 걸어올라갔겠군요.

—네.

—둘이 손을 잡고 언덕길을 따라 올라가다 보면, 멀리 학교 앞 거리가 내려다보이지 않았어요?

그녀의 목소리가 조금씩 떨리고 있었다. 무언가가 바람처럼 부드러운 힘으로, 그녀의 등을 천천히 떠다밀고 있었다. 남자는 잠깐 망설이다 물었다.

—혹시 저하고 만난 적이 있던가요?

—아니요. 언젠가 소영이가 그랬어요. 밤에 혼자 나와서 언덕 밑을

내려다보면 시내의 자잘한 불빛들이 뭔가 재밌는 얘기들을 소곤거리고 있는 것 같다고.

　―맞아요. 소영이는 언덕에 앉아 있는 걸 좋아했죠. 집이 워낙 좁았기 때문에 둘이 있는 것도 답답해했거든요. 밤에 자다 깨서 나가보면 소영이가 언덕에 혼자 앉아서 멍하게 불빛을 내려다보곤 했어요.

　몸 안의 진동이 점점 더 넓게 번져나갔다. 마침내 자신도 모르게 떨리는 목소리가 밀려나왔다.

　―그러면 당신은 슬그머니 다가와 내 옆에 앉아 담배를 피워물었죠? 나는 담배를 피우지 않았지만 밤공기에 실려오는 당신의 담배연기를 좋아했고요? 그랬죠? 그렇지 않았어요?

　어느새 그녀는 울고 있었고 남자는 대답이 없었다. 두 사람은 오랫동안 말없이 수화기를 들고 있었다.

20

　어느 날, 그녀는 카페에 앉아 있었다. 그녀는 한 남자를 기다리고 있었다. 그들은 이틀 전 전화로 대화를 나눴다. 그는 자살한 동창생의 두번째 남자였다. 그의 전화번호를 가르쳐준 것은 그녀와 전화로 이야기를 나눴던 동창생의 전남편이었다. 두번째 남자 역시 처음에는 동창에 대한 얘기를 하고 싶어 하지 않았다. 그러나 그녀의 끈질긴 설득 끝에 결국 약속을 잡았던 것이다. 소영은 결국 그 남자로부터도 떠났다고 했다. 그녀는 도대체 무엇을 찾아 떠났던 것일까. 그녀의 드라마는 어디로 이어질지 알 수 없었다.

시계를 보니 약속시간이 삼십 분이나 지나 있었다. 그녀는 지나가는 종업원에게 차를 주문하고 창밖을 내다보았다. 날씨가 너무 더운 탓인지 거리엔 오가는 사람이 별로 없었다. 세상은 햇볕에 한껏 달구어진 사물들이 녹아내려 서로의 경계가 흐려진 느낌이었다.

남자는 아직 나타나지 않았다. 그녀는 그가 끝내 나타나지 않을지도 모른다고 생각했다. 그녀는 카페 안을 둘러보다 벽에 걸려 있는 모형비행기를 발견했다. 그녀가 얼마 전 사위와 함께 만든 비행기와 같은 모양이었다. 그녀는 한 번도 비행기를 타본 적이 없었다. 워낙 돌아다니길 싫어하는 체질인데다 마땅한 기회가 없어 그 흔한 제주도도 한번 가보지 못했다. 모형비행기를 바라보며 그녀는 비행기를 한번 타보고 싶다는 생각이 들었다.

그런데 비행기를 타고 어디로 가지? 미국? 그래, 어쩌면 여름이 지나가기 전에 미국에 갈 수도 있을 것이다. 미국에 가면 의사를 다시 만날 수도 있다. 그는 그녀에게 미국에 꼭 한번 놀러오라고 말했었다. 요즘은 미국에 가는 것을 마치 지방에 잠깐 다녀오는 것처럼 생각하는 사람들도 많다. 그곳에서 의사와 뭔가 일이 생길지도 모른다. 혼자 가는 게 내키지 않는다면 딸과 함께 갈 수도 있다. 딸은 미국유학을 다녀왔기 때문에 여행을 하는 데 많은 도움이 될 것이다. 미국에 간다면 전남편이 묻혀 있는 미니애폴리스를 가볼 수도 있다. 그러면 그의 묘지 앞에 작은 꽃다발을 갖다놓을 수도 있을 것이다.

그녀는 전남편이 왜 그렇게 머나먼 땅에서 외롭게 떠돌며 살았는지 여전히 이해할 수 없었지만 그게 혹시 자기 때문이었다면 이제는 자신을 용서해달라고 말하고 싶었다. 그리고 둘이 함께한 시간들이 비록 고통스럽고 힘들었더라도, 그래서 함께 늙어가는 기쁨을 가지진 못했더라도, 팔짱을 끼고 산동네를 향해 올라가던 그 순간, 우리는 서로 사랑하지 않았었냐고, 그렇다면 결국 상대로 인해 인생을 낭비한 것만은 아니잖냐고 말하고 싶었다. 그녀는 미국에 간다는 생각에 마음이 들떠 찻잔을 자주 들었다놓곤 했다.

이제 남자가 나타날 거라는 기대는 사라졌다. 그녀는 그가 나타나지 않더라도 상관없다는 생각이 들었다. 자신이 찾고 있던 게 무엇인지 희미하게나마 알 것도 같았다. 그녀는 자신의 삶이 끊임없이 변화하고 있어 결국 어떤 드라마로도 설명할 수 없는 이야기가 되어버렸다는 것을 깨달았다. 그리고 그 변화는 그녀를 어디론가 데려다줄 터였다. 그녀는 그곳이 어디인지 궁금했으며 빨리 시간이 지나가 그곳에 도착하기를 바랐다. 그녀가 다시 창밖을 내다보았을 때 거리의 상점들은 하나 둘 불을 켜고 있었다.

다방 문을 여는 순간 안에서 귀를 찢을 듯한 소음이 들려왔다. 무슨 소린가 싶어 귀를 기울여보니 디제이박스 안에서 나는 기타 소리였다. 입구에서 힐끗 쳐다보니 디제이 형이 앰프에 선을 연결해서 기타를 치고 있었다. 그는 어깨끈까지 멘 채 자리에서 일어나 그 멋진 머리를 흔들어대며 연주에 몰입해 있었다. 팽팽한 가죽바지 위로 기타를 길게 늘어뜨리고, 피크를 쥔 손은 지판 위를 마구 달리고 있었다. 순간, 나는 긴장했다. 디제이 형이 기타를 치다니! 손가락 관절이 다 부서져 무공을 폐했다는 그 전설의 무림고수가 드디어 칼을 뺐구나, 싶어 나는 조용히 소리에 귀를 기울였다.

그해 이른 봄, 나는 아침 아홉시만 되면 어김없이 집에서 자전거를 타고 나와 전철역 앞에 있는 음악다방으로 갔다. 그것은 손님이 없는 시간을 이용해 디제이박스 안에서 음악을 듣기 위해서였는데 이는 그 다방의 디제이이자 주인(이라고 알고 있었지만 진짜 주인은 따로 있다는 소문도 있었다)이었던 디제이 형의 배려로 가능한 일이었다. 대신 디제이박스 안의 청소와 음반 정리는 내 몫이었다. 디제이박스는 다방 입구 왼쪽 맞은편 한가운데 자리잡고 있었는데, 앞쪽 유리에는 그룹 키스의 로고가 유치하게 반짝거렸고 수만 장의 엘피판이 한쪽 벽면을 가득 채우고 있었다.

나는 앨범 재킷에 쓰인 문구를 꼼꼼히 읽어보며 헤드폰을 끼고 내가 듣고 싶은 음악을 마음껏 들었다. 오전에는 다방에 손님이 거의 없었기 때문에 내가 무슨 음악을 듣건 신경쓰는 사람이 아무도 없었다. 아무것도 가진 것 없는 스무 살의 나에겐 그것이 분명 대단한 호사였을 것이다.

이제 와 돌이켜보면, 오! 그 시간들은 어찌나 감미로웠던지! 오랜 시간이 흘러 그 도시로부터 멀리 떨어진 곳에 있을 때에도 우연히 어디선가 레드 제플린이나 닥터 훅, 플리트우드 맥 등 당시에 들었던 음악이 흘러나오면 나의 머릿속엔 어김없이 그 다방의 쓸쓸하고 텅 빈 아침 풍경이 불현듯 떠오르곤 했다.

디제이 형은 파마한 머리를 어깨 위로 길게 늘어뜨리고 다녔는데 절대로 빗질을 하는 일이 없었다. 그 형이 추구한 헤어스타일로 말하자면, '난 헤어스타일 따위에는 신경쓰지 않아. 머리야 그냥 지들이 알아서 흘러내리는 대로 놔두면 되는 거 아냐?' 스타일이었으므로 절대로 빗질을 한 흔적이 남거나 뭔가 인공적인 손질을 가한 표시가 나면 안 되었기 때문이었다. 머리에 손을 대는 유일한 순간은 머리를 감은 후 볼펜으로 머릿결을 따라 몇 번 훑어내릴 때뿐이었는데 최대 열 번을 넘지 않는 그 동작은 종교의식처럼 대단히 엄숙하고 신중하게 이루어졌다. 그는 자신이 레드 제플린의 기타리스트였던 지미 페이지를 닮았다고 생각했으며, 우리도 대충 그렇게 인정해주고 있었다.

여기서 '우리' 란 고등학교를 졸업했지만 성적이 어정쩡하거나 집안 형편이 어정쩡해 대학은 근처에도 못가고, 어정뜬 나이 때문에 군대에도 못 가고 취직도 못 한 채 그저 다방에 죽치고 앉아 어정쩡한 음악을 들으며 시간을 죽이던 바로 그 다방의 어정쩡한 '죽돌이' 들을 가리킨다. 물론, 나를 포함해서 말이다. 그러니까 우리는 그냥 단체로 어정쩡한 어정뱅이들인 셈이었는데 돈도 없고 여자도 없고 소속도 없다보니 오후가 되면 하나 둘씩 다방의 구석자리에 모여들어 여종업원의 끈질 긴 눈총에도 커피 한 잔 안 시켜먹는 두꺼운 낯짝을 과시하며 '한참 듣 다보면 어느샌가 말한 상대를 죽여버리고 싶어지는 농담'이나 주고받 으며 시간을 죽이다, 다방에 손님이 늘어나면 들어올 때처럼 다시 아무 런 흔적도 없이 슬그머니 사라지는 도시의 유령 같은 존재였다. 그랬 다. 1982년의 우리는 그렇게 의미 없이 스무 살을 지나보내고 있었다.

디제이박스 안에는 기타가 하나 걸려 있었다. 그것은 디제이 형이 가 장 아끼는 보물1호였는데 헤드 부분이 F자 모양으로 멋진 곡선을 이루 고, 바디 아래쪽에 '펜더(Fender)'라는 글씨가 박혀 있는 전자기타였 다. 그는 디제이박스 안에서 틈만 나면 기타를 꺼내 깨끗한 수건으로 정 성 들여 닦곤 했다. 그리고 어떤 기타리스트가 펜더를 사용하고 또 어떤 기타리스트가 깁슨을 사용하는지 소상히 알고 있었으며, 깁슨과 펜더 의 소리가 어떤 차이가 있는지 직접 판을 틀어주며 우리에게 비교해주 기도 했다. 예컨대, 지미 핸드릭스나 제프 벡 같은 록 아티스트들은 주 로 펜더를 사용하고 씨씨알이나 비비킹 같은 정통 블루스 아티스트들 은 깁슨을 사용하는데, 펜더는 감각적이고 모던한 느낌을 주는데 비해 깁슨은 따뜻하고 고전적인 분위기를 낸다는 식이었다. 그는 또한 깁슨 이 가격도 더 비싸고 소리도 훌륭하지만 자신은 펜더를 선호한다며, 그 것은 순전히 취향의 문제일 뿐 우열을 가릴 문제가 아니라고도 했다.

그때 디제이 형의 입에서 흘러나온 '취향'이란 단어가 어찌나 우아하 고 향기롭게 느껴졌던지! 우리는 모두 비싼 중국음식점에서 차려낸, 듣도 보도 못한 청요리 앞에 교련복을 입고 나란히 앉아 있는 기분이었다.

취향을 갖는다는 건 얼마나 멋진 일인가! 그것은 여러 보기 가운데 반드시 하나의 정답만을 골라야하는 사지선다의 세계와는 차원이 다른 세계였다. 그것은 틀릴 것을 두려워하지 않아도 되는 공평하고 무사(無私)한 세계였으며 믿기에 따라선 내가 찍은 게 다 정답이 될 수도 있는 너그럽고 당당한 세계였다. 우리는 디제이 형을 바라보며 역시 '강호는 넓고 고수는 많구나', 하는 깊은 깨달음과 함께 그에 대한 존경의 염이 지나쳐 당장 그 앞에 무릎을 꿇고 제발 우리를 제자로 삼아달라고 간청하고 싶을 정도였다.

어쨌든, 우리 가운데 두 명기의 차이를 구분해낼 만큼 악기에 대한 이해가 깊은 사람은 단 한 명도 없었지만 그날 이후 우리들의 취향은 모두 자연스럽게 펜더 쪽으로 결정되었다. 그 다음부터 음악이 나올 때마다 우리는 제법 진지한 얼굴로, '이거 깁슨이지?' '아냐, 펜더야' 하는 따위의 시비를 자주 벌였고 그때마다 디제이 형이 나타나 결론을 내려주었다. 그리고 어떤 때는, '이건 깁슨도 아니고 펜더도 아니고 야마하야' 라고 해서 우리 모두를 무색하게 만들기도 했다.

한 가지 유감스러운 점은 우리들 가운데 누구도 디제이 형이 기타 치는 모습을 본 사람이 없다는 것이었다. 소문에 의하면, 디제이 형이 젊은 시절엔 이름만 대면 누구나 알 만한 그룹에서 연주를 했는데 과거에 어떤 불미스러운 일로 인해서 손을 못 쓰게 되어 지금은 연주를 안 한다고 했다. 그 불미스러운 일이란, 역시 또 알려지지 않은 어떤 불미스러운 일로 인해 디제이 형이 라이거파에게 끌려가 집단 린치를 당한 끝에 그들이 디제이 형의 손을 책상 위에 올려놓고 망치로 손가락 관절을 하나씩 차례로 부수어놓았다는 거였다. 이 때문에 손가락을 전혀 못 쓰게 되었는데 그들이 그렇게 한 이유는 그것이 악기를 다루는 사람에게 가장 적절한 페널티라고 생각했기 때문이었다. 진원지는 명확치 않았지만, 그 얘기를 처음 들었을 때 나는 손가락이 망치에 짓이겨지는 끔찍한 장면을 상상하며 몸서리를 쳤다.

당시 라이거파는 그 동네에서 가장 악명이 높던 일종의 깡패조직이었고 우리 사이에선 언제나 그들에 관한 소문이 무성했다. 예컨대, 우리들이 죽치던 다방의 바로 옆 당구장에 얼마 전 라이거파 조직원 세 명이 손도끼를 들고 들어가, 그 동네에서 두번째로 악명 높은 조직인 역전파 조직원 십여 명을 작살냈다는 얘기 따위가 그런 거였다. 우리는 다시 한번 라이거파의 잔인함과 무자비함에 치를 떨며, 다른 조직도 아니고 하필이면 그 무서운 라이거파와 악연을 맺은 디제이 형의 불운함에 대해 안타까워했다.

디제이 형의 인생에 있어서 그것은 분명 가장 커다란 불행이었을 것이다. 만일 그 형이 기타를 제대로 연주할 수만 있었다면, 그래서 그 멋진 머리를 휘날리며 무대에 설 수만 있었다면! 우리는 그 형이 조용필을 능가하는 대한민국 최고의 뮤지션이 됐을 거라 믿어 의심치 않았으며, 개나 소나 다 칠 수 있는 그깟 기타 하나 못 친다는 이유로, 그런 사소하고 하찮은 이유로, 이미 완벽한 준비를 갖춘 한 청년이 뮤지션이 될 수 없다는 현실에 분개하기도 했다.

그 다방에는 키가 크고 눈이 약간 튀어나와 약간 놀란 듯한 표정을 하고 있는 여자 종업원이 한 명 있었다. 우리들은 그녀에게 '개구리'라는 별명을 붙여주었는데, 내가 아침에 다방 문을 열고 들어가면 그녀는 대개 테이블을 닦거나 바닥을 쓸고 있었다. 그러다 청소가 끝나고 나면 창가에 턱을 고이고 앉아 발을 까딱이며 내가 틀어주는 음악을 듣거나 거울 앞에 서서 화장을 고치거나 했다. 가끔은 내가 앉아 있는 디제이 박스를 향해 큰 소리로, '이거 무슨 노래야?' 라고 물어오기도 하고, 제목을 가르쳐주면 고개를 몇 번 까딱이며, '노래, 좋은데' 라고 말하곤 했다. 그녀는 기분이 내키는 대로 나에게 커피를 한 잔 주기도 하고 안 주기도 했다. 이따금씩 손님이 놓고 간 담배라며 반쯤 남은 담뱃갑을 내밀기도 했다.

어느 날 개구리가 디제이박스의 문을 열고 불쑥 고개를 내밀었다.

―자전거 타고 왔지?

―응.

―그럼, 심부름 좀 해줄래?

―뭔데?

그녀는 나보다 서너 살 위였지만 나는 언젠가부터 그녀에게 반말을 하고 있었다.

―깜빡 잊고 집에다가 약을 놓고 왔는데 좀 갖다줘. 내가 쌍화차 한 잔 근사하게 타줄게.

당시 다방에선 계란 노른자와 땅콩가루 등을 띄운 쌍화차가 제일 비싼 메뉴였지만, 나는 한약냄새가 나는 쌍화차는 별로였다.

　—쌍화차는 됐고 담배나 한 갑 사줘.

　—알았어, 빨리 갔다 와. 그리고 다른 덴 뒤지면 안 돼.

　그녀는 음악을 신청하는 메모지에다 약도를 그려주며 열쇠를 건네주었다. 그리고 주인이 혹시 누구냐고 물어보면 아는 동생이라고 대답하라는 당부도 덧붙였다. 나는 그녀가 그려준 약도대로 자전거를 타고 그녀의 집으로 갔다.

　개구리는 다방에서 자전거를 타고 십 분쯤 되는 거리에 있는 철길 옆에 살고 있었다. 그녀의 방은 대문을 열고 들어가면 바로 왼쪽에 있는 문간방이었다. 내가 문을 열려고 하자, 뚱뚱한 주인여자가 안에서 나오며 누구냐고 물었다. 아직 쌀쌀한 날씨임에도 그녀는 러닝셔츠 하나만 달랑 입고 있어 그 위로 크고 검은 젖꼭지가 툭 튀어나와 있었다. 나는 개구리가 시킨 대로, 그냥 아는 동생인데 심부름을 온 거라고 대답했다. 주인여자는 이렇다 저렇다 말도 없이 문을 닫고 들어가버렸다. 나는 잠시 쭈뼛대다 방으로 들어섰다. 좁고 옹색한 방이었지만 내 방과는 비교도 할 수 없을 만큼 깔끔하고 뭔지 모를 좋은 냄새가 났다.

　개구리가 얘기한 약봉지는 커다란 트렁크 위에 놓여 있었다. 밝은 쑥색의 트렁크 위엔 화장품들이 나란히 놓여 있고 그 앞에 거울이 있는 것으로 보아 아마도 트렁크를 화장대 대용으로 쓰는 듯싶었다. 약봉지는 찾았지만 빨리 나가고 싶지 않았다. 자전거를 타고 올 때만 해도 별생각이 없었지만, 난생처음 여자가 혼자 사는 방에 들어온 터라 뭔가

야릇한 흥분에 가슴이 두근거려 그곳에 좀더 머무르고 싶었던 것이다. 방 안을 이리저리 둘러보던 나는 구석에 있는 비키니 옷장을 열어보았다. 다른 덴 뒤지지 말라던 그녀의 당부가 생각났지만, 스무 살의 호기심 앞에서 그것은 아무 의미가 없었다.

옷걸이엔 이미 본 적이 있는 외출복들이 나란히 걸려 있었고 옷장 바닥엔 갖가지 색깔의 속옷들이 차곡차곡 개어져 있었다. 나는 맨 위에 놓여 있는 팬티를 집어들었다. 가슴에선 쿵쾅거리는 소리가 들리는 듯했고 손은 수전증 환자처럼 마구 떨렸다. 작은 꽃무늬가 있는 하얀 팬티는 너무 작고 예뻐서 하루 종일 들여다봐도 싫증이 날 것 같지 않았다. 속옷들을 이것저것 뒤적거리며 나는 영원히 그 방에서 머물고 싶었다. 그리고 브래지어의 딱딱한 컵을 만져보며 그녀의 젖꼭지도 주인여자의 그것처럼 크고 검을지 궁금했다.

그런 게 사랑이었을까? 그날 이후, 개구리를 바라보는 나의 눈에 변화가 생겼다. 디제이박스 안에서 음악을 들으면서도 틈틈이 개구리가 밖에서 무얼 하고 있는지 훔쳐보았으며 일상적인 대화에도 늘 긴장해서 적절한 대답을 찾아내지 못했다. 그러다보니 나도 모르게 약간 퉁명스럽게 대꾸를 할 때가 많았는데, 그럴 때면 개구리는 이상하다는 듯 나를 빤히 쳐다보곤 했다. 그러다 아무 말 없이 그녀가 좋아하는 노래를 틀어주면, 예컨대, 올리비아 뉴튼 존의 〈블루 아이즈 크라잉 인 더 레인〉 같은, 그녀는 조용히 음악을 듣다 간주가 나올 때쯤 디제이박스 안을 향해 가지런한 이를 드러내 보이며 피식 웃곤 했다. 나는 그 미소가 참 예쁘다는 생각이 들었다. 그리고 그 미소가 자꾸만 보고 싶어 그녀가 좋아하는 노래를 좀더 자주 틀어주게 되었다.

그게 내가 할 수 있는 전부였다. 나는 다방 종업원인 그녀가 왠지 나와는 다른 부류의 여자란 생각이 들었던데다 나보다 나이가 서너 살 많았으니, 그녀가 내 사랑의 대상이라는 느낌은 조금도 들지 않았던 때문이었다. 나 또한 돈 한푼 없이 빌빌대다 결국 군대에나 갈 수밖에 없는 처지이다보니 그녀의 입장에서도 마찬가지였을 것이다. 그러니까 우리는 서로 아무것도 할 게 없는 셈이었다.

그러다 한동안 다방에 나가지 못하게 되는 일이 생겼다. 친구들 네 명과 함께 연립주택을 짓는 공사판에 가서 막일을 하게 된 때문이었다. 다들 이미 졸업까지 한 마당에 집에다 손을 벌리기도 뭣한 처지여서 우리는 모두 돈에 쪼들렸다. 그러던 차에 우연히 공사판에 다니는 한 친구를 만났는데, 공사판 십장이 일당 얼마를 쳐줄 터이니 친구들을 데려오라고 했다는 거였다. 아무 벌이도 없어 늘 거지처럼 푼돈에 걸근대던 우리에겐 꽤나 솔깃한 제안이어서, 친구들과 나는 당장 의기투합해 바로 다음날부터 공사판에 나가기 시작했다.

일은 새벽 일곱시에 시작해서 저녁 일곱시에 끝났다. 우리는 아무 기술이 없는 노가다였기 때문에 비계를 오르내리며 질통에 자갈과 모래를 져나르거나 모래를 채에 쳐서 콘크리트와 섞기도 하고, 목수를 졸졸 따라다니며 그들이 지시하는 대로 자재를 가져다주거나 거푸집 만드는 걸 거들기도 했다. 철근과 벽돌을 나르는 일은 그중에서도 제일 고된 일이었다. 생전 일을 안 해본 터라 당장 어깨가 부서지는 것 같았고, 저녁이 되면 바닥에 주저앉고 싶을 만큼 지쳤다. 하지만 친구들과 몰려다니는 재미와 하루하루 일당이 쌓여가는 맛에 일주일이 후딱 지나갔다.

애초에 일주일만 나가려던 계획은 날짜가 점점 더 늘어나, 보름쯤 지났을 때는 결국 친구들 가운데 나 혼자만 남게 되었다. 그 동안 얼굴은 새카맣게 타고 운동화엔 구멍이 났다. 바지는 거친 벽돌에 쓸려 날깃날깃해졌다. 하지만 일을 하면서 온몸의 찌든 때가 벗겨지는 듯한 기분을 맛보기도 했고, 일이 끝난 뒤 어쩌다 십장이 사주는 '돼지껍데기에 소주 한잔'의 맛도 알게 되었다. 무엇보다 난생처음 몸을 놀려 내 손으로 돈을 벌었다는 뿌듯함이 있었다.

공사장 옆 언덕엔 어느새 개나리가 흐드러지게 피었다. 참을 먹고 담배를 한 대 피울 때마다 나는 개나리가 핀 언덕을 바라보았다. 혹독한 노동의 끝에 보아서일까? 늘 보아오던 개나리였지만 그해의 개나리는 유난히 샛노랗게 물들어 눈이 시렸다.

일을 하는 동안 머릿속엔 온갖 복잡한 상념들이 떠다녔다. 암울하기만 한 집안 형편과 음악에 대한 열망, 군대에 갈 때까지 어떻게 버틸 것인가 하는 걱정과 어쩌면 평생 이렇게 노가다를 하며 살게 될지도 모른다는 우울한 예감 등…… 질통을 지고 비계를 오르내릴 때마다 주리를 틀어대는 것처럼 허벅지가 아팠지만 생각은 멈추지 않았다. 마치 몸과 마음이 따로 노는 것처럼 생각이 제멋대로 날아다녔다. 그러다 언젠가부터 습관처럼 개구리를 생각했다. 그녀의 큰 눈을 생각했고, 가지런한

이가 드러나는 미소를 생각했고, 그녀가 좋아하던 노래를 생각하다 마지막엔 언제나 꽃무늬가 있는 그녀의 하얀 팬티를 생각했다. 그때야 비로소 스무 살의 나는 난생처음으로 구체적인 열망의 대상이 생겼다는 것을 깨달았다. 그러는 동안 공사장 옆의 개나리가 조금씩 지고 연녹색의 나뭇잎이 돋아나고 있었다.

공사판을 나간 지 두어 달쯤 되어가던 어느 날, 나는 자전거를 몰고 개구리의 집 쪽으로 갔다. 일이 끝난 뒤, 인부들과 함께 포장마차에 들러 붕장어에 소주 한잔을 하고 헤어진 뒤였다. 원체 술을 못 먹는 체질에 소주가 몇 잔 들어가니 머리가 어질어질하고 숨이 가빴다. 하지만 얼굴에 와 닿는 봄밤의 나른한 공기가 기분좋았다. 나는 아무 생각 없이 시내를 가로질러 그녀의 집 쪽으로 자전거를 몰았다. 어차피 그녀가 다방에서 일할 시간이라 집에는 없을 테지만 그래도 무작정 한번 가보고 싶었다.

그런데 개구리의 집 앞에 도착해보니 어찌된 일인지 방에 불이 켜져 있었다. 나는 반가운 마음에 가슴이 쿵쾅거렸다. 자전거를 타고 그 집 앞을 실없이 서너 번 왔다갔다한 끝에 결국 용기를 내어 그녀의 방 창문을 두드렸다. 잠시 후, 창문이 열리며 놀란 개구리 같은 그녀의 얼굴이 나타났다. 그리고 곧 상대가 나라는 것을 알아보고는 대뜸 소리를 질렀다.

—야!

그녀의 목소리엔 반가움이 잔뜩 담겨 있었다. 시큰둥하게 나오면 어쩌나 걱정했던 나는 적이 안심이 되었다.

—여기서 뭐 해?

—그냥, 지나가다 불이 켜져 있기에……

나는 자전거 안장에 걸터앉아 담배를 피워물었다.

—너, 공사장 나간다며?

—누가 그래?

—네 친구들이 그러더라. 그러고 보니 새카맣게 탔네.

그녀는 싱글거리며 가로등 아래에 서 있는 나의 얼굴을 이리저리 살펴보았다.

—근데 힘도 없어 보이는데 무슨 노가다야? 어디 받아주는 데가 있어?

—씨, 까불고 있어.

—어쭈, 조그만 게 누나한테 말버릇 하고는……

그리고 개구리는 피식 웃었다. 다방에서 볼 때는 서로 시큰둥했는데 막상 밖에서 보니 갑자기 가까워진 느낌이었다. 그녀도 평소의 차분한 모습과는 다르게 약간 들뜬 것 같았다. 뱃속에선 뭔가 자꾸 뜨거운 게 치미는데 뭘 어떻게 해야 할지 알 수 없어 담배를 한 대 더 피워물었다. 그러다 그녀가 뭔가 재밌는 게 생각났다는 듯 웃으며 말했다.

—야, 너 내 심부름 하나 할래?

—싫어. 내가 무슨 심부름꾼이야?

—그러지 말고 역 앞에 있는 포장마차에 가서 닭꼬치 좀 사와라. 그리고 오다가 요 앞 가게에서 소주도 한 병 사오고. 잠깐만, 내가 돈 줄게.

내가 대답도 하기 전에 그녀는 지갑을 가져오기 위해 창문에서 사라졌다.

—놔둬, 나도 돈 있어.

나는 창문 안에 대고 소리친 후 자전거를 역전 쪽으로 몰았다.

—야! 그러지 말고 이거 갖고 가!

뒤에서 그녀가 부르는 소리가 들렸지만 나는 못 들은 척 힘껏 페달을
밟았다.

잠시 후, 우리는 소주와 닭꼬치를 사이에 두고 그녀의 방에 마주 앉
아 있었다. 개구리는 맛있다는 소리를 연발하며 닭꼬치를 삽시간에 세
개나 먹어치웠다. 그리고 마치 물을 들이켜듯 중간중간 소주도 마셨다.
게다가 한 손엔 담배도 들고 있어 어딘가 정신없고 위태로워 보였지만,
그녀는 잘도 먹고 피우고 마셨다. 다방에서 볼 때와는 완전히 다른 분
위기였다. 밝고 쾌활한데다 먹성도 좋고 성격도 약간 남자 같은 데가
있는 것 같았다.

—뭐 해? 넌 안 먹어?

—난 먹고 왔어.

—뭐 먹었는데?

—아나고회.

—아나고? 너 아나고가 왜 아나고인지 알아?

—몰라. 아나고니까 아나고지.

—바보. 아직 모르는구나. 아나고를 먹으면 안 하고는 못 배긴대. 그
래서 아나고야.

그녀는 혼자 까르르 웃었다.

나는 그녀가 한 말을 한참 뒤에야 겨우 알아듣고 어색한 웃음을 지었다. 그날 밤, 나는 자전거를 타고 역전에 한번 더 다녀와야 했다. 닭꼬치와 소주 두 병을 더 사와 둘이 나눠마셨던 것이다. 그리고 술이 약한 나는 방에 딸린 좁은 부엌 바닥에 머리를 박고 여러 번 토했으며 그녀가 나의 등을 두들겨줬고 그 다음은 잘 기억나지 않는다. 그녀가 자고 가라고 했던 것 같기도 하고 내가 자고 가겠다고 떼를 썼던 것 같기도 하다.

다음날 아침, 눈을 떴을 때 개구리는 보이지 않았다. 나는 술이 덜 깨 머리가 아프고 어리둥절한 상태에서 자전거를 타고 다방으로 갔다. 그녀는 청소를 하고 있다 나를 보고 피식 웃었다. 내가 좋아하는 바로 그 웃음이었다. 나는 슬그머니 디제이박스 안으로 들어가 음악을 틀었다. 음악을 들으며 그날 일이 끝난 뒤에 임금을 받기로 했다는 생각이 떠올랐다.

잠시 후, 개구리가 디제이박스 문을 열고 말했다.

—나와서 토스트 먹어.

밖으로 나가니 개구리가 계란을 두르고 구운 토스트를 접시에 담아 커피와 함께 내왔다. 나는 묵묵히 앉아 꾸역꾸역 토스트를 먹었다.

—진짜 많이 탔다. 완전 필리핀 사람 같아.

개구리는 나를 이리저리 살펴보며 괜히 피식피식 웃었다. 그러다 내가 토스트를 다 먹자 접시를 들고 일어서다가 갑자기 내 머리를 꽝 쥐어박았다. 그러고는 주방으로 들어가며 말했다.

─근데 니들, 개구리가 뭐니, 개구리가! 여자한테…… 나쁜 자식들.

그날 오후에 나는 공사장으로 갔다. 십장은 왜 일을 안 나왔냐며 그런 식으로 일하다간 평생 노가다 신세 못 면한다고 일장 훈계를 했다. 나는 갑자기 일이 생겨서 지방에 내려가야 할 것 같다고 거짓말을 했다. 그러자 그는 그 동안 일한 돈을 내주었는데, 계산보다 적은 액수였다. 내가 왜 액수가 다르냐고 따졌더니 그는 이런저런 핑계를 댔다. 아직 일이 서툰데다 공사대금이 밀려 있고 또 밥값도 원래는 따로 계산을 해야 하는데 어쩌고 하며 말이 많아지자 나는 인사도 안 하고 그냥 자전거를 타고 돌아왔다. 속으로 막 울화가 치밀었지만 개구리와 있었던 간밤의 일 때문에 한 시간쯤 뒤엔 까맣게 잊어먹고 말았다.

그날 저녁, 나는 개구리에게 뭔가 선물을 하고 싶어서 전철역 지하상가에 갔다. 하지만 그때까지도 여자에 대해서 아는 바가 전혀 없었으니 뭘 선물해야 좋을지 짐작도 할 수 없었다. 그러다 조명기구를 파는 가게 앞에 멈춰 섰다. 그녀의 초라한 방에 스탠드를 놓으면 분위기가 훨씬 근사해질 것 같다는 생각이 들었다. 천으로 만든 갓이 달린 작은 스탠드가 마음에 들었는데 생각보다 가격이 비쌌다.

나는 밖에서 다방으로 전화를 걸어 개구리에게 집 앞에서 기다리고 있으니 다른 데 가지 말고 곧장 집으로 들어오라고 했다. 그녀는 잠시 망설이더니 알았다고 했다.

그날 밤, 우리는 개구리의 방에서 스탠드 하나만 켜놓고 맥주를 마셨다.

—여기하고는 너무 안 어울린다.

개구리가 스탠드의 불빛을 바라보며 말했다. 전날과는 달리 목소리가 착 가라앉아 있었다. 은은한 불빛에 비친 그녀의 얼굴이 어딘가 쓸쓸해 보였다. 나 또한 너무 생경스런 불빛에 할 말이 없어 가만히 바라보고만 있었다. 스탠드 불빛에 비친 세계는 왠지 우리가 들어서서는 안되는 영역처럼 어색하고 낯설었다. 그러다 어느 순간, 그녀가 분위기를 바꾸듯 고개를 들고 짐짓 밝은 목소리로 말했다.

—그래도 켜놓으니까 좋다. 고마워.

그녀는 나의 뺨에 키스를 해주었다. 순간, 나는 그녀를 와락 껴안았다. 뜨거운 뺨이 얼굴에 맞닿았다. 부드러운 목에선 좋은 냄새가 났고 머리카락이 얼굴을 간질였다.

다음날부터 나는 아예 개구리의 집에서 눌러 지냈다. 낮에는 방에서 빈둥대며 만화책을 빌려다 읽거나 옹색한 부엌에서 혼자 부스럭거리며 라면을 끓여 먹고 개구리가 돌아오면 함께 밥을 해먹거나 손을 잡고 기찻길 옆 도로를 따라 산책을 하기도 했다. 친구도 만나지 않았고 외출도 거의 하지 않았다. 마치 누에처럼 조용히 그녀의 방에서 웅크리고 지냈다. 집 뒤가 바로 기찻길이라 언제나 덜그럭거리며 기차 지나가는 소리가 시끄러웠고 방구들이 흔들렸지만 곧 익숙해져서 나중엔 아무렇지도 않았다.

그녀는 자신의 가족이나 친구, 혹은 과거의 이력에 대해 말하는 법이 없었다. 나 또한 구태여 캐묻지를 않아 그녀의 고향이 대전 어디께라는 것 말고는 아는 게 없었다. 반면에 그녀는 나에 대해서 많은 걸 알고 싶어했다.

— 나중에 뭐 할 거야?

— 군대 가야지

— 군대 갔다 와선?

— 그거야 나도 모르지.

— 대학 갈 생각 없어?

— 대학? 나 공부 못해.

— 잘하게 생겼는데……

— 나 졸업할 때 성적이 몇등인지 알아?

— 몇등인데?

— 오십팔 명 중에 오십팔등.

— 에이, 거짓말.

— 진짜야. 그런 애들 있잖아. 똑똑하게 생겼는데 나중에 시험 쳐보면 반에서 바닥인 애들. 내가 바로 그런 케이스야.

— 웃겨, 진짜. 뭐, 하고 싶은 건 없어?

— 음악.

— 그럼 하면 되잖아.

— 근데 난 재능이 없어.

— 그걸 본인이 어떻게 알아?

— 내 친구랑 같이 기타를 배우기 시작했는데 걔가 나보다 훨씬 빨리

늘었어. 그래서 난 나에게 재능이 없다는 걸 깨달았지.

　—잘났어, 진짜. 그럼 진짜로 뭘 할 건데?

　—글쎄 모른다니까.

당시 나는 고등학교를 갓 졸업한 스무 살 나이였는데도 이미 수십 년을 굴러다닌 자동차처럼 덜그럭거리고 있었다. 털이 다 빠진 늙은 개처럼 아무런 의욕도 없었고 알 수 없는 무력감에 뱃속이 늘 횅한 기분이었다. 그러니 내 미래에 대해 뭘 말할 수 있었겠는가? 앞날에 대한 계획은 고사하고 나 자신이 뭘 하고 싶은지도 알지 못했으니. 당시 내 솔직한 심정은 그저 빨리 군대나 갔으면 하는 것이었다.

그것은 개구리와의 관계에서도 마찬가지였다. 우리는 서로 미래에 대한 이야기를 하지 않았다. 약속한 바는 없었지만 장래에 대한 얘기는 어느샌가 우리 사이의 금기가 되어버려, 그 말을 내뱉는 순간 위태롭게 이어가던 우리의 관계가 곧 끝날 것 같았다. 아무런 약속도 없이 시한부 연애를 하는 연인들처럼 우리는 담담하게 봄날을 지나보내고 있었다.

그러던 어느 날이었다. 밤늦게 시내에서 빈둥거리다 전화도 없이 다방에 들렀다. 혹시 개구리가 혼자 있으면 다방 문을 닫고 함께 들어올 작정이었다. 그런데 다방 문을 여는 순간 안에서 귀를 찢을 듯한 소음이 들려왔다. 무슨 소린가 싶어 귀를 기울여보니 디제이박스 안에서 나는 기타 소리였다. 입구에서 힐끗 쳐다보니 디제이 형이 앰프에 선을 연결해서 기타를 치고 있었다. 그는 어깨끈까지 멘 채 자리에서 일어나 그 멋진 머리를 흔들어대며 연주에 몰입해 있었다. 팽팽한 가죽바지 위로 기타를 길게 늘어뜨리고, 피크를 쥔 손은 지판 위를 마구 달리고 있었다.

순간, 나는 긴장했다. 디제이 형이 기타를 치다니! 손가락 관절이 다 부서져 무공을 폐했다는 그 전설의 무림고수가 드디어 칼을 뺐구나, 싶어 나는 조용히 소리에 귀를 기울였다. 생판 처음 듣는 곡이었는데 척 듣기에도 뭔가 예사롭지 않았다. 이게 도대체 무슨 곡인가 싶어 쫑긋 귀를 세워보았지만 갈수록 뭔가 이상했다. 한참 듣다보니 스피커에서 흘러나오는 음은 아무런 의미가 없었다. 코드도 맞지 않았고 스케일도 엉망이었다. 그냥 마구잡이로 뜯어대는 소음에 불과했던 것이다. 디제이 형은 한껏 기분을 내느라 내가 온 것조차 모르고 있었다.

나는 조용히 문을 닫고 다방을 나왔다. 약간 어이없기도 하고 우습기도 했다. 뮤지션에게 필요한 모든 포즈를 갖추었으나 정작 갖춰야 할 연주 실력은 너무나 형편없었던 디제이 형의 비애를 생각하면 마음이 아프기도 했지만 또다른 한편 그 화려한 구라와 포즈에 속았다는 생각에 배신감이 들기도 했다.

그 동안 나는 공사판에서 번 돈을 조금씩 까먹으며 개구리의 방에 계속 웅크리고 있었다. 가끔 다방에 나가 음악을 듣기도 하고 디제이 형을 만나 음악에 대한 이야기를 나누기도 했지만 이제 더이상 그의 구라에는 흥미가 없었다. 그것은 우연히 확인하게 된 그의 실체 때문이기도 했지만 무엇보다도 음악에 대한 열정이 식어버린 탓이 컸다.

당시 스무 살치고 록 밴드를 꿈꾸어보지 않은 젊은이가 있었을까?

내 주변엔 없었던 것 같다. 나 또한 그중의 하나였지만 내가 가진 재능은 너무나 평범했으며 음악을 해서 성공을 한다는 건 나에게 너무 먼 꿈이었다. 그리고 언제부턴가 귀에 헤드폰을 끼고 아무 의미 없는 소리에 한껏 취해 있는 내 모습이 한없이 무력하고 한심하게 느껴지기도 했다. 그래서 종국엔 음악을 듣는 것조차 심드렁해졌는데, 지금도 음악을 잘 안 듣는 이유가 그 때문이다.

사실, 스무 살 나이엔 아무것도 절실한 게 없다. 그것은 젊음이라는 빛나는 재산이 있기 때문이 아니라 아직 욕망이 구체화된 나이가 아니기 때문일 것이다. 젊음은 그저 무지와 암흑의 카오스에 갇혀 있는 어설픈 가능태일 뿐, 특별한 의미는 없다. 당시 내게 필요한 건 심심함을 달래줄 만화책과 담뱃값, 그리고 아무 데고 내키는 대로 쏘다닐 수 있는 자전거…… 그 외에 또 뭐가 있었을까? 훗날, 그때 누군가 좋은 책을 추천해주는 사람이 옆에 있었더라면 내 인생이 좀더 나아졌을까? 하지만 초등학교부터 고등학교를 졸업할 때까지 만난 수많은 스승들 가운데 그런 스승은 아무도 없었던 것 같다. 그들이 가르쳐준 거라곤 그저 '대학 못 가면 사람 노릇 못 한다'는 무시무시한 명제뿐이었다. 그 말이 완전히 틀린 건 아니었지만.

―너, 개구리 따먹었다며?
친구 중의 한 명이 물었다. 여러 명이 모인 술자리였다.
―누가 그래?
나는 애써 태연한 척하며 반문했다.

—다 아는데 뭘 그래, 새끼야.

도시가 좁다보니 누군가 나와 개구리가 함께 걸어가는 걸 목격했던 것 같다. 당시 우리에게 여자란 그저 성적 농담과 비하의 대상일 뿐이었다. 게다가 무지하고 거칠어서 상대의 기분을 헤아리지도, 관계의 소중함 같은 걸 생각지도 못하는 나이였다. 나 또한 별반 다를 바 없어, 우리가 다 알고 있는 다방 종업원과 사귀고 있다는 사실이 친구들에게 왠지 부끄럽게 느껴졌다. 게다가 그 자리에서 실은 내가 개구리를 사랑하고 있다느니 하는 따위의 말을 한다는 건 당시 정서상 있을 수도 없는 일이었다.

—야, 그래서 어땠냐? 얘기 좀 해봐.

내가 입을 다물고 있자 친구들이 계속 추궁했다.

—뭐가 어때, 새끼야. 니들도 형님처럼 한번 닦아보면 다 알게 된단다.

나는 짐짓 위악적으로 굴었다.

—와! 이 새끼, 얘기하는 거 봐. 완전 가오 나온다. 응?

친구들은 질투와 호기심에 나를 계속 몰아붙였다. 나는 심사가 불편했다. 감추고 싶은 소중한 무언가가 유린당하는 것 같은 기분도 들었다. 친구들의 무지와 뻔뻔함도 보기 싫었다. 그래서 먼저 자리에서 일어서려는데 한 녀석이 또 한마디 했다.

—야, 개구리 맛있었나?

순간, 나는 녀석을 향해 주먹을 날렸다.

—씨발놈이! 그만 하라니까.

녀석은 뒤로 넘어졌고 친구들이 뜯어말렸다. 녀석의 입술에서 피가 흘렀다. 누군가 나를 밖으로 데리고 나갔다. 친구들에게 속내가 들킨 것 같아 얼굴이 화끈 달아올랐다.

그날 밤, 개구리가 돌아와 나를 보더니 깜짝 놀란 표정을 지었다.
—손 왜 그래? 싸웠어?

자전거를 타고 돌아올 때부터 느낌이 안 좋더니 집에 오기 무섭게 주먹에 난 조그만 상처가 부어오르기 시작했다. 아마도 녀석의 이빨에 찢긴 것 같았다. 나는 개구리에게 별일 아니라고 말한 뒤 병원에 가보라는 권유를 뿌리치고 그냥 잠자리에 들었다. 하지만 손이 욱신거리고 아파서 중간에 잠이 깨 부엌에 나가 찬물을 대야에 받아 한참 손을 담그고 있어야 했다.

다음날 아침에 일어났을 때 상태는 더 심각해져 있었다. 팔목까지 통통 부어오른데다 상처가 곪은 듯 통증도 더 심했다. 개구리는 같이 병원에 가보자고 했지만 나는 혼자 가겠다며 고집을 부렸다. 의사는 세균에 감염이 됐는데 소독도 안 하고 수돗물에 손을 담가 상황이 더 악화됐다며 나를 질책했다. 결국 상처를 소독하고 손을 붕대로 감아야 했다. 주사도 맞고 약도 한 봉지 타 왔다.

그날 저녁 친구들이 찾아왔다. 어제 내 주먹에 맞은 녀석은 입술만 약간 부었을 뿐 멀쩡해 보였다. 우리는 서로 쑥스러운 듯 마주 보며 피식 웃었다. 친구들은 이빨 좀 닦고 다니라며 녀석을 놀렸다. 친구들과 몰려서 전철역 쪽으로 걸어가다 한적한 곳에서 쓰러져 있는 취객을 만났다. 한 친구가 부축을 해주는 척하고 취객의 지갑에서 돈을 꺼냈다.

'아리랑치기'라고 하는 것이었는데, 아이들이 가끔 써먹는 수법이었다. 우리는 그 돈으로 다시 술을 마셨다. 이번엔 아무도 개구리에 대한 이야기를 꺼내지 않았다.

우리에게 이별은 처음부터 예정되어 있었을 것이다. 손의 부기가 거의 빠져가던 어느 날, 개구리가 머리에 수건을 두르고 얼굴에 로션을 바르다 문득 생각난 듯 말했다.

—여기, 방 내놨어.

은행 여직원처럼 사무적이고 담담한 목소리였다.

—그럼, 다방은?

—다른 데 알아보고 있어.

나는 약간 멍한 기분이었다. 왜 진작 귀띔을 안 해줬을까, 서운한 기분도 들었다.

—우리, 원래 한곳에 오래 안 있어. 여긴 예정보다 오래 있었던 거야.

서운한 내 기분을 알아챈 듯 개구리가 뒤돌아보며 달래는 듯한 투로 말했지만 그 말 속엔 아무런 여지도 남기지 않겠다는 단호함도 담겨 있었다. 아무 할 말이 없었다. 그냥 올 것이 왔구나 하는 심정이었다.

—그럼 어디로 갈 건데?

—문산 쪽에 아는 사람이 있어서 그쪽으로 갈 것 같아.

—문산?

—응.

그때까지 나는 문산에 한 번도 가본 적이 없었다. 그리고 아무것도 아는 게 없었다. 그저 그곳이 북쪽에 있다는 것 말고는. 그때, 스무 살의 내가 무엇을 할 수 있었을까? 그 옛날 누군가는 남아(男兒) 이십(二十)에 나라를 평정하지 못하면 뭐가 어찌 된다고 했는데……

그날 밤, 개구리는 한 가지 비밀을 털어놓았다.
―나, 한 가지 숨긴 게 있어.
―뭔데?
내가 옆으로 돌아누우며 물었다.
―사실 나, 너랑 동갑이야.
나는 뒤통수를 한 대 얻어맞은 듯 멍한 표정으로 한동안 그녀를 쳐다보기만 했다. 언젠가 나이를 물었을 때 그녀는 자신이 나보다 세 살이 많다고 대답했던 것이다.
―그럼 나한테 거짓말을 한 거네.
―원래 우리, 나이 많이 속여. 근데 너한텐 언젠가 말해주고 싶었어.
그때의 기분은 이십 년이 넘게 흐른 지금도 뭐라고 설명할 자신이 없다. 다만 어둠 속에서 그녀의 얼굴을 쳐다보는 동안 자꾸 눈물이 나려고 했던 것 같다.

이사가 확정되자 개구리는 서둘러 짐을 쌌다. 사실 짐이랄 것도 없어서 옷가지를 소포로 부치고 나니 달랑 트렁크 하나만 남아 있었다. 나는 개구리와 헤어지는 것도 헤어지는 거였지만 당장 가 있을 데가 걱정이었다. 개구리가 한번은 농담처럼 문산에 따라올 생각이 없냐고 묻기도 했지만, 그건 한 번도 생각지 못한 일이라 그냥 웃기만 했다.

그즈음 지방대학에 간 한 친구와 연락이 닿았다. 학교 다닐 때 친한 녀석이었는데 천안에 있는 어느 대학에 다니며 학교 앞에서 자취를 하고 있었다. 그는 학교생활에 적응도 안 되고 같이 놀 만한 애들도 없어 심심하다며 나에게 놀러 오라고 했다. 무작정 그 도시를 떠나고 싶었던 나에겐 잘된 일이었다.

문제는 돈이 한 푼도 없다는 거였다. 공사판에 다니며 번 돈은 이미 다 써버리고 없었다. 물론 그냥 차비만 마련해 가서 자취방에 눌러 있어도 아무런 문제가 없겠지만 텅 빈 주머니로 내려가고 싶진 않았다. 다시 노가다를 해볼까 하는 생각도 해보았지만 전에 일하던 데는 가고 싶지 않았고, 처음에 공사판 십장을 소개시켜줬던 친구는 성남에 있는 제과공장에 취직해서 다니고 있어 달리 알아볼 데도 없었다. 개구리와 헤어지기 며칠 전, 이리 뒤척 저리 뒤척 잠을 못 이루던 나의 머릿속에 불현듯 엉뚱한 생각이 하나 떠올랐다.

개구리가 떠나는 날, 나는 아침 일찍 다방에 들렀다. 다방에는 다른 여종업원 혼자밖에 없었다. 개구리는 오후에 기차를 타고 떠날 예정이라 그날은 근무를 안 하고 집에서 이것저것 정리를 한 뒤, 다방에 들렀다 기차를 탈 계획이었다. 나는 여종업원과 대충 눈인사를 주고받은 뒤 디제이박스 안에 들어가 음악을 틀었다. 하지만 엉뚱한 데 신경을 쓰느라 스피커에서 흘러나오는 노래가 귀에 들어오지 않았다. 나는 여종업원이 주방으로 들어가기를 바라며 홀 쪽을 연신 힐끔대며 살펴보고 있었다. 그러다 드디어 그녀가 주방으로 들어가고 홀이 텅 비자, 나는 재빨리 자리에서 일어나 벽에 걸려 있는 펜더기타를 집어 들었다. 심장이 터질 것처럼 뛰었고 기타를 케이스에 넣는 손이 마구 떨렸다.

디제이박스에서 기타를 들고 나왔을 때에도 여전히 홀에는 아무도 없었다. 나는 밖으로 나와 건물 계단을 통해 아래층으로 내려갔다. 그리고 전철역을 향해 뛰었다. 모자를 눌러쓰고 있었지만 행여 누군가 아는 사람이라도 만날까 싶어 고개를 푹 숙인 채, 나는 종각역까지 가는 표를 끊은 뒤 개찰구를 통과했다. 그리고 무작정 처음 오는 전철에 올라탔다.

당시 펜더기타는 대학 입학금보다 더 비싼 가격이었다. 나는 그 기타를 낙원상가에 가지고 가서 팔 작정이었다. 핑계이긴 하지만, 당시 나에겐 절실하게 돈이 필요했다. 게다가 코드도 모르는 디제이 형에겐 펜더기타 같은 명기가 어울리지 않는다는 생각이 들었고, 그에게 느낀 일종의 배신감이 더해지기도 했을 것이다. 어쨌든 평소에 나에게 잘해준 디제이 형에겐 대단히 미안한 일이었다.

종각역에서 내려 기타를 메고 낙원상가를 향해 걸어가다보니 지나가는 사람들이 나를 힐끔거리며 쳐다보는데, 그 와중에도 갑자기 내가 뮤지션이라도 된 듯 기분이 근사했다. 나는 전에 디제이 형을 따라 몇 번 와본 상가를 천천히 구경하며 '중고취급'이라고 씌어 있는 한 가게로 들어갔다. 내가 가져간 펜더기타를 주인이 살펴보는 동안 나는 가게 안을 빼곡히 채우고 있는 악기들을 구경했다. 옆에선 한 무리의 사내들이 뭔가 전문적인 용어를 써가며 악기에 대한 얘기를 나누고 있었다. 하나같이 디제이 형처럼 머리를 기른데다 가죽바지를 입고 있어, 한눈에도 뭔가 한가락씩 하는 뮤지션이라는 걸 알 수 있었다. 나는 그들을 선망의 눈길로 힐끔거리며 주인의 대답을 기다리고 있었다.

—이만원 쳐줄게.

한참 물건을 살펴보던 가게 주인이 말했다.

나는 어이가 없어 멍한 표정으로 주인을 바라보았다. 펜더기타면 중고가격도 새것과 별반 다르지 않고 심지어는 중고가 더 비싼 것도 있는데 그것이 바로 명기의 특징이라고 했던 디제이 형의 말이 생각났기 때문이었다.

—아니, 이거 펜던데……

나는 뭔가 심상치 않은 기분에 말끝을 흐렸다.

—펜더 맞아. 짜가 펜더.

주인은 옆에 머리를 기른 청년과 서로 마주 보고 웃으며 대답했다.

—이게 짜가라고요?

—응, 살 때 얼마 주고 샀는데?

—산 게 아니고 그냥 선물받은 건데…… 여기 헤드 부분이 에프자로 휘어졌잖아요. 그리고 여기 로고도 있는데……

그러자 옆에 서 있던 긴 머리의 사내들이 일제히 웃음을 터뜨렸다.

—야, 너 이 위에 걸려 있는 기타 한번 봐.

주인이 가리키는 곳을 보니 수십 대의 전자기타가 걸려 있었는데, 바디에 모두 펜더 로고가 박혀 있었다.

　―저거 다 펜더거든. 근데 한 대에 오만원씩이야. 다 짜가라는 얘기지.

나는 어안이 벙벙했다. 세상에, 저렇게 많은 펜더가 다 짜가라니!

　―어떡할래? 못 믿겠으면 다른 데 갖고 가보든가……

　―그냥 이만원 주세요.

얼굴이 시뻘게진 나는 그저 그 긴 머리의 사내들 앞에서 빨리 사라지고 싶은 심정뿐이었다.

돈을 받아가지고 나오는 내 기분은 한없이 참담했다. 이만원밖에 안 될 줄 알았으면 애초에 훔치지 말걸 그랬다는 후회와, 그게 진짜 펜더였으면 디제이박스 안에 그렇게 허술하게 보관할 리도 없었을 거라는 뒤늦은 깨달음과, 결국 디제이 형한테 또 한번 속았다는 배신감 등이 뒤섞인, 매우 복잡한 심정이었다.

나는 낙원상가 안에서 다방으로 전화를 걸었다. 개구리는 짐정리를 끝내고 다방에 나와 있었다. 그녀는 네시쯤 전철역에 나가 기차를 탈 생각이라고 했다. 다행히 기타가 없어진 건 아무도 모르는 것 같았다. 나는 일이 있어서 서울에 잠깐 나와 있는데 나중에 전철역으로 나가겠다고 했다.

전화를 끊고 나와 인사동 입구에 있는 분식점에 들러 쫄면을 한 그릇 사먹었다. 시계를 보니 아직 시간이 많이 남아 있었다. 나는 개구리를 만난 뒤 기차를 타고 곧바로 천안으로 내려갈 생각이었다. 그녀와 좀더 시간을 보냈으면 하는 마음도 있었지만 기타 사건 때문에 마음이 켕겨

다방 근처에는 가고 싶지 않았다. 나는 하릴없이 종로통을 빈둥대다 재개봉관에서 영화를 한 편 봤다. 〈그리스〉라는 뮤지컬 영화였는데 심경이 복잡해서 그런지 눈에 잘 들어오지 않았다. 주머니엔 돈도 몇 푼 없었고, 개구리와는 막 헤어질 참이었고, 다방에는 더이상 갈 수도 없었고, 모든 게 뒤죽박죽이었다. 영화를 보는 동안 온갖 생각들이 머릿속에 떠다녔지만 나중엔 그냥 될 대로 되라는 식의 자포자기 상태가 되어 중간에 깜빡 잠이 들기도 했다.

영화를 보고 나왔을 때, 뭔가 주변의 분위기가 심상치 않았다. 거리로 나가보니 엄청난 인파가 종로통을 가득 메우고 있었다. 데모를 하는 대학생들이었다. 그들은 스크럼을 짜고 구호를 외치며 인도를 따라 광화문 쪽으로 뛰어가고 있었다. 상가들은 대개 문을 닫아걸었고 멀리 광화문 쪽에선 최루탄 가스가 올라오고 있었다. 당시에 나는 그들이 왜 데모를 하는지도 몰랐다. 아무도 그 이유를 가르쳐주지 않았기 때문이었다. 그만큼 내가 서 있던 자리가 세상의 중심으로부터 멀리 떨어진 곳이었다는 의미였을 것이다. 어쨌든 나로선 처음으로 시위 현장을 직접 목격한 순간이었다. 나는 엄청난 숫자의 젊음이 뿜어내는 거대한 힘 앞에 압도당하는 기분이었다. 그들은 모두 흥분해 있었고 얼굴은 땀과 열기로 번들거리고 있었다.

나는 길 한쪽에 비켜서서 시위대가 지나가기를 기다리고 있었다. 그들은 모두 얼마 전까지 나와 함께 교복을 입고 고등학교에 다니던 젊은 이들이었다. 그들은 집단이었고 나는 혼자였다. 그리고 한쪽은 이미 늙어서 덜거덕거리는데 다른 한쪽은 뚜렷한 목표와 이상을 향해 달려가고 있는 것 같았다. 그들은 이 세계를 변화시키려고 거리로 나왔는데 나는 훔친 기타를 팔기 위해 거리로 나온 것이다.

한 무리가 지나가고 다시 한 무리가 들소떼처럼 밀려왔다. 나는 그 틈에 인도 건너편으로 가기 위해 뛰어나갔다. 순간, 맨 앞에서 스크럼을 짜고 달려오던 남학생들 중의 한 명이 눈을 부라리며 나를 향해 외쳤다.

—씨발, 빨리 안 비켜!

나는 기세에 눌려 주춤거리며 뒤로 물러서다 큰 덩치의 남학생과 어깨를 부딪쳐 닫아놓은 상가 철문에 부딪치며 뒤로 나동그라지고 말았다. 다친 덴 없었지만 기분이 아주 더러웠다.

그때 나는 당시의 그 '더러운 기분'이 그토록 오랫동안, 그리고 그토록 집요하게 내 뒤를 따라다니게 될 거라고는 미처 생각지 못했다. 언제나 무리를 그리워하며 떠돌았지만 한 번도 온전히 무리에 속하지 못했던 내 유랑과 방외(方外)의 운명이 그때부터 시작되었다면 지나친 과장일까? 그래서 부족의 구성원에게 의당 필요한 기율과 위계, 명예심과 연대의식을 배울 기회를 얻지 못한 채 언제나 어정쩡한 포즈로 사파(私派)와 이교(異教)의 문 앞을 기웃대며 보낸 시간들이 결국 내 인생의 이력이 되었다면 그 또한 지나친 자의식일까? 하여간 종각역에서 전철을 타고 내려오는 동안 머릿속에선 아주 많은 생각들이 떠다녔다. 창밖으론 봄날이 지나가고 있었고, 전철 문에 기대어 창밖 풍경을 바라보던 나는 문득 심한 외로움을 느꼈다.

개구리는 트렁크를 바닥에 내려둔 채 플랫폼에 서 있었다. 나는 천천히 그녀를 향해 다가갔다. 그녀는 왜 늦었냐고 묻지도 않고 그냥 희미한 미소를 지어 보였다. 그 미소가 한없이 쓸쓸해 보여 나는 그녀를 꽉 안아주고 싶었다.

―한번 놀러 와.

그녀가 말했다.

나는 말없이 고개를 끄덕였다. 다시는 만날 수 없을 거라는 걸 우리는 둘 다 알고 있었다. 나는 말없이 그녀의 트렁크를 내려다보았다. 짙은 쑥색의 트렁크를 바라보다 문득 그녀가 저 무거운 트렁크를 끌고 얼마나 많은 곳을 돌아다녔을까, 그리고 앞으로 얼마나 많은 곳을 떠돌아다녀야 하는 걸까, 하는 생각이 들었다. 또한 나와 동갑이지만 그녀가 나보다도 훨씬 무거운 짐을 지고 있다는 생각에 마음이 한없이 착잡했다. 트렁크 위에는 내가 사준 스탠드가 얌전히 놓여 있었다.

―저것도 소포로 부치지 그랬어?

내가 말했다.

―깨질까봐.

그녀가 피식 웃었다.

멀리 노을이 지고 있었다. 죄악과 배신, 그리고 작별의 하루가 지나가고 있었다. 이때 기차가 들어오는 소리가 들렸다. 내가 타고 갈 기차였다.

—먼저 가.

그녀가 말했다.

—아냐, 가는 거 보고 갈게.

—싫어. 먼저 가.

그녀가 단호하게 말했다.

그녀는 북쪽으로, 나는 남쪽으로 가는 길이었다. 우리는 아마도 다시는 만날 수 없을 터였다. 기차가 멈춰 서자 그녀는 손을 내밀었다. 나는 손을 마주 잡았다. 그녀의 손은 가냘프고 차가웠다. 어느새 그녀의 얼굴이 빨개지고 눈엔 눈물이 그렁그렁 맺혔다. 어깨도 떨고 있었다. 나도 눈물이 날 것 같아 이를 악물었다.

—잘 가.

나는 돌아서서 기차를 향해 뛰어갔다.

승강대에 오르자마자 기차는 곧 출발하기 시작했다. 기차가 움직이는 순간, 울컥 목이 메었다. 나는 승강대에서 머리를 내밀고 그녀를 쳐다보았다. 그녀는 언제나 그렇게 서 있을 것처럼 나를 향해 말없이 서 있었다. 우리의 초라한 방을 밝혀주었던 스탠드도 여전히 그녀의 트렁크 위에 얌전히 놓여 있었다. 나는 그 스탠드가 언제까지고 그녀의 방을 따뜻하게 비춰주길 바랐다. 기차역이 멀어지며 그녀의 모습이 시야에서 점점 사라지고 있었다. 그 순간 나는 가장 슬프고 아름다웠던, 하지만 다시는 돌아갈 수 없는 내 인생의 어느 한 지점과 영원히 작별하고 있음을 깨달았다.

짐작할 수 없는 일들의 아이러니

김영찬(문학평론가)

"호레이쇼여, 하늘과 땅 사이에는
짐작할 수 없는 일들이 너무나 많구나."
—셰익스피어, 『햄릿』

"그렇기 때문에 세상에는 짐작과는 다른 일들이 짐작보다 훨씬 많아지는 거죠.
제 말에 대해 어떻게 생각하세요?"
—은희경, 「의심을 찬양함」

1. 다시, 이것은 소설이(아니)다

천명관의 소설은 우리 시대의 방외인문학이다. 여기서 방외(方外)라 할 때는, 세 가지 뜻이 걸려 있다. 그 하나는 어느 날 불쑥 『고래』(문학동네, 2004)라는 기상천외한 소설을 들고 한국문단의 바깥으로부터 난데없이 도래한 작가 천명관의 전력에서 기인한다. 게다가 그전까지 그의 관심은 주로 문학보다는 영화에 있었고 생업 또한 마찬가지였다는 사실을 그와 관련해 다시 한번 떠올려볼 수 있겠다. 둘째로, 무엇보다 『고래』라는 소설 자체가 그러했다. 『고래』는 소설 바깥에 존재하는 소설 이전과 이후의 것들, 예컨대 온갖 기담과 민담, 영화와 무협지 등 키치와 대중문화의 파편들을 그러모아 기워 만든 소설이다. 소설 방외의 것들을 그렇게 창조적으로 조립해 내놓은 『고래』는 그 '이야기'의 힘으로써 기존 소설의 문법을 통렬하게 일탈하면서 소설의 서사에 대한 새로운 사고를 유도하는 소설 바깥의 '소설 아닌 소설'이었다. 마지막으로, 작가 천명관의 이력 자체가 그러하다. 이에 대해서는 굳이 말을 덧댈 필요가 없을 터, 여기선 자전소설에서 내놓은 그 자신의 발언을 참고하는 것으로 족하다. "언제나 무리를 그리워하며 떠돌았지만 한 번도 온전히 무리에 속하지 못했던 내 유랑과 방외(方外)의 운명"으로 인해 "부족의 구성원에게 의당 필요한 기율과 위계, 명예심과 연대의식을 배울 기회를 얻지 못한 채 언제나 어정쩡한 포즈로 사파(私派)와 이교(異敎)의 문 앞을 기웃대며 보낸 시간들이 결국 내 인생의 이력이 되었다면 그 또한 지나친 자의식일까?" 물론 지나치지 않다.

천명관의 소설은 여하간 그렇게 전통적으로 '소설적인 것'이라 일러왔던 것의 방외에 있고, '현실'의 방외에 있으며, 한국문단의 방외에 있다. 『고래』에서 보듯이 천명관이 그 놀라운 입심으로 시정에 떠도는 잡스런 이야기를 그러모아 전해주는 이 시대의 패관(稗官)의 모습을 능란하게 보여주는 것도 따지고 보면 실은 그와 전혀 무관하다 할 수 없다. 무리를 떠나 먼 곳을 떠돌던 그는 세상에 떠도는 이야기를 수집해 불쑥 돌아와 한국소설이 알지 못했고 가지 않았던 길 하나를 열어놓았고, 그것이 바로 저 스스로 증식하며 무궁무한 종횡무진 뻗어나가는 무국적적인 이야기의 세계다. 그와 같이 방외의 성격이 흥미로운 무국적의 '이야기'를 낳는 이 우연한 사건은 공교롭게도 오래된 통찰 하나를 부득이 연상시킨다. '먼 곳에서 온' 방외인을 낯설고 신기한 이야기를 들려주는 이야기꾼의 원조로 첫손에 꼽았던 벤야민의 유명한 지적(「이야기꾼과 소설가」)이 그것이다. 과연 그는 먼 곳에서 온 사람이고,

더 나아가 여기 있어도 여기 없는 사람이다. 천명관의 소설/이야기는 그 사실에서 흘러나온다.

물론 인터넷을 포함한 다종다기한 통신기술과 멀티미디어 네트워크로 뒤덮인 이 포스트모던 정보화의 시대에, 먼 곳에서 온 사람에게 기대할 법한 먼 곳의 낯설고 신기한 이야기란 도대체 있을 리가 없다. 천명관의 소설이 들려주는 이야기는 그렇게 모든 이야기가 익숙한 것이 되어버린 시대의 이야기다. 그러니 사실은 이렇다. 그처럼 익숙한 이야기를 어떻게 시치미를 떼면서 익숙하지 않게 들려줄 것인가가 천명관의 소설이 처한 문제 상황이며, 『고래』에서 끝없이 곁가지를 치며 무한 증식하는 이야기의 축적이 안겨주었던 즐거운 공포를 어떻게 지속시킬 것인가가 또한 『고래』의 작가로서 떠안을 수밖에 없는 자의식이겠다. 그런 상황 앞에서의 자의식이야말로 비로소 천명관의 소설을 그야말로 '소설'로 만들어주는 것이다. 그의 소설은 그렇게 소설이 아니면서 소설인 세계를, '소설'을 밀쳐내면서 끌어당기는 '이야기'의 세계를 펼쳐 보여주고 있다. 그것이 『고래』 이후의 세계다.

2. 짐작할 수 없는 일들

그 이전에 먼저, 조금만 돌아간다. 무엇보다 천명관의 장편소설 『고래』에는 도대체 믿기지 않는 이야기가 가득하다는 데 주목해보자. 『고래』에서는 예컨대 여자가 남자로 변하고(물론 수술 따위는 하지 않았다), 죽었던 자가 유령이 되어 나타나며, 사람과 코끼리가 말을 섞는다. 말 그대로 실제 돈벼락을 맞는가 하면, 사람(금복)과 동물(코끼리 점보)을 막론하고 기이한 예지능력을 발휘하는 것도 예사다. 그런 『고래』의 서사가 독자에게 들이미는 것은 그처럼 믿을 수 없는 황당한 사태를 그럼에도 불구하고 '믿어라', 라는 정언명령이다.

일점일획 어긋남이 없다는 성서조차 의심을 받는 판국에 세상에 떠도는 얘기를 믿기란 쉽지 않다. 하지만 뚜렷한 반증도 없이 무턱대고 의심만 할 수도 없는 노릇, 그래도 맑은 하늘에 태평양만한 구멍이 나 있다는 이야기보다는 훨씬 그럴듯하지 않은가! 대저, 믿는 자에게 평화가 있나니.(『고래』, 82쪽)

이를테면 불신을 자발적으로 정지(콜리지, 『문학평전』)하라는 얘기일 텐데, 이는 보다시피 그래야 할 만큼 『고래』의 서사가 현실의 중력을 벗어나 스스로를 한껏 부풀리는 믿기 힘든 환상적인 이야기의 연쇄임을 저 스스로 발설하는 대목이다. 개연성과 핍진성을 일탈하는 온갖 잡다한 '이야기'들의 브리콜라주(bricolage)인 『고래』가 그럼에도 여하튼 '소설'일 수밖에 없는 것은 자기 자신의 문학적 언표에 대한 자의식을 경쾌하게 노출하는 그같은 대목들이 소설 전편에 걸쳐 수시로 다양하게 반복, 변주되고 있기 때문이다. 그만큼 『고래』로 대표되는 천명관 소설의 세계는 대개가 있음직한 현실의 논리가 아니라 믿기 힘든 이야기의 논리에 의해 구축되어 있지만, 의외로 중요한 것은 그 이야기의 논리가 은근히 지향하는 것이 다른 것이 아닌 바로 인간의 운명과 현실적 삶의 의미에 대한 탐구라는 점이다. 『고래』의 화자는 그 점에 대해서도 아닌 게 아니라 다분히 자의식적인 발언을 펼쳐놓는데, 예컨대 다음 대목이 그렇다.

춘희는 자신의 인생을 둘러싼 비극을 얼마나 정확하게 인식하고 있었을까? 그녀의 육체는 영원히 벗어던질 수 없는 천형의 유니폼처럼 단지 고통의 뿌리에 지나지 않았을까? 그 거대한 육체 안에 갇힌 그녀의 영혼은 어떤 것이었을까? 사람들이 그녀에게 보여줬던 불평등과 무관심, 적대감과 혐오를 그녀는 얼마만큼 이해하고 있었을까? 혹, 이런 점들에 대해 궁금증을 가진 독자들이 있다면 그들은 모두 이야기꾼이 될 충분한 자질이 있다. 왜냐하면 이야기란 바로 부조리한 인생에 대한 탐구이기 때문이다. 따라서 그것을 설명한다는 것은 간단한 일이 아니다.(『고래』, 310쪽)

물론 『고래』에서 춘희의 "부조리한 인생에 대한 탐구"는 그 이상 깊숙이 진전되지는 않는다. 그것은 『고래』가 일찍이 벤야민이 이야기의 모랄로 지적했던 바로 그것, 즉 '그러고 나서 어떻게 되었는가' 라는 물음의 정당성에 좀더 치중해 있는 소설이기 때문이며, 또 그래서 위의 궁금증이 제기하는 춘희의 심리에 대한 분석을 주된 관심사로 하지 않는 소설이기 때문이다. 하지만 『고래』 이후 천명관의 단편세계에서 우리가 발견하는 것은, 그가 이야기의 모랄은 그것대로 안고 가면서도

'그러고 나서'의 원리에 의해 한편으로 밀쳐졌던 "부조리한 인생에 대한 탐구"의 시선을 소설의 곳곳에서 다기한 방법으로 부지런히 작동시키고 있다는 사실이다. 그것은 소설과 이야기를 가르는 저 유명한 이분법, 즉 "여기엔 '삶의 의미'가, 저기엔 '이야기의 모랄'이"라는 벤야민의 구분을 흐트러뜨리면서 그 둘을 통합하려는 천명관식 서사의 충동을 분명하게 드러내는 지점이다.

이는 『고래』 이후 천명관의 단편이 믿을 수 없는 이야기보다는 비교적 개연성과 핍진성, 리얼리티를 갖춘 이야기를 주로 다루고 있다는 것과도 무관하지 않다. 단편에서 작가의 시선은 경탄을 자아내는 황당하고 환상적인 이야기의 활력보다는 현실과 인간관계에서 한 개인이 부딪히는 곤경이나 사소한 소동과 갈등들, 그리고 그와 연루된 곤혹이나 회한과 같은 심리적 양태들에 돌려져 있다. 그런 만큼 『고래』에 출몰했던 '믿을 수 없는 이야기들'은 그의 단편 속에서는 형태를 바꿔 조금은 다른 모습으로 등장한다. 그것은 이를테면, '짐작할 수 없는 일들'이다. 왜 짐작할 수 없는가? 운명과 그 운명에 의해 지배되고 조종되는 인생이라는 것 자체가 무력한 개인으로서는 도무지 알 수 없는 부조리와 아이러니로 가득하기 때문이다. 천명관의 단편은 저 '짐작할 수 없는 일들'의 아이러니에 대한 유머러스한 보고서다.

3. 운명들, 제멋대로 흘러가는

다소 멀리 돌아왔다. 여하튼 그런 까닭에, 천명관의 소설에서 지금 이곳이 아닌 먼 외국의 공간과 인물이 즐겨 등장하는 것을 두고 어리둥절해하거나 낯설어할 필요는 없다. 천명관의 단편은 대개 이 땅의 이야기를 다루는 소설과 외국을 배경으로 외국인이 등장하는 소설로 양단되지만, 사실 딱히 그렇게 구분할 필요는 없는 작품들이다. 달리 말해, 그것은 모두 배경과 인물의 국적이 크게 중요하지 않은 이야기다. 왜냐하면 그 소설들은 모두 예측할 수 없거나 이해할 수 없는 인간 운명의 부조리에 대한 이야기이며, 그 공교로운 운명 앞에 선 인간들의 다양한 행동반응, 다채로운 심리와 표정 들의 한 단면을 주로 포착하는 소설들이기 때문이다. 그러니 천명관은 국적이 그리 중요치 않은, 아니 애초 국적 따위에 영향을 받지 않는 (그런 것이 있다면) 시공을 초월하는 보편적인 인간 세사의 이야기를 의도하고 있는 셈이다.

그렇다면 천명관이 탐구하는 저 '짐작할 수 없는' 인생의 부조리란 대체 어떤 것인가. 무엇보다 그 부조리는, 이곳저곳을 가리지 않는다. 천명관의 소설에서 대개 그것은 뜻하지 않게 인물들을 급습하거나 복잡한 소동에 휘말리게 만든다. 가령 그들은 왜 그렇게 되었는지를 모른 채 남루하기 이를 데 없는 자신의 현재를 예기치 않은 순간에 맞닥뜨리거나(「세일링」「농장의 일요일」「더 멋진 인생을 위해—마티에게」), 의도와 달리 이상하게 꼬여가는 사태를 경험한다.(「프랭크와 나」「프랑스혁명사」) 믿었던 사람의 배신으로 삶의 질서가 송두리째 흔들리는 혼란을 겪는 것이나(「유쾌한 하녀 마리사」), 일상의 밑바닥에 잠겨 있는 죽음의 흔적과 조우하는 것(「13홀」)도 같은 맥락이다. 천명관 소설의 상황은 대개가 그러하다. 그렇게 저들은, 저들로서는 이해할 수 없고 통제할 수도 없는 삶의 부조리와 맞닥뜨린다.

배경이 한국이든 아니든, 이 땅의 이야기이든 무국적의 이야기이든 그렇기는 마찬가지다. 예컨대 이런 것이다. "행복해지길 원하기보다는 단지 불행해지는 게 두려운 나이"가 되어버린 「세일링」의 대서는 안전하다 믿었던 가족의 균열 앞에서 저 혼자 답답함과 분노로 속을 끓일 뿐 도무지 어찌해볼 수도 없는 곤혹스런 상황에 처한다. 동생과는 어느덧 사이가 멀어졌고, 아내 숙영은 성못길에 느닷없이 이혼을 요구한다. 어디서부터 잘못되었는지도 모른 채 "원래 그들이 있어야 할 자리에서 점점 멀어지는 기분"이 드는 대서, 이렇게 생각한다. "대서는 자신의 인생이 안개 속에서 어디론가 제멋대로 흘러가고 있다는 생각이 든다."

제멋대로 흘러가는 인생과 맞닥뜨리는 것은 대서만이 아니다. 캐나다에 있는 사촌 프랭크의 도움으로 랍스터를 수입해 경제적 곤궁에서 벗어나려는 희망에 부풀어 남편을 캐나다에 보낸 '나'도 그러한데, 그런 '나'가 겪는 것은 랍스터를 구하기는커녕 남편이 갱단에게 생명의 위협을 받을 정도로 울 수도 웃을 수도 없이 갈수록 꼬여가는 예측 불허의 이상한 소동이다. 제멋대로 흘러가는 그런 인간사를 두고 '나'는 한탄하기를, "한국의 평범한 가정주부가 어떻게 지구 반대편에서 일어나는 일을 짐작이나 하겠는가". 당연히 짐작할 수 없었을 텐데, 추락에 추락을 거듭해 어느덧 처와 자식에게까지 멸시받는 노숙자가 되어 있는 자신을 발견하는 「숟가락아, 구부러져라」의 '그'도 그런 '나'의 한 탄에 이렇게 화답한다. "그는 자신의 인생이 어디서부터 잘못된 건지 이해하려고 했지만 도무지 답을 찾을 수가 없었다."

그리고 이런 사태는 외국인이라 해서 다를 리 없다. 예는 다시 계속된다. 가령 「더 멋진 인생을 위해—마티에게」의 인물도 마찬가지, 갱단 보스 시세로의 명령으로 능구렁이 청년 도박사 지미를 차에 싣고 디트로이트로 데려가는 늙은 갱 폴 디미치가 지미에게 자신의 이야기를 들려준다. 고향을 떠날 때 사랑하는 여자 샌디를 남겨두고 온 일과 마술사 블랙을 죽인 일이 자신의 인생에서 가장 후회하는 두 가지라고 말하는 폴은 점점 깊은 회한에 빠져들게 되는데, 그것은 의식하지 못한 채 어느덧 흘러가버린 세월에 대한 무력한 깨달음("어쩌다 시간이 이렇게 빨리 흘러가버린 거지?")을 동반한다. 살인과 폭력, 불안과 공포로 점철된 파란만장한 그 자신의 이력이 뒤늦게 알려준 진실을 폴은 이렇게 말한다. "이봐, 인생은 그렇게 간단치가 않아." 유추해보자면, 인생은 이러저러하다 분명히 단정지을 수 없을 만큼 교묘하게 그 인생의 주인까지도 조종하고 허방에 빠뜨리면서 제멋대로 흘러간다는 얘기겠다. 수법과 함의는 조금 다르지만 하나뿐인 여동생과 놀아난 남편 때문에 독약을 마시고 자살하려고 한 '나'의 의도가 오히려 남편을 독살하는 것으로 마무리되는 「유쾌한 하녀 마리사」의 유쾌한 반전이나, 토머스 칼라일의 뛰어난 원고가 그의 천재를 질투하던 밀의 하녀의 실수로 불쏘시개로 봉사하게 되는 「프랑스혁명사—제인 웰시의 간절한 부탁」의 황당한 소동의 전말 또한 순조로운 궤도를 엇나가는 그런 인간사의 공교로운 아이러니를 말해주는 것일 터다.

……그런데 잠깐, 단지 이뿐인가? 물론 그렇지 않다. 여기에서 그친다면 그것이 저 작가 천명관의 소설일 리 없다.

4. 배반하는 이야기, 유쾌한 아이러니

문제는 수법이다. 천명관의 소설에서 예의 부조리는, 다소 서늘한 애상극(哀傷劇)이 아니면 조(躁)와 울(鬱)이 교묘하게 교차하는 상황 소극(笑劇)의 가운데서 그려진다. 단선적이지 않다는 얘기일 텐데, 예를 들자면 이런 것이다. 그의 대부분 소설에서는 평이하게 펼쳐지던 이야기에 어느 순간 다른 화소(話素)가 끼어들어 이야기의 톤을 변전시키면서 이야기 자체를 두 겹으로 꼬아놓거나, 그렇지 않으면 일관되게 지속되던 정서적 흐름의 각도와 방향을 갑자기 틀어버린다. 천명관의 소설에서 아이러니는 많은 부분 거기에서 발생하는 낙차로부터 효과를 얻는다.

가령 일상의 현실과 탈현실이 어느 순간 갑자기 오버랩되는 것을 경험하는 인물의 가벼운 혼란과 당혹, 그리고 그와 앞뒤로 뒤섞여 있는 회한과 허무의 여운을 포착하는 일련의 소설들도 그런 맥락에서 읽을 수 있다. 「더 멋진 인생을 위해― 마티에게」가 그중 하나인데, 청년 도박사 지미와 함께 묵게 된 낯선 도시의 낯선 모텔에서 늙은 갱 폴이 겪는 것은 과거로 빨려들어가는 듯한 느낌과 이상한 기시감이다. "그런데 참 이상하지. (……) 여긴 내가 전에 샌디랑 자주 갔던 모텔을 생각나게 하는군." 그리고 심지어 그 모텔에는 그 옛날 샌디와 함께 놀던 트램펄린까지 똑같이 있었던 것, 그곳에서 폴은 자기를 향해 눈부시게 웃으며 트램펄린 위로 높이 뛰어오르는 샌디의 환상을 본다. "폴도 그녀를 향해 어색한 미소를 지어 보이지만 그의 가슴엔 어느새 슬픔이 가득 차오른다. 그는 울음을 참느라 이를 악물고 있어 얼굴이 우스꽝스럽게 일그러진다."

작가는 어느 순간 현실의 틈새를 비집고 들어오는 이런 식의 탈현실의 감각을 통해 삶의 아이러니와 페이소스를 꺼내 보이고 있거니와, 그것을 물질적으로 실어나르는 것이 바로 웃음과 울음이 뒤섞여 꼬여 있는 폴의 표정이다. 그리고 「농장의 일요일」의 대서 또한 그 표정을 대놓고 따라하고 있는 터, "대서는 다시 웃음을 터뜨리지만 뱃속까지 휑해지는 아득한 상실감에 얼굴이 묘하게 일그러진다"고 작가는 전하는 것이다. 거기에 이르기까지, 대서에게는 연락이 끊어졌던 친구 경호와의 우연한 만남이 있었고, 그것을 계기로 시골농장으로의 가족동반 나들이가 있었으며, 자질구레한 일상적 대화의 뒷면에 숨어 두 부부들 사이를 교차하면서 보이지 않게 흐르는 가볍고도 묘한 성적 흥분과 기대감이 있었다. 「농장의 일요일」에서 그렇게 지루한 권태와 성적 긴장, 막연히 들뜬 기대와 암시가 복잡하게 뒤섞여 흘러가던 이야기 전개의 톤은 대서의 꿈에 의해 갑작스럽게 중단되면서 삶의 우울이라는 전혀 다른 정서의 환기로 마무리되는 것인데, 그 꿈의 내용이란 어린 시절 아버지와 같이 콩을 심고 소를 몰던 평화로운 한때의 풍경이다. 그 꿈과 그에 대한 대서의 반응은, 앞서 시골농장에서 겉으로 별 의미 없이 권태롭게 펼쳐지던 대화와 행동은 물론이거니와 그것을 포함한 대서의 일상 전체를 일거에 상대화하면서 삶의 한가운데 존재하는 공허를 문득 노출하는 것이다. 이는「더 멋진 인생을 위해—마티에게」에서도 똑같이 관철되는 수법이지만,「농장의 일요일」과 동일한 인물이 등장하는「세일링」도 그런 점에서는 다를 것 없다. 다만「농장의 일요일」에서는 탈현실의 감각을 통한 그런 정서적 전환이 이야기의 톤과 정서가 갑자기 아래로(막연한 우울과 상실감으로) 하강하면서 일어나는 것인 데 반해,「세일링」의 경우는 바닥에서 위로 비약하면서 일어난다는 점이 다를 뿐이다.

「세일링」에서 앞서 언급한 탈현실의 감각을 불러일으키는 것은, 성묘를 마치고 집으로 돌아가는 길에 느닷없이 이혼을 요구하는 아내 숙영과의 다툼이 결론 없이 잦아든 후 안개 속 도로를 달리던 외중에 대서가 맞닥뜨리게 되는 거대한 배다.

갑자기 코앞에서 희끗한 물체가 나타난다. 대서는 급히 브레이크를 밟는다. 덜컥하고 심장이 잠깐 동안 멎는 기분이다. 거대한 물체는 마치 안개 속에서 불쑥 솟아나기라도 한 것처럼 대서의 시야를 가로막고 있다. 그는 길 한복판에 차를 멈춘 채, 방금 눈앞에서 홀연히 솟아난 물체의 정체를 알기 위해 고개를 앞으로 내민다. (……) 물체가 조금씩 앞으로 나아가면서 전체의 윤곽이 드러나자, 대서는 그것이 거대한 배라는 것을 깨닫는다. 그 배는 하얀 돛을 달고 안개 속을 향해 미끄러지듯 천천히 앞으로 나아가고 있다.

　도대체 도시 한복판에 웬 배가 있는 걸까, 대서는 고개를 갸우뚱한다.
　(「세일링」, 99쪽)

　중요한 것은, 바다에 있지 않고 엉뚱하게 차도를 유영하는 거대한 배의 환상을 보게 되는 그가 그런 순간적인 탈현실의 환상을 거치면서 갑자기 "알 수 없는 숭고한 감동"에 한숨짓게 된다는 사실이다. 소설은 하얀 돛을 달고 안개 속을 미끄러져가는 그 거대한 배가 다름아닌 "안개 속에서 어디론가 제멋대로 흘러가고" 있는 듯한 대서 자신의 인생을 연상시키는 바로 그 지점에서 그 연상을 훌쩍 뛰어넘는 초월의 순간을 그리고 있는 것인데, 대서가 겪는 저 알 수 없는 숭고의 감정도 따져보면 거기에서 비롯되는 것이다. 그렇게 작가는 앞서 성못길에서 대서가 경험했던 불안과 답답함, 분노와 살의가 느닷없는 숭고에 의해 그와는 전혀 다른 감정으로 비약하면서 일순 사소한 것으로 상대화되는 돌연한 전환의 순간을 포착한다. 그것은 어느 하나로 간단히 환원하거나 종결될 수 없는 아이로니컬한 삶의 이치를 일깨우는 것이면서, 다른 한편 그것에 대처하는 정신의 자세를 넌지시 암시하는 것이기도 하다.

　이즈음 천명관의 단편에서 우울과 허무를 동반한 삶의 아이러니와 페이소스는 그렇게 정서의 단절과 비약, 집중과 이완, 조(躁)와 울(鬱)의 엇갈림과 교체, 화제의 전환과 그것을 통한 익숙한 이야기 흐름의 돌연한 전변(轉變)이라는 형식적 수법을 통해 제시된다. 어떻게 보면 그런 형식적 수법 자체가 익숙한 일상 뒤에 은폐되어 있는 삶의 아이러니와 페이소스를 저 스스로 적발해내는 것이라고도 할 수 있겠다. 바로 이 지점, 천명관의 소설에서 흥미로운 것은, 유머라는 정신적 태도가 그 모든 것을 메타적 위치에서 관장하고 조율하고 있다는 사실이다. 주의 깊은 독자들이라면 벌써 눈치챘겠지만, 예컨대 그것은 천명관이 그의 소설에서 드물지 않게 인물을 내습하는 우울과 허무의 감정이나 페이소스를 그리면서도 그에 무겁게 침잠하기보다 반대로 가볍게 띄워올리고 있다는 사실에서도 확인된다.

천명관의 소설에서 아이러니의 적발에 동반되는 그 유머는 이를테면 진지한 얘기가 농담으로 급변하고 농담 같은 얘기가 진담으로 전환되는 식의 이야기 방식에서도 관철된다. 가령 남편과 여동생의 배신에 상심한 '나'의 자살로 마무리될 듯하던 진지한 이야기에 덜렁이 하녀 마리사가 뜬금없이 떠들썩하게 끼어들어 이야기의 톤을 돌연 위로 띄워올리면서 남편의 독살이라는 엉뚱하고도 유쾌한 반전(실은 복선이 이미 깔려 있었던 것이지만)을 이끌어내는 「유쾌한 하녀 마리사」의 서사가 바로 그렇다. 「프랑스혁명사―제인 웰시의 간절한 부탁」에서 그런 마리사의 역할을 똑같이 따라 하고 있는 인물이, 다름아닌 밀의 집에서 일하는 하녀 위즐리 부인이다. 그녀는 토머스 칼라일의 뛰어난 원고를 불쏘시개로 씀으로써 그 원고에 대한 질투에 눈멀어 그것을 없애버리고 싶은 밀의 내심의 욕망을 대신 실현해주고 있는 인물이거니와, 「유쾌한 하녀 마리사」에서 자기가 죽는 대신 남편을 독살하고픈 '나'의 무의식을 무심코 대신 실현해주는 하녀 마리사가 하는 역할이 그와 같은 것이다. 마치 숨은 역사적 일화를 소개하는 듯하던 서사의 톤을 엉뚱한 방향으로 틀어버리면서 '큭큭' 대는 밀의 이상한 웃음과 함께 유쾌한 반전을 만들어내는 것도 그렇다. 겉으로는 다를지 몰라도 랍스터 때문에 겪었던 무지막지한 곤경의 파장을 급작스레 터져나오는 배꼽 잡는 웃음을 통해 일순 거리화하면서 날려버리는 「프랭크와 나」의 경쾌한 결말도, 따지고 보면 이와 방불한 천명관식의 서사적 유머의 규칙을 따르고 있는 것이겠다. 이것은 어느 하나로 정리되거나 간결하게 정의할 수 없이 복잡 미묘하게 꼬여 돌아가는 삶의 부조리와 아이러니가 농담과 유머를 빌려 저 스스로를 주장하는 세계다. 아마도 「더 멋진 인생을 위해—마티에게」의 폴이라면, 이 모든 사태를 두고 실실 웃음을 흘리며 천명관을 대신해 이렇게 말할 것이다. 유머러스한 톤으로 바꿔 다시 옮겨본다. "이봐, 인생은 그렇게 간단치가 않아."

5. '이야기하기'의 리비도, 그리고 그후

그러니 알 수 있을 것이다. 천명관의 소설이 보여주는 것은 이를테면 이 이야기가 저 이야기를, 이 정서가 저 정서를 배반하면서 만들어내는, 혹은 그 둘이 대치하거나 하나로 꼬여가면서 창조해내는 짐작할 수 없이 유쾌하고도 쓸쓸한 아이러니의 삶이다. 그런 측면에서, 어찌 보면 그것은 하나의 이야기에서 다른 이야기들이 끊임없이 곁가지를 치거나 서로 충돌하면서 다양한 모습으로 번식해나가는 『고래』의 하이브리드 서사를, 그리고 슬픔과 유쾌함, 숭고와 장엄, 비장과 해학, 농담과 진담

등이 뒤섞여 어느 하나로 정의하기 힘든 『고래』의 다기한 정서적 스펙트럼을 미니어처로 축소해놓은 형세라고도 할 수 있겠다. 이때 중요한 것은 천명관의 소설에서 예의 삶의 아이러니가 주로는 캐릭터와 이야기 단위의 조작적 배치를 통해 그려지고 또 발각되고 있다는 점이다. 그로써 짐작건대 이 작가의 리비도는 그만큼 '어떻게 이야기할 것인가'라는 문제를 중심에 놓고 '이야기하기' 자체에 집중 투자되고 있는 셈이다.

그런 '이야기하기'에 대한 자의식은 천명관의 소설에서 눈에 띄게 드러나는데, 이는 주로 소설 속에서 인물들이 누군가에게 이야기를 들려주는 장면이 빈번하다는 데서 확인할 수 있다. 그것은 말하자면 '이야기하기'와 관련된 작가의 자의식을 인물들이 대신해 연출하고 있는 것이다. 예컨대 바람난 남편 토마스에게 전하는 유서의 형식으로 이야기가 전개되는 「유쾌한 하녀 마리사」는 작품 자체가 그대로 '이야기하기'에 대한 자의식적 알레고리라고도 할 수 있을 정도다. 우선 무엇보다 '나'가 소설가인 남편과 바람난 여자가 누구인지를 연상하고 추리하며 또 그것을 이야기하는 과정 자체가 헝클어져 있는 사건의 질서를 그나마 찾아내고 재배치하여 서술하는 소설쓰기의 알레고리가 아닌가. 심지어, '나'는 말한다.

당신은 우리에게 일어나는 사건들이 비록 아무런 연관도 없고 또 우연인 것처럼 보이지만 실은 그 안에 보이지 않는 질서가 숨어 있다고 했지요. 그래서 작가가 하는 일이란 특별한 게 아니고 그저 어떤 사물이나

사건 안에 내재해 있는 순서를 찾아내고 그 과정을 진술하는 일이라고
요.(「유쾌한 하녀 마리사」, 45쪽)

당신은 우리에게 일어나는 일들 사이에 보이지 않는 질서가 숨어 있
다고 했지만 난 그렇게 생각하지 않아요. 새삼 당신의 주장을 반박하려
는 건 아니지만 세상에서 벌어지는 일들을 우리는 다 이해할 수 없어요.
다만 그러려고 노력하는 것뿐이죠. (……) 세상엔 그렇게 설명할 수 없
는 일들이 가득해요. 늘 언니를 걱정하고 아껴주던 그 착한 나디아가 자
신의 형부랑 눈이 맞을 줄 누가 상상이나 할 수 있었겠어요.(「유쾌한 하
녀 마리사」, 57쪽)

'나'의 이 진술에서, 정연한 사건의 질서보다 짐작할 수 없이 꼬여
있는 인간사의 문제를 소설의 중심에 놓는 천명관 자신의 소설에 대한
자기지칭(self-designation)을 읽어내기란 그리 어렵지 않다. 그것은
「더 멋진 인생을 위해—마티에게」의 경우도 마찬가지여서, 자신이 겪
은 일들을 들려주는 폴과 그 이야기를 듣는 지미는 천명관 소설에서 행
해지는 작가와 독자의 역할을 각기 떠맡아 소설 속에서 연출하고 있는
것이기도 하다. 가령 이야기를 하던 와중, 믿기지 않는 듯한 지미의 반
응에 "너도 내 말을 믿지 않는군. 좋아, 마음대로 생각해도 좋아"라고
던지는 폴의 대사는 앞서 우리가 보았던 『고래』의 화자의 진술을 그야
말로 똑같이 반복하고 있는 것이다. 그 점에서는 정도의 차이는 있으나
「프랭크와 나」의 화자도 마찬가지, 이야기 도중 간혹 내뱉는 이런 식의

진술이 그 증거다. "이야기를 좀더 빨리 진행하자. 어차피 그 얘기가 그 얘기니까."

이것이 천명관의 소설이다. 하지만 잠깐, 그럼에도 불구하고 이 지점에서 우리는 천명관의 소설이 아직은 다난한 실험 중에 있다는 사실을 지적해둘 필요가 있을 것이다. 언뜻 다양한 소재로 펼쳐져 있는 듯 보이지만, 편차를 안고 있는 그 다양함 자체가 오히려 천명관의 소설적 기획이 아직 무르익지 않았음을 역으로 반증하는 것이다. 『고래』가 보여주었던 풍성한 이야기의 깊이 있는 스펙트럼의 힘을 그와는 다른 소설에서 어떤 방식으로 잃지 않고 지속시킬 것인가가, 아니면 그것과 다른 방식의 길을 또달리 열어갈 것인가가 또한 똑같이 문제일 수 있겠다. 그것은 어떻게 보면 '소설' 자체에 대한 반성적 성찰과도 무관한 문제가 아닐 것이다. 천명관 자신도 이 문제에 전혀 무심하지 않을 뿐더러 그것의 방증으로 나아갈 길 하나를 이미 넌지시 암시해놓은 바 있으니, 그것은 이런 것이다.

이후 금복은 삼 년간이나 전쟁통을 떠돌며 기적처럼 목숨을 이어가지만, 당시에 있었던 전쟁에 대한 이야기는 이쯤에서 접고 훗날 다른 자리를 기약하기로 하자. 독자여, 부디 이해해주시길! 그것은 이 책의 범위를 넘어서는 일이며 더 많은 지면과 오랜 시간, 그리고 고통을 감당할 용기와 눈물이 필요한 일이므로.(『고래』, 130쪽)

우리가 『고래』 이후 천명관에게 기대하는 것이 바로 그 "범위를 넘어서는 일"이다. 각도를 달리해 말하자면 그것은 이를테면 현실을 멀찍이 떼어놓았던 지금까지의 방외의 태도에서, 현실과의 긴장을 끌어당겨 유지하는 실천적 방외의 태도로 옮겨가는 것이다. 그리고 소설의 두께와 깊이 또한 이를 통해 비로소 더해질 수 있는 것이라는 진실은 서구와 동양을 막론한 소설사의 수다한 전례가 이미 몸으로 전해주고 있는 터다. 여기에는 당연하게도 "고통을 감당할 용기와 눈물"이 필요할 것임을, 보았다시피 그는 이미 알고 있지 않은가. 그 용기와 눈물 속에서 여하튼, 천명관의 소설은 계속될 것이고 또 깊어질 것이다.

그래도 혹, 이후 천명관 소설의 행방에 의문을 갖는 독자들이 있을지 몰라 『고래』의 화자를 잠시 모셔와 덧붙인다. "도대체 무슨 얘기냐고? 성급한 독자여, 조금만 더 들어보시라."(『고래』, 161쪽)

| 수록작품 발표지면 |

「프랭크와 나」 …… 『문학동네』 2003년 가을호

「유쾌한 하녀 마리사」 …… 『문학동네』 2006년 가을호

「세일링」 …… 『내일을여는작가』 2005년 여름호

「자동차 없는 인생」 …… 『한국문학』 2004년 봄호

「농장의 일요일」 …… 『문예중앙』 2007년 봄호

「13홀」 …… 『한국문학』 2007년 봄호

「프랑스혁명사―제인 웰시의 간절한 부탁」 …… 『창비』 2007년 여름호

「더 멋진 인생을 위해―마티에게」 …… 『문학동네』 2005년 봄호

「숟가락아, 구부러져라」 …… 문화 무크 『소문』 창간호

「비행기」 …… 웹진 문장 2005년 8월 (발표 당시 제목 「시간의 비행」)

「二十歲」 …… 『문학동네』 2007년 여름호

문학동네 소설
유쾌한 하녀 마리사
ⓒ 천명관 2007

1판 1쇄 │ 2007년 9월 20일
1판 11쇄 │ 2014년 12월 5일

지은이 천명관
펴낸이 강병선
책임편집 조연주 장영선 │ 디자인 송윤형 유현아
마케팅 정민호 나해진 이동엽 김철민 │ 온라인 마케팅 김희숙 김상만 한수진 이천희
제작 강신은 김동욱 임현식 │ 제작처 (주)상지사P&B

펴낸곳 (주)문학동네
출판등록 1993년 10월 22일 제406-2003-000045호
주소 413-120 경기도 파주시 회동길 210
전자우편 editor@munhak.com │ 대표전화 031)955-8888 │ 팩스 031)955-8855
문의전화 031) 955-3576(마케팅) 031) 955-8864(편집)
문학동네카페 http://cafe.naver.com/mhdn

ISBN   978-89-546-0397-3 03810

＊ 이 책의 판권은 지은이와 문학동네에 있습니다.
   이 책 내용의 전부 또는 일부를 재사용하려면 반드시 양측의 서면 동의를 받아야 합니다.
＊ 이 도서의 국립중앙도서관 출판시도서목록(CIP)은 서지정보유통지원시스템 홈페이지
   (http://seoji.nl.go.kr)와 국가자료공동목록시스템(http://www.nl.go.kr/kolisnet)에서
   이용하실 수 있습니다.(CIP제어번호: CIP2007002903)

www.munhak.com